KB043573

취향의 문제 2

최수현 장편소설

취향의 문제

A Matter of Taste

가하

취향의 문제 2

지은이 최수현
펴낸이 이형기
펴낸곳 도서출판 가하

초판인쇄 2016년 7월 20일
1판 2쇄 2017년 10월 27일
출판등록 2008년 10월 15일 제 318-2008-00100호

주소 서울 영등포구 양평로 67, 1209 (당산동5가, 한강포스빌)
전화 02-2631-2846 **팩스** 02-2631-1846

www.ixbook.co.kr

ISBN 979-11-300-0991-9 04810
979-11-300-0989-6 04810(set)

값 10,000원

23 매력을 보여줘 7
24 질투는 엘사도 열받게 한다 32
25 당신의 약점은…… 56
26 목줄을 맬 거야 64
27 공식적인 첫날밤 79
28 외로운 마음 100
29 서프라이즈! 125
30 양치기 김경원 137
31 숨기지 않아 149
32 욕심낼 거야 160
33 제발 이대로 171
34 너는 알잖아 187
35 내가 아마도 당신을…… 209
36 소중하고 귀중한 231
37 원더우먼 vs 소머즈 254
38 시시하고 뻔한 놈 270
39 오래오래 살 거야 283
40 메리 크리스마스! 297
41 마지막 이야기 308
에필로그 1 the Winner, Grand Final 320
에필로그 2 Your Taste 348
작가 후기 384

23
매력을 보여줘

점심을 먹고 바로 올라가려다 캔 커피 하나를 들고 밖으로 향했다. 얇지만 긴팔인 셔츠를 스치는 바람이 싸한 걸 보면 이제 확실히 계절이 변했다. 그리고 그사이 그녀도 조금은 변했다. 들고 있는 커피가 뜨겁든 미지근하든 이제 취향을 고집하지 않고 적당히 즐길 줄 알았다.

「저도 이 나이에 이런 말 하는 게 부끄럽지만, 꼭 때려주세요. 부탁드려요, 네?」

초등학생도 안 할 말을 하면서 눈만 동그랗게 뜬 은우는 장화 신은 고양이를 떠오르게 했다. 이래저래 정말 원한 품은 이가 많은 사람이구나, 한심하기도 하고, 그 한심한 사람이랑 사귀는 자신은 더 대책이 안 서고.

그래도 확실히 은우의 말대로 그 인간을 제 손으로 거둔 이상 약점 몇 가지 정도는 틀어쥐는 게 유리했다.

"야, 너 여기서 뭐하냐? 일광욕해?"

"어. 왔어?"

“아우, 난 아직 덥다. 그거 줘봐. 한 모금만 마실게.”

속 타는 일이라도 있는지 뒤에서 나타난 현미가 바로 캔 커피를 낚아챘다. 한 모금만 마신다더니 그대로 원샷을 하고는 한 손으로 빈 캔을 우그러트렸다.

“더워?”

“안 덥냐, 그럼?”

방금 전까지 제법 쌀쌀해졌구나 했는데 체감 온도란 것도 사람 기분 따라 오르락내리락 했다. 반팔인 현미가 손부채질까지 하며 헉헉대자 제나가 괜히 팔을 문질러보았다. 자신이 무딘 건가 했는데 지나가는 사람들을 둘러보아도 유독 현미만 더워한다.

“왜? 이번엔 또 뭔데? 허니버터칩이야?”

“허니버터는 무슨. 아무리 최신 유행에 뒤떨어졌다지만 뉴스 좀 보고 살아라.”

“최신 유행이 아니라 최신 유행 사기겠지.”

“그거나 그거나.”

오전 내내 저녁 뉴스에 나올 피의자를 취조했던 그녀가 떨떠름해졌다. 그래도 남자친구가 한 손에 꼽히는 클럽의 사장인데 유행에 뒤떨어지면 조금 곤란하다.

“그래. 뭐가 최신 유행인데? 나도 유행 좀 알고 준비해보자.”

“터닝메카드.”

“…….”

“정확히는 에반. 근데 그거 너처럼 무심한 애는 못 사. 이런 건 다 정보력이거든. 나처럼 신의 손만 살 수 있지. 구해줘?”

아무리 유행을 따르고 싶어도 서른 다 되어 손에 미니카를 들고 다니고 싶지는 않은 제나였다. 현미와는 5분 이상 같이 있으면 머리가 아파진다는 결론과 함께 몸을 일으키려는데 신의 손 현미가 다시 그녀를 주저앉혔다.

"야아. 그냥 가면 어떡해."

"그럼 뭐?"

"나한테 왜 이렇게 우울해 보이냐 물어봐야지."

"너 멀쩡해 보이는데?"

"야!"

방금 전까지 빼기던 게 다 누구라고 현미가 급격히 우울한 연기에 들어갔다. 제나 역시 지금 올라가봤자 딱히 할 일도 없고, 그냥 두고 도망가자니 어쨌든 현미는 제 친구다. 거기다 자세히 보니 평소보다는 확실히 더 푸석한 것 같기도 하고.

"……진짜 무슨 일 있어?"

"채원 오빠가…… 으음."

"너 또 채원 선배가 어젯밤에 또 정력이, 이딴 소리 하기만 해봐."

현미가 잠시 입을 쩍 벌리는 것을 보니 영 없는 말은 아닌 듯했다. 하지만 오늘만큼은 아니라 결백을 주장했다.

"아니야, 진짜. 오늘은 그거 아냐."

"장현미, 나 사흘 전에 영등포 현장 나갔다가 멱살까지 잡혔어. 이틀 전에는 취조하다가 머리에 율무차 맞았고. 어제는 검사한테 까이고 오늘은 변호사랑 한판 뜨고. 인간적으로 그렇게 버텨내자마자 처음 듣는 이야기가 부디 대학 선배 정력은 아니었으면 좋겠다."

"허얼."

반박을 하고 싶어도 전력이 있다 보니 현미는 한풀 더 기가 꺾였다. 물론 사흘 전에 멱살을 잡은 남자는 제나에게 사지가 꺾였고 이틀 전 율무차를 끼얹은 남자는 손 흔들어 인사하며 유치장에 처넣었다. 검사나 변호사도 적당히 이긴 싸움이었지만 굳이 현미에게 이야기할 필요는 없다.

"야아, 나 진짜 심각해."

내가 너무 심했나 싶은 제나가 어쩔 수 없이 당겨 앉아 귀를 두드렸다. 빨리 이야기나 하란 그 제스처에 현미가 눈부터 굴려 주변을 살폈다.

"아무래도 우리 채원 오빠……, 바람난 거 같아."

"뭐어?"

"거봐. 보통 일 아니랬잖아."

"그게 가능한 일이란 말야?"

"나도 그럴 줄은 몰랐지. 오빤 나 아니면 안 되는 남잔 줄 알았으니까."

제나의 말은 그런 뜻은 아니었다. 이름과 달리 험상궂기로는 형식과 함께 경찰청 투 톱으로 꼽히는 채원이다. 진심으로 현미가 아니면 거둬줄 사람이 없다 생각했는데.

"……누구랑 바람이 났다는 건데?"

"교통과에 새로 온 앤데. 있어, 오가년이라고. 생긴 것도 반지르르해서 아주 눈웃음이 뚝뚝 떨어지는데."

"이름이 오가년이야? 몇 살인데 이름이 그래?"

"성이 오씨고 이름은 아직 몰라. 그래서 오가년이야."

생각만 해도 열이 오르는지 현미가 다시 손부채질을 하다가 급기야 대놓고 셔츠를 펄럭거렸다. 제나가 몇 번 잡아채도 끄떡도 안 했다.

"야, 안에 다 보여."

"됐어. 볼 테면 보라 그래. 내가 무슨 열녀라고 수절을 해? 누구 좋으라고!"

"너 술 마셨어? 그만 안 하면 나 진짜 간다?"

제나는 아직까지도 채원이 바람을 피웠다는 것이 믿기지가 않았다. 더 정확히는 채원과 바람날 만한 여자가 정말로 존재한다는 것이.

"확실한 거야?"

"확실해. 내가 봤어. 너 횡단보도 내려가면 사거리에 골드로즈 알지? 금은방. 거기서 오빠가 그년 손잡고 반지까지…… 하, 내가 진짜 어이가 없어서. 맨날 나한테는 돈 없다고, 돈 없다고. 무슨 마법사 주문도 아니고 주절주절! 진짜 수치스러워서 이야기도 안 했는데 모텔비도 오빠가 3 내면 내가 7 냈어. 알아?"

"그걸 내가 어떻게 알아?"

알고 싶지도 않다만.

제나가 듣는 사람이 없는지부터 살피다 현미의 입을 막았다. 흥분했는지 씨근대는 입김이 손가락 사이로 모두 빠져나왔다.

"네가 더 많이 가자고 했겠지."

"그래도 그렇지!"

현미가 입술을 꾹 맞물어보다가 제나의 어깨에 머리를 파묻었다. 처음 보는 약한 모습에 제나도 그제야 어깨를 감싸주며 두드렸다.

“일단 채원 선배랑 이야기 좀 해봐. 말이라도 좀 해보면.”

“내가 그런 인간이랑 왜! 나한테 와서 무릎 꿇고 싹싹 빌어도 봐줄까 말까 한데 뭐? 결백하다고? 뻔뻔한 것도 정도가 있지.”

분노한 현미에게는 미안했지만 제나가 알기에 채원 선배는 구차하게 변명을 하거나 발뺌을 할 사람이 아니다. 오해가 있기는 있구나. 일단 현미를 달래는 것이 급선무였다.

“내가 보기에 채원 선배가 아니라면 아닐 거야.”

“왜? 그런 게 어딨어?”

“잘 봐. 네가 여자면 채원 선배한테 넘어가겠어? 더군다나 젊고 예쁜 애가 왜 채원 선배처럼 우락부락한 사람이랑…….”

“이제나, 듣고 보니까 너 웃긴다?”

콧김 한 번 세게 내뱉은 현미가 제나의 어깨에서 고개를 들었다. 남자친구가 바람이 났다는 말을 할 때보다 더 흥분해버렸다.

“채원 오빠가 얼마나 매력이 많은지 알아? 그런데 우락부락하다고?”

“그거 예전에 네가 한 말이거든?”

실제로 채원 선배가 동문회에서 현미에게 대시했을 때, 현미는 길길이 날뛰며 ‘어디서 감히 눈만 높아서 저런 우락부락한 인간이 나한테!’ 하는 분노와 함께 말술을 들이켰다. 그리고 다음 날부터 1일인 것을 확인했다.

“내가 언제? 그리고…… 그래. 사실 보기에는 험악한 거 인정해. 나도 눈은 있으니까. 그래도 알고 보면 얼마나 괜찮은 사람인데. 나 아프면 밤새 같이 있어주고 야근할 때 먹고 싶다는 거 있으면 짜증 내면서도 다 사다 주고 다정다감하단 말야. 그리고 아, 맞다. 나 전에 길에서 구두 신고 뒤꿈치 까졌을 때 신발까지 바꿔 신어줬어. 그거뿐인 줄 알아? 얼마 전에도…….”

한번 터진 현미의 말은 끝도 없었다. 듣다 보니 정말 그런 면도 있구나 싶게 채원 선배가 달리 보였다. 속상해하는 현미 두고 할 생각은 아니지만 순간 경원이 떠올랐다.

「경원 씨 장점은 뭔데요?」

남들 보기에 험악한 상남자인 채원조차 여자친구의 눈에는 매력이 넘친다. 비할 데 없이 잘생기고 미끈한 경원이라면 당연히 장점이 쏟아지듯 나와야 할 텐데…… 그녀는 말문이 막혔다.

“거기다 말야, 내가 너니까 이야기하는데, 채원 오빠랑 나, 진짜 속궁합도 찰떡궁합이거든. 내가 어디 가서 그런 남자를 다시…… 흐흑.”

온갖 고초를 겪고 결국 현미의 이야기는 늘 그랬듯 정력으로 마무리됐다. 조금 전까지도 울적해하면서도 울지는 않더니 이 말을 하며 진짜 눈물까지 비쳤다.

그리고 제나 역시 울고 싶어졌다. 지금처럼 누가 경원에 대해 험담을 하면 아니라 받아칠 말이 전혀 없다. 애인인 그녀가 아는 김경원이라는 남자의 장점은…… 은우가 한 말과 다를 바가 하나도 없었으니까.

「도, 돈도 많고 잘생겼구요.」

갑자기 뭔가 조급해졌다. 그래도 여자친구라면, 겁먹은 박쥐보다는 나아야 할 텐데.

운전석에서 동그랗게 입을 모아 휘파람을 부는 그는 늘 그렇듯 경쾌했다. 보통 이렇게 섹시한 이미지의 남자들은 무게를 잡을 때가 많은데 경원만큼은 예외였다. 멜로디를 만드느라 모은 입술이 더할 나위 없이 색기가 넘치면서도 까만 눈동자나 하얀 피부는 동화책 삽화처럼 천진난만했다. 그 정도로 상반된 매력이 기가 막히게 조화를 이루는 얼굴이다.

이것도 장점으로 봐야 하나.

"응? 제나 씨, 왜?"

자신을 뚫어져라 쳐다보는 제나를 발견하자 그의 까만 눈이 길게 휘어졌다. 눈웃음마저 그럴듯한 남자라, 그녀가 허탈하게 웃었다. 없는 장점을 억지로 찾아내려다 보니 보이는 거라고는 깎아놓은 외모밖에 없다.

"아니에요. 그런데 오늘 경원 씨 기분이 좋아 보이네요?"

"그럼."

뭘 당연한 걸 묻느냐는 듯 그가 제나의 손가락을 가볍게 튕겼다.

"일이 잘됐어요?"

"일은 늘 잘되는데?"

"큰돈이라도 생겼어요?"

"음. 지금도 너무 많아서."

얄미운 이야기를 백배는 더 얄밉게 하는 것도 재주라면 재주다. 다만 이런 이야기로 그녀의 웃음이 터지게 하는 사람은 그뿐이라 제나는 그것도 장점으로 쳤다.

"경원 씨, 내가 뭐 하나 물어보려고."

"오케이."

마침 현미에게서 들은 이야기도 있고, 구두는 아니지만 새로 산 운동화에 쓸려 불편한 발이 눈에 들었다. 지금은 그나마 참을 만했지만 점심나절까진 딱딱한 가죽에 걸음이 편치 않았다.

"내가 만약에 새 구두 신고 뒤꿈치가 까졌다고 하면 당신은 어떻게 할 거 같아요?"

"구두? 감히 이제나 뒤꿈치를……."

채원 선배처럼 말이라도 바꿔 신겠다 할 줄 알았다. 그러나 익히 알다시피 경원은 스케일이 남달랐다.

"그따위 괘씸한 구두를 만든 삼류 회사를 요절내야지. 그 구두부터 갈가리 찢어놓고."

"……나랑 신발 바꿔 신거나 그러진 않고?"

"내가 왜? 이제나 안거나 업고 가면 되지. 그편이 백배는 더 좋을 거 같은데."

당연한 걸 왜 물을까, 경원의 눈이 벌써 제가 제나를 안았을 때 닿을 만한 부위를 훑기 시작했다. 아직까지는 할퀴지 말자, 제나가 한숨 한 번 쉬고 다음 질문으로 넘어갔다.

"이것도 만약인데, 그럼 경원 씨는 내가 정말 아프다면 어떻게 할 거 같아요?"

"어디 아파?"

그의 표정이 단숨에 변했다. 말은 이래도 애인은 애인이구나, 현미가 자랑했던 다정다감함이 그에게도 있긴 있구나, 그녀가 내심 만족했다.

"아니, 그냥. 궁금해서요."

"어디 한번 봐봐. 얼른."

"아니라니까요."

"오라고 했어."

체온이라면 36.5도, 지극히 정상이다. 그래도 먼저 말을 꺼낸 것도 있고 걱정돼서 그렇겠거니 이마를 내밀자 커다란 손 대신 뜨거운 입술이 내려왔다.

"지금 뭐해요? 아직 밖에 사람 다니는 거 안 보여요?"

"선팅했어."

"지금 그게 문제란 거야?"

"나한테 문제는 이제나가 아플지도 모른다는 거지."

그사이에도 경원은 길고 날카로운 콧대를 스쳐가며 제나의 온 얼굴에 입술을 찍어댔다. 귓가에 살짝 불어댄 숨에 살랑이며 간질대는 느낌이 갈수록 뜨거워졌다.

"확실히 열이 있는 거 같기도……."

"괜찮다니까요?"

"아냐, 아직은 몰라. 무슨 경찰이 자기 몸도 모를까. 하여튼 혼자 두면 안 된다니까."

중얼중얼, 나른한 목소리가 귀보다 입가에 먼저 닿았다. 반사적으로 꼭 감은 눈에 속눈썹이 파르르 떨리자 그가 더욱 고개를 기울여 정확한 진단에 박차를 가했다.

"입 벌려봐."

터무니가 없어 벌어진 입술을 놓치지 않고 바로 아찔하게 파고 들었다. 크게 휘젓듯 입안을 헤집고, 그녀의 양볼을 감싸 쥔 엄지 손가락이 애달도록 천천히 뺨을 쓸었다.

"으읍."

"하아, 어디 보자. 안쪽으로는 열이 나는 거 같기도 하고."

"으으음."

"안 나는 거 같기도 하고."

그는 한없이 진지했다. 나이에 걸맞지 않은 의사놀이에 장단을 맞추다 숨이 막힌다 싶을 때쯤에야 겨우 빈틈을 찾아내 빠져나왔다.

"……진짜 이게 뭐하자는 거야?"

"정말 다행이야. 걱정 안 해도 되겠어. 이제나 너 열 안 나."

"……말을 말아야지."

"이마 짚는 건 이렇게 못 하는 사이니까 그런 거야. 체온계보다 이쪽이 더 정확할걸?"

쪽, 마지막으로 가벼운 입맞춤이 입술에 남았다. 뺨에서 내린 손도 스르르 미끄러져 목을 한 번 스치고서야 제자리를 찾았다.

"당신 애인 정말 능력 있지 않아? 아, 나란 남자."

"대애단히요."

제나가 '대' 자에 길게 포인트를 주었다. 그의 말대로 몸의 이상이야 없다고 쳐도 오히려 그사이에 차 안 공기가 후끈 달아올랐다. 저 남자야 경건한 의식처럼 연기를 했지만 그렇다기엔 경원의 까맣던 눈의 채도가 한층 더 낮아졌다.

그렇게 가면처럼 쓰고 있던 순진무구함이 갈래갈래 쪼개져 나갔다.

"내가 첫눈에 당신 아픈지 아닌지도 모르는 얼간이 같아 보여?"

어두운 골목을 따라 내려올 때부터 당신 얼굴만 봤다구, 장난스럽던 표정이 잠깐이나마 진지해졌다. 하루 종일 생각하는 게 다넌데, 얼굴 한번 봤으면 기분이 어떤지 정도는 안다.

"뭐 덕분에 나야 좋았지만."

"지금 다 알면서 일부러 그랬다는 거예요?"

"이거 아무나 하는 거 아니다?"

그녀야말로 덕분에 그의 확실한 장점 하나는 알았다. 채원 선배처럼 밤새 간호야 못 하더라도 온도계 없어도 극도로 섬세하게 열을 잴 줄 안다.

이 어이없는 발견에 제나는 작은 웃음을 터트렸다.

"그래서, 얼른 말해보시지?"

"뭘요?"

"왜 차 탈 때부터 사람 설레게 뚫어져라 쳐다보고 심장 떨어지게 머리를 절레절레 흔들고 그랬는지."

휘파람 불며 앞만 보는 줄 알았던 남자가 그걸 다 봤는지는 몰랐다. 숨길 건 아니지만 말하기도 뭣해 잠시 망설이다 그녀 본연의 솔직함으로 적당히 추려 이야기했다.

"우와, 이제나 무서운 여자네. 그럼 지금까지 나 시험당한 거야?"

"시험은요, 무슨. 그래도 인간이면 장점 하나야 있겠지 했단 거지."

"하아, 없으면 버리게? 내가 정말 유능하기에 망정이지."

"……저 능청은 정말."

"그래서 능력 있는 제나 씨, 확실히 찾긴 했어?"

이런 재주 흔하지 않다구, 꽉 잡아.

낮아지는 몸과 함께 그의 목소리가 더 낮아졌다. 그리고 제나가 따라 웃던 한순간 조수석 등받이가 그대로 젖혀졌다.

"그럼 진작 말하지 그랬어?"

위에서 내려다보는 그는 앉아 있을 때보다 배로 섹시해졌다. 범죄에 가까운 섹시함 또한 김경원이 특허 낸 장점이나 다름없었다.

"우리 제나, 오라버니 장점 제대로 하나 보여줘야겠네?"

그의 찰랑대는 머리끝이 이마며 뺨에 내려앉았다. 따갑게 닿는 느낌이 어느 순간 사라진다 싶자 그가 더 가까워졌다.

"이건 또 뭐하자는 플레이?"

"날아다니라 풀어줬더니 도망갈 생각만 하고 별수 없잖아? 이제 내 거라는 표시라도 해놔야지."

"나는 쫓아내고 말지, 도망은 안 가는데?"

"그래그래. 이제나 잘난 거 익히 아니까 허리 좀 들어볼래?"

"지금 그게 문맥에 맞는 대화라 생각해요?"

제나가 으르렁 날을 세웠지만 내려다보는 이 특유의 장점이 여기에 있었다. 앉아 있을 때에는 보이지 않던 그녀의 가슴 선이 깊은 음영을 만들자 거기에 또 방심해 마음을 빼앗겼다. 정신없이 몰아대 구경이라도 한번 해보려 했건만 목을 울리는 시간이 생각보다 길어졌다.

"빨리 비켜요. 무거우니까."

"으응? 나 벌써 여기까지 넘어와서 허리에 손도 넣고 고개도 숙였는데? 미리 말을 하든가."

너 진짜 잔인하다, 경찰이라면서.

구시렁대면서도 경원은 끈기 좋게 버텼다. 그러다 살짝 미소 지은 그녀가 고개를 들어 올리자 예상치 못한 반응에 주춤했다.

"웃어?"

제나가 옷 안으로 들어오는 손목부터 틀어쥐고는 그를 운전석에 다시 밀어 앉혔다. 전세 역전, 날렵하고 신속한 동작에 그가 불만 가득 찬 눈을 깜빡거렸다.

"아, 형사 애인 별로려고 해…… 는 아니네?"

아직도 눈앞에 가슴이 아른아른한 터라 나오는 말이 곱지는 않았다. 그런데 정신 차리고 보니 이 자리로 돌아온 것은 그 하나가 아니다. 제나 역시 그 위에 올라와 의기양양하게 미소를 짓고 있었지만 그로서는 이쪽이 더 취향이다.

"아, 진짜 뭐야! 안 놔요?"

"난 한 번 속지 두 번은 안 속거든?"

경원이 자신의 다리 사이에 한쪽 무릎을 세운 채 내려다보는 그녀의 허리를 붙들었다. 힘으로는 어찌할 수 없는 강한 악력에 그녀의 당황스러운 외침이 터졌지만, 이번만큼은 그도 정신을 단단히 차렸다.

"김경원 씨, 여기서 날 어쩌겠다는 정신 나간 생각은 안 했으면 좋겠네요!"

"응. 어떻게 참았는데 아까워서 여기서 할까. 그냥 예고편 정도만 찍자는 거야. 이거저거 다 해보려면 좁기도 하고."
"어이가 없어서. 참았다구요? 당신이?"
"마녀 하나가 하반신에 저주를 걸었거든."
슬픈 표정과는 별개로 그녀의 날씬한 허리에 두른 손이 한 뼘 더 조여들었다. 완전히 밀착한 자세에서 느껴지는 생명력은 꼭 심장 뛰는 소리 하나만은 아니었다.
"이제나, 지금 잘못 움직이면 들어갈지도 몰라."
"미쳤나 봐!"
딱 붙은 하반신에서 느껴지는 그의 반응을 모를 수가 없었다. 정작 부끄러워해야 할 인간은 의기양양한 반면 제나는 꽤 당황해 버렸다. 생활지도계에서 성매매 단속 갔을 때 딱 붙어 있던 인간들이 왜 바로 못 일어났는지 몸소 체험하는 중이다.
"아아, 그렇게 움직이면 나 결심 못 지키는데?"
"무슨 남자 결심이 그렇게 가벼워?"
"어디 4대 성인 모시고 와봐. 나처럼 잘 견디나."
몸을 떼려는 그녀와 잡고 버티는 그 사이에 자잘한 움직임이 일자 살짝살짝 얕은 자극에도 인상을 썼다. 결국 일 나겠다 싶은 그가 번쩍 제나를 들어 조수석에 앉히고서야 상황은 종료되었다. 물론 제나 쪽 상황만.
"오늘은 그냥 갈래요. 혼자 알아서 잘하든가."
"지금 혼자 내리면 나도 따라 내릴 건데?"
"그 몸으로? 어디 끌려가려고 작정했어요?"
이대로 나가면 상당히 곤란할 그의 모습이 차마 두 눈 뜨고 보기에 무서웠다. 이 남자는 따라 나온다고 하면 말로만 끝낼 사람이 아닌지라 제나가 손잡이에 올렸던 손가락을 무겁게 떼어냈다.

“잘 생각했어. 나야 더 버릴 평판도 없지만 당신은 아니잖아? 우리 미래 총경님이.”

“입 다물어요.”

“참, 그건 그렇고, 내 장점 찾아냈어?”

“있던 것도 없어지겠네!”

아니, 그전에 있기나 했고?

웬만해서는 흥분하지 않던 마약수사계의 반기문, 이제나가 경원만 만나면 화를 내고, 소리 내 웃기도 하고, 억지로 이기고 싶지도 않아졌다. 이런 제 변화를 남들은 어렴풋 알아차렸는데 본인만 그걸 몰랐다.

“이 상황에서 장점이라는 말이 나와요? 그래, 들어나 보죠. 뭔데요?”

“……당신 애인 건강하다?”

“뭐?”

“부끄러워하지 말고 잘 봐. 이 정도면 정말 건강한 거라구. 이거 어디 가서 자랑해도 안 빠지는 거란 말야. 건강이 제일인 거 알지?”

그 건강이 그 건강도 되는구나, 제나가 색기 풀풀 날리는 경원의 눈에서 시선을 떼지 않은 채로 가방 앞주머니를 뒤적거리기 시작했다.

“어, 제나 씨 뭐 하는 건데?”

“뭐 좀 찾아요. 경원 씬 계속 건강한 채로 있어요, 그냥.”

“뭐야? 좋은 거 있어? 내 선물?”

"내 가죽장갑이요."

완전 범죄에 지문은 남기지 않겠다는 신념으로 제나가 검은 가죽장갑을 꺼냈다. 맞기 싫은 그가 다시 그녀를 끌었고, 이번에는 그녀도 발버둥치지 않았다. 몇 번의 투닥거림과 웃음이 오가다가 말소리가 줄어들었다. 어두운 골목 안, 더 어두운 차 안에서 가장 어둡고 은밀한 움직임만 간간이 이어졌다.

"우리 박쥐가 웬일일까나, 자진해서 클럽 청소를 다 하고."

"그냥요. 왜 자꾸 그러세요?"

오랜만에 책상 앞에 앉아 서류 사이사이로 펜을 죽죽 그어 내리던 경원이 입술을 늘어트렸다. 그 틈에 걸레질을 해가며 중간중간 그를 힐끔대던 은우가 지레 찔려선 손을 더 빨리 놀렸다. 경원이야 별 관심 없어 보였지만 그녀의 목적은 따로 있었다. 안 그래도 피하고 싶은 호랑이 굴에 직접 잠입을 했다면 뭐라도 건져야 했다.

「약점? 그 인간이 보통 사람처럼 약점이 있을까?」

처음에는 흥미를 보이던 은서도 경원의 약점이라는 말에는 고개를 저었다. 그러지 말고 좀 알려달라 애걸복걸했지만 바로 밀려났다.

「그러지 말고, 언니는 계속 사장 아저씨랑 붙어 다녔으니까 약점도 알 거 아냐?」

「내가 그 인간이랑 붙어 다니면서 안 거라고는, 지옥에 떨어트려놔도 악마한테 목줄 매서 썰매 타고 빠져나올 인간이란 거야.」

「말도 안 돼! 무슨 산타야?」

「산타는 좋은 일이나 하고 다니지.」

은서는 자신의 언니라 하는 말이 아니라 지독히 객관적인 사람이다. 제나에게 약속을 했으니 뭔가 알아내긴 내야 하는데.

축 늘어진 은우에게 강재가 다시 한 번 손을 내밀었다.

「나도 언니 말에 동감이긴 하다만, 그래도 옆에 붙어 있으면 뭐 하나는 걸리겠지. 단, 그놈이 진심이라면.」

그 말을 전부 이해하진 못했다. 하지만 더 물어볼 사람도 없어 결국 형부 말대로 경원을 감시하기 시작했다. 그렇게 밀착 마크 사흘째, 경원에게서 보통 사람들의 약점을 찾아내려 했던 자신이 점차 우스워졌다. 보통 사람이라면 실수나 잘못을 몰래 숨겨놓는 것이 약점이 될 텐데 경원은 달랐다. 워낙 막 나가고 자기 마음대로 살다 보니 웬만한 일은 평범한 일과에 불과했다. 식사하고 차 마시는 일과처럼, 경원은 독보적인 마이페이스였고 그런 사람에게 보통의 잣대를 가져다댄다는 자체가 어불성설이었다.

"김 비서, 거기 공사 대금 준 지가 언젠데 아직도 작업이 진전이 없어? 한번 내려갔다 와."

"네, 알겠습니다. 그런데 워낙 그치들이 돈 문제로 물고 늘어져서……."

"응. 그러면 다 때려 부수고 다시 가져가라 그래. 내 돈은 뱉어 놓고."

그럴 줄 알았다는 김 비서의 체념에 은우가 동정의 시선을 보냈다. 약점을 찾으러 왔건만 어찌 된 게 경원이 의외로 바쁘게 산다는 것 말고는 알아낸 것이 없다. 미리 추측컨대, 김경원의 일과라면 하루에 반은 자고 반은 클럽에서 놀다가 그래도 시간 나면 경찰 언니를 만나러 가겠거니 했었다.

"나야 우리 처제 꿍꿍이가 뭔지는 모르겠다만, 이왕이면 같이 즐거우면 좋겠네?"

"꿍꿍이라뇨? 절대 그런 거 없어요."

미심쩍게 보면서도 그는 별다르게 몰아대지는 않았다. 최근 들어 일이 두 배로 늘어났고 워낙 고액이 오가다 보니 다른 데 신경을 돌릴 새가 없었다.

"뭐야? 아직 안 갔어?"

사장실 문이 다시 열리자 당연히 김 비서일 거라 생각한 경원이 고개도 들지 않고 서류를 뒤적거리며 일만 했다. 뒤에서 은우가 조심히 어깨를 두드리자 그제야 고개를 들어 불청객을 확인했다.

"어, 이게 누구시더라?"

"오빠, 오랜만이에요."

또랑또랑 날카로운 목소리가 그를 불렀다. 얼마 만이던가, 세림이 자기 집이라도 되는 양 그의 사무실을 둘러보았다. 실제로 그를 만난 곳이야 거의가 뻔한 장소들이었고 이렇게 집이나 사무실처럼 개인 공간에 발을 들인 적은 극히 드물었다. 어쩌면 본능적인 성욕조차 일처럼 여기는 게 아닐까 싶게 선을 그었던 남자다.

"내가 전에 여기서 보는 일은 없었으면 좋겠다고 했는데?"

"할 말이 있어서요. 진짜 중요한 일이에요."

"신 부장, 요새 일 열심히 안 하나 보네? 아니면 사람 얼굴도 못 알아볼 정도로 눈이 나빠졌나?

경원이 책상 위 스피커폰을 누르고 차가운 음색을 내뱉었다. 방금 전까지 은우에게 장난을 걸던 느물느물한 말투는 그 어디에도 없다.

"그러지 마요, 오빠. 말이라도 한번 들어보면……."

"나가."

"오빠 요새 만나는 분 있다면서요!"

세림을 윙윙대는 날파리 정도로 대하던 그가 급하게 튀어나온 마지막 말에야 눈을 맞췄다. 웃는 모습이 여전하다 싶으면서도 한 순간 바짝 벼려놓은 칼날처럼 매서웠다. 그 낯선 날카로움엔 아무리 변죽 좋은 세림조차 두 손을 뗐다. 그래도 김 비서가 없을 때 비굴하다시피 사람들 사이에 끼어 몰래 들어온 터라 이게 마지막 기회였다.

"내가 만나는 사람 이야기가 왜 네 입에서 나오지?"

"그게 아니라…… 저는 그냥…… 오빠가 그분 잘 만났으면 좋겠다는 거죠."

그녀가 연기자답게 바로 표정을 수습했다. 본론이 나오기도 전에 움츠러들면 곤란했다.

"일단 앉지?"

"어머, 고마워요. 안 그래도 다리 아팠거든요."

이제야 말이 통한다 싶은지 그녀가 상큼하게 웃으며 다가왔다.

아무 생각 없이 습관처럼 그의 옆자리를 파고들려다 쿵, 자국이 날 정도로 펜을 짓누르는 그의 손짓을 보고서야 맞은편에 몸을 내렸다.

"우리 처제도 앉을 거면 앉고."

"아, 아니에요. 저…… 마실 거라도 가져올까요?"

세림의 등장에 괜한 은우만 바짝 긴장했다. 빨리 자리를 떠버리고 싶지만 어쩌면 지금이야말로 무언가 건질 기회지 싶어 경원을 살폈다.

"나는 더치 아메리카노 아이스로. 콜롬비아 수프리모면 좋고."

"그, 그런 거 없는데, 여기……."

"그럼 아이스 녹차 라테라도. 아! 슈거 프리로."

"어, 없는데……."

"아, 정말 뭐야. 그럼 되는 거 아무거나."

"오세림 씨, 지금 카페 왔어? 본론이나 말해."

경원의 짜증이 높아졌다. 두 여자 모두 잠깐 머뭇대다가 결국 은우가 자리에서 일어섰다. 붙어 있어야 될 분위기였는데, 그 어디에다도 풀지 못하는 스트레스가 고스란히 뻔뻔한 세림에게 향했다.

"오빠, 수준 떨어지게. 쟤도 오빠 만나는 애예요? 취향이 많이."

"닥쳐줄래?"

"아니, 난 그냥."

"내 시간을 이렇게나 빼앗고 별 내용 아니면…… 너도 별거 아닌 인간으로 만들어줄게. 너 알잖아, 나 그런 데 소질 많은 거."

그가 다리를 꼬며 시계를 확인했다. 저도 모르게 침부터 한 번 넘긴 세림이 천천히, 그러나 활짝 웃으며 준비했던 말을 꺼냈다.

"나, 나는…… 다른 게 아니라."

"10초 더 지났어."

"여기서 드라마 촬영하는 거!"

찌르듯 번뜩이는 그의 음색에 결국 세림이 본론을 터트렸다. 경원에게서 걷어차인 후 소위 그녀의 급이 떨어졌다. 그가 특별히 손을 쓰지는 않았겠지만 남자 문제가, 그것도 여럿으로 얽히다 보니 소문이 나버렸고, 그 탓에 캐스팅이 확정된 드라마가 여럿 날아갔다. 소속사에선 눈 좀 낮춰 조연 자리라도 알아본다 했지만 그 대단한 자존심엔 안 될 말이다.

"그거 최 감독님 거잖아요. 오빠 그분이랑 친한 거 알아요. 그쪽으로 인맥도 많고. 저 정말 그거만 잘되면……. 부탁할게요. 그래도 옛정이 있는데."

"옛정이라."

"오빠가 이번에 손만 써주면 저 정말 입 다물고 있을게요."

"뭐에 대해 입을 다문다는 건데?"

"그 여자요. 선 자리에서 봤던…… 맞죠? 거기랑 잘되는 거죠?"

떠보는 듯 얼버무렸지만 사실 다 알아보고 나왔다. 임자 없어진 빈 몸에 들이대는 남자들 중 경원같이 돈, 외모 다 되는 사람은 아무도 없었다. 아쉬운 마음에 다시 어떻게든 해보려 사람 좀 써 알아봤더니 이미 다른 여자가 딱 붙어 있었다. 정확히는 그가 그 여자 옆에 딱 붙어 있는 걸 확인했다.

"네 말은, 내가 거기 안 꽂아주면 우리 아가씨 찾아가서 깽판이라도 치겠다는 거네?"

"그렇다기보단 좋은 게 좋은 거라고, 오빠도 제가 둘 사이에 분란 만드는 거보다야."

"내가 그걸 무서워할 사람으로 보인단 말이지? 딜이라도 하겠다는 거야?"

"아니에요? 그러니까 여기 앉아 내 이야기 들어보겠다 한 거잖아요."

경원의 웃음이 평소와는 달랐다. 몹시 성가시게 귓가에서 윙윙대는 모기 하나 잡았을 때, 그런 오싹하고도 만족스러운 미소였다.

"내가 널 여기 앉으라고 했던 건, 아까 그 자리에선 뭘 던지면 바로 맞힐 자신이 없어 그랬지."

화병에서 꽃을 뽑아낸 그가 비죽한 웃음과 함께 고개를 들었다. 먹잇감을 툭툭 건드리는 야수처럼 그의 눈빛이 그녀의 가까운 미래를 어둠으로 물들였다.

"왜, 왜 이래요!"

기척 살피는 것 하나는 톱스타 반열이라 세림은 바로 얼굴을 가리며 몸부터 피했다. 실제로 이 정도까지 경원이 반응할 거라곤 상상도 못 했던지라 길게 자란 손톱이 제 뺨에 푹 박혔다.

"걸고넘어질 걸 넘어져야지?"

"난 그런 뜻이 아니라."

자의에 의한 것이 아닌, 눈빛에 떠밀리듯 몇 걸음 뒷걸음질 쳤다. 여전히 입 다물고 그녀를 지켜보는 경원은 그야말로 비현실적으로 평온했다. 이런 남자를 협박조로 넘겨보려 했던 생각 자체가 얼마나 어리석었던지, 또 이 와중에도 그가 집착하는 대상에 대한 시기가 솟았다.

그녀에게 경원은 그저 오는 여자와 가는 여자 모두에게 관대했던 남자일 뿐이었는데.

"은우 씨, 왜 그래요? 안에 누구……."

극적인 순간 문이 열리자 세림은 얼떨결에 자신이 열어버렸던가, 착각마저 들었다. 쟁반을 들고 있는 겁먹은 어린 아가씨 뒤로 하얗고 도도한 여자가 사무실 안을 들여다보자 그가 바로 자리에서 일어섰다. 원래도 행동 빠른 남자였지만 눈을 드니 벌써 여자 앞에 서 있었다.

"이제나."

단 한 번도 보지 못했고, 볼 거라고 생각 못 했던 남자의 표정이 세 여자 모두에게 다른 의미로 다가왔다. 은우는 형부가 했던 말의 의미와 그의 약점이 무엇인지 알았고 세림은 잠시 가졌던 후회 대신 분노를 쏟아낼 대상을 찾았다. 그리고 제나는…… 늘 그렇듯 매력적인 웃음으로 응대했다.

"제가 때를 잘못 맞춰 온 모양이네요. 다음에 다시 뵙죠, 김경원 씨."

"나 보고 이야기해!"

먼저 몸을 돌린 제나 뒤에 경원이 바로 붙었다. 두 사람이 사라지는 것을 쳐다보던 은우가 긴장감을 내려놓고 쟁반을 덜컹거렸다.

얼음물 두 잔이 찰랑이자 세림이 만만하다 싶은 은우에게 짜증을 쏟아냈다. 실제로 조금 전 이 아가씨가 경원 옆에서 말도 제대로 못 하고 더듬는 걸 직접 확인도 했다.

"이게 다 뭐야! 스타일 다 구기고! 그리고 누가 이딴 얼음물 먹는대? 너 저리 안 비켜?"

"하아…… 너 내가 이러고 있으니까 만만하냐? 별게 다 깝치고 난리야."

"어어…… 뭐, 뭐라구?"

"그냥 주는 대로 처먹으라고, 이년아."

잘못 들었나 싶어 세림이 멍하니 입을 벌렸다. 하지만 아무리 기죽어 억눌려 지내도 사자의 새끼는 사자다. 경원이나 언니 내외가 없다면, 은우와 일대일로 붙어 이길 만한 여자는 대한민국에 존재하지 않았다.

24
질투는 엘사도 열받게 한다

제나는 남녀 관계에 얽혀 이성을 잃는다거나 감정에 휩싸여 막말을 해본 적이 단 한 번도 없었다. 쿨하려 노력해서 그렇다기보다는 애초에 그만큼 정을 주지 않았다. 그녀는 늘 평온을 유지할 만큼, 자신을 흐트러트리지 않을 만큼의 이성을 남겨두었다. 일종의 트라우마겠지만 돌아가신 엄마를 생각하면 미련스레 남자에게 흥분하고 매달리는 자체가 딱 질색이었다.

"이제나, 나 안 보여?"

"……눈이 있는데 안 볼 수야 있나요."

그래서 지금 이 상황이 당혹스러웠다. 가슴이 달아오르고 손끝으로 피가 몰리는 이 느낌이, 정상적인 건지 궁금할 정도다.

"내 이야기도 한번 들어봐야 하는 거 아닌가?"

"오해는…… 안 해요."

경찰대에 다니면서 그녀의 이성은 한결 더 견고해졌다. 어느 때라도 감정에 지지 않고 늘 객관적으로 상황을 파악하는 법부터 배웠으니까. 그러니 지금 이 상황을, 그에게 화를 내며 빰을 올려붙일 만한 상황이라 판단하지는 않았다. 냉정을 찾아보자면 그 자리엔 은우도 있었고 그나 오세림의 분위기가 화기애애하다든가, 웃음이 넘치지도 않았다. 오히려 호숫가의 얼음이 가장자리부터 깨어지는 스산한 긴장감을 느꼈지만…… 이상하게 기분이 나빴다. 지금 이 순간만은 이 남자가 꼴도 보기 싫을 만큼.

"그럼 왜?"

"오해는 안 하는데…… 당분간 당신이 보기 싫어졌어요."

"그러니까 왜?"

"입장 바꿔 생각해봐요. 내가 강현수 검사랑 한 방에서 도란도란 이야기하는 걸 당신이 봤다면 기분이 어떨지."

순간 경원이 그 자리에 있지도 않은 현수에게 살의를 느꼈다. 그와 동시에 그녀의 마음을 짐작하고는 머리를 싸쥐었다.

"내가 먼저 연락할 때까지, 괜한 짓 말고 기다려요."

"이대로 가겠다고?"

이렇게는 못 보낸다, 뒤에서 뻗어나간 경원의 손이 옷깃을 잡아채자 그녀가 천천히 뒤로 돌았다.

"그럼. 한 대 때리고 갈까?"

마약수사계의 독보적인 특징이라면 타 과에 비해 제정신인 사람이 별로 없었다. 이성을 잃은 사람이 주로 잡혀 왔고 그만큼 시끌벅적했다. 잡아떼고 소리 지르고 울고 난동을 부리는 사람까지 종류가 다양했지만 오늘도 제나는 태풍의 눈처럼 고요했다.

"아, 짜증 나. 여자가 뭘 안다고 나대길 나대? 내가 누군지 알아?"

이 정도의 수준 낮고 난이도 낮은 질문에 보통 제나는 웃으며 '그럼 누군지 알아보자.' 설득에 가까운 압박을 하곤 했다. 하지만 오늘 그녀는 아무런 대답도 없었다.

"엉? 어쩌자고? 나는 모르는 일이라니까?"

그녀는 한숨 한번 쉬지 않았다. 오로지 고개를 들어 유들유들 잡아떼는 피의자의 눈을 뚫어져라 쳐다보았다. 얼음공주 엘사라 불리는 특유의 무표정으로 오래도록, 지그시 노려보았다.

"뭐, 뭐? 내가 뭐? 내가 어쨌다고?"

"……그러게. 나는 어쨌다고?"

"뭐?"

"나는 어쨌다고 너처럼 무데뽀에 자기 잘못도 모르는 거지같은 놈이랑 이러고 있을까?"

그녀의 낮은 읊조림에 피의자가 건들대던 자세를 잠시 삐끗했다. 혹시 주변에 누가 있나 두리번대다가 일단 꼬고 있던 다리를 고쳐 앉았다.

"이 여자가 진짜. 확 조져버릴까 보다."

"그러든가. 더 이상 조질 게 뭐 있다고. 웃기지 않아? 나 정말 열심히 살았거든. 열심히 공부해서 수석으로 졸업하고 죽자 사자 일했어. 그런데 너 같은 놈을 만났다고. 막 살고 내키는 대로 다 한 너 같은 놈이랑. 정말 아이러니한 일이라 웃음이 다 나네."

"어…… 지금 나한테."

"그래. 너한테. 잡아떼고 싶으면 잡아떼. 나야 아무 상관 없으니까. 적당히 있는 거 없는 거 다 가져다가 붙여 처넣으면 그만이야. 결백하다고? 법정 가서 이야기해."

낮고 조곤조곤한 목소리로 그녀가 이를 갈았다. 어쩐지 일이 뜻대로 풀리지 않는다 싶자 피의자는 주변의 다른 형사들을 살폈다.

하지만 다른 이들 역시 숨죽인 채 말 한 마디 안 했다. 이 넓은 사무실에서 가장 가녀린 이 여자의 눈치라도 보는 것처럼.

"에헤이, 우리 누님. 오늘 왜 이러실까? 또 살인나겠네."

복사기 앞에서 불안하게 그녀를 쳐다보던 형식이 재빨리 끼어들어 제나의 어깨를 잡았다. 가볍지만 걱정스러운 접촉에 뭔가 깨달은 건지 제나가 눈을 한 번 천천히 깜박하고는 평소의 모습을 되찾았다.

"그럼 다시 한 번 여쭤볼게요. 임해명 씨, 정말로 모르신다는 건가요?"

"……뭐, 뭐야, 이거?"

"정말. 정말. 정말로, 가슴에 손을 얹고, 거짓말이면 사지가 산산조각으로 찢긴다 쳐도, 그래도 결백하냐고?"

모, 몰래카메란가?

팀원들이야 오늘 여러 번 보았지만 피의자로서는 처음 접하는 느닷없는 광경에 앉은 자리가 급격히 불편해졌다. 다시금 뚫어져라 쳐다보는 고양이같이 깊고 날카로운 눈 역시 두 번 피하기는 힘들었다. 이렇게 입을 다물면 말 그대로 사달을 낼 듯한 분위기가 솔솔 풍겼다.

"아니. 그렇다기보다는…… 아예 모르겠다 그런 건 아니고……."

결국 느물거리던 그의 입이 떠듬떠듬 열렸다.

기계적으로 키보드를 치고 조서를 꾸민 그녀가 손을 털고 일어서자 남 형사가 크게 박수를 쳤다.

"이야, 이 경위님. 그건 또 무슨 수법이에요? 진짜 잘 통하네요?"

"그러게. 신종 취조 방법이야? 이중인격처럼 딱 돌변하니까 막 술술 불잖아. 나도 한번 써봐야겠다."

"팀장님은 연기를 못 해서 안 될걸요?"

마지못해 웃어 보인 제나가 사무실 밖으로 나갔다. 잠깐 망설이던 형식이 쫓아와 슬그머니 옆에 붙었다.

"누님, 뭐 안 좋은 일 있죠?"

그래도 몇 년을 한 몸처럼 붙어 다닌 형식이다. 남들은 신종 수법이니 뭐니 해도 오늘 제나의 기분이 남다르다는 것을 한눈에 알았다.

"우리 형식이도 재능은 있네."

"누님도 참."

"나 이제 괜찮아. 오늘 할 일 대강 끝난 거 같은데 나 좀 앉아 있다가 들어갈게."

혼자 둬도 불안한 사람은 아니니까, 형식이 그러라며 돌아서다가 뭔가 생각이라도 났는지 목청을 높였다.

"누님!"

"왜? 할 말 있어?"

"누님 속상하게 하는 인간 있으면 데려오십쇼. 제가 책임지고 반 죽여놓겠습니다!"

"너 뭐야……? 조용 안 해?"

"근데 그러면 누님이 더 속상하시겠죠? 그래서 안 하렵니다!"

눈을 가늘게 좁히던 제나가 고개를 돌려 웃었다. 형식이 민망하게 머리를 긁적이다 다시 그녀 앞에 섰다.

"저야 뭐 아는 것도 없지만서도."

"안형식."

"저 예전에 형사계에서 누님 첨 만났을 때 기억하십니까?"

그걸 어떻게 잊겠는가. 제나 역시 그가 어딘가에서 잡혀 온 피의자라 여기고 못마땅한 눈길을 주었었다. 그런데도 싱글싱글 웃기에 속없는 놈, 쌩하니 고개를 돌렸는데 뜻밖에 형식은 사람 좋게 90도로 허리 숙여 인사를 했다. 그녀가 학교에서 배우지 못한 것을 하나 더 배운 순간이었다.

"본의는 아니지만 저 진짜 실수 많이 했잖습니까."

"그랬지."

"그때 저…… 진짜 모르고 그랬던 겁니다."

"응?"

뜬금없는 이야기에 이번에는 그녀가 조금 전 피의자처럼 난감해했다. 친동생처럼 아끼는 아이이니 지금 자신에게 좋은 의도로 이야기하고 있다는 정도밖에는 알 수가 없었다.

"그런데 그때 저 믿어준 분이 누님뿐이셨습니다. 강력계 민 팀장님이랑 다른 선배들이랑 다 그만두라며 소리 지를 때, 누님 혼자 분명 제가 모르고 그랬다고, 단순하고 멍청해서 다른 수 쓸 놈 아니라며 나서주셨습니다. 누님이 책임지겠다구요."

"지금 왜 그 얘기를……."

"사람들이 하도 소리 지르고 화를 내니까, 저는 제가 모르고 그랬는데도 순간적으로 착각할 뻔했었습니다. 내가 진짜 알고도 그런 건지, 내가 답도 없고 형편없는 놈이라 알면서도 자꾸 실수를 하는지, 백 번 천 번 생각했습니다. 그럼 나는 이제 경찰 하면 안 되겠다 하구요."

옛 이야기를 꺼내는 형식은 부끄러운지 얼굴을 붉히면서도 끝까지 말을 이었다. 두서없고 매끄럽지도 않은 말이었지만 듣고 있는 그녀의 마음을 꼭 묶어 잡아두었다. 어젯밤 잠도 설치고 붕 뜨던 마음이 이제야 가라앉는 기분이다.

"사람 말이 무섭다고 그렇게 몰아치니까 다 놔버리고 싶다가…… 나를 믿어주는 사람이 있다는 게, 그게 그렇게 큰 힘이 되는지 처음 알았습니다. 누님처럼 잘나고 똑똑한 여자가 나를 믿는다니까, 아, 내가 이상한 놈이 아니구나, 그러고 다시 일어나서 출근했습니다."

"그리고?"

"그리고는 뭐가 그리곱니까? 그다음부터 실수하면 누님한테서 안 죽을 만큼만 맞았죠."

푸훗, 그녀가 웃음을 터뜨렸다. 이 기분으로 다시 웃을 수 있을 거라곤 생각 못 했는데, 사람 마음이라는 게 어찌 보면 참 나약했다. 좋은 말로는 융통성이 있는 걸 테고.

"누님이 그러셨죠? 모르고 했기 때문에 실수라고. 후회하고 안 하면 된다고."

"어쩌나, 나는 기억 안 나는데."

"그러시면 곤란하죠. 그걸 모토로 이렇게 끝내주는 형사가 됐는데. 부디 언행일치하시는 모범적인 누님이 되시길 바랍니다!"

'끝내주는' 하니 떠오르는 인물에 그녀가 쓴웃음을 삼켰다. 형사다운 감은 형식과 이야기를 나누며 진작 다 찾았다.

"그런데 우리 형식이가 꼭 뭘 알고 그러는 느낌이 드네?"

"누님도 참, 기분 탓이겠죠."

집착은 없는 그녀지만 혹시나 캐물을까 형식이 얼른 도망쳤다. 그래도 웃는 거 봤으니 다행스럽단 생각에 휴대전화를 꺼내 들었다. 젊다기보다는 어린 아가씨였지만, 역시 아가씨들 문자에 답장하는 것은 생각보다 어려워 쳐다보는 눈이 난감했다.

– 경찰 아저씨, 살려주세요! 사장 아저씨가 다 죽게 생겼어요.

겉으로 보기에 경원은 멀쩡했다. 하지만 병원에 나이롱환자로 입원해 있을 때와는 반대로 이번에는 속이 곪아들어갔다. 잘 모르는 사람이 지금의 그를 보면 큰 사업 꾸리는 사장답게 신사라 할 것이고, 잘 아는 사람들 눈엔…….

"미쳤나 봐."

"그러게요. 이러다 망하면 다른 직장 구해야 하나."

김 비서가 은우와 수군대다 목소리가 높아졌지만 경원은 한번 쏘아보지도 않았다. 말 그대로 넋을 잃은 밀랍 인형 같았다.

"저기, 사장님. 공사 현장에서 이 금액은 어렵다고 이제 와서 딴소리를……."

"줘버려."

"아니, 그래도. 뻔히 수작 부리는 건데."

"그러라 그래."

"그럼 주류 업체 건은요? 하데스에 얼마에 대주는지 벌써 알아냈는데도 우리 쪽에만."

"마음대로 하라 그래."

그게 다 무슨 의미가 있다고.

무슨 얘길 하든 경원은 그날 그 시간에 잡혀 헤어나질 못했다. 다른 건 몰라도 호구 취급은 절대 사양하는 그였고 돈 문제와 머리 쓰는 데 있어선 비상한 남자였건만 이틀 새 완전히 다른 사람이 되어버렸다.

"저기 혹시…… 이 경위님 때문에."

"연락 왔어?"

그의 정신이 번쩍 돌아왔다. 그녀의 이름이 나오자마자 까만 눈이 필사의 생기를 되찾으며 김 비서의 팔을 잡았다.

"아, 아니요. 정 그러면 제가 찾아가보면 어떨까 해서요. 일단 뵙고 그런 일 아니었다 말이라도 하면……."

"그래요, 사장 아저씨. 정 아니면 여자인 제가 가볼게요. 저 잘할 수 있어요. 사실은 벌써."

눈치만 살피던 은우까지 나섰다. 경원의 약점을 잡겠다 붙어 있었고, 경원에게 수없이 들들 볶이며 그가 괴로워하는 모습을 보고 싶어 했지만, 어찌 된 게 생각 외로 별 재미가 없었다. 약이라도 바짝 올라 이를 갈며 분해하면 모를까, 이틀간 밥 한술 못 뜨고 인형처럼 대답만 하는 경원은 꼭 병약한 미소년 같다. 어디 이런 모습을 보리라 꿈에나 알았을까.

"됐어. 오늘내일하는 네 언니한테나 입 다물어."

"진짜예요. 이번에는 장난치거나 그러는 거 절대 아니에요!"

자리에서 일어선 그가 짧게 웃으며 다가와 은우의 머리를 흩뜨렸다. 흠칫하다가 올려다본 경원은 조금 더 날카로워지고 휑한 바람이 부는 듯 버석거렸다. 이 커다란 남자가 부서질 듯 위태로워 보인다.

“아니, 진짠데. 나 진짜 도와주려고 하는 건데.”

“알아.”

이제 그도 누군가의 마음이 진심인지 아닌지 정도는 알게 되었다. 정확히는 몰라도 자신에게 화를 내는 사람이 극히 드물다는 것을 알았을 때부터, 또 그 모습이 싫지 않다 생각했을 때부터였을 것이다. 천진난만 웃는 눈에는 그 사람의 마음이 진심인지 아닌지 한눈에 보였다.

“그런데 이번에는 내가 해야 돼. 뭘 하든 내가.”

최소한 제나에게는 그래야 했다. 자신이 남에게 진심을 구하듯, 다른 사람이 자신의 진심을 보아주기를 원한 것은 맹세코 처음이었다. 남의 손을 타지 않은 순수한 제 진심을.

낮에는 형식이 그녀를 마크했다면 오후에는 은우가 찾아왔다. 경찰청 자체에 그다지 발을 들이기 싫은지 주뼛대면서 뭐라 딱히 말도 잘 못 했다. 여기까지 왔으니 저녁이나 하고 가라 했지만 그마저도 고개를 젓고 달아났다.

「절대로 사장 아저씨 알면 안 돼요. 그냥 경찰 언니 잘 있나 보러 왔어요.」

그러면서 돌아가는 길에는 혼잣말처럼 ‘사장 아저씨는 잘 못 있는데.’ 한마디를 덧붙였다. 경원이 어찌 지내는지 궁금하지 않다면 그건 거짓말이다. 무슨 결정적 장면을 들킨 것도 아니니 억울하다 길길이 뛰는 건 아닌가 생각도 해봤고 그런 것치곤 얌전히 별 소식이 없기에 불안하기도 했다. 술 한잔하고 가자며 잡는 팀장의 손길도 모른 체 나왔지만 술이 싫어 그런 건 아니었다. 그 자리에 가서도 어울리지 못하고 딴생각에 빠지고 말 제 모습이 훤해 그게 싫었다.

"나…… 왜 이러지?"

정류장에서 내려 집 앞으로 가는 마음이 허전했다. 역 앞 번화가에 사람이 넘쳐나는데도 쓸쓸함이 밀려왔다. 차라리 혼자 지낼걸. 이렇게 마음이 애매할 때 뻥 차주고 말 남자를 만날걸.

모르고 만난 것도 아닌데 한번 상해버린 기분은 그녀가 모르는 그의 과거를 더욱 어둡게 덮어버렸다. 밥도 잘 먹고 일도 그럭저럭 하며 지냈는데 어쩐지 얼굴은 까슬하다 소리를 몇 번 들었다. 경원은 어떨까, 생각하다가 오피스텔 앞에 다 와서야 은우의 말이 과장이 아니었음을 직접 확인했다.

"안녕?"

밥도 못 먹고 일도 못 한 그는 제나의 배로 까슬하고 거칠었다. 그리고 그게 제나의 마음을 건드려 특별히 화를 내거나 밀어내고 싶지는 않았다.

"이틀 만이네요?"

"이틀 하고도 세 시간, 음…… 27분 만이야."

"……기다리라고 했잖아요."

한숨을 내쉬는 그녀 앞으로 터덜터덜 그가 걸어왔다. 갑자기 주저앉기에 정말 무릎이라도 꿇겠다는 건가 깜짝 놀라 내려다보자 그가 들고 온 종이가방에서 상자를 꺼냈다.

"뭐예요, 이게? 설마 선물로 넘어가겠단 거예요?"

"아니. 분명히 말하는데 그날 당신이 오해할 일 없었어. 내 과거에 대해선…… 잘못을 구하겠지만."

그럼 이건, 그녀의 말이 끝나기도 전에 상자가 열리면서 하얗고 예쁜 운동화 한 켤레가 옆에 놓였다. 이게 뭐냐 답을 구하는 그녀의 눈빛에 그의 황량한 눈이 억지웃음을 지었다.

"전에 차에서, 당신 열은 안 나도…… 걸어올 때 보니 신발이 불편해 보여서. 뒤꿈치 까지면 안 되니까 나 밉더라도 일단 이거 신어."

"……."

"그날 주려던 거야. 삼류 운동화 회사 요절도 안 냈고 당신 운동화 찢지도 않았어. 그러니 오늘은…… 이것만 받아줘."

제대로 확인도 못 한 얼굴처럼, 돌아서는 것 역시 금방이었다. 워낙 기세등등한 모습이 눈에 익다 보니 어깨가 처진 뒷모습이 다른 사람 같아 보였다.

"오늘 여기 온 게 이거 주러 온 거예요? 그게 다예요?"

오래 머무르고 싶은 마음을 겨우 끊어냈는데 제나의 목소리가 그에게 미련을 갖게 한다. 사실 운동화를 건네고 싶었던 건 씁쓸한 핑계였다. 그렇다고 겨우 운동화 한 켤레 주면서 잘 보이려고, 화 풀라고, 그런 잔재주를 부린 것도 아니다. 그런 생각을 할 만한 여유도 없었다.

"얼굴이나 한번 볼까 했어."

"그게 다냐구요!"

"……다는 아니지."

정돈되지 않은 머리에 성의 없는 손가락이 스치자 오히려 더 흐트러졌다. 춥고, 또 위험해 보이고. 옷차림 역시 평소 딱 떨어지고 깔끔하게 차려입은 것과는 전혀 다른 분위기였다. 거기에 메말라 버석한 목소리까지 더해지자 그 혼자 다가올 계절에 미리 가 있었다.

"어제까지는 당신 찾아와서 화도 내볼까 했어. 나 정말 억울하거든."

"억울하다구요? 지금 그런 말이 나와요?"

"맞아. 나 억울해. 원래 나 같으면 여기 와서 길길이 날뛰었을 거야. 난 아무 잘못도 없고 그 여자 손끝 하나 안 댔다고. 내가 점쟁이도 아닌데 그딴 여자가 오는지 마는지 어떻게 알아? 그런데 왜 들어보지도 않고 가버려? 무슨 경찰이 그러냐고…… 뭐 그랬을 거라구."

"지금 나 들으라고 하는 소리예요? 준비 한번 단단히 해 왔네."

그냥 가는 뒷모습이 가슴에 뿌리를 내려 일단 부르고 보았건만, 그가 하는 말을 듣다 보니 저절로 허리에 손이 올랐다. 이런 인간이 가여워 보였다니.

"그럼 진작 와서 따지지 그랬어요? 왜, 내가 정말 화내고 때릴까 봐 무서워서?"

"아니. 화내고 때리는 건 얼마든지 괜찮아. 난 당신이라면 그것도 좋아."

사실 그에게 가장 최선은 그편이었다. 단순하지만 화를 내든 때리든 다 받아주고 안아줄 수 있는 여자라면, 더 바랄 것도 없었다.

"그러면."

"나 때문에 상처받은 당신 보는 게 무서워서, 그래서 못 왔어. 내가 생각보다 겁이 많은가 봐."

"……."

"그렇게 힘들게 이제나 잡아놨는데 한순간에 돌아설까 봐, 나도 겁이 났어. 그건 내가 알고 있는 거보다 나란 놈이 더 형편없다는 뜻이니까."

무슨 말을 더 하려던 경원이 조용히 입을 닫았다. 신지 않은 하얀 운동화를 다시 챙겨 종이가방을 그녀의 손에 들려주었다. 스치듯 닿은 그녀의 손가락에 미련이 생겨 기어이 그 손을 잡아버렸다. 놀란 듯 움칫하던 제나가 당혹스러운지, 가슴이 오르내리는 게 보였다.

"이런 때 남자는 큰소리도 치고 멋진 척해야 잘 보일 텐데, 안 그래도 내 장점 모르겠다는 여자한테 내가 너무 생각이 없었네."

"하아, 그나마 그게 당신 유일한 장점이에요."

"그래?"

"물론 이런 상황에서 할 말은 아니지만."

드르륵, 멀리서 커피숍 문을 닫는 수연이 보였다. 직원들과 함께 떠들고 웃는 소리가 그들이 있는 데까지 들렸지만 그다지 와 닿지는 않는다. 그나 그녀나 다른 이유로 웃고 싶었다.

"그만 돌아가요. 내일쯤 클럽에 들를게요. 그리고 이건 잘 받을게요."

아쉬움이 가득하면서도 경원은 표시가 날 듯 말 듯 가볍게 고개를 숙였다. 그녀 또한 복잡한 마음으로 지켜보다가 그를 불렀다.

"원래 여자한테 구두 안 사주는 걸로 아는데. 나 도망가면 어쩌려구?"

"괜찮아. 운동화니까."

"웃겨. 그럼 구두는 안 사주겠단 거네?"

"응. 그 대신 안고 다니려고. 지금은 벌 받는 중이라 안 되지만."

나 좀 봐주라, 오늘 처음으로 그의 얼굴에 웃음기가 돌았다. 스스로가 우겨댄 것 말고 그녀가 인정해준 유일한 장점이 '솔직함'이었으니 한 번 더 그 장점을 발휘했다. 농담 말고 가기나 하라는 그녀의 허리를 움켜잡고 바로 품에 꼭 안았다. 밀어내려고 해도 숨이 막힐 듯 죄어드는 그의 힘이 이틀간의 불안과 초조를 모두 담고 있다.

"나도 모르겠다! 이틀 못 보나 사흘 못 보나! 이제나, 너 도망간다 그딴 소리 하기만 해!"

"으읍, 이거 안 놔요? 뻔뻔해! 내가 이런다고 어디 못 갈까 봐?"

그간 식사는커녕 자신이 숨을 쉬는 것도 모르고 있었다. 하지만 이렇게 제나를 꼭 안고 그녀의 체향을 들이켜고 나서야 내가 살아 있구나, 하는 안도감과 함께 하고픈 말이 나왔다.

"……잘해줄게. 도망갈 생각 같은 거 안 들게 내가 앞으로 더 잘할게."

"……."

"그러니까 나랑 있자."

죄 없는 은우까지 다녀갔고 어제 일도 있으니 오늘은 경원을 찾아가보기로 했다. 뭐 정확히 화해를 했다고 하긴 뭐해도 마음은 한결 가뿐해졌다. 말로 하는 사과도 좋고 표정으로 보이는 사과도 좋지만 한 번씩은 그렇게 무지막지 힘으로 꼭 끌어안는 사과도 나쁘지 않다. 그리고 자신이 이런 일에 그다지 초연한 여자가 아니라는 것 역시, 생각보단 괜찮았다. 누군가와 감정을 주고받는 일이 어렵다 싶으면서도 그 나름대로의 평범함도 좋았다.

"어, 누님 이제 올라왔어요? 조금만 더 빨리 오시지."

"응? 왜?"

1층 형사과에 들렀다 온 그녀가 문을 열자 형식이 음료수 하나를 내밀었다. 이게 뭐냐 갸웃하자 남 형사가 대신 말을 받았다.

"세호 왔었어요. 감사했다고 인사나 드리러 왔대요."

"세호가요? 아, 얼굴이나 봤으면 좋았을 텐데."

"그러게요. 안 그래도 누님 좀 뵙고 가라고 했는데 갑자기 일 있다며 어찌나 서두르는지."

"방금 나갔어요. 한번 가보시든가요."

마지막으로 세호를 본 것이 경원과 소모적인 기 싸움을 하던 때다. 전역한다고 인사하는 애 있는 자리에서 애인인 걸 밝히니 마니 주책을 부렸으니 이제야 그게 미안해졌다.

"저 그럼 지금 나가면서 세호나 한번 봐야겠어요. 전역하더니 많이 바쁜가 보네."

"걔야 누님 생각하면 안 바빠도 바빠야죠."

"뭐? 그게 무슨 말이야?"

"됐어요. 얼른 나가봐요."

알 수 없는 말을 하는 형식을 두고 계단 아래로 달려갔다. 과연 세호가 멀지 않은 곳에서 뒷모습을 보였다.

"세호야!"

“아…… 이 경위님.”

젊고 준수한 얼굴에 반가움이 가득하다가 갑자기 각성이라도 한 듯 당황한 기색이 역력했다. 뻣뻣한 그 모습에 그녀가 다가가 어깨를 두드리자 세호는 한층 더 굳어버렸다.

“세호 너 인마, 서운하게 그냥 가? 얼굴이라도 좀 보고 가지.”

“아, 아니, 그게 아니라…….”

“왜 그러는데?”

“아니. 호, 혹시 그때 그 남자분 여기 오셨거나 그런 거 아니죠?”

그때 그 남자라면 당연히 경원밖에는 없다. 날카롭게 스치는 생각에, 세호의 전신을 훑던 그녀의 시선이 천천히 얼굴로 돌아왔다. 어딘지 불안한 시선이나 아쉬움과 체념이 섞인 표정, 처음 보는 사람마냥 머쓱해하는 태도에 알 만하다 싶었다.

“김경원이지?”

“예? 예, 아니…… 그러니까…….”

“됐어. 네가 무슨 잘못이야.”

안 듣는다고 모를까, 어쩐지 그날 급하게 볼일 있다 다녀오는 꼴이 불안하다 했었다. 진즉 물어본다 해놓고 이런저런 일이 생기다 보니 까맣게 잊고 있었다.

“그날 따라가서 너한테 뭐란 건데?”

“아니, 그게…….”

“왜, 협박이라도 했어? 이 인간이 진짜!”

“아닙니다. 협박 안 했습니다. 그냥.”

“그냥 뭐?”

"지, 지금 전역했으면…… 너 이제 경찰서 소속 아니겠다고……."
제나는 머리가 아팠다. 그가 했던 말이야 수없이 많았지만 지금 떠오르는 말은 하나뿐이다.

「경찰서 내에선 우리 사이 비밀로 해. 난 당신 총경 만들 거니까.」

고작 핏덩어리 의경 한번 안아준 걸로 그 난리를 쳐놓고, 뭐? 억울해? 그래도 세호 앞이라 적당히 참았다. 미안하다 어깨를 두드리고 다음에 꼭 연락하라 말하며 달리듯 사라진 그녀를 세호가 씁쓸히 바라보았다. 힘든 시절 그렸던 짝사랑의 끝이 얼마나 씁쓸한지, 정작 경원의 마지막 말과 행동은 이르지도 못하고 그녀를 놓쳤다.

「자, 그럼 예비역 선배도 한번 안아줘야지. 아, 체격도 좋고, 인기도 많겠어. 안 그래?」
「왜, 왜 이러십니까! 이거 놓으십쇼!」

무섭도록 잘생긴 남자가 한달음에 다가서기에 주먹이라도 휘두르려나, 두 눈을 질끈 감았었다. 그리고 눈을 뜨기도 전에 자신을 꼭 감싸 안는 엄청난 힘을 느꼈다. 지나가던 사람들이 킥킥대며 쳐다봐도 신경도 안 쓸 만큼 능글맞고 뻔뻔한 남자였다.

「가만있어봐. 이래야 내 여자 냄새가 다 지워지지. 그리고 네 머릿속에서 우리 제나 번호도 자연스레 지워질 테고. 아, 너무 억울해하지 마. 나 향수 좋은 거 쓰니까.」

「아아…….」

「참, 전역 축하해!」

정말이지 오싹할 만큼 천진하고 시원한 웃음이었다. 남자만이 알아볼 최상위 포식자의 나른한 윙크는 그 어떤 경고보다도 무섭게 다가왔다. 손 흔들고 헤어진 후 정말로 달콤하고도 관능적인 그의 향수가 오래오래 코끝을 맴돌아 제나의 생각을 모조리 지워 버렸다.

"김 비서, 몇 시지?"

"7시 반입니다."

"하아……. 도대체 시간이 왜 이렇게 안 가는 거야!"

쾅, 책상을 두드리는 소리와 함께 불만 가득한 경원의 불평이 터져 나왔다. 사장의 천만 가지 변덕이야 도 닦는 심정으로 그러려니 했지만, 다른 것도 아니고 시간이 안 간다 화를 내는 건 김 비서로서도 적응을 하기 힘들었다. 자신이 신도 아니고, 벤저민 버튼도 아니고, 국제 표준 시간에 따라 흐르는 시간을 무슨 수로 잡겠는가.

"……이거 무슨 해 뜬다고 우는 애도 아니고."

"뭐라고? 김 비서 혼잣말이 좀 크네? 기운이 남아도나 봐?"

"아, 아닙니다. 그냥."

"됐고, 화사하게 꽃이라도 좀 더 채워. 저기 액자는 또 저게 뭐야? 우중충하니까 얼른 떼어내.”

웬만한 자동차 한 대 값의 액자도 주인이 싫다니 어쩔 수 없었다. 클럽 직원들까지 올라와 일사불란하게 그의 명에 따라 꽃을 날랐다.

“꽃은 저게 또 뭐야?”

“수국입니다. 봉오리도 크고 요새 잘나가는 거라 그러기에.”

“그래? 나쁘진 않은데…… 꽃말이 뭔데?”

“네? 제가 꽃말까지는…… 아, 잠시만요. 서, 성남이랑 변덕스러움입니다.”

“나랑 싸우자는 거야, 지금? 제나가 와서 저 꽃 보고 또 성내고 변덕부리면 책임질 거야?”

실제로 수국 꽃말에 가장 잘 어울리는 남자가 자신인 줄도 모르고 경원이 넥타이를 풀어젖혔다. 죄 없는 꽃이 목이라도 꺾일까, 직원들이 얼른 들고 사라졌지만 그의 초조함과 변덕은 끝날 줄을 몰랐다. 겹겹이 소복한 라넌큘러스는 ‘비난하다’라는 꽃말 때문에 비난당했고 고가의 백장미는 ‘실연’이라는 말 때문에 사무실에서 실연당했다.

“뭐 그럴듯한 게 없어! 이제나가 왔을 때 반성하는 나를 돋보이게 할 만한 꽃을 찾아보라고! 아니, 꽃말 모은 거 찾아봐.”

“여, 여기요.”

“이놈의 꽃들은 얼굴만 예뻐서…… 이별? 하아, 얘도 안 되겠고. 얘는 뭐야?”

“순결, 순결이랍니다.”

“그럼 안 돼. 이제 슬슬 안 순결할 거니까. ……그래! 이거 구해

와. 딱 마음에 드네!"

신경질적으로 스크롤을 내리던 경원이 '부부의 사랑, 결혼'이란 꽃말을 짚으며 반색했다. 오늘 중 가장 열렬한 반응인지라 바로 구하러 가려던 김 비서의 표정이 모호해졌다.

"보, 보리수나무를요?"

"빨리."

"이게 뭔지도 저는 잘……."

"괜찮아, 나도 모르니까. 부끄러울 거 없어."

그간 시름시름 앓으며 병색이 완연하던 경원은 어제 저녁 이후로 봄비 맞은 새싹처럼 쑥쑥 자라났다. 며칠간 쓰지 못한 힘까지 한 번에 몰아 하루 종일 밀린 일을 모두 해치웠다. 거기까지야 비서인 그로서도 기뻤지만, 제나가 온다는 시간이 가까워오자 이제는 경원 대신 제 피가 말라갔다.

"저 오늘은 들어가도 되는 거 맞죠?"

"아, 이 경위님 오셨습니까!"

나보다 먼저 인사하지 말아줄래, 경원이 귓가에서 으르렁 이를 갈자 김 비서는 정신이 번쩍 들어 자리부터 피했다. 책장에 기댄 경원이 아픈 척이라도 해보려다 잔꾀는 부리지 않기로 했다. 하지만 어제보다 더 쌀쌀맞고 뾰로통한 얼굴의 제나를 보자 마음이 뜨끔했다.

"조금만 더 천천히 오지."

"왜요? 또 누가 있어요?"

아닌 걸 알면서도 제나가 일부러 사무실을 훑었다. 모던의 결정체라 할 수 있던 으리으리한 사무실의 분위기가 그새 많이 바뀌었다. 조금 더 포근하고 밝게.

"무슨 그런 서운한 소릴. 내가 정말 끝내주는 꽃 준비해두려 했거든."

"됐어요, 꽃은 무슨. 그리고 지금 그런 한가한 소리 할 때예요?"

아니아니, 경원이 얼른 몸을 일으켜 제나에게 다가섰다. 한시라도 빨리 안아보고 뺨을 대보고 싶지만 아무리 그라도 그 정도로 뻔뻔하지는 못했다. 그러면서도 주변을 빙그르르 맴돌며 눈치를 살피는 것이 꼭 어미 잃은 새끼 늑대 같다.

개는 아니고 늑대. 새끼 때에는 꼬리를 살랑이다 컸다 싶으면 주인을 물어버리는 그런 음흉한 놈.

"어떻게 해야 진심이 보일지 모르겠는데…… 정 그러면 일단 한 대 때려."

"뭐라구요?"

"사과고 변명이고 다 나중에 할게. 당신 속상하게 한 건 나니까 일단 내키는 대로 때려."

준비해둔 거야 많았지만 뭘 주든 그녀가 마음에 들어 할 것 같지가 않았다. 팔을 넓게 벌리고 고개를 젖히며 내리까는 경원의 눈에 우울함이 가득했다. 저거도 늑대 새끼 연기겠지만.

"진짜, 하는 짓 하곤. 내 말부터 들어요."

응? 그녀의 말에 경원의 고개가 기울어졌다. 이미 반쯤 풀어헤쳐진 넥타이를 잡아끌자 그가 그대로 딸려왔다. 잠깐의 짜릿함에도 목이 울리는 그의 손이 저절로 그녀의 몸을 향했다. 당기도 전에 목이 더 조여드니 문제였지.

"제나야, 미운 건 알겠는데 일단 내가 살아야 몸으로 때우든 뭐든."

"잘 들어. 난 시답잖은 선물 같은 거 필요 없어. 진심이 중요하거든."

인심 쓴 그녀가 두어 번의 당김으로 꽉 조여든 넥타이를 풀어주었다. 제나의 의중을 파악하려는 경원의 표정도 꽤나 진중해졌다.

"나한테 당신 실수는 과거가 아냐. 몰랐던 것도 아니고. 당신 진짜 실수는 그 여자가 여기 다시 제 발로 오게끔 만만하게 보였다는 거야."

"……내가?"

태어나서 처음으로 듣는 만만하다는 소리에 눈은 울고 입은 웃었다. 그리고 그 입에 제나의 손길이 스치자 길게 다물렸다.

"난 한번 실수는 넘어가줄 수 있어. 그게 내 모토고 당신 표현대로라면 난 언행일치 잘하는 끝내주는 경찰이거든."

"그거야……."

너무 잘 알지, 곧 닥칠 미래를 모르는 그가 일단 고개부터 끄덕였다.

"그러니까 내 애인으로 있고 싶으면, 어디 가서 만만하게 보이지 마. 내 자존심 상하니까."

그래그래, 꽃은 좀 부족해도 그의 애인은 이렇게나 쿨한 여자였다. 내 애인은 왜 이렇게 멋질까, 그런 나는 얼마나 더 멋지고, 경원이 그다운 고민에 휩싸여 미끈한 턱선을 쓸었다. 그러느라 제나가 그의 뒤에 서는 것을 몰랐고, 허리를 감았던 손이 방향을 틀어 양팔을 꼭 쥐는 것 역시 몰랐다. 오직 작은 체격에 넘치는 그녀의 가슴이 물컹하게 등에 닿는 것만 알았다.

"제, 제나야. 내가 물론 반성을 많이 하긴 했지만…… 이, 이런 상까지 주면……."

나야 좋지. 그가 온몸의 감각을 등에 집중하며 눈을 질끈 감았다. 숨소리가 거칠어질까 입술을 다물자 그녀가 경원의 귓가에서 작은 웃음을 흘렸다. 마녀가 틀림없다.

"다 좋은데 이제는 앞으로도 좀. 아아, 처음부터 너무 센 거 아냐?"

"앞으로 좋아하시네."

꿈 깨라 그의 팔을 압박하는 그녀는 더 이상 쿨하고 끝내주는 애인이 아니었다. 찔러도 피 한 방울 안 나올 과거 청산 응징자 이제 나만 남았다.

"아파, 아프다구. 살살 좀 하자. 근데 이거 지금 뭐 하는 거야?"

"나 안 때린다고 안 했는데?"

"응?"

"내 경험상 당신은 말로 통하는 인간이 아냐. 은우 씨, 이제 들어와요!"

25
당신의 약점은……

아무리 믿는 구석이 있다 해도 이 방 주인한테 워낙 시달린 게 많다 보니 은우는 여전히 졸아 있었다. 진짜 들어가도 되기는 한 건지, 눈도 제대로 못 맞추며 안으로 발을 들였다. 그리고 뒤에는 은우보다 더 작게 몸을 수그린 김 비서가 같이 붙어 왔다.

"뭐야? 이것들은?"

"뭐긴요, 관객이죠."

"……응?"

그 단어를 처음 듣는 양 경원이 어리둥절했다. 이 중요한 순간에 얼른 안 나가냐 단단히 눈치를 줘도 일부러 그러는 건지 둘 다 그의 시선을 피했다.

"다들 뭐 해요? 이리 와야죠."

"네!"

그의 말은 모깃소리처럼 못 들은 척하더니 제나의 한마디에는 재깍 자리를 옮겨 그녀의 앞으로 다가왔다. 경원이 이를 악물고 음산한 기울을 뿜으려 해도 등에 닿은 제나의 가슴을 무시하기는 힘들다. 정확히는 눈만 앞으로 향해 있지, 영혼은 등으로 쏠려 제나를 안고 있었다. 사람이 이런 식으로 유체 이탈을 할 수 있었다.

"설마 얘네가 나 때리려는 거 아니지?"

"그럴 리가요."

그럼 그렇지, 일단은 안심한 그가 크게 숨을 내쉬자 이번에는 경원의 아랫배로 제나의 손이 다가왔다. 이런 건 둘이 있을 때 하는 게 좋은데, 그는 질끈 눈을 감았다.

"맞을 짓 했으면 맞아야 한다 생각은 하는데 은우 씨나 김 비서님이나 정말 몸을 사리더라구요. 경원 씨 정말 좋아하나 봐요. 얼마나 좋은지 손끝 하나 못 대겠대요."

"하하. 내가 평소에 좀 아꼈거든, 얘네를."

은우가 입술을 꽉 깨물고 주먹을 움켜쥐었다. 만약 오늘이 인생의 마지막 날이라면 물불 가릴 거 없이 야구방망이라도 꺼내 들고 싶었다. 이 남자가 김경원이고 이 남자 애인이 경찰인 이상 꿈도 못 꿀 일이었지만.

"그럼 고마운 마음 잘 전해 들었고 너네는 진짜 나가봐도……."

"그래서 제가 대신 해주려구요."

"……대신 뭘? 설마 나 때린다는 거야? 이제나가 날?"

이 무슨 청천벽력 같은 소리냐, 그가 고개를 돌렸다. 그 날쌘 움직임에 귓가에 그녀의 입술이 스치자 경원의 목이 크게 울렸다.

"그래도 명색이 경찰이고 애인인데 그럴 수는 없죠. 오늘 제가 하려는 건 아주 합법적이고 건전하고 사회 질서 유지를 위한 거예요."

"19금이?"

경원은 아직도 현실 세계에 완전한 적응을 못 하고 있었다. 도대체 사람들 다 있는 데서 무슨 생각을 하는 거냐는 그녀의 날카로운 시선을 마주하고야 일이 자신의 생각과 조금 다르게 흘러간다는 것을 알았다. 알긴 아는데 모른 체하고 싶다는 게 더 정확했고.

"자, 은우 씨, 잘 봐요. 길에서 갑자기 치한이 뒤에서 안았다, 그러면 어떻게 해야 할까?"

"……나 치한이야?"

"내가 치한이에요. 경원 씨 같으면 어쩌겠어요?"

고양이한테 생선을 맡기지.

이제나 같은 치한이면 더 설명할 것도 없다. 거기에 폭 안겨 망부석처럼 뿌리를 내리거나 그대로 들쳐 업고는 그의 집 안방으로 내달렸을 것이다. 그런 이유로 지금도 그는 제나의 품에 안긴 채 위험하게 웃음 지었다.

"내가 이럴 줄 알았죠. 그래서 좀 바꿔봐야겠어요. 경원 씨가 나 안아봐요."

"응."

제나가 그에게 무언가를 하라고 했을 때 이 정도로 군말 없이 빠르게 반응한 경우는 없었다. 경원이 언제 그녀 앞에 서 있었냐는 양 바로 뒤로 가 그녀를 안자 제나의 눈썹이 꿈틀거렸다. 아무리 기죽은 척해봤자 이 남자는 타고난 맹수다. 거기에 매번 속아주는 자신이 바보고.

"꽉 안고 싶은데 내가 꽉 안으면 이제나 다칠까 봐 못 하겠어. 나는 마음이 너무 약해서."

"안 믿지만 그러든가."

"아아!"

제나가 손바닥을 넓게 펴 방심해 잡고 있던 경원의 손목을 한 번에 내리쳤다. 그와 동시에 경원의 한 팔을 꺾어 뒤로 돌려서는 제 몸도 같이 빙그르 돌려 품에서 빠져나왔다. 상대가 범인이라면 여기서 수갑 정도 채우는 게 딱 정확한 마무리였다.

"자, 봤죠? 여기서 정확히 이 부분을 힘껏 가격하는 게 중요하다구요. 은우 씨, 김 비서님. 알겠어요?"

"모르겠는데요."

"전혀 모르겠어요."

사실 은우나 김 비서는 제나가 어떤 동작을 취하는지에는 그다지 관심이 없다. 두 번 다시 오지 않을 이 기회에 경원이 어디를 어떻게 맞고 아파하는지 사진을 찍듯 뇌에 저장하고 있었다.

"뭐야? 박쥐 너 눈 뜨고 뭐했어?"

"겨, 경찰 언니. 범인이 너무 소리 질러서 무서워서 잘 못 보겠어요……."

"좋아요. 범인은 입 다물고. 그럼 다시 한 번 천천히 봐요."

경원과는 천지차이로 다정하고 똑 부러지는 제나가 이번에는 다른 자세에서 그를 공격했다. 대치한 상태에서 상대방의 정강이를 노리고 제압하는 과정을 아주 느리고 정확하게 보여주었다. 더군다나 경원은 어이가 없는 상황인지라 범인치고도 필사적으로 피하겠단 의욕이 없었다. 바람 빠진 풍선처럼 그녀가 하는 대로 몸이 접히고 팔꿈치가 돌아갔다.

"여기까지는 알겠죠? 은우 씨가 직접 해볼래요?"

"아, 아니요. 절대 안 해요. 그냥 밤에 안 다닐래요."

"그럼 나는 은우 씨랑 약속 지킨 걸로 하고……."

"마, 마지막으로 기념사진 찍어도 돼요?"

제나가 피곤에 지친 경원을 돌아보았다. 이글대는 그의 눈을 보니 이만하면 됐지 싶어 아쉬운 표정으로 고개를 돌렸다.

"미안한데 그건 안 될 거 같아요. 이래 봬도 나한테는 애인인 남자라."

"아, 뭐야…."

"나 지금 이거 뭐지? 농락당한 건가?"

경원이 거칠게 머리를 쓸었다. 이제 슬슬 맹수가 깨어날 시간이라 은우가 휴대전화부터 챙겨 들고 마구 내달려 빠져나갔다. 물론 그 와중에도 제나에게 90도로 공손한 인사를 하는 건 잊지 않았다.

"박쥐 저거 분명 한 장은 찍은 거 같은데."

"놔둬요. 공공의 목적으로 쓰겠죠."

"공공의 목적?"

"그건 됐고. 미안해서 한 대 치랄 때는 언제고 지금 와서 왜 말을 바꿔요?"

"내가 말을 안 바꿨으니까."

조금 전에 제나에게 잡혔던 단추가 흔들거리자 그대로 잡아뗀 경원은 열이 오르는지 넥타이를 느슨히 끌어 내렸다. 흥미롭게 그 모습을 바라보고 있던 제나를 향해 입꼬리 한 번 올리더니 바로 그녀를 안아 들었다.

"……여기서 그 꼴을 다 당했지."

"지금 뭐예요? 나 이길 수 있었다는 거예요?"

반반. 힘으로는 이겼고 마음은 그러지 못했다. 남들한테 웃음거리 되는 건 상상조차 못 해본 그였지만 조금 전에는 그런 생각도 못 했다. 제나 생각에 며칠 밤을 새우고 하루 종일 초조히 그녀를 기다리던 경원에게 있어 가장 무서운 건 그녀를 보지 못하는 것이었지, 다른 그 무엇도 그와 비교될 수 없었으니까.

그러니 그 정도는 참을 만했다. 물론 일생에 한 번 정도라 치면.

"내려줘요."

이번에도 반반으로 대답했다. 내리긴 내려줬지만 바닥에 내려주진 않았다. 통유리창이 길게 보이는 대리석 바에 그녀를 내렸다. 언젠가 이곳에 앉아 그녀가 다른 남자와 춤을 추는 걸 보았었다.

"내려갈래요."

바닥보다 몇 뼘 훌쩍 위에서 그녀의 미끈한 다리가 닿을 데 없이 가볍게 흔들렸다. 정말 내려오려 몸을 당기니 그 사이엔 벌써 경원이 자리했다. 이대로 힘을 빼면 그대로 안겨드는 형국이 되는지라 제나는 결국 고개를 들어 그를 마주 보았다.

"남자가 이렇게 하면. 그때에는 어떻게 해야 하나요, 형사님?"

보란 듯 제나의 다리를 쓸어 올린 그가 고개를 숙였다.

"……."

"나 같은 음흉한 입장에선 일단 이렇게 하고 싶은데."

그가 한쪽 무릎을 들어 제나의 하이힐을 툭 건드렸다. 뒤꿈치에서 빠져 달랑대던 힐이 또 한 번의 동작에 이내 바닥에 떨어져버렸다. 순식간의 동작이라 말릴 새도 없었다. 그러고야 알았다. 방금 이 남자가 하지 않았던 질문의 답을.

"당신 아까 정말 당해준 모양이네."

이번에도 경원은 대답이 없다. 으스대지도 않았다. 그저 눈을 내려 자신의 품안에 갇힌 그녀를 바라만 보았다. 제나 역시 이렇게 그를 마주 보니 떠오르는 게 있어 생각에 빠졌다. 밀어내지 않고 턱을 들어 그를 마주했다.

"……그런데 아까 그 소리 뭐야? 박쥐가 약속을 지키다니?"

"음, 그런 게 있어요."

"내 욕 했어?"

찔리는 게 있기는 한지 진지하던 경원이 눈을 찡그렸다. 이제 그가 찡그리면 어디에 어떻게 주름이 생기는지 아는 그녀가 손을 들어 경원의 눈가를 쓰다듬었다.

"욕은 아니고 당신 약점."

"걔가 그걸 알아?"

"뭐 대강 맞는 거 같아요."

"그게 뭔데?"

그녀는 입을 다물었다. 그리고 오래오래 그를 쳐다보자 경원의 눈가에 맺혀 있던 주름이 사라졌다. 자신도 생각해보지 못했던 것이 그녀를 통해 보였다.

「그래서 그 사람 약점이 뭐라는 거예요?」

경찰서 앞에서 기다리던 은우는 말없이 마주 서 그저 이렇게 자신을 보기만 했다. 이제 막 성년이 된 어린 아가씨의 부끄러워하고 곤란해하는 눈빛이 그와 같이 깊을 수야 없겠지만, 최소한 무슨 말을 하고 싶은지는 바로 알아챘다.

"유은우 생각보다 똑똑하네."

그 머리로 왜 대학을 못 갔을까.

이미 내려가 있던 경원의 고개가 왼쪽으로 기울어졌다. 뜨겁게 닿은 입술이 떨어지더니 마지막에는 빈틈없이 붙었다.

약점을 이렇게 소중히 대하는 남자는 세상에 그가 유일했다.

26
목줄을 맬 거야

취조실에서 한참 설전을 벌이다 나온 제나가 자판기를 찾았다. 좋아하는 음료를 찾을 힘도 모자라 적당히 아무거나 누르고 창가에 기대니 자연히 어젯밤이 떠올랐다. 이렇게 길쭉한 바에 걸터앉아 입안이 다 녹아라 키스를 했다. 그대로 눕혀도 이상하지 않겠다 싶었는데 의외로 경원은 마지막에 몸을 일으켰다. 그녀에게는 뜻밖의 일이라 의중을 떠봐도 늘 그렇듯 경원은 싱긋 웃는 게 다였다. 유독 까만 눈이 더 짙어졌지만 장소가 장소이니만큼 그러려니 했다.

"제나, 요새 많이 힘들지?"

복도 끝에서 걸어오던 박 팀장이 그녀보다 먼저 자판기 출구에 떨어져 있던 커피를 꺼내 들었다. 살짝 던져주는 커피를 가볍게 받아 들어 한 모금 들이켜니 그제야 머리가 조금 깨어나는 기분이다.

"팀장님, 위에 갔다 오세요?"

"응."

늘 그녀를 딸같이 챙기시던 분이라 그녀 역시 아버지를 보는 마음으로 웃음 지었다. 따로 배우고 가르치고 할 거 없이 몸으로 체득하는 경찰서라지만 처음 이곳에 발령받고 왔을 때부터 박 팀장은 차근차근 그녀를 가르쳤다. 몸 쓰는 일이든, 머리로 하는 일이든 남녀 가릴 거 없이 그녀에게 기회를 주었고, 그 덕에 제나는 남자들 사이에서 빠른 시간 안에 팀원으로 융화될 수 있었다. 실로 그는 제나에게 있어 스승이나 다를 바 없다.

"무슨 일 있으세요? 표정이 안 좋으시네."

"일은 무슨."

"쉬엄쉬엄 하세요. 사모님 걱정하실 텐데."

제나가 얼른 좋아하는 음료 하나를 더 뽑아 건네자 팀장이 그것을 물끄러미 바라보았다. 늘 농담 삼아 이 말 저 말 잘하시는 분이 조용히 입을 다무니 제나도 신경이 안 쓰일 리 없다.

"왜 그러세요? 위에서 한소리 들으셨어요?"

"그냥. 요새 말 많을 때니 조심하라고."

"일 터졌어요?"

"일이야 매일 있는 거지. 얼마 전에 중국에서 연락받은 거 얘기 나왔는데 대부분 한국에 밀반입됐을 거라고. 말 많은 연예인부터 한번 지켜봐야겠다는데, 일리 있는 말이지. 조만간 세관이랑 부두 한번 쳐야 할 거야."

"네."

일반적인 마약 사건이야 늘 있는 일이었고 뭔가 큰 조짐이 있는 모양이구나, 그녀가 고개를 끄덕였다. 팀장의 표정이 조금 어두운 것이 여전히 마음에 걸렸지만.

"……제나야."

"네?"

"너 요새 별일 없지?"

"저요? 그럼요. 아시면서."

뜬금없이 제 이야기가 나오자 제나가 활짝 웃으며 얼굴을 마주했다. 그녀야 몰랐지만 그렇게 웃는 모습은 곁에서 몇 년을 지켜봐도 거의 볼 수 없었던 감정의 표현이었다. 아무리 팀장을 가족같이 생각한다 하더라도 조용히 한번 미소 짓고 마는 게 다였지 이 정도로 즐거워하는 모습을 보인 적은 거의 없었다. 힘들고 싫은 일도, 즐겁고 좋은 일도 늘 무덤덤하게 받아들이는 그녀였다.

"제 얼굴에 뭐 묻었어요? 음, 커피 묻었어요?"

"……아냐, 좋아 보여서."

무언가 망설이던 팀장이 그녀의 어깨를 격려하듯 툭툭 두드렸다. 팀장이 한참 저를 바라보고만 있기에 긴장하던 그녀도 그제야 캔을 입에 가져다댔다. 정말인지 또래에 맞는, 그리고 연애하는 여자 특유의 부드럽고 사랑받는 분위기가 흘러나와 그녀를 한결 돋보이게 했다.

특히 남자들 눈엔 그게 더 잘 보였다.

"음, 그런데 말이지……."

"네. ……어, 잠시만요. 형식이 너 왜? 어디 가?"

맞은편 복도에서 사무실로 달려오던 형식이 제나를 보자마자 손목부터 끌었다. 팀장이 옆에 있는 걸 보면서도 이렇게 나오는 걸 보니 무슨 일이 있는 모양이다.

"팀장님, 나중에 인사드릴게요. 누님한테 잠시 볼일이 있어서."

"너 왜 그러는데?"

"가보시면 알아요."

몇 달 전, 이렇게 형식의 불안한 표정에 강당으로 달려간 적이 있었다. 그때 기함했던 것을 생각하면 아직도 머리가 어질어질했지만 바로 어제 그 남자의 목에 자국이 나라 끌어안았던 것이 자신이었으니 세상일은 모르는 거다. 그 남자의 손자국 역시 자신의 허리에 그대로 남았으니 둘 다 어딘가 자신의 흔적 남기기를 좋아하는 커플이었다.

"뭐야? 버릇없이 팀장님한테 인사도 안 드리고."

"에이, 가보시면 아신다니까. 좋은 구경 시켜드리려고 그러는 거죠."

그래도 형식은 전처럼 불안에 노심초사하는 표정은 아니었다. 그런 거 보면 별일이야 있겠나 안심했지만 늘 사건이 터지는 경찰서 안인지라 의심이 완전히 걷히지는 못했다.

"우리 팀도 아니고, 어디 가는 건데?"

"교통과요."

"교통과에 왜?"

"우와, 현미 누님 지금 대박 났어요. 울고불고."

"……."

사이버수사대에 있어야 할 현미가 교통과에 가 있다면 그것도 매우 불길한 징조였다. 자기 일이 구만리다 보니 잠시 잊고 있었지만 교통과의 특정 인물에 이를 갈던 친구의 얼굴이 불현듯 떠올랐다.

"아, 진짜 이 기집애가 기어이!"

걸어가던 그녀가 형식과 함께 복도로 달려갔다. 그리고 무언가 착잡한 표정으로 한숨을 쉬는 박 팀장이 그런 그녀를 지켜보고 있었다.

형식의 말을 들었을 때에는 현미가 교통과 오가년의 머리를 쥐어뜯는 장면을 상상했다. 얘가 어쩌려고 그러나, 친구의 대담한 무데뽀 성격을 생각해 숨이 멎어라 달려왔는데 실상은 조금 달랐다. 성이 오씨가 분명할 예쁘장한 경찰이 몹시 짜증 난다는 얼굴로 물러서 있고 현미는 입을 가린 채 울먹거리고 있었다. 그리고 그 앞에 반지를 꺼내 든 채원 선배가 무릎을 꿇고 있다.

"나는…… 그런 줄도 모르고…… 흐흑."

현미가 그런 줄 몰랐다는 것은 빈말이 아니었다. 교통과 여순경은 그렇다 쳐도 채원 선배의 얼룩덜룩 부은 얼굴이나 다 뜯긴 옷깃이 그 증거였다. 저 반지를 꺼내기 전까지 이곳에서 무슨 일이 일어났는지 익히 짐작을 할 만한 꼴이었다.

"아, 왜 남의 사무실 와서 난리야."

"왜, 재밌잖아."

쿡쿡대는 소리가 가릴 것도 없이 여기저기서 들려왔다. 다행히 몇 사람 없기는 했지만 주로 고성이 오가는 경찰청 안에서 그만한 구경거리가 또 없었다.

"현미야, 우리 결혼하자."

"흐흑."

"내가 부족하지만…… 앞으로 잘할게."

무슨 일 없는 거 확인했으니 이제 돌아가면 될 텐데 이상하게 제나의 발은 떨어질 줄을 몰랐다. 그녀가 알던 현미라면 바로 반지부터 받아 몇 캐럿인지 확인한다든가, 가품인지 진품인지 깨물어봐도 어색하지 않았을 텐데. 어울리지 않게도 현미는 고개를 숙인 채 울기만 했다.

저렇게 좋을까……. 좋겠지?

여자라면 다 저렇겠지?

제나 역시 반지보다는 고장 난 인형처럼 울다 웃다를 반복하는 현미만 바라보았다. 화내고 흥분하는 모습만 익숙하게 봐왔던 친구의 새로운 모습이 전혀 어색함이 없어 신기하다. 형식이 그녀를 잡아끌 때까지 자신도 모르게 떠올린 미소와 함께 그곳에 서 있었다.

"누님. 아, 우리 재밌는 거 다 놓쳤어요. 아까 분명 난리 났었다던데."

"왜, 좋은 구경 잘했는데."

"음, 현미 누님 반지 받겠죠? 올해 안에 결혼하시려나?"

밖으로 나오던 제나가 올해 안이라는 말에 창문으로 눈을 돌렸다. 얼마 전까지만 해도 활짝 열려 있던 문이 이제는 꼭꼭 닫혀 있었다. 그만큼 한 계절이 또 지났다.

"누가 보면 형식이 네가 청혼받은 줄 알겠다."

"누님도 참."

형식이 입버릇처럼 하는 말에도 오늘따라 부러움이 섞여 있었다. 늘 외롭단 말을 입에 달고 다니더니 사람 싱거워 하는 빈말은 아닌가 보다. 커다란 덩치에도 양팔을 쓸어내리는 모습이 조금 처량했다.

"누님이나 저나 혼자 몸인데. 집에 가면 누구 있고 걱정해주고 이런 거 좋지 않습니까."

"그래그래. 너 말하는 거 보니 새신부 저리 가라네. 빨리 결혼해라. 내가 부조 많이 할게."

"제가요? 에이, 찬물도 위아래가 있는데 누님이 먼저 하셔야죠."

농담 반 진담 반의 떠보는 말에 제나가 고개를 흔들었다. 다른 말 없이 정문 앞에서 고개 들어 하늘을 쳐다보는 게 다였다.

"하기야 저 결혼하면 저희 어머니 우시느라 결혼식장 안 떠내려갈까 모르겠어요."

"그러시겠지?"

몇 번 뵌 적이 있는 형식의 어머니는 자나 깨나 아들이 빨리 결혼해 자리 잡기를 바라는 평범한 분이셨다. 형식은 험상궂은 외모와 달리 화목한 가정의 귀염둥이 막내아들이라 온 집안의 사랑을 많이 받았다. 제나 앞에서 못난 아들 잘 부탁한다 고개를 숙이면서도 형식의 등을 탁탁 쳐대시는 모습을 보면 웃음이 절로 나왔다. 그럴 때마다 형식과 결혼해 가정을 꾸릴 이는 웃고 살 일이 많겠거니 했었다.

"누님은요?"

"나는 뭐……."

그녀가 답지 않게 얼버무렸다. 자신이 결혼을 하게 된다면, 그런 가정을 하는 것만으로도 실소가 나왔다. 그나마 가장 축하해주었을 어머니는 돌아가셨고 생물학적인 아버지는 딸이 결혼하는지도 모를 것이다.

아무런 축복 없이 그렇게 결혼을 한다고 해도, 평범하게 살았던 경험도 없고 그다지 아는 게 없으니 남들처럼 화목하게 살 수 있을지 모르겠다. 다른 일은 다 흠 하나 없이 완벽하게 하면서도 그런 부분에서는 자신감이 떨어졌다.

"아, 누님이야말로 진짜 결혼해 사는 게 상상이 안 갑니다. 흐흐."

"그래? 상상 가게 그냥 너랑 해줘?"

"네에? 미치셨어요?"

진심으로 싫은지 형식은 상명하복 기본 예의도 없이 고래고래 소리를 지르며 손을 휘저었다. 그는 자신보다 잘난 여자의 기에 억눌려 눈치 보는 것도 딱 질색이지만, 경찰청장보다 더 무서운 남자와 척을 지기도 싫었다. 남자의 눈으로 봐도 그 사람은 자연계 최정점의 포식자였다. 그런 남자는 이성은 가지되 중하지는 않을 사람이라, 제나가 이런 농담을 자신에게 했다는 것을 알게 되는 순간 그의 낡은 자동차 밑에 수제 폭탄을 설치하고도 남을 것이다.

"아, 우리 형식이 기어이 내 기분을 건드네?"

형식의 머릿속이 어떤지 알 리 없는 제나가 장난 삼아 주먹을 쥐고 형식의 목에 감았다. 사람에게 웬만해서는 마음을 열지 않는 그녀가 이런 장난을 스스럼없이 치는 상대도 거의 없다.

"아아, 누님! 저 죽습니다. 장가가보고 죽어야 된다면서요! 아악!"

"못 가. 꿈 깨!"

목이 감겨올수록 형식의 비명이 높아졌다. 역시 이런 무적의 얼음마녀를 결혼과 연관짓기는 어려웠다. 하지만 그녀가 꼭 결혼이라는 것을 하게 된다면, 적어도 누구와 할지 정도는 감을 잡았다.

모자란 듯해도 감 하나만은 누구와 비교해도 떨어지지 않는 그였다.

멀찍이서 기다리던 경원을 향해 손을 들자 그가 조금도 지체하지 않고 달려와 제나의 앞에 섰다. 찬바람이 묻어 흩날리는 머리칼이 만져보고 싶을 만큼 매끄러웠다. 그리고 흐트러진 머리 안에 반쯤 묻혀 있던 눈이 둥글게 휘어지며 웃음 지었다.

“우리 제나, 나랏일 열심히 했어?”

“그럼.”

“오늘은 처음부터 반말이네?”

“웃겨.”

원래 애교는 없는 여자였으니 이렇게 퉁퉁대며 짧게 하는 말 하나에조차 즐거워졌다. 경원이 바로 팔을 당겨 품 안에 넣고 둥근 어깨를 살며시 감싸 안았다. 그녀의 가느다란 몸체가 그대로 몸에 닿는다.

“아, 저기 장 경위님 아니신가? 제나 씨 친구.”

“어, 그러네요.”

“옆에 남자친구 맞지? 전에 얼핏 봤는데.”

횡단보도 저 멀리서 팔짱을 끼고서 웃고 있는 현미가 채원을 향해 반지를 높이 들어 보였다. 무슨 말이 오가는지는 몰라도 보는 것만으로도 행복 그 자체에 싸여 있는 것 정도는 분명했다.

“둘이 싸웠다가 화해한 거지?”

“음, 응? 어떻게 알았어요?”

“그냥. 나야 원래 마음을 읽으니까.”

경원이 으스대듯 머리를 옆으로 기울여 제나의 머리에 가볍게 부딪쳤다. 밀어내도 다시 안아오고, 또 밀어내면 더 힘주어 안았다. 서너 번 반복하다 말겠지 해도 이 남자 끈기 하나는 비할 데가 없다.

"참 당신답네요."

"이제나가 그랬잖아. 뭐든 나답게 하라며."

장난을 치면서도 경원의 눈은 횡단보도 너머에 가 있었다. 마음을 읽는 거야 과장 좀 했다 친대도 여자가 저렇게 손가락 내밀며 빙글빙글 좋아하는 데는 이유가 하나밖에 없다. 그동안 모르려 해서 그랬던 건지, 이제는 그도 저런 장면이 제일 먼저 눈에 들어왔다.

"둘이 결혼하는 거야?"

"……뭐, 봐야 알겠죠."

눈치 하나는 더럽게 빠르네, 제나가 방향을 바꿨다. 그녀의 어색한 움직임에 씁쓸해하던 그가 별말 없이 그녀를 따랐다.

"제나 씨는, 별 마음이 없어?"

"뭘요?"

알면서도 모르는 척, 그녀가 앞에서 엄마 손을 잡고 풍선을 든 꼬마 하나를 눈으로 좇았다. 잘 가다가 우뚝 멈춰 앙탈을 부리기도 하고 한 번씩은 엄마 손을 놓고 무작정 달려가려 하는 아이의 몸이 들썩였다. 다른 사람들보다 현저히 느린 속도로 걸어가는 둘을, 제나와 경원은 그보다 더 천천히 뒤를 따랐다.

"경원 씨는 어릴 때 저렇게 풍선 들고 엄마 손 잡고 걸어봤어요?"

"나? 나는 손보다는 목줄을 매어놨지. 매정한 어머니 같으니라고, 참."

"아아……."

"믿을 수 없겠지만 조금 별났거든. 사내애들이 대게 그렇잖아?"

농담하지 말라고 한마디 해야 하는데 어째 영 거짓말 같지는 않았다. 자연스레 그의 목으로 시선이 가는데 그가 단추 하나를 풀어 그 사이의 붉은 손자국을 내밀어 보인다. 어제 그녀가 만든 자국이다.

"빨리 안 닫아요?"

"아니, 왜. 자랑하는 건데?"

"미친 거 아냐? 사람들 보잖아요!"

"원래 자랑은 사람들 보라고 하는 거야."

경원이 투덜대며 다시 옷을 정리했다. 한 손으론 여전히 제나의 어깨를 감싸 안고 있으면서도 남은 한 손으로 여유롭게 단추를 채우는 모습이 주변의 시선을 모조리 모을 만큼 섹시했다. 딱히 단추를 풀고 말고의 문제가 아니었다.

"저기 지나가는 남자들 보이지? 나 부러워하는 거."

"남자들이 김경원 씨처럼 그렇게 한가한 줄 알아요?"

"잘 들어봐. 이렇게 미끈하고……."

제나의 말 같은 건 이미 흘려들은 그가 그녀의 정면으로 다가서 머리를 쓰다듬었다.

"섹시하고……."

이번에는 입술에 손가락이 잠시 닿았다 떨어졌다.

"쭉쭉빵빵한 데다……."

눈이 아래로 훑어 내려가다 어디까지 하나 싶은 그녀가 팔짱을 끼자 다시 제자리로 올라왔다.

"이렇게 나밖에 모르는 여자랑 다니는데 안 부러워하는 미친놈이 어딨겠어?"

"내가 당신밖에 모른다구요?"

코웃음 칠 여력도 없어 좀 떨어지라 그를 밀어냈다. 그사이 풍선을 든 꼬마가 저 멀리 사라졌지만 이상하게 인상이 흐릿해졌다. 예전 같으면 아마 한참은 옛 생각에 빠져 있었을지도 모른다.

"그럼 아니야?"

그럼에도 끝까지 아니라 우겼다. 경원은 언제나처럼 오른쪽으로, 또 왼쪽으로, 그러다 뒤에서 안으며 확인을 했지만 제나는 이미 터져버린 웃음 때문에 제대로 대답도 못 했다. 울적한 생각을 이렇게 웃음으로 잊은 것이 언제였는지, 그런 적이 있기나 했던지.

"이제 그만해요. 난 원래 살던 대로 나만 알 거니까."

"살던 대로라면 더 안 될걸? 당신은 절대 못 그래."

"왜요?"

"당신만 아는 사람이 그렇게 팀장님 생일 챙기고, 안 형사 소개팅 챙기고, 주변 사람들 하나하나 챙기고…… 또 나까지 거둬줬을까."

이게 이 남자 수작이라면 정말 그건 어쩔 도리가 없지만 그렇게 믿고 싶지는 않았다. 이미 걸려들었으니까.

다만, 한 번씩 그가 이런 약한 소리를 하면 그건 정말 그녀의 얼어붙은 마음 한구석을 녹였다. 바람처럼, 그렇게 다가와 오래 머물렀다.

"하, 당신답게 하는 게 그나마 당신 장점이라고 했죠?"

"나답게?"

"그래요. 끝도 없이 능글대고 잘난 척하고 사람 못살게 굴고. 차라리 그러라구요."

정말인지 떠보려는 듯 경원이 턱을 높이 들었다. 내려다보는 눈이 바다 어디에 작살을 꽂듯 깊숙하게 박혔다.

"그 말 후회하지 마."

그러든가 말든가.

무섭지도 않은지라 그녀는 오늘 하루 혼란스러웠던 기분을 모두 내던졌다.

경원은 평소처럼 매너 있게 식사를 챙겼고 길 하나를 다녀도 그녀를 안쪽에 세웠으며 때때로 그녀에게 향하는 모든 남자들의 시선을 매섭게 거둬냈다.

"수연 씨한테 인사하고 갈까?"

"지금 가봤자 경원 씨 일만 시킬 거예요. 피곤한데 가지 마요."

멀리서 한창 카페 마감에 바쁜 수연을 넘겨다보고 별생각 없이 한 말에 경원이 고개를 숙이고 작게 웃었다. 왜 웃냐 쳐다봐도 이번에는 그다지 대답을 할 마음이 없어 보였다.

"내가 이런 말 하는 거 웃긴데, 당신 정말 당신 생각보다 나 좋아한다니까?"

"어휴, 말을 말아야지. 데려다줘서 고마워요. 나 갈게요."

오늘 데이트의 주제는 '매너'인지 헤어질 때에도 그는 신사다웠다. 그렇게 손에 닿는 대로 만져대던 그가 작별의 입맞춤조차 하지 않고 순순히 물러났다. 하기야 눈으로 보기에 그만큼 아찔한 신사는 또 없었다.

"하아, 치워야지."

집에 들어서자마자 아침에 늘어놓은 커피 잔부터 치워놓고 옷을 벗었다. 샤워기 아래 뜨거운 물 맞으며 오늘 일을 다시 생각했다. 반지를 보고 눈물이 그렁하던 친구 얼굴을 떠올리다가, 풍선을 들고 가던 아이를 생각하고. 마지막에는 그녀의 귀에 붙어 직설적이고도 따스한 말들을 쏟아내던 경원이 남았다.

그래, 심각해지지 말자. 오늘 내가 좀 이상했던 것뿐이야.

커다란 배스타월로 몸을 감싸고 물이 뚝뚝 떨어지는 머리끝을 모아 한번 털어냈다. 그래도 요새 날이 날이니만큼 어깨로 떨어지는 물방울이 차가워 수건으로 머리까지 감아올렸다.

딩동.

흘러내리는 수건을 힘주어 고정한 그녀가 현관문을 쳐다보았다.

"수연이니?"

더 생각할 것도 없이 수연이라 생각했다. 수연은 카페를 마감하면 말도 없이 찾아와 남은 케이크니 샌드위치를 건네주고 가는 일이 잦았으니까.

"아, 잘됐다. 나 안 그래도 장 못 봐서 내일 먹을 거 없었는데. 어어……."

"안녕?"

눈에 보이는 건 수연도, 또 귀에 들리는 달콤한 목소리의 주인공도 아니었다. 세상의 모든 화려한 풍선은 모두 모아놓은 꾸러미가 그녀의 좁디좁은 현관에 가득 들어찼다.

"뭐, 뭐예요. 이거?"

"우와…… 이제나는 이거 다 뭐야?"

풍선부터 대충 제나의 손에 쥐여준 그가 눈앞의 성찬에 검푸른 눈동자를 키웠다. 한번 보고 다시 봐도 그의 이제나였고, 또 숨 막히는 향기를 온몸에 묻힌 달콤한 그녀였다. 그것도 극도로 최소한으로 가린.

"뭘 봐요? 이거 그냥 샤워하느라 그런 거거든요?"

"……아, 난 또."

"난 또는 무슨! 이건 다 뭐고 경원 씨는 왜 여기에……."

"신경 안 써도 돼."

착각이야 뭐, 그럴 수 있지. 자기 자신에 대해서는 천하에 둘도 없이 관대한 그가 제나의 손을 넓게 펼쳤다.

얼떨결에 들고 있던 풍선이 천장으로 흩어지자 그 사이로 경원의 얼굴이 더욱 또렷해졌다. 샤워하며 떠올렸던 것보다 훨씬 더 남자답고 오만한 얼굴이다.

"말했지? 나답게 굴라며."

"……."

"나다우면 이런 날 절대 혼자 안 보내지."

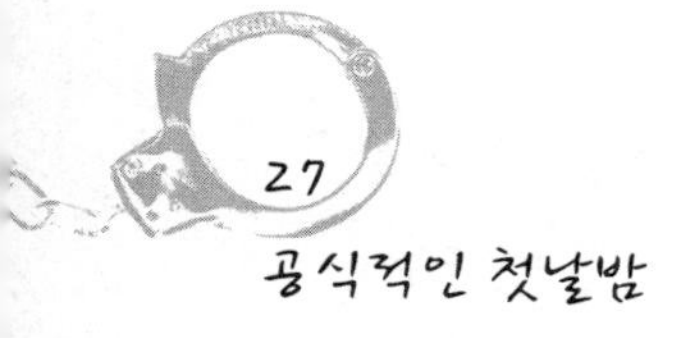

27
공식적인 첫날밤

생각해보면 의아하긴 했다. 그 대단한 여자관계를 모르는 것도 아니고 그런 쪽으로 담백한 남자도 아닌데 이상하게 지킬 건 지켰다. 그녀야 개방적이진 않아도 뒤로 빼는 성격도 아니다 보니 자연스럽게 분위기가 잡힌다면 밀어낼 마음은 없었건만 명색이 경찰에 지킬 거 지키겠다는 남자를 두고 뭘 더 어쩔까. 거기다 '당신, 요새 왜 나랑 안 해요?' 하고 물어볼 만큼 아직 급하지도, 초조하지도 않았다.

「들어가…… 야겠지?」

그래도 이상한 건 이상한 거다. 그렇게 쫓아다니며 바라보는 시선마다 색기를 흘려 사람을 꼬드기더니 정작 사귀고 나서는 신데렐라처럼 시계를 흘끔거렸다. 다만 엄마 말 억지로 듣는 불만스러운 꼬마 같은 표정이라 본심은 아니려니 짐작은 했는데 오늘 또 이렇게 밀어붙일 줄이야.

하여튼 종잡을 수가 없는 남자임은 틀림없다.

"믿지 않겠지만 나도 오늘 이러려던 건 아냐."

"응, 안 믿어. 김경원 당신이라면 분명 로망이 또 있었겠지."
"뭐 로망까진 아니고……."
"그래서, 정말 없었다고?"
그녀가 한발 가까이 다가서 그의 양심을 찌르자 경원이 아픈 가슴을 부여잡았다. 눈을 내리깔고 자신 없이 중얼거리는 목소리가 수줍은 고백처럼 흘러나왔다.
"물론 욕조에 장미꽃 뿌려서 재스민 향을 넣으면 끝내줄 거 같긴 했어. 물은 3분의 2쯤 받아놓고 발가벗은 이제나가 들어가서 앉는 순간 물이 차르르 넘치는 상상 정도는 누구나……."
"누구나 안 하거든?"
무슨 로망이 그렇게 구체적이야.
다 아는 사이에 왜 이러냐는 타박의 눈빛이 이어지자 그는 못내 억울해졌다. 웃기려고 한 말도 아닌데 과거가 또 이렇게 발목을 잡았다. 그래도 오늘만큼은 돌아설 일 없으니 그녀가 말한 대로 '그다운' 여유를 찾았다.
"왜. 공식적인 첫날밤은 다 그렇지."
"뻔뻔도 하셔라. 누가 들으면 여자 손도 못 잡아본 순결한 남잔 줄 알겠네!"
제나가 가슴 중앙에 멈춰 있던 손가락을 올려 이번에는 어깨를 꾹 눌러봤지만 단단한 근육에 어림도 없다. 대신 몸은 그대로 두고 고개만 숙인 그가 그녀의 귀를 질근거렸다. 반사적으로 오른쪽 어깨를 움츠린 그녀가 그의 양팔을 멀리 잡았다.
"갑자기 이러면."
"난 거짓말한 적은 없어. 아무리 생각해도 공식적인 첫날밤 맞는데?"

"……."

"좋아하는 여자랑은."

지금 그의 마음을 대변하는 거친 숨결이 귓속을 파고들었다. 그가 두어 번 깊은 숨을 고른 후 그녀가 앞으로 모아 쥐고 있던 수건을 잡아당겼다. 순식간에 당한 일에 방심한 제나가 뒤늦게 한 귀퉁이를 들어 올렸지만 벌써 풀린 수건의 끝자락은 바닥에 닿았다.

"여기서 뭐하는 거야!"

"안 그래도 들어가려고."

목덜미가 조금 흐트러진 것을 제외하고는 그린 듯 완벽한 그와 도도하고 고요한 몸가짐에도 보일 데는 다 보이는 그녀.

흑과 백처럼 달랐지만 그래서 서로가 더 돋보였다. 아니, 서로밖에 보이질 않았다.

"한계야."

침묵에 싸여 있던 작은 공간에 경원이 으르렁대듯 끓는 숨을 내뱉었다. 옮게 비치는 그녀의 가슴 색에 이성이 흩어져 곧바로 제나를 안아 들었다. 발버둥 칠 것도 없이 올려다보는 그녀의 눈에서 감출 수 없는 야릇함이 휘몰아쳐 그의 열감을 고조시켰다.

"나 집도 못 치웠는데."

"괜찮아. 어차피 내가 어지럽힐 거니까."

숨죽인 듯, 걸음도 빨랐다. 그의 목에 손을 감으려는 순간 이미 제나의 엉덩이가 익숙한 매트 위로 내려졌다. 아슬아슬하게 풀린 수건은 더 이상의 의미도 없이 몸의 중심을 따라 길게 늘어졌다.

"이제나."

순식간에 일어난 일임에도 너무나 당연했던 일.

그녀를 내려놓은 경원이 눈 한 번 떼지 않고 제 상의를 들어 올렸다. 버클을 푸는 것도 순식간이었고 단단한 무릎이 그녀에게 향한 것도 그리 오래지 않았다.

“……왜?”

“나 정말. 후우.”

참고 참고 또 참은 그의 굶주림이 감출 것도 없이 그녀를 향했다. 이런 순간에 피할 마음은 없었는데, 이 맹수의 눈을 보고 두려움이 생기지 않는 것도 만용이다. 한 뼘씩 뒤로 물렀지만 혼자 사는 그녀의 침대는 그리 길지 않았다. 모서리 장식에 등이 닿는 생경함에 잠시 고개가 돌아간 사이, 그의 포악하고 야성적인 본능이 코앞에서 웃고 있었다.

내가 참는 건 이걸로 끝이야.

본연의 역할은 못 해도 아찔함을 돋보이게 하던 수건이 자리를 지키지 못하고 그의 손에 내던져졌다. 빈자리는 모조리 그의 눈이, 뜨거운 손이, 목마른 입술이 순서대로 차지했다.

“으음……. 겨, 경원 씨.”

“가만.”

전처럼 아슬아슬한, 그어놓은 선 위로 땅을 치는 그런 애달음은 없었다. 그의 앞에 펼쳐진 신세계에 뿌리를 내리고 싶은 강한 정복욕만이 가득했다. 닿는 대로 가득 움켜쥐고 핥고 빨아들이고, 그녀의 작은 신음 하나 놓치지 않고 자신의 것으로 만들었다. 그래도 부족했다.

아껴두고 볼 수 있는 여유가 있었다면 여기까지 오지도 않았겠지.

"나만 기다린 거야? 음…… 그래?"

"……."

"아니지?"

동의를 구하는 그의 눈이 그 와중에도 얄밉게 그녀를 향했다. 열에 들떠 맞장구치지 못하는 제나가 흐릿하게 그를 바라보자 그 자체가 그에게는 답이었다.

지독히도 자기 좋을 대로 이기적인 답.

"빨리 하라고?"

"입 다물라고."

말로는 안 될 남자라 제나가 그의 양뺨을 끌었다. 서로의 빈틈만 노리는 혀가 그 어느 때보다 노골적으로 감겼다. 단맛을 느낀다는 혀끝이 부딪칠 때마다 타액이 달아졌다. 숨을 들이켤 때 이상으로 욕심내어 들이켰지만 끝도 없이 부족했다.

"하아."

"취하는 거 같아."

얼마나 달콤한지 양보 또한 없었다. 손을 넣어 그녀의 목을 받친 그가 조금 더 편하고 깊숙이 다가서려다 몽환적인 눈을 빛내는 그녀에게 홀려버렸다. 어차피 입술과 혀로 채워질 갈증이 아니라는 것을, 굳이 여기에만 집착해 탐할 필요가 없다는 걸 그 눈빛에 알았다. 지금이 시작이었다.

"으음."

그녀가 눈을 찡그리는 순간 그는 벌써 몸 위로 자리를 잡았다. 키스를 하며 쥐고 있던 그녀의 가슴에서도 그때야 손을 떼어냈다.

하얗게 부푼 피부 위에 제 자국이 남아 있자 힘이 바짝 들어간 중심을 따라 머리까지 서늘해졌다.

"하아."

"달아, 정말."

손자국 위로 코끝이 먼저 닿았다. 눈을 감으니 다른 감각이 공평하게 살아났다. 그가 뺨을 폭신한 양가슴 사이에 묻는 기막힌 경험을 할 동안 그녀는 남자의 뜨거운 숨결에 온몸이 발갛게 달아올랐다. 자신의 몸이 유독 뜨거운 건지, 그의 체온이 옮은 건지 머릿속이 혼란스럽다. 그가 혀를 내밀어 유두를 핥자 그때부터는 그마저도 휘휘 저어져 몽롱해졌다. 일부러 소리 내어 빨아들이는 그의 입술 아래에선 커다란 두 손이 쉬지 않고 가슴을 모아 올렸다.

"하…… 경원 씨."

"……음."

왜 부르고 왜 대답하는지 둘 모두 의미를 두지 않았다. 그의 입술이 닿는 곳마다 만들어내는 본능적인 소리에 사람의 말소리가 섞이는 것이 낯설 뿐이다.

"흣읏."

원래 욕심이 많은 그였지만 침대 위에선 상상을 초월했다. 아릴 정도로 가슴을 쭉쭉 빨아들인 게 언제라고 그새 제나의 새침한 얼굴이 보고 싶어졌다.

이 몸처럼 달아올라 감은 눈을 찡그릴지,

아니면 색이 가득한 눈빛으로 자신을 바라볼지.

그 어느 쪽을 상상하든 우열이 없었다. 글쎄, 어떨까. 천성이 호기심에는 약한 남자라 힘들게 입술을 떼어냈지만 그마저도 오래

가진 않았다. 입안을 부드럽게 채우던 그녀의 가슴이 빠져나가는 동시에 10년은 굶은 듯 가슴이 허해졌다. 결국 두 번 생각도 없이 덥석 가슴을 깨물었다.

"아…… 아파. 경원 씨."

"나 놀랐잖아."

안도의 말을 내뱉는 순간에도 그는 유두를 할짝였다. 태생이 어딜 가나.

이런 끝내주는 가슴이 잠시나마 내 입에 없을 뻔하다니, 그런 재앙이 다 있다니, 경원은 철저하게 자기 기준으로 놀라버렸다. 그녀의 아프다는 투정을 한발 늦게 받아들이곤 이거 어쩌나, 부드럽게 혀를 굴렸다. 결국 웃는지 마는지 팔 하나를 힘없이 들어 올린 그녀가 눈을 가리고 어깨를 잘게 떨었다.

"웃지 마."

"……경원 씨."

"나 진짜 놀랐다구."

그럴 군번이 된다 여기는지 그가 적반하장으로 가슴을 움켜잡았다. 손가락 새로 빠져나오는 핑크빛 유두를 꼬집듯 꾹 누르다가 그것도 아쉬워 다시 입술로 당겨댔다. 경원은 이상할 정도로 가슴에 집착했다.

"하아, 거기가 좋아?"

"응. 좋아."

"왜?"

"네 향기가 가장 진하니까."

"……그럼 다른 데는?"

이제 그녀의 웃음이 멈췄다. 천천히, 그리고 굳은 결심으로 겨우 고개를 떼어낸 그가 올라와 그녀의 뺨을 쓰다듬었다. 말을 할 듯 말 듯 벌어지는 입술은 목에 닿아서야 들릴 만한 소리를 냈다.

"여긴 선이 가늘어서…… 아찔한데 불안해."

"하아, 으읏."

"또 여긴 너무 약해 보여."

"아, 간지러워."

"…… 그리고 여기는…… 이제나 아닌 것 같아."

쇄골을 지나 점점이 입술을 찍던 중간중간 멈추고 그녀를 감상했다. 그리고 배꼽 바로 아래의 단단한 근육 위로 숨을 들이마셨다. 안 그래도 탄탄한 그녀의 복근이 경원의 숨소리에 맞춰 수축했다.

"이 몸이 전부 이제나 당신이야."

얼마나 쉬지 않고 일을 했을까, 군살 하나 없는 유려한 몸에도 감탄보다는 가슴이 쓰게 아렸다. 그래서 그녀가 자신이 가진 여성스러움을 온전히 드러내는 부위에 마음이 가장 오래 머물렀다. 노골적이고 본능적이라 지탄을 받더라도 어쩔 수가 없다.

"하아아."

"마지막으로 여기는…… 한번 보자."

이윽고 다리 사이에 무언가가 느껴졌다. 하나같이 뜨거운지라 숨결인지 혀인지 판단할 새도 없이 양다리가 그의 팔에 걸쳐졌다. 숱하게 애무를 받으면서도 처음 닿는 곳이라 그녀가 베개 위에서 얼굴을 뒤척였다.

"흐으윽."

"좋아. 여긴 다 좋아. 그냥 좋아."

벌써 촉촉해진 틈 사이로 그가 고개를 붙였다. 간질이듯 타고 오르던 혀가 가장 민감한 곳에 닿자 그녀의 허리가 유연하게 휘어졌다. 내숭 없이 흘러나오는 제나의 신음이 그를 더욱 자극했다. 키스를 할 때와 달리 이곳에 흐르는 모든 것이 자신의 독차지임에도 마음이 급해졌다. 골반을 단단히 눌러둔 그가 샘의 가장 안쪽으로 혀를 깊숙이 놀렸다.

"하아, 아아아아."

베개 끝머리를 잡고 있던 그녀의 손이 어느새 그의 머리 위로 놓였다. 눈을 감아도 제게 닿는 남자가 누구인지는 충분했다. 눈웃음처럼 산뜻하게 감기는 경원의 머리칼이 그의 움직임에 따라 손안에서 물결쳤다.

"그만. 이제 그만. 경원 씨."

"후우…… 안 그래도."

"아흐읏."

"딱 죽겠다 그랬어."

향에 취해 사람이 죽을 수도 있구나, 그의 눈가가 짙게 접혀들었다. 그 어느 독한 술도 이보다 깊은 향은 없었다. 머리가 아찔해지기 직전에 그의 손이 제나의 손을 부여잡았다. 몸을 곧게 세워 누르듯 위에 올라서도, 작은 침대 위에 어디 하나 도망칠 곳 없음에도, 불안한 마음은 가시질 않는다. 누구보다도 솔직한 이 여자가 혹시 자신을 놓을까, 내려다보는 그의 눈자위에 발갛게 열이 올랐다.

"아아앗."

"내가 느껴져?"

부드럽지만 강하게 들어찼다. 최대치로 부푼 그의 페니스는 그녀 안에서 숨처럼 불끈거렸다. 경원은 아직 멈춰 있었지만 페니스는 주인의 제어 없이도 그녀를 강하게 자극했다.

"으, 으응."

팔을 잡혀 급한 대로 허리를 뒤채던 그녀가 골반을 조이자 이제 그도 남은 이성을 완전히 끊어냈다. 모든 통제에서 벗어난 그의 본능이 무섭게 속도를 올리기 시작했다.

"아, 아아."

"하, 나 미치면 어떡하지?"

이제 좀 살겠는데 정말 그렇게 되면 어쩐다.

탁탁, 규칙적으로 허리를 쳐올리는 그가 쓸데없는 고민에 빠졌다. 그따위 것 생각도 하기 싫다 했더니 저항하는 허릿짓이 꼭 그만큼 거세졌다. 독처럼 퍼져나가는 짜릿한 감각은 끊어질 새도 없이 고리를 이어갔다. 놓치기 싫어 몸을 끝까지 파묻고, 그러면 그녀가 반기듯 조이고, 이내 빠져나가는 그를 조밀하게 물어댔다. 그 과정에 둘 모두 숨이 끝까지 차올라 결국은 제나가 먼저 숨을 멈췄다.

"으윽. 흑, 으읏."

"안 돼. 난 아직 멀었어."

"아아아. 이제…… 흐읍."

"안 돼."

언제 또 그녀에게 이리 강하게 으를 날이 있을까.

정신이 혼미한 와중에도 그럴 기회가 거의 없다는 것을 알아 입꼬리가 올라갔다. 아직 철이 덜 들었다 해도 좋았고 남자라 어쩔 수 없다 해도 좋았다.

"으으응."

"이제나. 내가 안 된다고 했어."

먼저 가버릴 듯한 기색이 조금만 보여도 경원은 경고하듯 가슴을 움켜쥐었다. 정작 그녀의 사정 한번 보지 않고 쉴 새 없이 몰아대면서도 요구 사항은 끝도 없다. 그러다 하필 울상이 되어버린 그녀의 눈동자에 마음이 약해졌다.

"……이제나 너 나빴어."

이제껏 얼마나 참았는데, 그가 제나의 상체를 꼭 끌어안고 감은 눈 위로 입술을 내렸다. 부드러운 키스가 눈가에 여러 번 내려앉는 동안 아래는 마지막을 향해 달려갔다.

"아아아아. 겨, 경원 씨."

"하, 으읏."

끝까지 치달은 그가 터질 듯 조여오는 그녀의 움직임을 견디지 못했다. 간신히 남은 힘으로 가장 깊숙한 곳에서 참고 참았던 모든 것을 터트렸다. 간간이 불끈대는 움직임을 따라 결합한 곳의 온도가 높아졌다.

"……이러면."

제나는 잠시나마 따스한 기분에 취해 있었다. 그러다 언뜻 드는 정신에 따로 피임을 하지 않았다는 것이 뒤늦게 떠올랐다. 아직 몸을 빼지도 않고 내려다보는 경원의 눈을 보니 그도 그것을 모르는 듯했다.

녹초가 되어 밀어낼 힘도 없는지라 무슨 말이라도 해보라 가볍게 어깨를 두드렸다.

"……하아."

위험한 날은 아니었다. 안심해도 좋을 정도긴 했지만 세상일에 100퍼센트 확신은 없다. 이내 상체를 받치고 멀뚱히 내려다보는 그가 더없이 얄미워졌다. 그렇게 인정사정 볼 것 없이 사람을 내몰 때는 언제고 이런 순간에 말 한 마디 없는 것이 부끄럽고 또 어색했다. 공식적인 첫날밤이라더니, 말이 곧 마법이라고 그대로 이루어졌나 보다.

이렇게 민망하고 어색할 줄이야.

"사람이 정말……. 무슨 말이라도 해야 할 거 아니에요."

비켜줄 것도 아니면서. 고개를 돌리게 해줄 것도 아니면서.

두 팔로 머리를 잡고 지켜보던 그가 제나의 말을 듣고야 눈동자가 또렷해졌다.

"……그러네."

아, 말을 해야지. 맞아.

그러면서도 그에겐 이 모든 상황이 아직은 혼미했다. 다른 남자들은 욕구가 풀린 혼몽한 틈에 의무적인 사랑을 말한다면 그는 지금이 가장 솔직했다. 가볍지 않게 열리는 자신의 입술을 그녀가 바라보고 있다. 그러니 생각이란 것도 할 것 없이 그대로 진심이 흐르게 두었다.

"말을 안 할 거면 숨이라도 쉬게 좀."

"난 딸이 좋아."

"……."

"그렇다고."

태연한 척하면서도 얼굴을 붉히고 있던 그녀가 맥이 풀려 눈을 꼭 감았다. 아니, 웃느라 감은 듯 그렇게 가늘어졌다. 속없이 가볍게 웃는다 타박하던 그의 웃음이 그대로 옮아 왔는지 눈물이 맺힐 만큼 깔깔대고 웃었다. 섹스의 절정에 다다라 잠이 든다는 소리는 들어봤는데, 웃다가 정신을 잃는다는 것은 처음이었다. 다만 본인이 경험했으니 거짓은 아니었다.

"진짜…… 경원 씨다운 첫날밤이었네."

"끝내주는?"

"음…… 그래. 맞아……."

자잘하게 어깨를 떨다 점차 숨을 고르는 그녀를 즐거이 내려다보았다. 남은 체력과 본능이 아쉬워도 이제는 쉬게 두어야 했다. 더 이상 몸을 묻고 있다간 숨 한 번 내쉬는 움직임에도 자제할 자신이 없다.

"제나야."

그새 잠이 들었는지 그녀는 대답 대신 눈썹을 찡그렸다. 뒤에서 그녀를 끌어안은 그가 토닥토닥 그녀의 가슴 위를 다독였다.

"……드디어 찾았어."

왕국이라 불릴 정도로 커다랗고 화려한 세상을 손에 쥐고 살았지만 절대로 가질 수 없던 만족감, 그걸 이 작고 낡은 침대 위에서 찾았다. 제나의 가는 손목을 눌러 쥐고 교차된 다리 사이의 그 작은 공간에 그가 원하던 세상이 전부 있었다.

"……찾았어. 정말 오랫동안."

"으으음……. 뭘?"

"그냥. 그냥 다."

재미나 있으면 그만이던 지루한 세상에서 그가 살아갈 이유.

모든 빛이 사라진 정적의 순간에도 그는 눈 한번 떼지 못했다. 하얀 시트에 흩어진 단 한 올의 머리까지 그리고 또 그렸다. 지쳐버린 그녀가 꼭 감은 눈으로 도리질을 쳐도 오늘만은 들어줄 수가 없었다.

몇 시인지도 몰랐다. 커튼 너머로 뿌연 음영이 확실해지자 새벽이 지났다는 정도만 간신히 알았다. 습관적으로 몸을 일으키는데 온몸에 멀쩡한 데가 없다. 손가락 하나 들기도 힘들어 다시 눈꺼풀이 내려왔다.

"아…… 졸려."

"더 자. 걱정 말고."

"으음……. 경원 씬 안 잤어요?"

한 팔로 머리를 괴고 그녀를 지켜보던 그는 무슨 일이 있었냐는 듯 쌩쌩했다. 보통 남자가 아니라 생각했지만 저 체력은 믿을 수가 없다.

무슨 짐승도 아니고.

몇 날 며칠 현장에서 구르고도 정신력을 유지하던 그녀가 어젯밤은 마지막이 희미했다. 다만 필름처럼 떠오르는 모든 순간에, 그는 거칠 것 없는 동작으로 강약의 조절조차 없이 몰아쳤다. 다른 때에는 다 사람 좋게 씨익 한번 웃고 말더니 어제는 지친 얼굴만 보여도 벌을 주듯 더 강하게 부딪쳤다.

「안 돼.」

「……협박이야?」

「아니, 부탁이야.」

「하아.」

「좋은 건 같이 해야지. 같이 하자. 전부 다 같이 하고 싶어서 그래.」

그 순간에도 관대한 척 구는 꼴이라니. 어깨를 꾹 눌러 쥐고 할 거 다 하던 그의 얄미운 목소리와 그 적나라한 움직임이 떠올라 제나가 흔치 않게 얼굴을 붉혔다. 코앞에서 빤히 쳐다보는 그의 시선이 꼭 다 안다는 듯한 기색이라 얼른 고개부터 돌렸다.

"아하, 우리 미래의 청장님이 무슨 생각 중이실까?"

"하, 생각은 무슨."

"으음, 아닌데. 뭔가 하는데?"

"아우, 제발!"

그가 제나의 몸을 타고 넘어 반대편에 숨어 있던 눈을 찾아냈다. 피하려 해도 피할 수가 없어 하얀 시트 위에서 두 사람이 가만가만 서로를 살폈다.

"제발 뭐?"

이렇게 순진무구한 척, 밤하늘 같은 그의 눈동자는 열연을 펼쳤다. 대체 어떻게 참았담.

제나가 잠시 딴생각에 잠겼다가 솜털을 살랑이는 그의 숨결에 아예 베개에 머리를 파묻었다.

"가요, 이제 좀 가라구. 여기 내 집이야."

"말 안 할 거야? 청장님이야말로 애인한테서 고문 좀 받으셔야겠네?"

경원이 그녀의 단발 아래 드러난 목덜미에 입술을 묻었다. 길쭉한 손가락 역시 가슴 아래로 파고들어 살랑거리자 간지럼에 약한 그녀는 난리가 났다. 몸을 움츠리고 비명을 지르고 아무리 떠밀어도 그는 무자비했다.

꼭 어젯밤처럼.

"청장님 소리 좀 제발 하지 마요."

"왜?"

"이런 순간까지 그러니까 꼭……."

"꼭 뭐?"

"죄짓는 기분이잖아!"

어느새 뒤에서 허리를 꼭 안고 제나의 몸을 기대게 한 그가 그녀의 머리칼을 손에 감았다. 살짝살짝 당겨보더니 죄짓는 기분이란 말에 제나의 고개가 돌아갈 정도로 강하게 당겼다.

"아야."

"당신은 아무 걱정 마."

"뭘?"

"죄는 내가 지으면 되니까. 당신은 아무것도 모르고 있어."

"내가 아무것도 모른다구?"

고개를 휙 돌려 그를 떠보려던 그녀가 경원에게 잡혀버렸다. 그녀의 턱은 한 손에 모두 잡힐 만큼 갸름하다. 그가 아쉬운 듯 끌어당겨 뒤에서 강하게 키스를 퍼부었다. 뭘 모른다는 거냐, 조용한 물음은 그의 입안으로 사라져버렸다. 대신 목이 당길 정도로 길고 긴 모닝 키스가 조금 남아 있던 그녀의 잠기운을 모조리 떨쳐냈다.

"이렇게 하는 거나, 뒤로 저렇게 하는 거. 다 모르지 않아?"

촉, 떨어진 입술 새로 장난스럽게 속삭이는 목소리가 위험했다. 손은 이미 가슴을 감싸 쥐었고 다리는 말이 나오는 대로 행할 수 있도록 그녀의 몸을 타고 넘었다.

"그리고 기껏 드는 생각이 그거야?"

"으음…… 그럼? 무슨 생각을 해?"

"아, 내가 이 남자 만나서 이런 신세계를 다 보는구나, 우주는 아름다웠다, 그런 거 있잖아?"

"미쳤나 봐, 진짜."

이렇게 노골적인 본능이 와 닿는 순간에도 웃음이 나왔다. 어느새 한 뼘 더 들어온 아침볕이 그녀의 웃음을 밝히자 경원이 그대로 시선을 빼앗겼다.

"그런데 왜 이렇게 일찍 일어난 거예요? 잠자리 바뀌니 불편해서?"

비가 오든 눈이 오든 의미가 없던 그의 아침에 해가 뜨고 제나가 있고, 같은 침대 위에서 웃고 있었다. 뭐가 더 부러울까. 과한 만족감이 그를 노골적으로 만들었다.

"아니. 너 일어나는 거 기다렸어."

"응? 왜?"

"한 번 더 하게."

그는 약속을 지키지 않았다. 한 번 같은 두 번이 이어지고, 이어 붙인 듯 자연스레 세 번까지 갔다. 결국 지금 멈추지 않았다간 제나가 잘리기 직전에서야 손을 뗐다.

"경원 씨. 나 못 나가. 진짜 죽을 거 같아……."

"안 돼."

"안 돼 소리도 하지 마. 노이로제 걸리겠어."

어젯밤 가장 많이 들은 소리다. 조금만 위로 몸을 물리거나 살짝만 몸이 늘어져도 단호한 불허가 귀에 맴돌았다.

"빨리 옷 입어야지. 입혀줄게. 얼른 손부터 들어봐."

"눈이 저절로 감긴다구."

"눈 뜨고. 한 번 더 하기 전에."

경찰청장 만들어주겠다는 맹세가 빛을 발할까, 꾸벅꾸벅 고개를 떨구는 그녀를 단번에 일으켜 세웠다. 민첩한 행동으로 셔츠를 입히고 머리를 빗기더니 침대 헤드에 기대어놓고는 냉장고를 뒤져 우유까지 몇 모금 먹였다.

"아, 그러고 보니…… 내가 조절을 못 했어."

"자랑이네요."

제나는 이제 코웃음마저 힘이 빠져 있었다. 그가 무엇 때문에 그리 시간 딱딱 맞추는 신데렐라같이 굴었는지 이제야 어렴풋 이해해보았다. 날 잘못 잡았으면 상해진단서 한번 거하게 끊을 뻔했겠구나.

"가야지, 우리 경위님."

"알아. 간다구."

출근해봤자 뭘 어떻게 할지 엄두도 나지 않지만 명색이 마약수사대의 엘리트가 이런 남부끄러운 이유로 결근을 할 수는 없다. 안겨 나가듯 그의 차에 실려 경찰청에 도착하기 전까지 비몽사몽에 빠져버렸다.

"도착했어. 아직은 시간 좀 있어서 일부러 앞까지 안 갔어."

"응. 고마워요."

"맞아. 나란 남자는 역시! 내가 결정적인 순간에서 안 멈췄으면."

"당신 애인은 실업자가 됐겠지!"

그의 뻔뻔한 자화자찬에 제나가 양뺨을 톡톡 두드렸다. 이제 진짜 정신 차리고 날카로운 경찰로 복귀할 시간이다. 시계를 흘끔 보다가 흐뭇하게 웃고 있는 경원을 쌀쌀맞게 응시했다. 그러지 말아줘, 그가 말썽깨나 부리는 꼬마처럼 웃자 그녀도 모든 감정을 털어냈다.

이런 남자도 좋은 게 자신인데 어쩔 수가 있나.

"얼른 들어가봐. 마칠 때 데리러 올게."

"네. 아…… 그런데 참, 의미 없긴 한데. 당신 정말 거짓말한 거 아니에요?"

"무슨 거짓말?"

"어제 진짜 계획적인 거 아니냐구요."

이미 벌어진 일, 파고들 건 아니더라도 그 대단한 기세나 한번 눌러주려 했는데 경원은 정말 무고하다는 표정을 지었다. 형사의 직감상 정말 거짓말을 하는 것이 아니라 그녀도 살짝 놀랐다.

"나 정말 이렇게 억울한 거 태어나서 처음이야."

"……알았어요. 난 너무 갑자기 와서 그랬지. 헤어질 때에도 실컷 잘 들어가라고 해놓고."

"그러려고 했지. 그때에는."

"그때에는?"

운전석 핸들에 기댄 그가 매력적인 미소를 되찾았다. 바쁜 사람 붙잡고 설명할 감정이 아니라 지금은 그저 그 미소로 대신했다.

"그게 무슨 말이냐구요."

못마땅해하던 그녀가 결국 시간에 쫓겨 조수석 문을 열었다. 토라진 마음이 운전석까지 느껴지지만 지금은 그에게 시간이 충분치가 않다.

어젯밤 이제나가 얼마나 쓸쓸해 보였는지,

그 모습이 얼마나 자신의 마음을 아리게 했는지,

얼마나 한시라도 빨리 제 곁에 두고 싶어졌는지.

말이라면 어디에서도 밀리지 않는 그가 혼자만 묻어두고픈 감정이었다.

"나 진짜 가요."

"화났어?"

"아뇨. 풍선을 그렇게나 많이 받았는데 어떻게요."

언제나 쿨한 그녀가 서운함은 차 안에서 모조리 털어냈다. 그가 좋아하는 자세대로 창가로 몸을 숙이며 가볍게 웃어 보였다.

"풍선 좋아해?"

"풍선도 풍선이지만…… 그 밤에 그렇게 달려간 당신 성의도 봐야죠. 그거 사 오느라 그렇게 늦은 거죠? 제법 많이 돌았을 텐데."

"……."

"아, 진짜 가야겠어요. 경원 씨도 가요."

졸린다며 그의 품에서 꾸벅대던 게 다 언제라고 늘 그렇듯 씩씩하게 달려갔다. 따라 나가고 싶은 마음은 늘 한가득, 그 마음을 주체 못 하고 뒷모습을 응시하던 그가 핸들을 잡고 있던 손을 내려 주머니에 넣었다.

손에 가볍게 잡히는 매끄러운 작은 상자가 아쉬움과 함께 어둠 속에서 덜그럭거렸다.

28
외로운 마음

늘 좋고 싫음이 확실하던 경원이 복잡함을 가득 안고 클럽으로 돌아왔다. 척 하면 척이라고 그의 표정만 봐도 그 속을 짐작하며 물러나곤 하던 김 비서가 초조한 얼굴로 그를 맞았다.

"사장님, 어제 연락이 안 되셔서."

"응. 그럴 일이 좀."

푹신한 의자에 몸을 묻고 나니 녹아드는 기분이다. 그도 무한 체력이 아니다 보니 어젯밤의 여파가 뒤늦게 몰려왔지만 이상할 정도로 정신은 또렷했다. 남자가 성욕으로 느끼는 웬만한 쾌락은 모두 겪어봤다 생각했는데, 세상은 그의 생각보다 넓고 깊었다. 막 이성에 눈뜨는 야수 같은 시기에도 이 정도로 폭주해본 적은 없었다. 아주 본능적인 욕구만 충족되면 불만이 없다 믿어왔건만 어제는 그 본능의 경계가 무너져 내렸다.

「으음, 당신…… 흐읏.」

떠오르면 아찔한 장면 몇이 머리를 스치자 지금도 살짝 위험할 뻔했다. 여느 때라면 무슨 상관이겠냐마는 이곳은 신성한 그의 일

터였다. 거기다 그는 건장한 김 비서와 단둘이고.

"어제 별일 없었어?"

뭐든 화제를 돌려야 했다. 착 감기는 소파의 감촉을 억지로 무시하고 몸을 일으켰다. 아무리 심각한 이야기래봤자 제나의 생각을 지울 만한 것이 있을지나 모르겠다.

"본가에서 연락이 왔는데 안 계시다고 하니까 아무래도 화가 좀 나셔서는…… 연락을 해보시는 게 어떨지 싶습니다."

"왜, 무슨 일 있어?"

"그건 아니고 매번 하시던 이야기만……."

"그 새끼는 아직 그러고 사냐, 장가는 언제 갈 거냐, 꼴같잖은 일 집어치워라 이런 거?"

정확하고도 냉소적인 그의 지적에 괜히 김 비서가 더 민망해했다. 경원이야 목적 빤한 전화가 달갑지 않으면서도 방금 본인이 했던 말 한 군데에 마음이 되돌아가 있었다.

"……."

"그래도 이번에는 걱정도 하시는 거 같았습니다. 연락 안 된다니 사람 좀 풀어야 하는 거 아니냐 소리도 하시구요."

"왜? 곽 사장한테 끌려갔을까 봐?"

"아, 그게. 그래도 요새 들은 게 좀 있으신 모양이라서요. 그쪽 돈 문제도 그렇고 뭔가 짚이시는 부분이 있는 게 아닌가 싶습니다. 리펄스 오 사장한테서 연락 오던 것도 끊기고."

"노인네도 참. 한가하니 별걱정을 다 해."

그가 미간을 꾹 눌렀다. 곽 사장이야 여러 차례 경고를 했고 지금은 그런 자잘한 말이 귀에 들어오지가 않는다. 이런저런 복잡한 생각만 머릿속을 스치는 게 싫어 무심코 커피를 가지러 가는 김 비서를 불러 세웠다.

"김 비서, 내가 물어볼 게 있어서."

"아, 네. 말씀하십쇼."

"결혼은 왜 했어?"

"네?"

오늘은 좀 진지해 보인다 싶더니 또 왜 이러나 하는 의문이 김 비서의 얼굴에 역력했다. 애가 둘이나 생긴 지금까지 자기 혼자 머리를 쥐어뜯으며 자책할 때 빼고는 남한테서 이런 질문을 듣는 건 처음이다.

"저, 제 경우에야 큰애가 벌써 배 속에."

"됐어."

"……."

"근데 은근히 능력 좋네? 짜증 나게."

늘 자신보다 몇 수는 아래라 생각했던 김 비서에게서 의외의 능력을 발견하자 경원의 목소리에 가시가 돋쳤다. 거기에 은근한 질투가 스멀스멀 올라왔다.

"뭐야, 일부러 노린 거야? 넌 그런 인간이잖아."

"네? 무슨 말씀을요. 그때 빚은 많지, 딸린 식구는 많지, 상황이 최악이었는데요."

그거야 기억했다. 애초에 김 비서를 소개해주었던 경원의 동기 역시 그의 불안한 상황에 대해 미리 언질을 해주었었다. 그런데도 김 비서를 마주하고 임신한 부인의 이야기가 나왔을 땐 피곤과 걱정에 지쳐 다 죽어가는 얼굴에 생기를 띠는 것을 보았었다. 그때에는 그저 의아하고 이해가 안 가던 것들이 지금은 또 어렴풋해졌다.

"난 또. 뭐 대단한 이유라도 있는 줄 알았지. 드라마에 매번 나오는 것들 있잖아. 이 여자가 아니면 죽을 거 같다거나 인생의 기로에 섰다거나, 그런 거."

"사장님도 참. 저같이 평범한 사람한테 무슨요."

대충 끝내자 싶은 경원이 농담을 던지자 김 비서가 손사래를 치며 슬그머니 웃음 지었다. 저 표정이다. 가족들 이야기가 나올 때 항상 그를 돋보이게 하는 저 표정.

"저는 뭐…… 솔직히 결혼 생각도 없었고 자리 잡으면 결혼해야겠다 그랬었는데요. 오히려 와이프가 먼저 언제 결혼하냐 물어볼까 봐 조마조마했었습니다. 상황이 딱 죽을 거 같았거든요. 돈도 없고 갚을 건 널렸고."

"그런데?"

"그런데 임신했다는 소리 딱 듣고 제 눈치 살피는데…… 딱 그렇게 다 죽게 생겼는데, 그 와중에 또 웃음이 나더라구요. 그리고 정신 차리니 식장에 서 있었습니다."

그만하라 손을 내저은 경원이 슬그머니 미소를 지었다. 겪지는 못했지만 그 상황이 되면 자신도 그러지 않을까. 당연한 일이겠지.

자신의 아이를 가지고 있다고 말할 제나를 생각하는 것은 어젯밤의 격정적인 순간을 떠올릴 때와는 비교도 되지 않을 반응을 불러왔다. 그저 그런 신체적인 반응 같은 것이 아니라 무언가 따듯한 물 안으로 발을 들이는 그런 울렁거림이 있었다. 그 물결이 가슴에 서서히 차오르자 다시 주머니로 손이 들어갔다. 손가락에 닿는 매끄러운 케이스의 느낌이 주머니 속 온기에 적응해 따듯했다. 그녀의 피부처럼.

"그런데 말이야……."

"네. 말씀하십쇼."

"나도 김 비서처럼 결혼할 마음도 없고 상황도 아니고 그랬거든. 내 성격에 남 책임진다는 것도 현실감 없고. 뭐 잘 알겠지만."

그는 여전히 혼란스러웠다. 말을 하면서도 제가 무슨 소리를 하는지 몰라 가슴이 뛰기 시작했다. 아직은 아니란 것을 누구보다 잘 알면서도 이성과 감정의 괴리가 날이 갈수록 커졌다.

"생각해둔 건 있었는데 아직은 그럴…… 뭐 특별한 계기가 있는 것도 아니고. 드라마 같은 그런 것도 없고. 물론 약간 우울해 보이긴 했지만…… 막말로 김 비서처럼 애가 생긴 것도 아니고……."

그러면야 좋겠지만, 더할 나위 없이 좋겠지만,

그의 뿌옇던 마음이 어젯밤 풍선처럼 둥실 떠올랐다.

"……."

"그런데도, 아무런 이유도 없이 이렇게 결혼하고 싶다면, 내가 진짜 이상한 놈인가?"

김 비서가 지켜본 바에 따르면 경원의 성격은 극단을 치달았다. 아주 사소한 일임에도 즐거워 보인다 싶으면 무모할 만큼 밀어붙이다가도 남들은 다 안달복달 발을 구르는 일에는 신선처럼 태연자약했다. 그렇게 원하는 것은 무엇이든 다 가져오던 남자가, 천하의 사장님이 저렇게 혼란스러운 얼굴로 자신에게 답을 구하자 조금 뿌듯해졌다.

"이제껏 본 것 중에 제일 정상적으로 보이십니다."

"……."

"그리고 제일 보기 좋으십니다."

말 해놓고 버럭하는 거 아닌가 순간 움칫 했는데 경원은 몇 번 입을 열었다가 다시 다물었다. 주제넘었구나, 괜히 나섰다 고함 듣기 전에 도망치려는데 역시나 경원이 놓치지 않고 그를 불러 세웠다. 무슨 소리를 하려길래 저렇게 처음 보는 얼굴로 뜸을 들이나, 김 비서가 침을 꿀꺽 삼켰다.

"……사장님. 혹시 더 하실 말씀이."

"딸 있어서 좋겠다."

"……."

"미치게 좋겠다고. 나가봐."

청혼을 받은 현미는 틈만 나면 경찰서 내를 종횡무진 날아다녔다. 늘 입에 '죽겠다.' 소리만 달고 다니더니만 오늘은 날개처럼 두 팔을 뻗고 빙그르르 돌았다. 그래도 이제껏 봐온 중 가장 건전한 이유로 기뻐하는 중이라 제나도 핀잔 없이 즐겁게 지켜보았다.

"그렇게 좋아?"

"좋지, 그럼. 나 진짜 오빠랑 이대로 끝나면 죽으려고 했단 말이야."

"너도 참 말은. 헤어지면 또 어쩌겠냐 하더니만."

"그거야…… 그렇게라도 말을 해야 진짜 안 죽고 살 수 있을 거 같았지."

얼마나 지났다고, 현미는 자기가 했던 말을 모르진 않는지 조금

겸연쩍은 얼굴로 제나의 옆에 앉았다.

"그나저나 제나 너는? 별 소식 없어?"

"내가 무슨."

"오늘따라 다크 서클 봐. 나 아까 너 보고 무슨 사건이라도 터진 줄 알았다, 야. 어제 무슨 일 있었던 거 아냐?"

하여튼 이런 쪽으로는 현미의 눈치를 당해낼 자가 없다. 거짓말도 딱히 못 하는 제나이다 보니 무언의 긍정으로 벤치 등받이에 목을 기댔다.

죽겠네, 정말.

어찌어찌 출근은 했다 쳐도 남의 몸에 빙의라도 한 것처럼 적응을 못 했다. 극도의 정신력으로 오늘 하루는 버텼는데, 이대로 집에 가면 일주일은 눈도 안 뜨고 잘 것 같다.

"뭐야, 이 심히 만족스러운 표정은?"

"됐거든."

"되긴 뭘 돼? 좋은 거 있으면 공유 좀 하자. 응?"

"나처럼 미약한 인간이 인간 카마수트라 장현미와 공유할 게 있기나 할까?"

"야아, 내가 뭐?"

여기서 더 파고들게 놔두면 일 하나 만들겠다 싶어 제나가 얼른 말을 돌렸다. 안 그래도 반지 끼고 경찰서를 날아다니는 현미에게 틈을 줬다간 동영상만 안 찍혔지 같이 도매금으로 묶일 수가 있다.

"너 내가 장담하는데 제2의 구성애 이런 거 하면 재벌 될 거야. 중고나라 지겨우면 한번 진지하게 생각해봐."

"뭐래."

늘 무거운 이야기만 달고 있다가 오랜만에 볕 좋은 날 친구와 앉아 있으니 진짜 아무런 잡념이 없어졌다. 현미도 늘 듣고만 있던 제나가 오늘은 한마디씩 받아치자 웬일인가 싶어 곁눈으로 살폈다.

"너 진짜 무슨 일 있는 거 같아."

"없다니까. 나 스님이라고. 네가 나 절 하나 세워줄 거야?"

"아니, 그런 거 말고."

"그럼?"

뭐라고 해야 할까, 현미가 팔짱을 끼고 은근한 눈으로 제나를 뜯어보았다.

처음 경찰대 입학식 때 군계일학을 자랑하던 미모는 그대로였지만 늘 선을 긋고 싸늘하던 눈은 봄볕처럼 녹아 있었다. 만년설이라 수군대던 친구들이 지금의 제나를 봤다면 그런 말 못 할 텐데, 어쩐지 아쉬워졌다.

"그게 말이야, 너 예전이랑."

"누님! 여기 계셨네요."

"응, 왜? 퇴근 안 했어?"

멀리서 다가오던 형식이 가까워질수록 걸음이 느려졌다. 빨리 찾아야 할 볼일이 있으면서도 하기 싫은 이야기가 있을 때 형식은 늘 그래왔다.

"아, 우리 형식이! 총각은 이런 이야기 들으면 안 되는데 말이지."

"아, 참, 누님 애인은 누님이 이러고 다니는 거 아십니까?"

"이게 입만 살아서."

벌떡 일어난 현미가 형식을 쥐어박으며 장난을 걸었지만 형식은 그저 곤란하다는 눈빛으로 뒤통수를 긁었다.

그 눈이 자신을 향하는 것을 아는 제나가 늦은 오후 자리를 털고 일어섰다.

"왜 그런 건데?"

"손님이 오셨는데……."

"손님?"

"야아, 제나 좋겠네. 내가 누굴지 대강 예상은 가는데 노총각 앞이니 입 다물어야지."

현미가 게슴츠레 웃으며 다 안다는 눈짓으로 제나를 밀었다. 그녀 역시 그럴 리 없다 생각하면서도 어느새 풀어진 마음에 기다리던 사람이 아닐까 했다.

그 남자는 말도 없이 나타나 놀라게 하는 데 소질이 있으니까.

오늘 같은 날 자신을 혼자 두는 남자가 아니었으니까.

"누님, 그런 게 아니라……."

"응?"

"제나야."

많이 듣지는 못해도 누군지는 잘 아는 목소리가 그녀를 돌려세웠다. 살면서 늘 좋은 일만 있을 거라 생각은 못 했지만…… 그래도 오늘은 아니었으면 했다.

"제나야, 오랜만이구나."

그녀의 팔을 잡은 형식과 현미가 불안한 눈으로 그녀를 바라보았다. 이 정도는 아무렇지 않다 밀어내는 제나의 손에 유독 힘이 없었다.

－……지금은 전화기가 꺼져 있어…….

똑같이 반복되는 짜증스러운 소리에 경원이 신경질적으로 전화기를 던져두었다.

달랑 문자 한 통 보내놓고 그런 줄 알고 있으라니 그게 말이나 되는 소린가. 핸들을 잡은 손등 위로 피 대신 알 수 없는 불안이 흘렀다.

그녀의 오피스텔 앞에서 몇 시간째인지 몰랐다.

－경원 씨. 오늘은 일이 좀 생겼어요. 나중에 연락할게요.

그대로 받아 적을 수 있을 만큼 완벽하게 뇌리에 새겨진 문자가 밤이슬 뿌옇게 맺힌 차창 위로 넘실거렸다. 그녀가 바쁜 거야 모르는 것도 아니고 자신의 눈으로도 수없이 확인한 사실이었다. 급한 일이 생겼구나 넘기면 되는 일을 가지고 이렇게 조바심을 내는 건 그에게 역시 낯선 일이었다.

"휴우……."

경찰서에라도 찾아가고 싶지만 함부로 행동할 수는 없었다. 김비서 앞에서는 아버지가 괜한 시비 거는 걸로 치부했지만 실제로 아버지는 기민한 감을 가지고 있었다. 사채왕 같은 소리는 아무나 듣는 게 아니다 보니, 아무리 지금은 회장님 소릴 들어도 사람 행동 변하는 거나 속으로 다른 마음을 먹는 것에는 귀신같은 감을 발휘했다.

「내가 너한테 무슨 말 해봤자 네놈이 듣겠어? 그래도 자식 일이라 모른 체할 수가 있어야지.」

몇 시간 전 통화에서도 이렇다 할 말은 없었다. 중간중간 조심하라 소리가 몇 번 나올 때에도 그런 걱정 마시라 웃어넘겼는데 마지막 아버지의 말에는 웃음이 사라졌다.

「너 말고.」

그에게 자신이 아니라면 떠오르는 사람은 한 사람뿐이다. 직업도 직업이고 워낙 재빠른 여자라 따로 사람을 붙이지는 못했지만 그래도 그의 선에서 할 수 있는 일은 꾸준히 해왔다. 언젠가 강재에게 농담 반 진담 반으로 길 가다 언제 칼 맞아도 뭐가 아쉽겠냐 웃은 적이 있었는데 그게 얼마나 무모한 말이었는지 이제야 알았다.

아무 일 없을 거야. 그럼, 없겠지.

지금은 그는 칼은커녕 바늘 하나에도 찔리고 싶지 않다. 단순히 몸을 사려 그러는 것이 아니라 흠 하나 없는 몸으로 옆에 서고픈 여자가 생겼다. 바라는 것이라면 단 하나, 이왕이면 그 꿈같은 시간이 길기를 기도했다. 끝도 없이, 평생이 부족할 만큼.

"왜 이제야 전화해? 어디야? 내가 얼마나!"

– 경원 씨.

그녀의 이름이 뜬 벨소리에 몇 시간의 긴장이 터져 나올 듯 솟구

쳤다. 자신의 이름을 부르는 그녀의 목소리에 안도하면서도 그 목소리가 오늘 아침과 다르다는 것에 힘이 바짝 들어갔다.

– 일했어요. 미안.

"피곤해?"

– 당연한 거 아니에요? 날 이렇게 만든 사람이 누군데.

평소 같지 않은 목소리에도 그녀는 평소처럼 하고 싶어 했다. 자존심이 강한 여자였으니.

이런 때 어찌해야 하는지 누가 좀 알려주면 좋겠는데, 경원이 등받이에 기대어 이마를 쓸었다. 같이 있고 싶고 안고 싶은데 당당하게 나설 수 없는 꼴이 그를 비참하게 만들었다.

남의 일이었다면 천하의 처량한 신세라 비웃지 않았을까. 세상 일 어떻게 될 줄도 모르고.

– 경원 씨 어디예요?

"나? 나야 열심히 일하러 나왔지. 세금 많이 내서 우리 애인 월급도 올라가고 풍선도 사줘야 하니까."

이렇게 말하면 조금이나마 웃어줄까, 경원이 억지로 활기를 찾았다. 잘 있는 거 알았으니 오늘은 돌아가는 게 맞을 줄 알았다.

뿌연 창문 너머로 지치고 울적해도 예쁘기만 한 그녀를 보기 전까지.

"나 진짜 오늘은 검문 좀 해야겠네?"

"제나야."

"왜 모른 척했어? 여기까지 와놓고."

"……괜찮아. 너 이렇게 왔으니까 됐어."

순식간에 차에서 내린 그가 다른 말 하나 없이 제나를 꼭 끌어안았다. 수없이 안았던 아침보다 더 메마른 느낌에 마냥 가슴이 시렸다. 그럼에도 자신의 품에 있다는 게 좋아 놓지도 못하다가 그녀의 숨 막힌 기침 소리에 몸을 떼어냈다. 하지만 숨을 고른 제나가 다시 그의 품을 파고들자 이제는 그의 몸이 뻣뻣해졌다.

"왜…… 정말 무슨."

"당신 요란한 차, 꼴 보기 싫었는데…… 오늘은 좋아."

떨리지만 솔직한 그녀의 목소리가 작게 울려 그대로 경원의 심장에 닿았다.

"오늘 같은 날에 이렇게 바로 찾을 수 있으니까."

마주 앉은 그녀의 아버지는 별말이 없었다. 경찰서에 온 것은, 아니, 이렇게 그녀를 먼저 찾아온 것 자체가 처음이었다. 마지막으로 보았던 것이 어머니 장례식 때였고 그마저도 안에 제대로 발을 들이지도 않고 밖에 서 있었다.

평소에 더 바라는 거 없다 여겼지만 그날은 달랐는데.

소리치는 외갓집 식구들을 피해 멍하니 영정 사진을 보고 있자니 떠오르는 사람은 한 명밖에 없었다.

– 제나야. 내가 지금 들어갈 형편이 못 돼서. –

문자를 받고는 아버지란 사람이 이곳에 왔다는 것에 한 번 놀랐고 자신의 전화번호를 알고 있다는 것에 두 번 놀랐다. 그만큼 어떠한 교류도 없이 살았다. 어머니가 별말 없었으니 살아 있다는 정도만 인지했을 뿐이었다. 휴대전화를 손에 꼭 쥐고 주차장으로 나갔을 때 아버지는 차에서 내리지도 못하고 저 멀리 검은 유리창

안쪽에서 고개를 떨구고 있었다.

「……안으로 들어가세요.」

보면 소리부터 질러줄 거라 생각했는데, 그 상황에서는 다른 말이 안 나왔다. 장례식에 우스운 말이지만 오늘의 주인공은 제가 아니라 엄마였다. 늘 냉하게 굴던 딸이었으니 마지막이나마 엄마가 바라는 것을 들어주고 싶었다. 엄마라면 분명 이 사람과의 작별을 준비해두었을 것이다.

「미안해. 내가 입장이…….」
「오늘은 다른 말 안 할게요. 그냥 가서 엄마 얼굴 한 번만 보고 가세요.」

먼저 몸을 돌리는 그녀에게 아버지가 내민 것은 위로의 손이 아니라 빳빳한 돈 봉투였다. 손끝에 닿을 때 얼마나 이질적이고 차게 느껴지던지, 그 후 몇 년간은 서늘한 것만 만져도 그때의 느낌이 살아나 몸서리를 치고는 했다.

「이거라도, 이거라도 받아. 내가 해줄 수 있는 게 없네.」

얼마인지는 몰라도 두툼한 두께를 보면 액수로는 어딜 가도 부족하지 않을 거라는 것을 직감했다. 그래서 더 허탈했다.

「이건 됐어요. 엄마는 몰라도 저는 이런 돈 필요 없어요. 마지막으로 부탁할게요. 같이 가요. 가서 잘 가라는 말 한마디만 해줘요.」

최대한 감정을 싣지 않고 또박또박 말했다. 울면서 소리치면 겁먹고 가버릴까 봐. 오늘만은 엄마에게 효녀 노릇 한번 해보고 싶었으니까.

「나중에 한번 연락해. 이만 가보마.」
「진짜, 지금은 아니라고 해도! 엄마 만났을 때에는 진심 아니었나요? 사랑하지 않았냐구요!」
「……미안하다.」

어두운 주차장에서 아버지가 떠나고도 그녀는 맨바닥에 한참을 앉아 있었다. 울지도 않고 다른 소리도 내지 않았다. 다만 그 상태로 안에 들어가 멋도 모르고 웃고 있는 엄마 사진을 보면 너무 한심해 욕이나 하지 않을까 두려웠다. 어떻게 골라도 저런 인간을 고르고 속아도 그렇게 바보같이 속냐고.

그 후로 틈틈이 좋지 않은 일들로 아버지의 본부인이 다녀가기는 했지만 막상 아버지라는 사람이 저를 찾아온 것은 처음이다. 그래도 천륜에 돌아가시길 바라기야 했겠냐만 이대로라면 나중에 부고를 듣고도 사진으로나 기억하겠거니 했던 사람이다.
"……잘 지냈니?"
"네."

"그랬구나. 그럴 줄 알았는데……."

생각해보면 아주 예전에 드문드문 볼 때에도 대화는 거의 없었다. 어머니가 억지로 밀어붙이면 겨우 인사를 했고 '그래. 잘 지냈니?' 소리 말고는 다른 말을 나눈 기억이 없다.

지금도 피를 나눈 사람이라기보다는 엄마가 알던 사람을 길에서 우연히 만난 기분이다.

"너 잘 살고 있다는 건 애들 엄마한테서 이야기 들어서…… 그래서."

"왜 오셨어요?"

"제나야."

"저 바빠요. 용건만 말씀하세요."

아버지가 눈을 질끈 감더니 쓴 약을 삼키듯 미간을 찌푸렸다. 장례식장에서 마지막으로 보았을 때보다 훨씬 더 수척하고 초췌한 모습에도 그녀는 아무런 감흥이 없었다. 오히려 남한테 말 못 하는 만족감까지 올라와 속으로 그런 자신을 질책했다. 착한 척하려는 게 아니라 그런 데 신경을 둔다는 것 자체가 자존심이 상했다.

"애들 엄마가 몇 번 다녀간 건 아는데, 너 혼기도 되고 해서 혹시 따로 만나는 사람 없는지 궁금하기도 하고."

"제가 선 보라던 사람이랑 어떻게 지내는지가 궁금하신 거예요?"

"그래. 그게……."

"아니면 그 사람이랑 잘되면 얼마가 나올지 궁금하신 거예요?"

그녀의 메마르고도 직설적인 질문에 아버지가 헛기침을 하며 찬물을 들이켰다. 언젠가 엄마에게서 바라던 것처럼 그런 거 아니라 소리라도 질렀다면 마음은 한결 편했을 텐데. 대답을 바로 하지 못하는 것을 보면 안 들어도 들은 것과 다름없었다.

하긴, 이제 와서 무슨 가족 간의 정이라고.

자조적인 웃음을 비친 그녀가 마주 앉아 찬물을 넘겼다. 저녁도 못 먹은 빈속에 냉기가 퍼져 나가자 현실이 더욱 또렷해졌다.

"제나야. 그래도 들어보니까 사람은 괜찮다고……. 그 집에서 반대한다고 해도 남자도 그렇게 능력이 있다니 굳이 네가 기 안 죽어도."

"그런 데는 기죽지 않아요. 저는 그럴 만한 사람을 만나는 거니까."

"아……."

"제가 기죽는 건 있어야 할 때 없었던 아버지란 존재 때문이었죠. 그래도 그 사람 아버지는 제 자식 더 좋은 사람 만나라며 나랑 헤어지라던 모양인데, 저는 그마저도 바라면 안 되나 봐요."

엄마가 옆에 계시면 눈 똑바로 뜨고 보라 어깨라도 잡아 흔들고 싶었다. 아니, 조금 더 가라앉고 생각하니 저런 사람 만난 거 원망하지 않을 테니 살아라도 계시면 했다.

그만큼 허무하고 외로워졌다.

"……나도 염치가 있어서 너한테 이런 소리까지는 못 할 거 같았는데. 아무래도 네가 날 보는 걸 달가워하지 않을 거 같아서."

제나의 가차 없는 냉대에도 아버지는 쉽사리 물러서지 않았다. 더 이상의 기회는 없을 거라는 직감인지 이윽고 떠듬떠듬 본론에 들어갔다. 말하는 모양새가 기분 좋아 말하지는 않더라도 어딘가 벼르고 준비해 온 기색이 역력했다.

경찰 하지 말 걸, 이런 눈치는 어쩌자고 이렇게 빨라서. 그녀는 눈을 돌렸다.

"제유가 말이야……."

이거였구나.

호적상이나마 자매로 묶인 이복동생의 이름이 나오니 손끝으로 피가 몰렸다. 중학교 땐가, 엄마가 아주 많이 아팠고 다른 방법이 없어 찾아갔던 날이었다. 멀리서 처음 본 여동생은 그림책 속에서 사는 아이처럼 구김살이라고는 하나도 없이 웃었다. 그 애가 상처받는다는 이유로 그곳까지 아버지를 찾아가 말도 제대로 못 하고 왔다.

「언니가 왜 우리 언니야?」

「나는……」

「가. 왜 여기에 왔는데? 부끄러운 것도 몰라?」

뭔가 악의가 있어 그렇게 말하는 것은 아닐 거라 생각했다. 자신이 그 입장이라면 달리 말할 방법도 없었을 테니까. 하지만 그녀가 일을 그렇게 만들지는 않았다. 그런데 온몸에서 네가 싫다는 기운을 뿜어내며 부들대는 아이를 보니 그마저의 변명도 못한 채 멍하니 보고만 있었다. 그 아이의 오빠가 돌아가는 게 좋겠다 정중하게 말할 때까지 그렇게 서 있었다.

"제유가 왜요?"

상념에 젖어 있던 그녀가 쓸데없는 감상은 털어냈다. 다 잊고 살았다 생각했는데 이름 하나에 불려나오는 기억인 걸 보니, 잊었다기보다는 억지최면으로 눈속임해두었나 보다.

"제유가, 피아노를 그만뒀어. 그러다 보니까 아무래도 걔가 마음이."

"하아."

"내 상황이…… 부끄럽지만 이래저래 흔들리는 처지라……. 너한테 못 할 말이라는 건 안다만 제유는 네 동생이니까, 걔를 봐서라도……."

투명한 유리컵을 바라보는 그녀의 시선이 흔들렸다. 아무것도 없이 텅 빈 컵이 두 개로도 보이고 세 개로도 보였다.

아버지란 사람이 이곳에 찾아온 것을 보았을 때, 그녀는 싫고 좋고 하는 감정을 떠나 다른 이부터 떠올렸다. 요즘같이 결혼 이야기가 심심치 않게 들려올 때, 그 사람과 미래를 함께하게 된다면 어쩌면 나도 남들처럼 시작하지 않을까 했다. 적어도 출발만이라도, 남이나 다름없는 아버지라도 구색은 갖춰놓고 그렇게.

"저는 늘 드리는 말씀이 같은 거 같아요. 이게 분명한 한계겠지요."

"제나야."

"돌아가세요. 제가 할 수 있는 말은 그것뿐이네요."

재빨리 일어선 그녀가 문밖으로 나섰다. 차가운 공기를 들이켜고서야 숨이 좀 쉬어지는 것 같다. 연이어 들리는 문소리와 함께 그녀의 뒤에 아버지가 선 것을 알았지만 돌아볼 마음은 없었다.

"……그래도 적어도 한 사람에게는 좋은 아버지시네요."

"……."

"그래서 남의 좋은 아버지한테 욕은 안 하려구요. 원하고 원망하고 그런 것도 미련이 있을 때에나 가능하다는 걸 오늘 알았어요. 덕분에요."

"제나야. 내가 마음이…… 미안하다. 그런 게 아니라……."

언젠가는 꼭 내밀어줬으면 했던 손이 뒤늦게 뻗어왔지만 매몰차게 뿌리치고 찻길로 달려 나왔다.

잘못한 것은 없으니 도망을 치는 것은 아니었다. 명색이 경찰인데 타인을 밀치거나 다치게 할 수는 없다. 어떻게 악착같이 살아 이 자리에 섰는데, 아주 사소한 실수라도 하고 싶지 않다.

"어디로 가요?"

"강남에 더 베이…… 아니, 신촌으로 가주세요."

자신도 모르게 경원이 있는 곳을 입에 담다가 중간에야 그걸 알았다. 얼른 자신이 사는 곳으로 말을 바꾼 그녀가 창 밖으로 시선을 돌렸다. 경원에게는 늘 그다운 모습이 좋다고 말해왔지만 막상 이런 때에는 그에게 약한 모습을 보이고 싶지 않았다. 받아주고 웃어만 주는 그에게 괜한 화풀이를 하는 게 싫었고, 그런 자신의 모습에 실망할 그가 겁났다.

겁난다는 게…… 진짜 있는 감정이구나.

아직도 남의 것같이 죄는 마음을 안고 택시 문을 열었다. 내리긴 내렸는데 어디로 가야 할지 몰라 집을 코앞에 두고도 거리를 서성이다가 요란한 그의 차를 발견했다.

다가서고, 어쭙잖은 농담을 하고, 기억에 남지 않을 말을 주절거리다, 숨이 막힐 만큼 그의 품에 꼭 안겼다.

"제나야."

"……."

"……다 괜찮아. 너 이렇게 왔으니까 됐어."

숨이 이렇게나 막히는데, 그때야 살아 있는 느낌이 들었다.

"왜 안 갔어?"

"안 가져서."

둔탁한 현관문이 닫히는 것을 신호로 경원이 제나의 옷에 깊숙이 손을 넣었다. 한 번에 걷어 올린 옷을 어딘가에 던져놓고 그녀의 목에 얼굴을 파묻었다. 살 냄새를 들이쉬고, 다시 맡고. 그러기를 수차례 반복했다. 하루하루 커나가는 조바심이 오늘은 극에 달했다.

"으음……."

눈을 감고 있는 그녀의 얼굴을 바라보았다. 불도 못 켠 채, 살포시 비치는 달빛에 감은 눈의 곡선마저 여성스럽다. 온갖 진흙탕에 구르고 현장에 뛰어들어 몸 사리지 않는 그녀의 모습은 상상도 하기 힘들다.

"하아…… 경원 씨."

"너 꼭."

경찰 해야 돼?

물어보고 싶다. 몇 번이나 아무렇지 않게 물어봐놓고는 또 묻고 싶다. 이렇게 열 번, 백 번쯤 묻다 보면 그가 무슨 말을 하는지도 모르고 지레 질린 제나가 안 한달지도 모른다. 비겁하지만 그걸 바랐다.

"할 말 있어?"

"아냐, 아무것도."

팔 벌리고 난간을 걷던 악동처럼 위험의 가장자리만 골라 다니던 경원이 제나의 일에는 몹시 소심해졌다. 그녀가 하는 일에 대해선 이미 모든 불안을 맛봤다 생각했는데 그것도 착각이었나 보다. 오늘같이 통화 몇 시간 안 됐던 순간에도 피가 졸아들었다.

"그만…… 빨리. 응?"

"쉬잇."

자신의 일을 좋아하고 최선을 다하는 그녀.

그 사실을 너무 잘 알아서 매일 그녀가 퇴근하기까지 속을 태웠다. 어련히 잘 알아서 할 여자라고 자신을 속여도 그때 같은 일이 반복되는 것이 싫다. 만나고 나서 그런 감정이 더 강해졌는데, 그렇다고 안 만나기에는 이 여자가 너무 매력적이다. 죽을 때까지 제 감정도 모르는 천하의 바보가 될지라도 이 여자와 끝까지, 가능한 한 끝까지 가보고 싶었다.

"하아……. 뭐하는 거야?"

"네 구경."

벗겨놓고도 한참 쓰다듬으며 눈에 담기만 하던 그를 못 이겨 그녀가 고갯짓으로 재촉했다. 슬슬 그도 한계가 다가왔던지라 바로 안아 들고 침대로 갔다.

삐그덕. 작은 싱글 침대 위에서 격렬하게 서로를 탐해나갔다. 몇 번씩 위치가 바뀌고 가쁜 호흡이 하나로 얽혔다. 제법 길어진 밤에도 그 여명을 확인할 만큼 그렇게 떨어질 줄을 몰랐다.

"……같이 씻을까?"

"아니, 난 그냥 잘래."

"30분 전에도 그렇게 말했는데."

옆으로 누워 허리선을 따라 그리던 경원이 놀려대듯 웃었다. 그래. 한 사람이라도 웃으니 좀 낫구나, 제나도 같이 몸을 돌려 그를 마주 봤다.

기다리던 경원이 손가락을 세워 그녀의 손바닥을 간질였다. 그래도 안 웃고 버티던 그녀가 이내 자신의 약지가 그의 입에 들어가고 나서야 웃고 말았다.

"이것 봐. 난 이제 당신을 잘 알아."

"아, 그래?"

"지금도 더 웃고 싶은 거 참고 있지? 내 말이 맞을 텐데?"

이제 그녀가 소리 내어 웃었다. 어쩐지 마음이 조금 가벼워지는 듯하다.

"경원 씨가 또 뭘 아는데?"

"……당신이 불안해하는 거."

"그걸 어떻게 알아?"

"내가 그렇거든."

다시 아무 말 없이 시간이 흘렀다. 유쾌하다고 하기에는 심히 무리가 있는, 그런 험난한 과정을 거쳐 여기까지 왔지만 이런 식으로는 서로 곤란했다.

득 될 것 하나 없는 관계로 남을 뿐이다.

"그래서 어쩌고 싶은데, 우리 제나는?"

"그냥…… 편하게 살고 싶어."

"어떻게?"

"미래…… 그런 거 생각 안 하면서. 경원 씨 원래 하던 대로 늘 지금만 생각하고 살면 그럴 수 있지 않을까? 결혼이니 뭐니 꼭 남들처럼 살 필요는 없잖아."

최근에 느꼈던 뭉근한 설렘도 오늘부로 찬물에 씻겨 내려가 흔적도 없어졌다. 오로지 씁쓸하고 울컥한 마음만 남은 그녀가 자신의 감정을 이기지 못해 이내 눈을 감았다.

그러느라 억지로 만들어냈던 경원의 웃음이 사라진 것을 미처 확인하지 못했다.

"그러고 싶어?"

"나는……."

아버지나 엄마도 처음에는 분명 사랑으로 시작했을 텐데, 그로 인해 사람이 얼마나 구차해지는지 똑똑히 확인했다.

그리고 오늘은 죄 없는 한 사람이 얼마나 비참해지는지를 직접 경험했다.

"괜찮아. 솔직하게 말해줘."

"……응. 난 지금이 좋아."

그녀는 같은 실수가 반복되는 걸 바라지 않았다. 지레 겁을 먹을 만큼 나약하진 않았지만 오늘만은 모든 것에 지쳐버렸다. 제 몸을 쓸어내리던 팔을 멈추고 귓가에 머리를 숙인 경원이 오늘따라 말이 없다 느꼈지만 그것에 신경을 쓸 여유가 없었다.

유독 조용한 그가 목을 울리는 소리만이 커다랗게 들렸다.

"그래, 맞아."

쌔근대며 감기는 낮은 목소리가 꼭 무언가를 체념하듯 힘이 없다. 그 소리가 어딘지 쓸쓸하고 외롭게 들렸지만, 그건 그녀 자신의 마음이 그러니 그렇게 들린 거겠거니 넘겼다.

"경원 씨?"

"좋은 생각이야. 그러면 당신이…… 아니, 서로가 편해질 수 있겠지. 역시 우리 제나는 똑똑하구나."

경원의 너른 품 안에서 다른 할 일은 없었다. 그저 숨을 내쉬고 들이켜며 마음을 가라앉힐 뿐, 딱히 이따금 쓸쓸하고 따갑던 이전과 차이점은 모르겠다. 하지만 제아무리 폭신한 베개에 파묻혀 눈을 감을 때에도 이런 포근함과 안정감을 느낀 적은 없었다. 그것 하나는 확실했다.

"으음."

딱딱하고 근육으로 다져진 그의 몸에 갇혀 있던 그녀가 천천히 고개를 들었다. 순간적으로 잡아챈 그의 마지막 표정에 그녀가 눈을 커다랗게 떴다. 아주 잠깐이었지만 그냥 흘려 넘길 것이 아니었다. 공허한 눈에는 늘 보이던 장난기 대신 쓸쓸함이 들어찼다. 그녀가 지금처럼 마음이 무뎌지기 전, 작은 것에도 상처를 받고는 할 때 저런 눈을 여러 번 보았다.

거울 속에 있던 그녀 자신의 눈.

"왜 그래요, 경원 씨?"

"좋아서 그래."

"응? 뭐가?"

그는 다시 웃음을 찾았지만 말을 아꼈다. 지금 섣불리 말을 꺼냈다 무슨 실수라도 할까 걱정하는 사람처럼 입을 여러 번 떼보다가 결국 입을 맞췄다. 늘 하던 키스와는 다르게 조금 거칠고 절박함이 느껴져 밀어내려 했지만 그녀가 어찌할 수 있는 힘이 아니었다.

"……가만히."

입안에서 울리던 소리가 어두운 밤 꿈처럼 그녀를 사로잡았다. 둘 사이에 있던 이불을 가로챈 경원이 그녀의 몸 위로 길게 늘어졌다. 한 방향으로 결이 가지런한 그녀의 눈썹을 만지작거린 것이 한참, 늦게야 몸을 들고 피식 웃었다. 영문 모르는 그녀가 몇 번을 찡그려도 오늘따라 경원은 이상했다. 웃는 게 웃는 것 같지도 않았을뿐더러 그녀가 찡그려도 겁을 먹지 않았다.

"방금 네가 했던 말."

"응."

"좋은 생각 같네."

흘러내린 그의 앞머리가 뺨에 닿자 얼굴이 따끔거렸다. 걷어내려 했더니 그새 몸을 일으킨 경원이 자신의 무릎에 제나의 머리를 올려놓았다.

"그래도 내가 한 살이라도 더 먹었으니까…… 보기엔 우습게 보이겠지만 네 말대로 억지로 다른 걱정 안 하고 사는 것도 꽤 괜찮아."

"음. 지금까지 그 생각 한 거야? 난 또. 하도 심각하길래 뭐하는가 했잖아요."

그게 뭐냐, 긴장을 푼 그녀가 턱을 괴고 웃었다. 그것만으로도 그에게는 위안이었다. 뭐가 된들 다 어떠랴, 지금은 제나가 웃는 것이 그저 좋았다.

"거봐. 그 생각 하자마자 당신 웃는 거. 진짜라니까."

그도 그래왔지만 제나 역시 생전 어딘가에 매여본 적이 없었다. 그래서 그로 인한 기쁨만큼 불안도 상당했다. 가진 것을 지키고, 걱정하고, 미련 두는 미래를 생각해보지 않았으니까.

"아…… 정말?"

"이 여자 정말 사람 못 믿네."

그가 제나의 하얀 어깨에 잇자국을 냈다. 아프지도, 안 아프지도 않아 베개에 머리를 파묻고 긴 숨을 뱉어냈다. 이대로 고개를 들면 다시 웃을 수 있을까.

"나 한번 믿어봐."

경원이 같은 베개 위로 머리를 내렸다. 그대로 그의 말소리가 귀에 닿는다.

"못 믿는 거 아는데…… 그냥 우리 좋은 것만 생각하자. 고민 같은 거 하지 말고 쭉 하루하루 즐겨봐. 힘 좀 빼고 물 흐르듯이."

"그래본 적이 없어서."

"누가 쫓아오는 거 아니잖아. 억지로 그림 크게 그려놓고 그대로 왜 안 되나 불안해하는 것보다는 나아."

"……."

"나 봐. 쭉 그렇게 사니까 복 받아서 이제나 같은 여자도 만나고. 어때, 이제 좀 믿을 만하지?"

"그럼 나는? 무게 잡고 살아서 김경원 같은 남자 만난 거야?"

베개에 묻힌 그녀의 얼굴이 작게 흔들렸다. 어쩐지 웃을 것 같더라니. 결국 강제로 베개를 빼앗기고는 그의 품에 안겼다. 거기에 안겨서도 능청스러운 그의 말 한 마디 한 마디에 미소를 흘렸다.

"제발…… 걱정 같은 거 하지 마."

"응."

"오빠한테 반말하지 말고."

"너나 잘해."

간질이기라도 한 것처럼 둘 모두 웃음을 찾아 그 순간을 즐겼다. 정말 그의 말이 맞을지도 모른다. 뻔한 생각에는 언제나 뻔한 답밖에는 없으니까.

"누님. 2번, 4번 출입구 막았습니다."

"팀장님은?"

"관리실에 계십니다."

"이 경위님, 저도 같이 설까요?"

"아뇨. 문이 바로 열리는 구조라 그대로 눈치 채서 닫아버리면 죽도 밥도 안 돼요. 저놈들이 코너에도 보초 세워놨으니까 남 형사님은 걔네만 좀 부탁해요."

가스 검침원 복장을 하고 있던 제나가 모자를 눌러썼다. 이미 며칠 전부터 공고에 들어갔으니 특별히 수상하게 여기지는 않을 것이다. 지금부터의 일은 그녀에게 달렸다.

"테이저 건 챙기셨어요?"

"어. 이 안에 넣었어."

옆으로 메고 있던 검침원용 크로스백을 툭툭 두드려도 형식의 표정은 굳어 있었다. 제보대로라면 최소 일고여덟 명은 될 텐데 이렇게 제나 혼자 보내는 자체가 못내 불안했다.

"얼굴 펴. 네가 가?"

형식이 왜 그러는지는 안다. 그래도 그녀는 사력을 다해 집중할 수 있는 일이 있다는 자체가 좋았다. 거기에 공공의 이익이 되고 자신을 자랑스러워하는 애인도 있었으니 그의 말대로 더 큰 욕심을 부리고 싶지도 않다.

"누님도 참. 차라리 제가 가면 낫지요."

"사서 걱정하지 마."

핀잔을 날리며 웃는 그녀에게 형식이 뭔가 입을 떼려다 말았다. 확실히 제나가 변했는데, 그게 어떤 방향인지 몰라 머뭇거렸다. 현장에서는 조그만 틈이나 방심도 허용하지 않는 그녀가 정신 차리라 매섭게 눈을 뜨자 그가 그제야 바짝 긴장했다.

"저 이제 갑니다."

"문만 열리면 저희도 바로 튀어가겠습니다."

검침원들이 들고 다니는 기기를 챙긴 그녀가 먼저 출발했다. 비상구 쪽에서 담배를 피우던 남자 하나가 그녀를 흘끗거리며 관심을 두더니 이내 고개를 돌렸다. 일단 한 명은 통과다. 돌아볼 것도 없이 그때부터 연기에 들어갔다.

"안녕하세요. 도시가스 검침 왔습니다."

"네."

옆집과는 미리 말을 맞춰두었다. 음식을 하다 나온 듯한 아주머니의 집으로 들어가 1~2분 후에 인사를 하고 나왔다. 그렇게 한 집 두 집 순서대로 방문을 하다가 목적지 앞에서 벨을 눌렀다.

"안녕하세요. 도시가스 검침 왔습니다."

반응이 없다. 현관 앞에 분명 사람이 하나는 나와서 보고 있을 텐데 일부러 침묵을 지키는 듯했다.

일부러 재촉할 거 없이 한 번 더 초인종을 누르며 심드렁히 기계를 들여다보다가 마지막에 휴대전화를 들었다. 이미 이 모든 과정을 안쪽 렌즈를 통해 지켜보고 있을 것이다.

"……뭐야. 매번 사람이 없어."

짜증 한 번 내고는 다시 다른 번호를 눌렀다. 오늘 연기의 포인트가 바로 여기에 있었다.

"네…… 관리실이죠? 여기 A동 1709호요. 계속 사람이 안 계시네요. 이틀 전에도 와서 연락 달라 메모 붙여놨는데 안 계시고. 임의계량 할까요? 네? 왜요? 어…… 아니, 집에 사람이 없는 걸 가지고 입주민한테 따지셔야지 저한테 뭐라고 하시면 안 되죠. 이보세요!"

흥분한 그녀의 목소리가 점점 높아졌다. 적막한 복도에 제나의 목소리가 날카롭게 울리자 문 안쪽에서 사람이 하나 더 나오는 기척이 분명했다.

"제가 한두 번 온 것도 아니고. 아니, 입주민이 전화를 안 받는데 그걸로 항의를 하니 뭐니 하셔도 제가 뭘 어쩌라구요. 네? 아니, 무슨 말씀을 그렇게 하세요? 마음대로 하세요!"

"거기 조용 좀 합시다. 뭐하는 겁니까? 사람들 다 나오겠네."

철커덩 문이 열리더니 기어이 이웃집에서 항의를 했다. 물론 미리 심어둔 경찰 중 하나다.

"네, 오세요! 그러시든가요! 제가 거기를 왜 갑니까? 몇 명이 오시든 말든 그건 알아서 하시구요……. 어…… 아닙니다. 됐어요."

문이 열렸다.

비굴한 표정으로 휴대전화를 얼른 끊은 제나가 험상궂은 남자를 쳐다보았지만 아직 상대의 얼굴엔 반쯤 의심이 서려 있었다.

"아, 죄송합니다. 안에 계신 줄 모르고……. 주무셨나 봐요. 제가 소란을……."

"빨리 하고 나가."

"네, 아우. 안 그래도 이거 때문에 제가 종이도 붙여놓고 했는데 관리실에서 얼마나 까다롭게 구는지 진짜. 보통은 임의로 하는데 여기는 고급 아파트라 그런지 참 그런 거 하나도."

"아, 시끄러워서 진짜."

"죄송합니다."

남자가 먼저 몸을 돌려 안으로 두어 걸음 옮기기가 무섭게 그녀가 문을 활짝 열어 안에 걸린 걸쇠를 밖으로 빼버렸다. 철커덩, 예상하지 못한 쇳소리에 그가 바로 뒤를 돌았다.

"뭐야?"

"들어와!"

이쪽저쪽에 숨어서 그녀를 보고 있던 팀원들이 한 번에 들이닥쳤다. 바로 문을 닫아버리려는 남자의 행동에 제나가 먼저 고개를 숙여 우산을 걸어버렸다. 고작 몇 초 차로 안팎에서 사람들이 몰려나와 부딪쳤다.

"아, 이거 뭐야?"

"정 형사님, 형식아! 안방. 안방 덮쳐!"

그야말로 말이 필요 없는 몸싸움의 향연이었다. 안쪽에서 칼을 들고 설쳐대니 바깥의 형사들도 모조리 무기를 꺼내 들었다.

“제나, 나와 있어.”

나도 싸우겠다 괜한 자존심을 부리지는 않았다. 남녀 체력 차야 어쩔 수 없었고 이 상황은 정정당당한 무도도 아니다.

마약 사범들은 다른 범죄자들과 다르게 현장을 급습하면 격렬한 저항을 한다. 한번 잡히면 더 이상 약을 못 할 수도 있다는 불안이 강한 데다 죄질 자체가 무겁다 보니 무조건 도망을 가려는 게 보통이었다. 거기다 약까지 한 경우에는 눈에 보이는 것 없이 칼 들고 설치는 경우도 드물지 않았고, 하필 지금이 딱 그 상황이다.

“아, 씨발. 이년이 날 속여?”

“닥쳐.”

한발 물러나 있겠다고는 해도 그런 욕 얻어먹고 웃으며 구경하지는 않았다. 아무리 힘 좋은 남자라도 일대일로 붙으면 그녀를 이길 수 없다. 바로 정강이를 걷어차 팔꿈치로 내려찍었다. 경원은 제나에게 매정한 애인이라 투정했지만 실제로 그녀가 범인을 어찌 다루는지 알면 얼마나 자신을 애지중지 보듬었는지 감격했을 텐데.

“으아악!”

“너네 뭐해? 이 새끼 몸 뒤져! 휴대전화부터 뺏고!”

“네!”

주민들까지 튀어나오는 바람에 사건을 정리하는 데는 한참 더 시간이 걸렸다. 사지를 흔들며 저항하던 남자들도 하나둘 멤버들이 잡혀가자 결국은 손을 들었다. 형식이 창문에서 뛰어내리겠다는 놈을 마지막으로 체포하자 난장판이 된 집에는 제나와 박 팀장이 남았다.

"과학수사는?"
"지금 올라온대요. 쓰고 남은 주사기부터 수거해서 보내야겠어요."
"필로폰이지?"
"네. 찌르다 남은 거랑 여기 남은 양이랑 추산해보면 양도 꽤 될 거 같아요. 냉장고랑 변기까지 더 뒤져봐야죠."
"그건 남은 사람들한테 맡기고, 너는 오늘 들어가."
명색이 꽃 같은 아가씬데 가스 계량원 차림을 하고 서 있는 제나가 어쩐지 안쓰러웠다. 더군다나 자기 몫은 충분히 했고 오늘은 작전 인원도 많아 그녀 하나 정도는 쉬게 해주고 싶었다.
"뭐 네 성격에 곧이곧대로 네, 가겠습니다 하지야 않겠지만……."
"네, 그럼 이만 가보겠습니다. 내일 뵙겠습니다."
팀장이 헛웃음을 흘리며 뒷목을 쓸었다. 확실히 그가 알던 제나가 아니다. 저야 똑같다 생각하겠지만 그걸 굳이 일러줘 의식하게 만들고 싶지는 않았다.
"너 옷 그대로 가? 관리실 옆에 직원 탈의실 있으니까 갈아입고 가."
"네!"
여전히 대답 하나는 기가 차게 씩씩한 그녀였다.

편의점에서 캔 커피를 마시던 김 비서가 과자 박스를 뜯어 진열하는 조 실장을 바라보았다. 그 시선을 느낀 조 실장이 고개를 돌리다 김 비서와 눈이 마주치던 순간 두 사람 다 깊은 한숨을 내쉬었다.

차마 누가 더 낫다고 할 수 없는 그런 처지.

김 비서는 사장을 잘못 만나 매번 목숨을 위협받고 있고 조 실장은 사장의 처제를 잘못 만나 아직까지 편의점 주인 직책에서 벗어나지 못했다. 그래도 이제까지는 '내가 재보다는 낫지.' 하고 있었는데 지금 보니 그렇지만도 않았다.

"안녕? 어, 우리 김 비서는 일하랬더니 커피 마시네, 사람 열받게. 아냐, 나 그렇게 속 좁은 남자 아니니까 마시던 건 마저 마시고."

"사, 사장님."

경원의 등장과 함께 두 남자의 얼굴에서 핏기가 가셨다. 앞치마를 두르고 나오던 은우까지.

"원조교제 처제도 안녕? 어, 왜 다시 들어가? 이리 나와."

"……아, 진짜."

그녀는 저녁에 경원을 보면 꼭 다음 날 운수가 좋지 않다. 그래서 일부러 눈을 감고 최대한 눈을 피했다.

"사, 사장님. 무슨 기분 안 좋으신 일이라도? 안 그래도."

"아냐, 별거 아냐."

남자 둘과 여자 하나가 서로 눈치를 봤다. 하지만 아무도 답을 모르니 고개를 내젓다가 경원이 돌아보자 얼른 고개를 숙였다.

"아무도 왜냐고 안 물어보네? 내가 잘못 살았나?"

"왜, 왜 그러신지."

"우리 애인이 너무 바쁘대. 나랏일 하시느라."

핏기가 가신 얼굴에 황당함이 가득 찼다. 그래도 여기서 더 이런저런 대꾸를 하며 그의 화를 돋우는 우를 범하지는 않았다.

"기분이 안 좋아."

"……."

"기분이 몹시 나빠. 최악이야."

경원이 힘없는 걸음걸이로 맥주 한 캔을 꺼내 마시며 클럽으로 들어섰다. 모두들 숨 죽여 그가 갈 때까지 쳐다만 보다가 참고 있던 숨을 한 번에 내쉬었다.

"어쩌라고!"

셋 모두 목소리의 높낮이는 달랐지만 경원의 뒷모습을 보며 하나의 생각만 했다.

부디 그의 애인이 조금 덜 바쁘기를. 그녀가 다음 생에서라도 복을 받기를.

"사장님, 안 그래도 드릴 말씀이."

"아냐, 나중에. 조금 천천히 하자."

바람을 맞으며 맥주 한 모금 넘기던 그가 뒤따른 김 비서를 물렸다. 다 귀찮다는 표정이다.

"사장님, 오셨습니까?"

"응."

입구에서 기도들이 합창을 하듯 그를 향해 허리를 숙였다. 일전에 경찰이 들이닥치는 사건이 있기는 했지만 더 베이는 최고의 클럽답게 그 정도에는 끄떡도 없었다. 그런 방면에는 타고난 경원이라 각종 이벤트와 유명인들의 초대로 이틀도 안 되어 그 유명세를 회복했다.

"뭐야? 여기서 왜 이러고 있어?"

"아니, 그게. 저희도 이런 일이 잘 없어서……."

"……."

"가스 검침 오셨다는데."

안으로 들어서자 검침원 한 명이 꾸벅 인사를 했다. 보통 주방으로 바로 갈 텐데 뭔가 싶어 가던 길 가려는데 그게 생각대로 되지 않았다.

평범하고 고루한 옷으로도 감출 수 없는 섹시한 뒤태.

어딘가 낯익다 싶어 한 걸음 다가서니 그녀가 아주 살짝 모자를 들었다가 다시 깊게 눌러썼다. 오직 그만이 확인한 그 짧은 순간이 지나고 얼굴의 반을 가리는 사파리 모자 아래 매혹적인 입술이 포물선을 그렸다.

어제도 물고 빨고 핥던 그 입술이.

30
양치기 김경원

경원의 굳은 얼굴을 다른 쪽으로 오해한 김 비서는 노심초사 애를 태우다 마른입을 열었다.

"사장님. 아까는 제가 다른 마음으로 몰래 나간 게 아니라 사장님 언제 오시는지 보려고 편의점에……."

"어어."

요새 경원의 정신이 반쯤 나가 있다는 것은 알았지만 지금은 반 정도가 아니다. 뭐에 홀린 건지 입구에서 더 이상 들어갈 생각도 않고 기지개를 켜려던 팔마저 그대로 공중에서 멈춘 채다. 김 비서가 뭐가 더 있나 살펴봤지만 눈앞에 있는 거래봤자 휘황찬란한 벽장식과 너무나 이질적인 가스 검침원 한 명이 전부였다. 아무리 봐도 짚이는 게 없으니 더 초조해진 김 비서가 급한 대로 경원의 앞을 막았다. 요새 너무 많이 찍히기도 했고 경원의 성격상 언제 웃으며 칼침을 날릴지 모른다는 생각에 앞뒤 생각을 못 했다.

"사장님. 제가 진짜 하루 종일 사무실에 있다가 정말 잠시 1분 정도 편의점 들른 건데 그때 마침."

"응. 가."

"네?"

"좀 가 있어. 편의점이고 뭐고, 제발 좀."

저놈의 변덕은 무슨 수로 맞출까. 등지고 서 있던 경원이 넌 왜 아직도 여기 있냐 하는 눈으로 음험하게 쳐다보자 잘 버티고 서 있던 오금이 저려왔다.

"오늘 김 비서의 임무야. 퇴근할 때까지 여기 오지 말고 편의점에 가 있어."

"가, 가라구요?"

"응. 와서 일하면 해고야."

쳐다도 보지 않고 손만 팔랑거리던 경원이 급기야 째렸다. 괜히 겁주다가 이 비실이가 여기서 쓰러지면 잔손이 더 갈 모양새라 친히 몸을 돌려주곤 밖으로 쭉 밀어버렸다. 그리고 다시 돌아왔을 때 모자 그림자 아래 그녀의 미소가 더욱 깊어진 것을 확인했다.

"저기…… 힘든 일 하시는데 제 애인이랑 너무 닮다 보니까."

"일하다 보니 목말라서 그런데 그거 한 모금 마셔도 되죠?"

생긋 웃던 그녀가 그의 손에서 맥주를 빼앗아 들고 깊이 들이마셨다. 가녀린 목이 옆으로 울렁이는 모습을 보자 경원이 자신의 이마를 내리치고 끓는 숨을 내뱉었다.

"너 진짜."

"나 뭐?"

그대로 가는 손목을 잡아끌고 그의 방으로 직진했다. 그를 본 직원 몇이 도미노처럼 고개를 숙였지만 알 바 아니다.

"안녕하십니까! 안 그래도 사장님께."

"나와, 꺼져. 꺼지라고."

가로막는 자에게는 거칠 것도 없었다. 멋모르는 취객이 여기선 검침원도 부킹을 하냐 수군대자 잡힌 손목 그 얼마 안 되는 접촉만으로도 그녀가 잘게 웃고 있는 걸 알 수 있었다.

"너, 이거 다 뭐야?"

"서프라이즈."

"……."

"좋아할 줄 알았지, 난. 당신 이런 거 좋아하지 않아?"

뭐랄까, 너무 좋으니 대답을 못 했다. 쾅 소리가 나도록 문을 닫자 그녀는 맥주 캔을 기울이며 턱을 들었다. 마지막 한 모금까지 다 넘어가는 것을 눈짐작으로 확인한 경원이 빈 캔을 우그러트려 등 뒤로 던졌다.

"이제나, 네가 일 열심히 하라며."

"응."

"이러면 내가 일을 못 하잖아."

귓불을 쓸자 주춤하는 그녀의 반응에 이내 경원이 제나의 두 팔을 들어 올렸다. 안 물어봐도 알 것 같은 팔목의 얇은 상처 하나에도 그의 가슴에 깊은 홈이 파였다. 또 멋대로 다쳤구나, 타오르는 눈으로 응시하며 경원이 그 상처에 입술을 가져다댔다. 그렇게 그들만의 거리에서 여러 감정이 오갔다.

"내가 너 몸조심하라고 누누이."

"아, 이 정도는 애교야."

두 번 애교 부리다 내 가슴에 칼 맞겠네.

경원의 으르렁대는 맹수 본능이 살아나려는 기미가 보이자 제나가 얼른 그의 뺨을 감싸 내렸다.

"이제나 너 이런 식으로."

"이런 식으로 요새 착하게 잘 기다리는 애인한테 애교 한번 부려보려고."

다른 방향으로 틀어진 고개가 한 번에 맞아떨어졌다. 붉어진 혀가 부드러운 속살을 파고들어 헤집기 무섭게 제나가 그의 목을 끌어안았다. 아무리 제복을 좋아한다지만 그의 코끝과 이마를 한 줄로 스치는 모자가 키스에 거슬려서 그는 더 깊이 고개를 숙여 콧등으로 밀어 올렸다.

"으음."

발뒤꿈치를 든 그녀가 더 가까이 닿고자 허리를 세웠다. 오늘따라 살맛 안 나 얼굴이나 한번 보자 했는데 이건 뭐 길 가다 로또를 맞아도 이 정도는 아니겠다. 팔을 긁힌 게 내심 속상하지만 이 정도라면 약보다는 혀로 핥아주는 게 더 효험이 있을 거 같고.

짜릿한 생각으로 그녀를 받쳐 들고 책상으로 향하려던 그때, 너무나 익숙하고 음울한 목소리가 두 사람 사이를 갈랐다.

"내가 안 믿는댔지. 저 자식이 변했다고? 여자관계 다 정리했다고?"

"가, 강재 씨."

저 멀리 안쪽 소파에서 있는 줄도 몰랐던 커다란 인영 하나가 일어섰다. 무섭도록 잘생긴 얼굴이 짜증을 가득 담아 찌푸려졌다.

"서…… 서강재. 네가 왜……."

경원의 품에서 제나의 몸이 딱딱해졌다. 우선 조심히 내려놓으려는 차에 그녀가 먼저 잽싸게 착지했다. 설명 좀 해보라며 경원을 쳐다보았지만 소리가 다 날 정도로 이를 가는 이 남자도 대단한 듯하다.

"내가 이럴 줄 알았지. 네가 변해? 네가 진지해졌다고?"

"강재 씨, 제 말 좀 들어봐요."

안면 있는 임신부 하나가 자리에서 얼른 일어서자 강재의 얼굴에 맺힌 주름이 순식간에 사라졌다.

"당신은 앉아 있어."

"하아…… 강재 씨나 좀 앉아요."

"봤지? 저놈은 그냥 저런 놈이야. 그래도 당신 말이라 한번 확인해보려고 했던 내가 시간 낭비했지. 이제 천하의 유은서 말도 가려 들어야겠어."

은서의 어깨를 눌러 앉힌 그가 경원을 노려보았다.

"제멋대로 사는 거 끝냈다기에 정신 차린 줄 알았더니."

"이봐. 사람 말 좀 듣지?"

"이제는 정말 하아아…… 제 영업장에 가스 검침하러 온 여자까지 그냥은 안 돌려보내는 건가? 할 말이 없군."

"우와……, 우와. 나 이거 뭐지. 오늘 서프라이즈 몰아서 하는 날인가."

경원이나 은서나 잠깐 마주 보다 그대로 굳었다. 남의 기척에 민감하던 그가 이제나 만나고 나선 제집에 도둑이 들어도 모르게 생겼다.

"경원 씨, 잠깐만."

아직도 그에게 잡혀 있던 손목을 제나가 조심조심 풀었다. 이 상황에서 둘은 넋이 나가 있고 하나는 화가 나 있으니 그나마 제가 제일 이성적이란 판단이 섰다. 그리고 올바른 생각은 아니지만 은연중 신경이 쓰이던 은서라는 여자보다 자신이 빨리 정신을 차린 것이 꽤나 만족스러웠다. 자신이 그 정도로 유치해진 것은 눈치도 못 챘으면서.

"안녕하세요. 이제나라고 합니다."

두어 발짝 다가가 냉기 풀풀 날리는 미남에게 말을 걸었다. 그리고 그의 표정을 보고 한 번에 알았다.

안 믿는구나.

이 인간도 진짜 어떻게 살아왔기에.

그사이 제 옆에 다가온 경원에게 깊숙이 눌러썼던 모자를 벗어 건넸다. 그리고 옆으로 차고 있던 검침원 크로스백에서 주섬주섬 지갑을 꺼냈다.

"다시 한 번 인사드리겠습니다. 서울지방경찰청 마약수사대 이제나 경윕니다."

명함을 살펴보던 그가 연이어 제나를 훑고는 은서를 돌아보았다. 그녀가 얼른 고개를 끄덕이자 체념한 표정으로 머리를 내저었다.

"안녕하십니까. 폴라 투자자문 대표 서강잽니다."

어색한 침묵이 한동안 서로의 연인만 쳐다보게 만들었다. 하지만 넷 모두 시간 낭비는 질색에 성격 분명한 사람들이라 그 시간은 길지 않았다.

"제가 사과드리겠습니다. 오해했습니다."

자리에 앉자마자 강재가 먼저 사과했다. 은우에게서 '형부, 사장님 요새 정신 나갔어요.' 소리를 들었을 때만 해도 그게 왜 화젯거리가 되나 싶었는데 은서의 말을 듣고는 마음을 바꿨다, 자신이 직접 확인해보기로.

“괜찮습니다. 제가 경원 씨 친구였더라도 같은 생각을 했을 겁니다.”

그녀의 음성은 차분했다. 경원과 만난다면 보통 여자는 아니겠지 예상은 했지만 그 눈이나 목소리에서 보이는 감정은 매우 솔직했다.

“야, 서강재. 설마 너 나 감시하러 온 거야?”

“……감시는 무슨. 내가 그렇게 한가한 줄 알아?”

물론 서강재만큼 바쁜 사람은 대한민국에서 손에 꼽을 정도다. 하지만 그 돌부처 같은 친구가 제나를 보고 제법 놀라고 있다는 점이 경원을 의기양양하게 만들었다. 대놓고 자리를 마련하지는 못했지만 이것도 기회라고 그녀가 자신을 달리 보아주었으면 싶어졌다.

“여기서 이 경위님 다시 뵙고, 저는 정말 좋은데요.”

은서가 살며시 웃으며 제나에게 호감을 표했다. 경원과의 사이를 살짝 의심한 적 있던 제나도 그녀가 남편과 나란히 앉아 있는 모습에서 모든 의심을 털어냈다. 서로에 대한 완전한 신뢰와 사랑이 눈빛 하나, 동작 하나에서까지 묻어난다.

이 정도 사이라면, 둘은 십년백년 떨어져 다른 이성과 있어도 의심의 근처에도 가지 못하겠지.

문득 그러한 사실이 부럽다. 마주 앉은 두 사람이 슬쩍 닿는 서로의 손길을 차마 스쳐 보내지 못하고 매만지는 것이. 누구의 앞에 서더라도 제 감정을 당당히 드러내는 것도.

“제나 씨, 당신 괜찮아?”

웃으며 고개를 끄덕였다. 아직까지는 괜찮으니까. 모르고 시작하지 않았으니까.

그녀가 당신과는 편하게 지내고 싶다 얘기한 그날 이후로 경원은 철저히 그 말에 따르듯 점잖아졌다. 그녀가 드나들다 보니 어쩔 수 없이 둘이 연인이란 걸 들키는 경우는 있었지만 드러내놓고 행동하지는 않는다. 가장 친한 친구 앞에서 손도 제대로 잡지 못할 정도로, 경원은 모든 행동에 신중을 기했다.

「야, 오세림 이 여자 화보 봐. 장난 아니다. 채원 오빠가 폰에 이런 거 깔아놓은 거 있지?」

오늘 아침 현미의 말이 하루 종일 마음에 남았었다. 안 보는 척 눈에 담은 섹시한 여배우의 사진은 그보다 더 선명했고.

과거에 연연하는 것을 가장 미련스럽게 여겼던 자신이 경원의 일에 언제부터 마음을 썼는지 모르겠다. 그가 이 여자 한 명만 만났던 것도 아닐 테고 그중 누구와도 아직 그 끈적함이 남아 있지는 않을 텐데, 그걸 알면서도 날카로운 신경이 뻗었다.

"제나 씨. 저 강재랑 잠깐 앞에 좀 다녀올게요. 확인할 게 좀 있어서."

"그래요."

경원이 그녀의 어깨를 두드렸다. 우습지만 친구들 앞에서 처음 닿는 그의 손길이다. 그런 것에 의미를 두는 자신이 싫어 앞을 바라보다 은서와 눈이 마주쳤다.

"경원 씨가 많이 달라진 거 같아요. 물론 가까이에서 보는 분이 가장 잘 아시겠지만요."

"그런가요?"

찻잔을 내려놓는 은서의 말엔 진심이 담겨 있었다. 제나는 어색함을 깨트리는 의례적인 인사로 답하면서도 그 말을 인정했다. 그는 매번 달라졌고 지금도 그랬다.

아마 다음번에는, 길에서 봐도 모른 체하려나?

그 생각 한 번에 마음이 싸늘해졌다. 지나친 감정의 변화는 좋지 않다. 그의 말대로 솔직하게 굴면 잡생각이 없어질까 했는데 그건 그에게만 해당하는 말이었나 보다. 지금이야 불안을 즐거움과 본능으로 덮는다지만 그게 언제까지 가능할지는 모른다.

"출산이 얼마 안 남았다고 들었어요."

"아, 쌍둥이라 예정일보다는 빠를 거예요. 자연 분만하려고 생각 중이라 아직 수술 날짜는 안 잡았는데 당장 나와도 이상하지 않을걸요."

"겁나지 않아요?"

"이제껏 겪은 일이 워낙 많아 그런지 이 정도 일은 기대만 되네요."

자신의 배를 내려다보는 그녀의 목소리가 한껏 들떠 있다. 경원을 타박할 때나 자신의 남편에게 건네는 조용한 말과는 또 달랐다. 그저 행복해 보이는 젊은 여자의 평범한 목소리가 참 부럽고 듣기 좋았다.

"저…… 제 성격이 원래 남의 일에는 참견 안 하는 주윈데……. 물론 제 말이 주제넘게 들리실 수 있겠지만."

"저한테 하실 말씀이라도?"

자신의 행복에 취해 있어도 무리는 아닐 텐데 은서는 그 와중에 경원이 생각났다. 얼마 전 사무실에 들렀을 때 한없이 어둠에 잠겨 있던 그는 전처럼 능글대지도, 쉽게 웃지도 못했다. 그날을 되새겨보다 입을 열 때쯤 다시 시끌벅적 문이 열렸다.

"나 없이 무슨 얘기 했어요? 설마 은서 씨 제 욕 한 거 아니죠?"

"……막 하려던 참에 들어오셨어요."

"조금 더 있다가 올 걸 그랬군."

어느 신화에 나올 법한 조각 같은 남자가 제 아내를 챙겼다. 경원 역시 그녀의 옆에 앉아 제나의 얼굴을 살폈다. 어쩐지 체면 차리고 무게 잡는 그 모습이 낯설다.

"강재 씨, 우리는 이만 가요. 데이트 방해하지 말고."

"그래. 조심해서 일어나."

괜찮다며 더 있다 가라고 해도 두 사람은 기어이 자리에서 일어났다. 간단한 인사를 건네며 물러서는데 첫 대면에서도 고개만 끄떡했던 강재가 제나에게 손을 내밀었다.

"오늘 만나 봬서 진심으로 반가웠습니다."

"아, 네."

"……꼭 다시 뵐 수 있으면 좋겠군요."

별다를 거 없는 인사에도 뒤에 선 경원이 걸렸다. 가타부타 대답 없이 그의 손을 마주 잡자 그의 눈빛이 제대로 보였다. 모르긴 몰라도 이 남자 역시 말보다는 마음이 깊어 보였다.

경원의 주변에 이런 이들이 많다는 것이 새삼 다행스레 느껴졌다.

"너 앞으로는 연락하고 와."

"우리 집에 있는 네 방부터 빼."

경원의 농담 같은 진담에 되레 강재가 얼굴을 찌푸렸다. 그에게 경원은 그저 신혼 파괴자일 뿐이었으니 저런 말도 가소롭다.

"그리고 김경원 너."

은서와 결혼한 후 자신의 어깨에 짊어진 무게를 덜어놓고 사느라 한 번씩 경원의 말에 휩쓸릴 때가 있었다. 오늘의 방문 목적 중 하나도 하마터면 빼먹고 갈 뻔했다.

"뭘 하고 다니기에 그 많은 돈을 한 번에 다."

"아아……, 강재 씨."

아내의 작은 소리에도 강재는 예민해졌다. 얼른 팔부터 뻗어 아내를 받치곤 그녀를 향해 그도 같이 고개를 내렸다. 경원과 제나 역시 당황해 그 옆으로 서자 은서가 고개를 저어댔다.

"진통이야?"

"으음……, 잘 모르겠어요. 일단 집으로 갈래요."

"병원부터."

"아니, 지금 가도 할 건 없대요. 아직 확실하지 않으니까 집으로 가요. 으음……."

두 번 말할 것도 없이 강재는 바로 은서의 허리를 감싸며 문부터 열었다. 그리고 그 문이 닫히기 직전에 은서가 경원을 향해 의미심장한 웃음을 흘렸다. 제 남편이 다시 저를 보자마자 가쁜 숨을 내쉬기 시작했지만.

"……하여튼 무서운 여자라니까."

"정말 무서운 건 경원 씨 같은데?"

모두들 속을 알 수 없는 사람들이니 더는 캐내어 머리 아프고 싶지 않았다. 문이 닫히자마자 허리를 감싸 안는 손 역시 얄밉기 그지없다.

"응. 나도 내가 무서울 때가 있어."

그의 말 역시 농담으로만 듣기에는 무리가 있다. 자조적인 목소리가 제나에게는 들리지 않아도 자기 자신만은 알았다.

너무 무섭게 빠져드는 자신이, 태연한 체하면서 무너지는 자신이 하루에도 몇 번씩 무서워졌다.

31
숨기지 않아

공식적인 포상 휴가는 없었다. 범인 잡아들이는 거야 그들의 일이었으니.

대신 이번처럼 일이 커지면 짧은 휴식 정도는 가능했고 이번에는 제나가 그 공을 인정받았다. 탁월한 눈썰미로 화장실의 살짝 삐뚜름한 타일의 이음새까지 뜯어내 그 안에서 대량의 필로폰을 발견했다.

"그래서 우리 애인이 이번에도 한 건 하셨네?"

경원이 엄지를 세워 제나의 입술을 쓸었다. 보기보다 거칠한 느낌이 그간의 피로를 고스란히 말해줬다.

"일이니까."

"알지."

잘 알지, 당신 하는 일이야.

그는 듣기 싫은 말이 나오면 왼쪽 눈가가 알 듯 모를 듯 찡그려졌다. 본인도 모르는 걸 이제는 제나가 먼저 알고 웃었다.

"당신 일은?"

"나? 말했잖아. 클럽은 재미로 시작했다고."

"아니, 그거 말고. 다른 일도 많은 것 같은데."

서로 즐겁고, 탐하고, 솔직한 관계였다. 그럼에도 제나는 그에 대한 다른 부분은 거의 물어보지 않았다. 극히 자연스러운 상황에서 한두 가지 질문을 던지는 것 외엔 굳이 알려 들지 않았다. 그날 이후 서로 간에는 늘 즐겁고 웃음이 나는 일들만 입에 담았으니, 오랜만의 질문에 그도 조금은 당황했다.

"그냥 다른 사업 몇 개 더 있어."

"당신 부자네."

"나 열심히 살았다니까?"

그들이 처음 만났던 호텔의 커피숍에서 그가 신사답게 메뉴판을 돌려주었다. 사실 그는 신사와 거리가 멀지만 제나에게만큼은 정중해지고 싶었다. 천성이 자유분방해 그러기 힘들다면 그런 척이라도 해주고 싶은 여자다.

"이제나, 당신 악취미야."

여행을 가고 싶지만 그녀가 낼 수 있는 시간은 겨우 하루였다. 일을 벌여놓았으니 할 일이 끝도 없는 상황에서 그 혼자 고집을 부릴 수는 없었다. 그래도 시내에 나와 남들처럼 팔짱을 끼고 돌아다니는 시간이 둘 모두에게 더할 나위 없이 만족스러웠다. 그녀가 눈길만 줘도 먼저 줄을 서 솜사탕을 사 오고 작은 하트 모양의 노점상 귀걸이도 샀다. 사실 그가 오늘 쓴 돈은 채 몇만 원도 안 되었지만 그가 느꼈던 행복은 얼마인지도 모르는 전 재산보다 컸다.

"내가 왜?"

제나가 모르는 척 웃었다. 그녀는 일부러 오늘 데이트의 마지막 코스로 이곳을 골랐다. 굳이 똑같은 자리까지 찾아왔으니 경원이 악취미라 놀려대도 할 말은 없다.

"그렇잖아. 당신은 사람 손에 쥐고 노는 것 같아."
"난 그런 적 없어."
그때에는 시키지 못했던, 다소 비싸다 싶은 메뉴를 골랐다. 그가 같은 메뉴를 주문하고 웨이트리스가 자리를 뜨자 두 사람은 마주 앉아 서로를 쳐다보았다.
이제 정말 당신과 처음이 되고 싶어.
우리는 왜 이렇게 다르게 살았을까.
제나의 간절한 시선에 그가 결국 후회를 섞었다. 서로의 몸에 대해 속속들이 모를 바 없는 두 사람이 그 끝에서 얼굴을 붉혔다. 정말로 처음 선을 보는, 긴장 가득하고 어리숙한 남녀처럼.

"어머머, 오빠. 여기서 또 다 만나네요."
지금 그들에게 다가오는 모든 사람이 방해꾼이었지만 이 여자는 특히 그랬다.
오세림.
자신을 반기지 않는 두 사람의 싸한 분위기 정도는 웃어넘겼다. 그녀는 그래도 꽤 잘나가는 연기자니까.
"오세림 씨, 여기서 또 뵙네요."
운명이랄 것까지야 있겠냐만 이 상황이 참 우습다. 이 모든 원흉인 저 남자의 잘난 얼굴을 할퀴어놓고 싶지만 제 남자로 받아들인 이상 어쩔 수 없다.
"오빠, 제가 클럽 몇 번이나 더 찾아갔는지 알아요?"
"글쎄, 네가 왜?"
이 바닥 소문이야 뻔하니 그도 모를 리 없다. 지난번 일로 그가 손을 쓴 것까지 더해졌으니 지금쯤 세림이 어떤 상황에 처해 있을지는 안 봐도 훤했다. 그럼에도 이렇게 정신 못 차리고 둘 사이에 끼어든다면 그도 더 두고 볼 마음은 없다.

"아니, 오빠. 사실 그날 일도 사과드리고 싶고……."

말은 경원에게 하는 듯했지만 세림의 눈은 제나에게 향했다. 세림이 스리슬쩍 경원에게 접근하며 그의 어깨를 만지자 제나의 눈썹이 꿈틀거렸다. 어차피 못 먹을 감, 한 번 더 찔러라도 봐야 직성이 풀렸고 그러다가 떨어져 내리면 더 좋았다. 우스운 소리지만 차여보니 그가 더 객관적으로 보였고, 그러자 더 아까워졌다. 그래도 자신감은 있어서 지금도 세림은 꽤 의기양양했다. 아무리 눈앞의 여자가 수준급이라 해도 얼굴이나 몸이나 자신에게 비하기는 힘들다. 하기야, 들인 돈이 얼만데.

그러니 이 여자도 기가 좀 죽어야 마땅할 텐데, 방금 전 눈썹 한 번 찡그린 거 빼고는 처음과 다름이 없었다.

"오세림 씨는 그때나 지금이나 여전히 예쁘시네요."

"어어…… 벼, 별말씀을요."

"그런데 저희 경원 씨한테 무슨 볼일이 있으세요?"

"네?"

'저희 경원 씨'라는 말에 경원이 몸을 바로 세웠다. 반면 세림은 티 나지 않게 입안 여린 살을 깨물었다.

"저희 지금 데이트하는 중이거든요. 하기야 오세림 씨 같은 분이 버린 남자 주우러 다니는 사람도 아닐 거고. 제가 괜한 걱정 하는 거겠죠?"

앉은 자세 그대로 미소를 띤 제나가 갸웃대며 그 의중을 떴다.

내가 버린 건데? 나 버려지지 않았는데.

그렇게 말하고픈 경원도 알아서 입을 다물었다. 평소 같으면 즐기고 또 즐길 상황이지만 지금은 오세림이 가고 난 이후 자신이 전치 몇 주가 나올지 계산하는 게 더 이롭다.

"무슨 그런 말을……. 나는 오빠가 혹시나 나한테 미련이 남아."

"김경원 씨."

"응?"

제나가 한숨 한 번에 미소도 거뒀다. 책망하는 눈길이 경원에게 쏠렸다.

"과거야 제가 나설 일 아니지만 오세림 씨께 지금이라도 사과드리는 게 어떻겠어요?"

"으, 응?"

"그렇잖아요. 아직도 경원 씨가 자신에게 미련 있다 착각하시는 모양인데. 보통 분도 아니고 이렇게 얼굴 알려진 분이 자기가 착각한 줄 알면 얼마나 민망하겠어요?"

"……."

"빨리 사과드려요. 아직 마음 있는 게 아니라면."

말끝에 살짝 이가 갈리는 것을 바로 알았다. 두말할 것 없이 그는 바로 자리에서 일어나 세림에게 허리를 굽혔다.

"오, 오빠."

"제가 착각하게 만들어드린 줄은 미처 몰랐군요. 지금이라도 애인이 알려줘 다행이랄지. 공인이라면 공인이라 적당히 하는 게 좋을 것 같아 모른 체했는데 지금이라도 사과할 기회가 있어 다행입니다. 분명히 말하지만 저는 오세림 씨께 마음이 없습니다."

"하……."

"눈곱만큼도."

물이라도 부어버릴 것처럼 손을 떨어대던 세림이 결국 제게 쏟아지는 시선을 못 이기고 걸음을 뗐다. 매니저에게 끌려가면서도 앙칼진 눈을 풀지 못하는 그녀를 보던 제나의 무심한 눈도 제자리로 돌아왔다.

"……차가…… 쓰네."

"지금 웃음이 나와?"

안 나온다. 뭐 이렇게 되는 일이 없을까.

잘못 살아온 죄를 절절히 뉘우치는데 무슨 이런 삼자대면이 다 있나. 오세림이 B급이나마 제자리 유지한다면 그러라 하려 했는데 그 계획은 취소다. 물론 이 자리에서 자신부터 살아남으면.

"김경원."

"응?"

"도대체 왜 그러고 살았어?"

이 답답아, 멍청아, 천하의 난봉꾼아.

이미 시선이 쏠린 상태라 하고픈 말을 간신히 참았다. 그런데도 잔뜩 기죽어 야단맞는 경원을 보니 헛웃음이 났다. 마음 같아서야 넌 어떻게 만나도 저런 걸 만났냐고 잡아 흔들고 싶은데 관뒀다. 그럴 거라면 애초에 김경원을 만나면 안 되는 건데, 벌써 늦었으니까. 어쩌면 여기서 오세림을 만난 것도 크게 나쁘지는 않다. 오늘 그녀는 모든 것을 처음으로 돌려놓고 싶었다.

"제나야…… 정말 미안해."

화장실에 다녀온 그가 신문을 뒤적거리는 제나의 옆에 앉았다.

"이제 와 참 빨리도 사과하시네요."

"나 반성 많이 했어."

"무슨 반성?"

그래도 이 여자가 웃어주니 좋다. 그리고 절절이 미안하다.

"나 원래 오늘 밤 여기 스위트룸 잡아놨었거든. 근데 그거 방금 취소했어."

"뭐?"

"나도 양심이란 게 있으니까. 물론 넌 안 믿겠지만."

스스로에게 할 수 있는 최대의 형벌을 내린 남자의 표정이 비할 데 없이 어두웠다. 그녀로선 장난감을 뺏긴 아이 같다 생각했지만 경원은 신체 건강하고 솔직한 남자다. 천하의 이제나를, 그것도 이제 제 여자 된 이제나를 눈앞에 두고서 만지지 못하고 안지 못하는 고통은 상상을 초월했다.

"진짜 당신은 정말!"

그리고 그 자리에서 매끈한 그의 손등에 결국 제나의 손톱자국이 났다. 그것도 제법 깊게.

"아…… 이 시간에 어디 가?"

본능을 죽이는 일은 애인 있는 남자가 할 짓이 아니다. 애써 그 고통을 참느라 밤을 새우나 했는데, 언제 또 잠이 들었는지 모르겠다. 원래도 악몽은 꾸지 않는 그였지만 이 여자 옆에 있으면 전날 꾼 꿈이 생각이 나지 않을 정도로 깊은 잠을 잤다.

"형식이한테서 연락이 왔어요. 나가봐야 될 것 같아."

그에게 허락을 구하는 것이 아니다. 벌써 옷을 다 입고 침대 맡에서 자신을 살피던 제나가 안타까운 인사를 건넸다.

"무슨 일인데?"

"나도 잘은 몰라. 마약 밀수라는데 우리 쪽에 지원 요청이 들어와서 며칠간은 바쁠 것 같아."

"위험한 거 아냐?"

"그런 거 따지면 일 못 해, 경원 씨."

그녀가 간다는 소리에 몸을 일으킨 경원이 제나의 목을 그러잡고 깊은 키스를 나눴다. 제나가 자신을 두고 나가는 것이 싫다. 이대로 있어줬으면 좋겠다.

"일단 가서 연락할게. 더 자."

"응."

"조신하게 지내."

"알아."

둘 사이엔 안부나 다름없는 농담이 오가다 문이 닫혔다. 허전하다. 쓸쓸하다.

혼자 남겨진다는 것이 이런 기분이구나.

이럴 줄 알았으면 미친 척 밤새 안을걸. 전화가 와도 그 소리를 듣지 못하게 깊이 잠재워버릴걸.

이곳에 혼자 남은 의미가 없어졌으니 그도 몸을 일으켰다. 그러다가 침대 발치에서 그녀의 휴대전화를 주웠다. 방금 이곳에 앉아 꽤나 격렬한 키스를 나누었을 때 주머니에서 빠진 모양이었다. 아무리 궁금해도 남의 휴대전화 뒤져보는 무례함은 없는지라 이걸 어쩌나 했는데 그사이에 새로 온 문자가 떴다.

— 누님, 옷 좀 챙겨 오십시오. 사흘은 못 들어갈 듯. 오자마자 인천 가야 한답니다. —

동생 같다고 했던가? 우락부락하지만 제나를 잘 따르는 형식의 얼굴을 그렸다. 아직도 경원은 심심할 때마다 제나에게 잡혀 교복 입고 그 앞에 섰던 형식을 떠올리며 즐거워했다.

— 팀장님 차로 간답니다. 누님 보시면 빨리 연락 주세요. —

어째야 할까, 고민하다가 일어섰다. 현관을 열었지만 발 빠르고 매정한 여자라 흔적도 없다. 자신이라면 그녀를 두고 가는 한 걸음 한 걸음을 저미듯 힘겹게 떼었을 텐데.

그래도 그녀에게 휴대전화는 필수였다. 하다못해 지금도 연락이 안 돼 불안한 자신이 가장 손해였으니 고민고민하다가 경찰서로 향했다.

내가 맞게 행동하는 걸까?

제나가 어떤 점으로 고민하고 힘들어하는지는 이미 짐작하고 있었다. 남 탓 할 것도 없고, 내가 잘못 살았는데 누구를 탓하랴. 그렇기에 재촉도 하지 않고 일단 그녀의 말을 따르며 기다려주고 싶었다. 매번 그녀를 몰아대고 들이밀었으니 이번만은 천천히 지켜주며 바라보리라 다짐했다.

언젠간 자신과의 미래를 생각할 여유를 가지고, 나라는 남자를 진지하게 바라봐주겠거니. 난생처음 겪은 초조함이나 애타는 갈망은 그렇게 자신의 업보라 미뤄두었는데. 이렇게 선불리 가도 될는지 모르겠다. 자신의 존재가 제나에게 괜한 피해를 줄까 그는 하루에도 몇 번씩 마음을 졸였다.

"김 사장님? 김경원 씨 아니세요?"

어차피 사무실까지 직접 찾아가지 않는 이상 그녀와 마주치기는 힘들었다. 경찰청 앞에서 서성대다가 별수 없이 안에 맡겨두려고 했는데 입구 어귀에서 제나의 팀원인 남 형사와 마주쳤다.

"이 경위님 찾아오셨어요? 아직 안 오셨는데?"

"아. 그게……."

어찌 말해야 할지 몰라 그답지 않게 머뭇거렸다. 이런 시각에 그가 제나의 휴대전화를 들고 나타난 것 자체가 문제가 될지도 모른다. 남 형사의 입이 가벼워서가 아니라 사람들의 말이 얼마나 무서운지는 자신이 제일 잘 알았다.

"이거 주러 오셨어요?"

"……네. 어쩌다 제가 발견했는데 이거 좀 전해주시면."

"직접 드리시지. 연락 갔으면 이제 곧 오실 건데."

남 형사가 사람 좋게 웃으며 휴대전화를 받아 들었다. 그도 형사니 무슨 눈치를 챈 걸까, 경원이 적당히 표정을 수습하고 돌아섰다.

"요새 이 경위님 정말 좋아 보이세요."

"……네?"

"연애하고 그러시더니 사람이 좀 편해졌달까. 저는 원래도 좋은데 지금이 더 좋네요. 아, 물론 진짜 좋은 게 아니라 그냥 보기 좋다는, 뭐 그런 건데……. 하하."

경원이 포커페이스를 잃었다. 바닥을 물끄러미 내려다보다가 할 말을 잊은 것처럼 그를 바라보았다.

"제나…… 이 경위님이 그런 농담 좋아하지 않으실 텐데요."

"네? 이 경위님이요? 연애하니 즐겁다고 자기 입으로 말했는데, 무슨요."

이른 출근길의 경찰청 입구에서 그의 목이 크게 울렸다. 더 이상 말을 잇는 것이 힘들어졌다.

"김 사장님 계단서 구르고 병원에 계셨을 때, 그때 병문안 다녀오시고 나서 김 사장님이랑 진지하게 만나보기로 했다고 팀원들 앞에서 당당하게 말하셨어요. 그게 무슨 큰 비밀이라고."

"……."

"뭐 사실은 다 반응이 좋은 건 아닌데. 그래도 다들 이 경위님 믿으니까 어련히."

"남 형사님, 여기서 뭐하세요? 형식이는 어딜 갔는지 보이지도 않고."

"이 경위님."

뒤에서 제나가 남 형사를 향해 오다 자신의 휴대전화를 들고 있는 경원을 보고 바로 상황을 알았다. 자신을 보고 알은척도 못 하던 그를 보니 마음이 쓰라렸다. 이 자리가 불편할까, 얼른 보내려 고개를 끄덕이는데 경원이 그녀의 팔을 잡아챘다.

"이제나, 나랑 얘기 좀 해."

32 욕심낼 거야

제나가 자신을 돌아보기까지가 이렇게 길 수 없다. 새벽과는 또 달라진 경원을 본 그녀가 고개를 갸웃하니 눈치 빠른 남 형사가 자리를 비켰다. 왜 그러냐, 경원을 향해 눈을 크게 떠 보였지만 그는 고요했다. 누구도 손 못 댈 소년같이 장난스럽던 눈도 다른 사람의 것 같다. 까맣다 못해 푸른 기가 도는 눈이 그 짧은 순간 어른의 빛을 발했다.

"왜요? 더 할 말 있어요?"

나도. 나 같은 놈도. 더 크게 욕심 부려도 될까?

이제 더는 못 할 노릇이라, 짧은 인내가 완전히 부서졌다. 그래도 반성이나 그녀에 대한 미안함보다는 제 숨통이 트인 홀가분함이 더 컸다. 자신은 진짜 어쩔 수가 없는 인간이구나, 그걸 깨닫는데도 소리 내어 웃고 싶었다.

"왜 그러는데요?"

그가 대답이 없자 제나가 한 발짝 더 다가왔다. 어느 순간부터는 늘 그래주길 바랐다. 양심의 가책이랄까, 뒤늦은 후회랄까.

"경원 씨."

이름을 불리자 그제야 웃었다. 한번 싱겁게 굴어봤나 보다 헛웃음 지은 제나가 팔꿈치로 쿡 찔러주고 돌아서려다가 재차 그에게 팔을 잡혔다.

"당신이 침대에 놔두고 간 게 있어서."

"휴대전화? 여기 받았잖아."

분명히 남 형사에게서 받아 주머니에 넣어두었다. 그걸 몰라 그런 건 아닐 테고 다른 게 더 있나 싶어 손을 내밀자 경원이 그게 아니다 고개를 저었다.

"이거. 어제 내가 사줬던 거."

그가 주머니에서 작은 하트 귀걸이를 꺼냈다. 어제 그녀와 거리를 다니며 횡단보도 앞에 서 있을 때 그녀의 시선이 여기로 향했었다. 그가 하는 말도 놓치고는 좌판대를 보고 있기에 망설일 것 없이 끌고 갔다. 여자에게 주는 선물이라곤 자기 손으로 골라 본 적도 없던 그가 망설이는 그녀 옆에서 더 신이 났다. 브랜드고 뭐고 따지는 것도 없이 그저 그녀에게 어울릴 것을 찾아 가져다댔다.

「이게 맘에 들어?」

「모양이 예뻐서.」

사달라는 소리도 아니었는데 그 입에서 나온 예쁘다 말 한 마디에 돈부터 꺼냈다. 이런 거 말고 진짜 보석, 더 좋은 걸 사준다는 뻔한 소리 하는 것도 잊을 만큼 그 순간이 중요했다.

"아, 맞아. 그것도 잊었네요. 경원 씨 바쁠 텐데 다음에 주면 되는데 왜."

케이스조차 없는 조잡한 귀걸이의 큐빅이 반짝거렸다. 나중에 천천히 달아봐야지 했던 것이 이제야 기억났다. 어제가 그저 즐거웠다면 오늘 그가 다시 건네주는 귀걸이는 어쩐지 쑥스러웠다.

마음이 오가는 느낌이랄까, 간질간질한 생각을 한번 해봤다.

"으음. 고마워요."

"가만있어봐."

"괜찮은데."

"내가 해줄게."

이른 시간이지만 복도를 오가는 사람 한둘쯤은 있었다. 방금도 얼굴을 아는 타 부서의 동료 하나가 손을 들어 인사를 하려다가 민망한지 스쳐 지나갔다.

"싸구려라 싫다는 건 아니지?"

"김경원 씨, 오늘 이상한 거 알아요?"

응, 맞아. 나 오늘 이상해. 아니, 나 요새 계속 이상해.

그가 웃는 걸 다른 뜻으로 오해한 그녀가 의심의 눈초리를 보냈지만 귓가에 닿는 그의 손이 워낙 뜨거워 저절로 스르르 눈이 감겼다.

"하여튼 수상해."

"다 됐어."

차가운 금속이 귀에 닿나 싶더니 귀걸이가 들어갈 때 특유의 느낌이 찌릿했다.

장신구는 워낙에 오랜만이니까.

"아파?"

"아니."

안 아파. 좋아. 그가 작은 입술의 움직임을 눈으로 읽고 좋아했다. 다른 쪽 귀에도 조심조심, 느릿느릿 귀걸이를 끼웠다.

"어때?"

"말해 뭐해."

경원이 제나의 어깨에 손을 얹고 천천히 한 바퀴 돌았다. 뒤에서서 머리카락을 귀 뒤로 넘겨놓고 다시 제자리로 돌아와 만족스러운 웃음을 흘렸다.

"역시 남자가 안목이 좋네."

결국 제나는 깔깔 웃음을 터트렸다. 이래야 김경원답다. 무게 잡고 눈치 보고 하는 건 어울리지 않는다. 왜 그런지 뻔히 알면서도 그 모습이 싫었다.

"다녀와. 몸조심하고."

"알았어요."

"위험한 일 생기면 피해. 달려들지 말고."

제나가 살짝 주름을 잡았다. 원래 저런 말은 잘 안 했는데.

"웬일?"

"내가 싫으니까."

"응?"

"난 이제나 다치는 거 싫어. 겁나. 무서워. 너한테 욕하고 손드는 새끼들은 내 손으로 죽여버리고 싶어. 내 눈에 띄면 다 목부터 꺾어버릴 거야. 죽는 줄도 모르게 죽여버릴 거야."

표현이 격하다 느꼈지만 그가 느끼는 감정의 10분의 1도 채 안 됐다. 그래서 제나는 별다른 말 없이 받아들였고, 그는 겨우 눌러두었던 다소 지독한 마음을 드러내기 시작했다.

마음을 살짝 넘어선 욕심도.

현장은 언제나 시끄러웠고 폭력이 난무했다. 사안이 제법 큰지라 검찰청에서 같이 나온 현수가 지시 사항을 이른 후 제나의 곁으로 다가왔다.

“오랜만이야.”

“그러네요, 검사님.”

“제나야. 난 예전처럼 불러줬으면 좋겠는데…….”

“싫어할 거 같아서요.”

싫어하는 걸로 끝나면 다행이게. 목을 꺾어버린다니, 그녀 선에서 미리 조심해야 했다. 자신이 아무리 경찰이라도 검사와 얽혀 좋을 일은 없다.

“누가?”

“몰라서 물으세요? 제 애인이요.”

단호하게 선을 긋는 말에 그가 무안해했다. 이미 경찰청에 갔다 온 계장이 소문을 듣고 자신에게 말해줬었다. 믿고 싶지 않아서 애써 모른 척해왔는데, 그녀의 입으로 들으니 성마른 짜증이 솟구쳤다.

“네 애인이라는 사람, 그 사람 김경원이지?”

“친한가 봐요, 이름 막 부르는 거 보면.”

여유롭게 넘어가려 했는데 경원의 이름이 함부로 불리는 데에 그녀의 말끝이 뾰족해졌다. 조심하려 한다 해서 그리 되는 일이 아니다.

“……그 사람 뭐 하는 사람인지 몰라?”

"고양이 쥐 걱정 안 해줘도 돼요."

"힘들어질 거야."

"괜찮아요. 더 힘들 때도 잘 버텼으니까."

사실이기도 하고 아니기도 하다. 그녀는 모든 일에 굳건히 버텼으니 걱정 안 해도 되는 건 사실이고, 이보다 더 힘든 일은 그녀에게 없었다. 사생아라는 단어를 처음 인지했을 때에도, 무기력에 빠진 엄마가 밥 한번 안 차려줘도, 얼마 전 아버지라는 사람을 만났을 때조차도 그녀는 견딜 만했다.

그런데 지금 경원이 없어진다면, 그것만은 상상도 하기 싫다.

그때에는 못 버틸 것을 아니까.

이미 모든 마음을 다 준 사람이니까.

그러니 그런 이야기를 꺼내는 현수도 곱게 보이지 않았다.

"넌 앞날이 창창한 애가……. 너, 김경원도 김경원이지만 그 사람 아빠가 뭐 하는지 몰라?"

"그걸 왜 검사님이 궁금해하시는데요?"

"대부업체야! 말이 대부업체지 깡패 끼고!"

"요새 한가하신가 봐요, 대학 때 잠깐 만난 여자의 애인 뒷조사까지 하는 거 보면. 이건 뭐, 촌수가 사돈의 팔촌까지도 넘겠는데요."

현수가 답답함에 담배를 꺼내 들었고 제나가 그것을 보자마자 손가락으로 꺾어버렸다. 이거 당신 목 대신이야, 그녀가 넋이 빠진 듯 바라보는 현수의 양복 주머니에 친히 꺾은 담배를 넣고 손을 튕겼다.

"여기 현장입니다, 검사님. 마약 사범 잡으실 분이 이런 하찮은데 의존하시면 안 되죠."

멀리서 남 형사가 신호를 보냈다. 잡을 새도 없이 바로 뛰어가던 그녀가 현수를 향해 고개를 숙였다.

"남 형사님, 시간 다 됐죠?"

"네. 김신호가 불었는데 장소나 시간이 정확하네요."

제나가 시간을 확인했다. 과연 멀리서 검은 승용차 하나가 들어오더니 컨테이너 앞에 멈춰 섰다. 남자 셋이 내려 담배를 피우다가 앞쪽으로 걸어가는 모습을 보며 형사들이 교신에 들어갔다.

– 지금 덮치죠?

저 멀리서 현수가 명을 내렸다. 합리적이지는 않지만 현장에서는 역시 검사의 명령이 최우선이었다.

"던지기 같습니다. 조금 더 기다려봐야 할 거 같아요."

시간이 너무 정확했다. 나오는 남자들의 인상착의도 그랬지만 저 얼굴에는 긴장감이 전혀 없다.

– 지금 놓치면 잡기 힘든데? 빨리!

"던지기가 확실해요. 조금만 더요."

– 얼마나 기다렸다고, 뭘 그렇게 빼?

"기다려요. 제발 10분만 더요!"

처음부터 감이 왔다. 자신이 이러하니 팀장도 마찬가지일 것이다. 그러나 다급한 현수의 명이 계속되자 결국 팀원들이 나섰다.

"쳐!"

몇몇 사람을 두고 전원 출동해 달려들자 제나와 형식, 그리고 남 형사가 반대편으로 달려가 컨테이너를 덮쳤다.

"저기야. 저기밖에 없어."
"누님."
"함정이라고."
과연 컨테이너 문이 열리자마자 희희낙락 여유롭던 인간들의 얼굴이 단번에 일그러졌다. 욕설을 내뱉으며 의자를 들자 남 형사가 무전기부터 꺼냈다.
"씨발. 어떻게 알고."
"잡아끌어!"
그러려니 하고 시작은 했지만 안에 있던 놈들은 격렬히 저항했다. 제보를 한 놈부터가 전과가 어마어마했고 그녀도 몇 번 본 적 있어 그놈의 본질을 알고 있었다. 제가 받을 감형보다는 복수가 우선인 놈인지라 없는 죄를 뒤집어씌우는 던지기 수법으로 함정을 판 것이다.
"지원 요청해!"
"다들 저쪽으로 몰려갔어요."
"불러들여!"
인원이 많지는 않았지만 예상치 못했으니 더 요란법석을 떨었다. 닥치는 대로 집어 던지는 것은 예사고 출구를 막는 형식에게는 각목이 날아왔다.
"아악!"
"이 새끼들이 진짜."
평소에 허허 웃고 다니는 형식은 화가 나면 정말 무서웠다. 각종 무술 유단자답게 있는 대로 뒷덜미를 잡아 몰았고 기다리던 제나가 그 다리를 걸었다.

"으아아아!"

뒤에서 겁 없이 달려들던 남자 하나가 급기야 창고에 있던 소화기를 뽑아 들었다. 바로 그녀에게 호스를 향하자 터져 나오는 기침에 눈조차 뜰 수 없었다.

"흐읍. 아아."

"누님!"

급기야 형식이 달려들었지만 눈이 뒤집힌 상대가 먼저 각목을 휘둘렀다. 막아보려 했지만 삐져나온 못에 그녀의 소매가 시뻘겋게 물들었다. 형식 또한 급한 대로 제나를 감싸느라 우지끈 소리가 제법 컸다.

"형식아!"

"누님. 누님 팔이."

"별거 아냐. 너 이리 좀 봐!"

"이 경위님, 지원 왔답니다. 앞에서 다 잡았대요. 형식아, 너 괜찮아?"

"……안 괜찮은 거 같아요."

지원군의 등장으로 얼추 수습이 되었지만 꼴이 말이 아니었다. 머리까지 끈끈해, 그야말로 허옇게 떡이 져 눈만 겨우 떴다. 그럼에도 같이 있던 형식이 어디 하나 다치기라도 했을까 싶어 그 커다란 몸부터 흔들어 일으켰다.

다행히 형식이 눈을 끔뻑대며 웃어 보이자 진이 빠진 그녀는 머리를 안고 주저앉았다. 아끼는 사람들이 다치는 건 더 이상 보고 싶지 않다.

"제나야."

현수의 음성은 걸음만큼이나 느릿했다. 제 고집을 끝까지 놓지 못했던 자책감인지 수건을 건네는 손이 부들거렸다. 그가 일부러 그러지 않았다는 걸 아는지라 내미는 수건을 뿌리치진 않았지만 한마디 정도는 해줘야 했다.

"검사님이 지시하는 거야 당연한 일이지만 말 한마디에 사람 목숨 여럿 왔다 갔다 해요. 경력이 괜한 게 아니잖아요."

"아까는 아무리 봐도…… 내가 판단하기엔……."

잘못을 바로 인정하지 못하고 어딘가 아쉬운 표정을 보니 이 정도 경고로는 부족했나 보다. 마침 날이 어두우니 근무 시간도 지났을 것이다.

"강현수, 잘 들어."

"제, 제나야."

"너 내가 근무 시간 넘었으니 시민으로서 한마디 할게. 내 개인사 참견하고 다닐 시간에 네 귓구멍부터 뚫어! 우리 형식이 어디라도 부러졌으면 너도 내 손에 죽어."

조용조용 이를 갈았다. 형식이 그 정도로는 끄떡없는 것을 알면서도, 제대로 엄포 한번 놓았다. 침을 꿀꺽 넘기는 현수를 보니 이걸 가지고 비열하게 굴지는 않을 듯했다.

"남 형사님, 저 먼저 갈게요."

"좀 씻고 가셔야 할 텐데! 어디 좀 알아볼까요? 밑에 찜질방 가실래요? 아니다, 병원 가야죠!"

"아뇨. 보기에만 이래요."

씻을 데가 있다. 아니, 씻고 싶은 데가 있다. 대충 허연 분말을 털어내다 혹시나 싶어 귀를 만졌는데 귀걸이 하나가 없었다.

"……어디 갔지?"

어쩐지 가슴이 철렁해, 몸도 몸이지만 이 불안한 마음부터 씻어내고 싶어졌다.

"하아……."

막 집으로 들어온 그는 지갑을 던져놓고 소파에 기대 누웠다. 일에 방해가 될까 전화 한번 못 해보고. 제멋대로 줄기차게 경찰서에 드나들던 장난기는 오래전 흐릿해졌다. 이대로 잠이라도 들면 딱 좋을 텐데, 눈 뜨고 일어나면 그녀가 있었으면 좋겠다.

"누구세요?"

벨이 울릴 때 이미 짐작했다. 이 시간에 그의 집에 올 사람이면 극히 한정적인 데다 지금은 단 한 사람뿐이다. 넓은 복도를 달려 나가는 그의 걸음이 여느 때보다 빨랐다.

"이제나……. 이게 다."

"알아. 나 어떤지."

굳어진 그의 표정을 못 본 척, 제나가 먼저 안으로 들어섰다. 언제 보아도 주눅이 들 정도로 휘황찬란한 집이지만 이미 그녀는 정을 붙였다. 이 남자 집이다 생각하고 보니 모든 것이 그럴듯했다.

"이리 와. 나 좀 봐."

"경원 씨."

"내가 말했지? 너 다치면 나는."

"안다고."

대답에 짜증이 담겨 있지는 않았다. 지금 그녀는 몹시 피곤했고, 그를 보자 더 피곤해졌다. 어딘가 붕 뜨는 마음에 이대로 그의 품에 안겨 잠들고 싶었다. 아니, 그의 품에서 하는 거라면 뭐라도 좋았다.

"나 너무 피곤해. 씻고 싶은데."

"……."

"경원 씨가 나 좀 씻겨줘."

말이 끝나기가 무섭게 그가 그녀를 번쩍 안아 들었다. 눈을 감은 그녀가 품에 기대 있자 경원이 한 손으로 단추를 풀어 내렸다. 살짝 눈을 떠서 본 제나가 그의 심각한 표정에 웃음을 꾹 참았다.

"웃을 일이 넘치네, 이제나는."

"남자 잘 만나서."

"그걸 이제야 알았어?"

벌을 주듯 욕조에 풍덩 그녀를 빠뜨렸다. 작은 수영장이나 다름없는 그곳에서 제나는 깊은 숨을 쉬고 물 안으로 들어갔다. 그리고 그의 발치에서 고개를 들고는 그의 발을 끌어들였다. 인어 같다고 넋을 놓았더니 물귀신이었다.

"경원 씨, 나는 괜찮아."

당신이 걱정하는 일 따위는 없어.

그가 제나의 말을 삼켰다. 난간에 걸터앉아 물 안으로 빠져드는 그녀의 몸을 받쳐 올리고 다급히 입술을 찾았다. 제나가 팔을 그의 목에 감자 그가 물에 젖은 자신의 옷도 마저 벗었다. 물 안에서 닿는 살이 더욱더 매끈하게 서로를 당겼다.

"나는 안 괜찮아."

"괜찮을걸?"

무심히 내린 듯한 그녀의 손이 그의 중심부에 닿았다. 이미 뚜렷한 반응에도 모른 척 그곳을 스치자 경원이 작은 신음을 삼켰다. 물속에서 그녀의 손이 오갈 때마다 나비 날갯짓만큼이나 파르르한 진동을 만들어냈다.

"흐으읍."

"내가 보기엔 괜찮은데."

안 그래? 뿌연 욕실에서 제나의 눈웃음이 요염해졌다. 한 번씩 보여주는 이런 미소에 그의 피가 거꾸로 요동쳤다. 당장이라도 뒤엎으려는 아슬아슬한 인내가 굳은 눈동자 위로 깜빡였다.

"이제나 너."

"그렇지?"

이쯤이면 충분하다 싶었는지 떠보는 목소리가 더없이 달콤했다. 몸을 돌려 그의 무릎 사이에 자리한 그녀가 마음을 달리 먹었다. 순진한 척 손가락을 스치는 잔인한 장난 대신 그의 페니스를 두 손으로 감쌌다.

"후우우."

아주 작정을 했구나. 그의 묵직한 한숨이 들뜬 신음처럼 들려왔다. 이어 제나가 잡은 손을 천천히 위아래로 움직이자 이제는 헷갈릴 것도 없는 신음이 되었다. 무릎 사이에 그녀를 꼭 가둔 그가 물 안에서 그녀의 손목을 뒤로 잡아챘다.

"하아."

"벌이라도 주고 싶은 모양이었는데."

"으음……."

"난 이런 거 대환영이야. 싫은 척이 안 된다고."

방금 전까지 그의 페니스를 쥐고 있던 그녀의 손을 끌어내어 입술로 가져왔다. 말은 그래도 살짝 위험했다. 그의 체력에 끝은 끝이 아니었으니 시작 한 번 정도야 이런 것도 짜릿했을 것이다. 아니, 족히 한 달은 밤잠을 설칠 만큼 강렬한 유혹이었지만 최소한 핏자국 난 손으로 받고 싶은 애무는 아니었다. 흔들리는 물 속에서 상처가 살짝살짝 비칠 때부터 페니스가 아닌 다른 곳에 힘이 들어갔다.

"정 하고 싶으면, 티 하나 없이 해줘."

"웃겨."

유독 서두르는 그녀를 무릎부터 다시 세웠다. 그의 코앞에서 물에 뜬 가슴이 흔들리자 잠시 당황하는 듯했지만 제나는 물러서지 않았다. 도도하게 다친 손을 내밀자 그가 키스를 하듯 입술로 상처를 덮었다. 눈을 감은 그의 모습이 경건하달만큼 진지했다.

"하지 말란 거 아냐. 아껴두는 거야. 내 생일날 쓰려고."

"그게…… 뭐야."

"그땐 이자까지 받을 테니, 음…… 각오하는 게 좋을 거야."

"흐읏."

"손으론 안 돼. 난 애가 아니니까. 클 만큼 컸다고."

이제 그의 입술은 가슴에 와 있었다. 자신의 유두 끝으로 같은 색의 혀가 날름대는 모습은 보기만 해도 선정적이었다. 아래가 찌릿대며 점차 젖어오는 느낌에 그녀가 억지로 허리를 다잡았다. 손으로는 안 될 거라는 그에게 되물을 필요가 없다는 것을, 저 입술과 혀의 움직임으로 알아챘다.

"으으응…… 아."

"꼭 이렇게…… 잘 보고 똑같이 해줘야 돼……. 알았지?"

"하읏."

"생일은…… 특별한 거잖아…… 그러니까 눈 떼지 말라고."

보란 듯 더 노골적으로 혀를 굴렸다. 한 손으로는 등을, 또 한 손으로는 입안에 들어가는 가슴을 감싸 쥐고 빈틈없이 그녀를 옭아맸다. 눈을 내리깐 그녀가 시선을 돌릴세라 물고 있던 유두를 강하게 빨아들였다.

"하아, 하아."

갈라선 경원의 무릎이 그녀의 여성을 압박했다. 제나의 반응에는 귀신같은지라, 벌써부터 미끈대는 감촉에 가슴에 파묻고 있던 고개가 멈췄다. 저만큼이나 흥분한 그녀가 생일에 받을 선물을 미리 상상하는 것만큼이나 자극적이었다. 슬금슬금 무릎을 비벼보자 그곳도 성감대가 되었다. 그녀에게 닿는 모든 부위가 극도로 예민해져 아우성을 쳤다.

"……하자, 할래."

물이 침대가 되듯 그대로 그녀를 뒤로 젖혔다. 둥근 욕조 끝으로 그녀가 팔을 내미는 것을 확인하고는 자신의 페니스를 가볍게 훑었다. 뒤태마저 완벽한지라 그러지 않고는 버틸 수가 없었다.

"흐으윽."

가늠하는 듯 흥분한 페니스의 끝으로 그녀의 여성을 쓸자 물방울이 맺힌 제나의 어깨가 바짝 수축했다. 쉬이, 귓가에 대고 얼렀지만 긴장은 여전했다. 어디를 스칠 때 그녀가 눈을 꼭 감는지 알고 있다. 모른 척, 그리고 여러 번 같은 동작을 반복하자 이내 천천히 그녀가 잡아둔 숨을 내쉬었다. 그때 허리를 치켜들어 단번에 그녀를 꿰뚫었다.

"하아. 하……."

"으음."

방심은 위험했다. 처음부터 강하게 치고 들던 그가 난간에 눌러둔 그녀의 손 위로 힘을 실었다. 빠져나갈 생각도 하지 못하게 손길 닿는 대로 강하게 쥐었다. 허리를 비틀어보던 그녀가 그 손에 꼼짝도 못한 채 앓는 소리를 뱉었다.

"아아. 겨, 경원 씨."

"응."

그녀의 속살을 치댈 때마다 찰랑거리는 물소리가 점점 커졌다. 종내는 뜨거운 것이 물인지 그녀인지 경계가 모호했다. 더 깊이 들어서면 알 수 있으려나, 그가 몸을 낮춰 뿌리 끝까지 치고 들었다.

"하아아, 으응."

"후, 그래도…… 모르겠어."

"으으읏. 뭘? 하…… 뭘 모르겠는데?"

"그걸 몰라. 하아, 알아야 알려주지."

박자 맞춰 파고드는 힘이 거세졌다. 쉬지 않고 허리를 움직이면서도 답을 몰라 답답한 그가 머리를 흔들었다. 머리끝에 맺힌 물방울이 이제 막 내리기 시작한 비처럼 떨어졌다.

"숨, 숨이…… 막혀."

경원이 그녀의 턱을 돌려 신음을 집어삼켰다. 그러면서도 찰방이는 소리는 멈추질 않았다. 어디가 뜨거운들 어떠랴, 그가 더욱 집착적으로 그녀의 입술과 아래를 동시에 파고들었다. 어느 한 군데 부족하지 않게 얼얼할 정도로 그녀의 촉각을 마비시켰다.

"흐으읍."

"하아, 하아."

소리는 더 농염해지고 뿌연 김으로 가득 찬 공기는 한층 더 뜨거워졌다. 그리고 그 몽환적인 공기 속에 끝도 없는 혈기가 녹아들었다.

"이래놓고 괜찮다는 거야?"

여전히 못마땅한 그는 침대에 엎드려 있는 제나에게 연고를 가져왔다. 깊지는 않지만 핏줄을 건드린 상처에 약을 바르는 손길이 조심스럽다.

"아니, 조금 아픈데 이제 막 괜찮아졌어."

은근슬쩍 물었다, 언제 어디서 누구에게서 이런 일을 겪었는지. 그가 한번 마음을 먹은 이상 이 바닥에 제대로 된 소문 하나 내놓아야 했다. 감히 이제나에게 덤볐다가 어떤 꼴로 죽게 되는지.

"그래도 형식이 덕 좀 봤어."

그것도 접수. 벌이 있으면 상도 있어야지.

"참, 당신은 오늘 어디 갔다 왔어?"

"병원에. 은서 씨가 드디어 아기 낳았거든."

"정말? 그렇게 빨리?"

"말했잖아, 무서운 여자라고. 그 여자는 애 낳는 것도 조절하는 여자야. 친하게 지내지 마."

모든 불안을 덜어낸 경원이 키득거렸다. 나른하게 이불에 파묻힌 제나가 그 모습을 편히 감상했다.

"사진 없어?"

"아, 잠시만."

나란히 누운 그들이 휴대전화 하나에 머리를 모았다. 누가 누구인지 알 수 없는 갓난아기들을 보고 있자니 기분이 묘하다. 어쩐지 뿌듯하기도 하고 신기하기도 하고 또…….

"근데 나 울 뻔했어."

"하여튼 남자가 말은!"

경원의 손가락을 깨물어주곤 다시 사진을 넘겼다. 그러다 눈을 뜬 아기의 사진 하나에 제나가 탄성을 질렀다. 그가 왜 울 뻔했다고 했는지 조금은 알 것 같았다.

"세상에. 얜 엄마 닮았나 봐."

성별을 묻지 않아도 알 수 있었다. 조그마한 얼굴에 눈, 코, 입이 오밀조밀한 데다 제 엄마의 도도한 눈매를 그대로 따왔다.

"예쁘지?"

"응. 그런데 왜 얘만 따로 찍었어? 쌍둥이라며."

"내가 얠 찍었거든."

경원이 의기양양해서 어깨를 으쓱거렸다. 뭘 당연한 걸 묻느냐는 얄미움도 그대로였다.

"뭐?"

"장차 내 며느릿감으로."

"……충고는 안 할게. 좋은 날이니까."

그 대단한 엄마 아빠를 생각하자니 절대로 그 딸을 내어줄 것 같지가 않다. 꿈도 야무지게 먹고 있는 경원이 우습고 한편으로는 불쌍했다. 일단 이 남자는 자신의 애인이니까.

"근데 나머지 하나는? 엄마 아빠 닮았으면 둘 다 똑같이 예쁠 텐데 서운하겠다."

"서운해도 어쩔 수 없어."

"왜?"

"걔는 남자라."

신생아라도 남자에게는 흥미 없는 경원이 아쉬워하며 입술을 내밀었다. 둘 다 예쁜 공주면 얼마나 좋았을까. 사실 그는 오늘 서강재가 부러워 죽다 살았다. 경원은 평소 부럽거나 가지고 싶은 게 있으면 두 번 생각할 것 없이 모조리 가졌기 때문에 오늘 역시 그 계획이 충만했다.

그녀의 속내를 알았으니 더 이상은 망설일 것도 없고.

"은서 씨가 제나 너 불렀어. 아기들 보러 왔으면 좋겠다고."

"음……. 가보면 좋긴 하겠네."

"꼭 가. 뒤끝 강한 여자거든."

쿡쿡. 그의 웃음이 넘쳐났다. 남의 험담을 하면 원래 시간이 이렇게 잘 간다. 아니면 둘이 이렇게 마음 편히 누워 있어 그런 건지도.

"이제나는 딸이 좋아, 아들이 좋아?"

어디 그런 생각을 해봤어야지, 애인처럼 달변가 흉내를 내보던 제나가 멈칫했다. 그녀는 자신이 가정을 이룬다는 생각 자체를 하지 못했던 여자였다.

"……당신은?"

"나는 무조건 딸."

"그럼 아까 그 며느리 못 보잖아."

"아…… 그렇구나. 그럼 아들."

듣고 보니 그녀도 그랬다. 이렇게 조금씩, 또 자연스럽게 서로의 미래를 생각해보는 시간이 몸을 나누는 격렬함 못지않았다. 늘 해오던 이야기처럼, 다소 능청스러울 만큼 자연스레 굴었다. 농담으로도 그런 말을 꺼내지 않던 그들이었으니 지금 이 순간이 더욱 더 소중했다.

"당신은 오늘 혼자 좋은 거 많이 봤구나."

"넌 다쳤으니 약 올라 그래? 그러니까 내 옆에 붙어 있었어야지."

"그러게……. 오늘은 그럴 걸 그랬어."

의외에 대답에 경원이 고개를 기울였다. 바로 그녀의 얼굴을 찾아도 속내는 모르겠다. 그래도 눈을 떼지 않자 힘든 고백을 하는 양 그녀의 입술이 느리게 움직였다.

"나 말이야, 귀걸이 잃어버렸어. 당신이 아침에 준 거."

"아."

겨우 그거냐 하기에 제나는 정말 마음을 쓰는 듯했다. 그리고 겨우 그런 것에, 그녀가 힘든 눈을 하는 것에 그의 마음도 아파왔다. 아이를 달래듯 괜찮다며 눈으로 웃어주는 게 할 수 있는 다였다.

"그냥 하고 나가지 말 걸 그랬나 봐. 잘 넣어둘걸."

"내가 또 사줄게."

"정말?"

"음."

이번에야말로 이음새가 단단한, 케이스도 있고 그가 좋아하는 로고가 박힌, 조잡함 없는 진짜 보석을. 그리고 거기에 어울리는 서랍 속 반지까지. 경원은 그 보석이 닿을 자리를 눈여겨보다 손등을 들어 약지에 입술 도장을 찍었다.

이제나, 그 자리가 될 거야. 잠시만 더 비워둬.

날도 화창했고 별다른 사건도 없다. 그래도 '요새 조용하다.'는 소리를 입 밖으로 내면 꼭 무슨 일이 터진다는 속설이 있기에 다들 여유로운 침묵을 지켰다.

"누님, 어디 가세요?"

"나 옥상에."

다 안다는 표정으로 씩 웃는 형식의 어깨를 꼬집었다. 아프지도 않으면서 아픈 척 엄살을 떠는 형식을 보자 마음에 둔 남자가 떠올랐다. 그 남자야말로 연기를 잘했다. 안 아파도 아픈 척, 아파도 안 아픈 척.

– 아, 우리 제나. 총경님 될 준비 잘하고 계시나?

"하여튼 너스레는."

타박 한 번 하고 눈이 휘어졌다. 경원은 지방에 일이 생겨 벌써 일주일 가까이 자리를 비운 중이다. 매번 이렇게 통화를 하면서도 보고 싶고, 또 눈을 뜨기도 전에 그가 오는 날을 먼저 세어보았다.

– 애들은 잘 보고 왔어?

"응. 정말 예쁘더라."

꼬물꼬물 속싸개에 싸인 아이들은 인형처럼 예뻤다. 신생아답지 않게 눈들이 또랑해 경탄이 절로 일었다.

「제나 씨가 와줘서 정말 좋아요. 고마워요.」

아직은 부기가 남아 있는 다소 초췌한 모습이었지만 은서의 당당함은 변함이 없었다. 하나 달라진 거라면 그 남편의 눈빛이랄까, 마지막으로 보았을 때 내비쳤던 사랑이 한층 더 깊어졌다. 행복한 사람들을 보니 그녀도 기분이 좋아졌다. 부럽고, 또 샘도 나고.

– 지금 나 보고 싶다는 생각 했지?

"응."

몇백 킬로미터를 넘어서도 경원의 당황이 느껴졌다. 그는 한 번씩 거칠 것 없이 솔직한 제나에게 말문이 막혔고 그녀는 그것 또한 좋아했다.

가면 없는 그의 모습이 다양해지는 순간을.

– 이틀 정도면 돼.

"무슨 일 있는 거 아니지?"

– 그건 내가 할 말이야.

"나도 괜찮아. 사실 요새 조용하거든."

불문에 부치던 말을 입 밖에 냈다. 어차피 경원은 경찰도 아니고, 멀리 떨어져 있는 애인을 걱정하는 평범한 남자일 뿐이니 안심을 시켜주고 싶다. 내 걱정은 그만두라 시작한 말이었는데 경원은 긴 침묵 끝에 그녀의 이름을 불렀다.

– 이제나. 나 이제 서울 가면.

"응."

– 외로워서 혼자 살 수 있을지 모르겠어.

그게 뭐냐고 또 한마디 했지만 이번에는 웃음이 안 났다. 이제 제나는 그의 목소리가 낮아지고 주변 모든 것이 고요해지는 순간의 의미를 알고 있었다. 남자의 진심이 와 닿는 순간 코끝이 찡해졌다. 그보다 더 깊은 곳이 울컥했다.

"아…… 나는. 그러니까."

으흠, 말할 듯 말 듯 몇 번 목을 가다듬던 그녀가 이곳이 어디인지 상기했다. 일을 하는 곳에서 이러면 곤란하지.

서운해하는 그를 달래고 급하게 자리로 내려왔다. 이번에는 군소리 없이 성실하게 잘 앉아 있는 형식의 어깨를 또 꼬집었다. 황당해하는 얼굴을 보면서 장난기 가득한 잘생긴 얼굴을 다시 떠올렸다.

"……나도."

"네?"

"아냐. 정리하자."

하도 목에 걸려 나오질 않길래 영원히 안 나오는 말인 줄 알았다. 조금 전 그에게 대답하려던 말을 형식의 앞에서 되뇌다 빰이 먼저 달아올랐다.

나도, 이 짧은 말이 내겐 왜 그리 어려웠을까.

"……."

아니, 부끄러웠을까.

아침부터 조짐이 좋았으니 이대로 퇴근하면 기록적인 날이 될 것이다. 전형적인 공무원의 하루랄까, 전설로 내려오던 '정시 출근에 정시 퇴근'을 나도 한번 겪어보는구나 기대를 했다.

"제나야. 오늘 우리 한잔할까?"

"네? 아, 그래요."

팀장이 먼저 일어나 어깨를 쭉 펴고 사람들의 의중을 떴다. 유부남들을 먼저 보내고 나니 남는 인원이 몇 없다.

"형식이 너는 안 가?"

"저는…… 흐흐."

"너, 뭐, 여자라도 만나?"

대답도 없이 흐흐거리는 웃음소리가 길어졌다. 형사라 선 안 들어온다고, 어머니 걱정이 태산이라던 푸념이 아닌지라 제나도 반가웠다.

"아니, 그냥 오늘 첫선이에요."

"선이 들어와? 어떻게?"

"누님도 참. 저도 얼떨떨하네요. 여자 쪽에서 저를 우연히 봤는지 제가 마음에 든다고 했대요."

"꽃뱀 아냐?"

아니, 얘는 뜯어먹을 게 없으니 꽃뱀은 아니겠구나. 제나가 급히 생각을 수정하자 형식 역시 이 누님은 연애해도 저런 건 어떻게 못 하는구나, 체념했다.

"뭐해? 안 나가고?"

"네. 나가요."

일부러 차를 두고 걸어갔다. 팀장이 평범한 이야기를 꺼내며 제 옆을 따르는 제나를 흘끔거렸다. 여전히 마른 체격이지만 전에 있던 날카로움이 많이 갈려나갔다. 그렇다고 무딘 성격도 아닌데, 그저 보기가 좋아 더 짚어줄 만한 말이 없었다.

"너도 여자긴 하구나."

"그거 듣기 좋은 말은 아닌 거 같은데요?"

팀장님은 자신이 경원과 만난다는 것을 좋아하지 않았다. 그래서 한 번도 그런 말을 먼저 꺼내지는 않았는데, 우연히 본심을 뱉어놓고는 늦은 후회를 했다.

"그러니까 제나 네가…… 난 네가 딸 같아서……. 어. 잠시만."

멋쩍은 순간은 오래가지 않았다. 팀장의 휴대전화가 요란하게 울리고 그녀도 빨리 오라는 형식의 재촉에 보폭이 넓어졌다.

"오늘은 여기 갈까요? 제가 살게요. 팀장님?"

"제나야."

먼저 몇 걸음 앞서 식당가를 걷던 그녀가 뒤를 돌아봤다. 전화를 받고 있는 팀장의 표정이 몹시 애매했다.

"사건이에요?"

괜한 말 한번 꺼내고 내심 찝찝했는데 결국 일이 터졌구나. 그래도 음식이라도 안 시켜 다행이다 하며 그 옆으로 다가갔다.

"지금 돌아갈까요? 아니면 남 형사님 나올 때 태워 가라고 하죠."

"제나야."

연거푸 이름을 불리자 뭔가 불안했다. 전화를 받기 전에는 이런 표정이 아니었는데.

"팀장님."

아무 일도 아닐 것이다. 오늘은 유독 평화롭고 잔잔한 날이었으니까.

"현장으로 가야 하는데, 연예인이 대거 연루됐어."

"아, 그래요?"

그 정도야 그다지 큰 사건도 아니다 싶어 주저앉아 신발 끈부터 다시 맸다. 대상이 연예인이면 기자들이 몰려드니 귀찮다 뿐이지 한 번씩 있는 일이다. 헐렁헐렁한 끈부터 마무리하고 나니 마음은 벌써 모든 준비가 끝났다.

"……그중에 오세림이라는 사람이 있는데."

"……네."

듣기만 해도 답답해지는 이름에 제나가 침을 꿀꺽 삼켰다. 손에 힘이 안 들어가도 꿋꿋이 버티고 자리에서 일어났다. 팀장의 표정에서 아직 할 말이 남아 있다는 것이 확연하게 느껴졌다. 가족처럼 같이 보낸 시간이 꽤 기니까.

"말씀…… 하세요."

"그 여자가 배후로 김 사장네 더 베이를 찍었어."

제나는 한참 전부터 쉴 새 없이 울리는 자신의 전화기에 겨우 시선을 돌렸다. 그러나 그조차 받을 힘이 없어 결국 이마를 짚고 주저앉았다.

34 너는 알잖아

현장에 가는 내내 정신을 놓았다. 형식이 운전하는 차 안에 앉아 여기가 어딘가 싶다가 눈을 뜨니 이미 어느 고급 오피스텔 아래 개미처럼 몰려든 기자들이 버글거렸다.

"제나 넌 들어가라니까."

"아니에요. 저도 가요."

"너 정말!"

"제가…… 가야 해요. 가고 싶어요, 팀장님."

더 말릴 새도 없이 그녀가 손잡이를 당겼다. 달깍, 문을 여는 동시에 외부의 시끌벅적한 소음들이 그대로 귀를 파고들었다. 순간 울렁이듯 어지러웠다.

"지금 오세림 씨가 현장 체포된 논현동 오피스텔에 나와 있는데요. 계속해서 경찰이 도착하는 걸로 봐서는 아직도 수습이 덜 된 모양입니다. 아직 오세림 씨 얼굴도 보이지 않고 그 외에도 배우 주재희 씨와 신인 여배우 민지영 씨가……."

여기자의 목소리가 쩌렁하게 울려 본능적으로 그곳을 쳐다보았다. 제나가 경찰임을 알고 잡으려는 눈치라 그때부터 뛰다시피 안으로 들어갔다.

"이 경위님."

"……오셨네요."

"저야 뭐. 휴우……."

오랜만에 딸내미 잠들기 전에 집에 들어간다고 신나하던 정 형사였다. 매점에서 아이들 좋아하는 과자를 한 봉지 가득 채워 먼저 나섰는데, 그 봉지가 아직도 그의 손에 들려 있다. 차도 없는 사람이 얼마나 급하게 돌아왔는지 알 만했다.

"안에 있어요?"

"주재희는 떡이 돼서 끌어냈고 민지영도 갔는데 오세림만 안 간다고 버티는 모양입니다."

그녀와 형식이 통제선을 넘어 오피스텔 안으로 발을 들이자 사람보다도 대마초 냄새가 먼저 그들을 반겼다. 코를 찌르는 특유의 냄새에 형식이 얼굴을 찡그리며 혀를 찼지만 제나는 고요했다.

오피스텔이래봤자 가정집인데 간도 크구나. 이렇게 어리석을 줄이야.

"누님."

"형식이 너, 밥도 제대로 못 먹고 어떡해?"

그녀가 일부러 다른 말을 꺼냈다. 저 눈치 없고 곰 같은 형식이 제 눈치 살피느라 어색하게 눈 돌리는 모습이 보기 힘들다.

"아무래도 누님이 들어가셔야 할 거 같습니다."

"응."

여자라 다른 저항을 하기가 뭐했는지 방 안의 오세림은 옷을 모조리 벗어 던졌다. 이불 둘둘 말아 씌워 끌고 나가는 거야 일도 아니었겠지만 상대가 상대이다 보니 모두들 조심했다. 체포 과정에서 몸을 만졌니 성추행을 당했니 어떤 꼬투리를 하나 더 잡을까 눈이 벌겠다.

"야! 너!"

속옷만 간신히 걸친 세림이 제나가 들어오자마자 새된 비명을 질러댔다. 호텔에서 봤을 때 그 화려하고 예쁜 모습과 그 모습이 겹쳐지자 새삼 사람 겉으로 보이는 건 아무것도 아니라는 생각에 씁쓸했다.

"오세림 씨. 옷 입으세요."

"내가 왜? 내가 무슨 잘못을 했는데?"

"그럼 누가 잘못했는데요?"

"말했잖아! 김경원이라고!"

얼음장 같던 제나의 표정이 흔들렸다. 그것을 바로 알아챈 세림이 의기양양해 다시 외쳤다.

"왜? 네 애인이 그랬다니 충격이야?"

"애인 있는 남자 앞에서 어슬렁거리던 모습도 추했지만 지금은 더하네요. 어떤 증거가 있는진 몰라도 무고죄는 큰 범죄입니다."

"뭐라는 거야?"

"내가 뭐라는 거냐면, 오세림 당장 네 손으로 옷 입어. 열 셀 동안 옷 안 입으면 그냥 문 열고 끌고 갈 거야."

제나가 망설이지 않고 얇은 소매를 걷었다. 며칠 전 인천에서 얻었던 제 팔뚝의 상처를 보고 냉소한 그녀가 세림의 손목을 잡아 끌었다.

"뭐, 뭐야?"

당황한 세림이 손을 빼내려 힘을 주자 저절로 손톱이 세워졌다.

그것을 놓치지 않고 제나가 바짝 힘이 쏠린 세림의 손가락으로 상처 위 촘촘한 딱지를 긁어냈다. 두꺼운 딱지가 사라지자마자 아직 벌건 살에 핏방울이 고였다.

"히이익!"

별거 아닌 상처에도 꽤나 심약한지 세림이 경악에 찬 얼굴로 눈을 질끈 감았다. 그러거나 말거나 그녀는 태연하게 자신의 피를 세림의 손톱 아래 고루 묻혔다.

"옷 입어."

"지금, 지금 나한테 이런 짓까지 하고는……."

"열 셀 동안에 옷 입지 않으면, 이건 네가 만든 거야."

"말이 되는 소리를 해!"

독기 가득한 고성에도 그녀는 다른 생각에 잠긴 듯 무심했다. 그러다 세림을 올려다보는 눈이 한순간 어찌나 매서운지 보는 사람의 어깨가 으슬해졌다.

"옷 입히려는 경찰 몸에 손댄 죄도 만만치 않을 텐데? 사람들이 누구 말을 믿을까?"

"……지금 협박을!"

"하나, 둘, 셋……."

네가 살아온 데 자신 있으면야 이 정도에 겁먹지는 않겠지.

하지만 넌 분명히 겁먹을 거고.

소문만 떠들썩한 줄 알았더니 경찰에 의해 끌려 나오는 피의자들의 모습이 공개되자 경찰청에서도 한바탕 난리가 났다. 다들 고개 푹 숙여 입을 다물고 모자를 끌어 내리다 어느 기자의 들이밀어진 마이크에 '억울하다.' 말 한 마디만 겨우 했다.

"5분만 있다가 다시 하죠."

피의자들이 각자의 변호사를 불러놓고는 입을 다물었다. 오세림과 남자 배우 외에도 신인 여배우 하나가 더 끼어 있었고, 제나도 한 시간여 거기에 붙어 있었다.

"뭐가 진짜 당신을 위한 건지 생각해봐요."

"흐흑."

아이돌 그룹 출신의 여가수라 어찌 보면 이번 일로 가장 큰 주목을 받는 사람은 그녀일지도 몰랐다. 갑자기 일어난 일에 카메라 플래시까지 제대로 받고 나서는 정신을 못 차리고 흐느끼는 통에 더 이상의 취조는 불가능했다.

"누님."

"증거품은?"

취조실 앞에서 기다리던 형식이 바로 사진 몇 장을 내밀었다. 이미 눈으로 새긴 장면들이다.

"대마초 말아놓은 거 안방에서 찾았어요."

"다른 건 없어?"

"네, 일단은 대마만. 나머지는 지금 뒤지고 있어요."

의외다.

제나가 입술을 아플 정도로, 하지만 아픈 것도 모를 정도로 힘주어 깨물었다.

처벌 수위로 따지자면 보통 대마가 가장 낮은데, 그 특유의 냄새 때문에 들킬 염려는 가장 컸다.

"오세림 검사했어?"

"네. 자기는 억울하다고 하죠. 벌써 몇 시간 있었더니 정신은 말짱한가 봐요."

이곳에 오는 사람 중에 자기 죄 인정하며 고개 숙이는 이는 극히 드물었다. 그리고 오세림 정도 되는 여자라면 몸속의 모든 수분을 짜내서라도 눈물로 뽑아낼 여자다.

"……김경원 씨 이야기는?"

가장 묻고 싶던 이야기를 마지막에 꺼냈다. 태연한 체 넘기는 것도 한계에 다다랐고.

이제껏 한 모든 질문을 합쳐놓은 것보다 그녀의 가슴이 더 덜컹거렸다.

"저기, 그게……."

"아냐, 됐어. 내가 들어갈게."

형식은 답답한지 애꿎은 제 이마를 내리쳤다. 다른 말 듣지 않아도 그 애태우는 마음은 그녀가 제일 잘 알아 조용히 형식의 손목을 잡아 내렸다.

"누님, 이게 진짜 어떻게 된 건지!"

"응. 다음에. 일 다 끝나면 그때 하자."

형식을 돌려 세운 제나가 먼저 문을 열어젖혔다. 머리를 받치고 있다가 문소리에 한쪽 눈썹을 들어 보인 세림이 친구라도 만난 듯 웃음을 흘렸다.

"어머, 이 경위님. 또 뵙네요!"

단추가 많은 화려한 블라우스를 목까지 잠근 그녀는 지독하게 당당했다. 문 앞에 멈춰 서서 그 모습을 구경하던 제나가 똑같이 눈썹을 세웠다.

사람 인연을 둘로 나누자면 이 여자와는 그야말로 악연이었다.

"오세림 씨. 반갑다 말은 못 하겠네요."

한 치의 물러섬도 없는 두 여자의 눈이 마주쳤다. 언뜻 보기에 제나는 무감한 듯 보였지만 실상 그 눈에서는 푸른 분노가 일렁였다. 반면 오세림은 비장했다. 누가 보았다면 정말 아무 죄 없는 영화 속 비련의 여주인공이 아닐까 싶게 처연한 분위기를 흘리고 있다. 정말인지, 뒤에 카메라라도 있는 건 아닌지 의심을 해볼 만했다.

"오피스텔에서는 내가 좀 당황해서요. 명색이 경찰인데 그렇게 나올 줄 몰랐으니까. 아아, 쫄 필요 없었는데."

"쫄았어요?"

"아니, 뭐. 착각하지 말라고 하는 말이죠."

제나가 그다지 약 올라 하지 않는 말투로 되받자 세림 역시 만만찮은 내공에 물러서지 않았다. 조금 전에야 눈 하나 깜짝 않고 죄 하나 뒤집어씌울 분위기라 저도 모르게 옷부터 챙겨 입었지만 제나에게는 갚아줄 것이 많았다.

"오늘 일 다시 한 번 진술하셔야겠는데요."

"이미 아는 대로 다 말했어요."

"정말 아는 게 그 정도라면 지능이 떨어진다는 소린데. 설마, 아니죠?"

제나가 키보드에 올린 손가락을 내렸다. 사무적이다 못해 칼처럼 벼르는 태도에 세림도 짧은 한숨 한 번 쉬고는 자세를 고쳐 앉았다.

"대마초라면 2, 3주 전인가? 주재희가 찾아왔어요. 어디서 그런 걸 구하는지 아냐기에…… 전에 들은 게 생각나서 더 베이에 가면 그런 거 많다고 했죠. 그게 다예요."

"……오세림 씨가 직접 구입한 적이 있나요?"

"제가요? 제가 어떻게요. 저 이래 봬도 얼굴 알려진 여잔데. 오늘 저는 그냥 주재희가 자기 후배 민지영이랑 셋이 술 한잔 하자고 해서 갔을 뿐이에요."

"주재희 씨 말은 다르던데요?"

"그거야 그쪽 주장이죠. 두 사람이 사귀는데 기자가 본 것 같다고, 둘만 있으면 의심받으니 좀 와달라고 했던 거예요."

"그럼 오세림 씨는 주제희 씨랑 어떻게 알게 된 거죠?"

"으음, 경찰이라 그런지 고리타분하시네요. 혹시 남녀 사이에 친구는 없다 그런 거 아니죠? 거기서 오랜만에 술을 꽤 많이 마셨는데 마지막에 담밴 줄 알고 그걸 받았던 거구요. 속도 안 좋고 머리가 띵하기에 조금 누워 있었던 게 단데."

그때 일을 떠올리며 이야기하는 세림의 모습에서는 어느 하나 꼬투리 잡을 만한 것이 없었다. 그럼에도 놓치는 것이 하나라도 있을까 제나가 오감을 곤두세우고 세림의 모든 행동과 반응에 기척을 세웠다.

"그러다가 잠 좀 들려고 하는데 갑자기 벨 울리고 경찰 들이닥치고, 저야말로 거기에 속아서 마약 사범 취급당하고, 잘못하면 주재희한테서 강간까지 당할 뻔한 거라구요! 아시겠어요?"

다리나 손이 흔들리지는 않는지, 손끝은, 눈동자는, 또 입술을 깨무는 건 아닌지 모조리 살폈다. 거짓말을 할 때 보이는 일반적인 증상이 없다.

하지만 상대는 연기자고 제나는 철두철미했다.

"그럼 더 베이 클럽에서 그런 거 구할 수 있다는 소문은 어디서 들은 건가요?"

"원래 유명해요. 나도 워낙 이것저것 많이 스쳐 듣다 보니까 정확히는 기억 못 해요."

"그렇군요. 그런데 마약 쪽으로는 들을 만큼 듣는 저는 처음 듣는 소문이라 당황스럽네요."

"그래봤자 민간인이잖아요. 연예인들 사이에 도는 이야기라 그래요. 거기 난다 긴다 하는 연예인들 넘쳐나잖아요."

수긍하듯이 고개를 한 번 끄덕였다. 흥분은 금물이니까. 천천히 이야기를 듣고, 또 끌어내야 했다. 어쭙잖은 앙갚음이든, 제 발 빼내려는 변명이든 그녀는 무조건 알아내야 했다.

"그럼 김경원 씨 이야기는 어떻게 나온 건가요?"

"아시잖아요, 저 그 오빠랑 잠깐 만났던 거. 뭐 부끄러운 이야기긴 한데, 성인 남녀가 사귀다 보면 플라토닉 러브 이런 건 아니잖아요? 둘이 같이 밤새우고 하면서 이런저런 이야기 많이 했는데 그때도 들었던 기억이 있어요. 클럽에 그런 게 많은데 통제가 안 된다고. 너도 해보고 싶으면 구해줄 수 있다고."

제나가 이곳에 들어오고 처음으로 눈길을 내렸다. 천천히 내쉬는 숨이 안 보이는 밧줄이 되어 그녀 자신을 뜨겁게 동여맸다.

"……그래서 안 한다고 하셨겠네요?"

"당연하죠. 누구 인생 망치려고. 그러고 나서 서서히 그 오빠랑 연락 끊었어요. 오늘 현장에 들이닥친 경찰이 어디서 났냐고 하기에 주재희 매니저가 더 베이에서 구해 왔다고 했어요. 그러다 제가 술이랑 약에 취해서 실수로 오빠 이야기 꺼낸 거구요."

지나치게 말이 술술 나온다. 보통은 이야기하다가 멈추기도 하고, 경찰이 앞에 있다는 것만으로도 주눅이 들어 사실을 말하면서도 긴가민가 망설이기 마련이다. 그에 반해 이 여자는 무슨 말을 하건 자신에 찬 대답이 준비되어 있었다. 제나는 거기에 먼저 주목했다.

"실수요?"

"그럼요. 저도 오빠랑 만난 거 누구보다 밝히고 싶지 않은 사람이거든요. 아까 저 보셨잖아요. 정신 나가서 옷까지 벗고 있던 거. 하여튼 주재희 매니저 만나보면 아실 거 아니에요, 내 말이 맞나 틀리나?"

"당신 말이 맞는지 틀린지는 당신이 제일 잘 알겠죠."

제나의 눈이 그녀의 가지런히 잠겨 있는 단추에 머물렀다.

"당신 이야기에는 너무 엮인 사람이 많아요. 지금 팩트는 당신이 마약 하고 옷 벗고 있다가 잡혀 온 건데 등장인물은 어찌나 많은지."

"뭐라구요?"

"그리고 더 베이랑 얽힌 증거는 아직까지 나온 거 없어요. 거기다 당신은 연예인이라 수없이 들었다는 그런 소문을, 왜 객관적으로 당신보다 잘나가는 주재희가 당신한테서 처음 들었을까요?"

여유롭기만 하던 세림이 일순간에 앙칼지게 제나를 노려보았다. 이 여자가 지금껏 주인공이 못 된 것은 감정 조절에 실패한 탓이 커 보였다.

"난 내가 본 것만 믿어요. 술이랑 마약 해서 정신이 홀딱 나갔다는 여자가 내가 열 세는 그 짧은 시간 안에 열두 개나 되는 블라우스 단추를 하나도 빠짐없이 가지런하게 다 채웠다는 거. 그게 내가 본 거예요."

"하!"

아쉽게도 그런 사실이 어떠한 증거도 되지는 않는다. 그래도 그녀에게 있어 포기하지 않는 단서 정도 되기엔 충분하고도 남았다.

엘리베이터에서 내린 제나는 눈을 들지 못했다. 정면으로 보는 세상에 자신이 보고 싶은 것은 하나도 없다.

「넌 일단 들어가는 게 좋겠다.」

「아닙니다. 저 있을게요.」

「들어가. 고집부릴 일 아니야. 쉽게 넘어갈 일도 아니고.」

기자들이 모여 있는 정문을 피한 팀장이 그녀를 내밀었다. 전에 없던 단호한 태도에 그녀가 매달리듯 잡은 그의 옷깃을 놓쳤다. 팀장은 잘 생각했다며 그녀의 어깨를 두드려줬지만 마주친 눈에는 시름이 가득했다.

제나에겐 스승 이상의 의미가 있는 분이라 그 시름의 대상이 자신이라는 것에 억지로 죄송한 마음을 감췄다.

「눈에 띄는 일은 삼가자. 꼬리 잡힐 일도 안 돼.」

「……네. 알겠습니다.」

「김경원 씨한테는 내가 일단 전화라도…….」

「아니요! 제가 할게요. 그건 저한테 맡겨주세요.」

「……그러자, 일단은.」

아직 기자들이 아는 내용은 극히 한정적이다. 더 베이 이야기도 현장에서 경찰에 전해진 것뿐이고 딱히 제나가 거리낄 만한 것은 없었지만 차마 괜찮을 거란 소리가 안 나왔다.

"이제나."

눈에 익은 그의 반질한 구두와 귀에 익은 낮은 음성이 문 앞에서 그녀를 기다리고 있었다. 뜻밖의 사실에 기대어 그녀는 겨우 고개를 들었다.

"당신."

당신 뭐야? 도대체 뭐야?

그녀가 말없이 도어록 버튼을 꾹꾹 눌렀다. 마치 그를 대하듯 감정을 실어 손가락 하나에도 힘이 들어갔다. 문이 열리자 제나가 먼저 들어갔고, 그 문이 닫히기 전에 경원도 들어왔다. 이 모든 것이 지극히 자연스러웠다. 꼭 원래 제집인 것처럼, 출장이라도 다녀온 남편처럼.

"밥 먹었어?"

"……아니, 아직."

"내가 도시락 사 왔어. 같이 먹자."

그가 무엇을 들고 있는지도 몰랐다. 이끄는 대로 식탁에 앉아 일식 도시락을 물끄러미 내려다보았다. 그는 부스럭대는 소리조차 그녀를 피곤하게 할까 손동작 하나도 조심스럽고 정갈했다. 그러나 금세 눈앞에 펼쳐진 색색의 선명한 음식들을 보아도 입맛이 전혀 돌지 않았다. 꼭 모형을 가져다놓은 것처럼 어색할 뿐이다.

"얼른 먹어."

"……그래."

식사를 하면서도 아무 말이 없었다. 처음에 같이 젓가락을 들었던 경원은 채 한 점을 제대로 뜨지 못하고 그녀가 먹는 모습만 보았다. 그녀가 수저를 멈추면 물을 건네기도 하고, 잘 먹는 찬을 끌어 오기도 했다.

"네가 이러니 살이 안 찌지."

"많이 먹었어."

거짓말인 거 다 안다는 경원의 눈이 슬펐다. 입에 달고 다니던 싱거운 말 한마디 정도는 해주면 좋을 텐데 오늘따라 그는 눈과 말이 느리다.

"제나 너 먹는 거 봤으니 됐어. 나 이제 가볼게."

그녀는 아직 식탁에서 일어서지도 못했다. 사실은 그를 마주 보지도 못하고 있었다.

다시 보는 그가, 꼭 그녀가 전에 알던 그가 아닐 것 같아서.

말 한 마디 잘못하면 그게 주문이 되어 천진난만하던 그를 데려가버릴 것 같아서.

"당신, 나한테 할 말 없어?"

"없어."

"이제나 너 거짓말 못 해. 알아?"

작은 거실에서 소지품을 챙겨 나온 그가 우뚝 멈춰 서더니 다시 부엌으로 돌아왔다. 나 좀 잡아달라는 유치한 몸짓이 그의 발을 잡아두었다.

"……아니지?"

당신 입으로 아니라고 말해줘.

제나의 간곡한 덧붙임이 그의 귀에도 똑똑히 들렸다. 이미 모든 신경이 그녀에게로 곤두세워져 있었으니 그 정도도 눈치 못 채면 바보다.

"응. 아니야."

"그래."

"정말 아니야."

"알아. 알고 있었어, 난."

알고 있던 대답이었지만 확인하는 의미가 컸다. 그녀는 이 남자만큼 솔직한 사람을 보지 못했고, 그는 그녀에게 거짓말을 할 사람이 아니었다. 과거의 잔재는 여전히 너저분해 눈살을 찌푸리게 되지만 모르고 시작했던 건 아니다.

"그래서 말인데, 나 안 그래도 내일 경찰청에 가야 할 것 같아."

다시 열린 경원의 입이 별일 아니라는 뉘앙스로 가벼워졌다. 진심이야 그렇겠냐만 이렇게 해야 오늘 그녀의 밤이 평온할 수 있다면 못 할 것도 없다.

"오지 마."

"당신 보러 가는 건 아니구."

"오지 말라고. 아직 확실한 거 아무것도 없어. 증거도 없고 그 여자 말 한마디뿐이야. 당신은 증인도 아니고 참고인이니 적당히 거부하다가 변호사 보내거나……."

최소한 그곳에서 그와 마주 서고 싶지 않았다. 오늘의 불쾌한 기분을 내일로 끌고 싶지도 않았고. 그럴 리 없다는 걸 알면서도 내일은 경원과 밥도 맛있게 먹고 시시껄렁한 농담도 하며 키득대고 싶었다. 이전에는 그렇게 한심하고 무의미하던 일상이 하루 만에 그녀가 가장 원하는 일이 되어 있었다.

인생이란 누구도 장담하기 힘들다는 평범한 명언도, 내 일이 되니 처절하고 쓰라렸다.

"제나야, 그러면 일이 더 커질 거야. 오세림…… 그 여자가 소설 쓸 시간만 길어지고."

그러면 이제나, 나는 정말 너한테 못 가게 돼.

그가 웃으며 돌아섰다. 나가면서 그가 한 말은 이전과 같았다. 나 같은 놈 또 오면 흑심이 빤하니 문 열어주지 말고, 밤늦게 나가지 말고.

그리고 밤새 그녀의 오피스텔 앞을 서성였다.

날이 밝는 것을 보고서야 오피스텔을 벗어난 그가 차에 올라 눈을 감았다. 일단은 집에 돌아가 한숨 돌리려다 어딜 가든 눈을 붙이긴 힘들다는 걸 깨달았다. 맨 얼굴을 스치는 스산한 새벽 공기를 들이마시니 들끓던 마음도 서서히 식어갔다.

결심한 건 변할 바 없다. 간단한 일이다. 오로지 한 사람만 생각하면 되니까.

「사장님, 아무래도 바로 서울로 돌아가셔야 할 것 같습니다.」

출장 중, 그것도 수백억이 오가는 가장 중요한 협상에서 신 부장의 전화를 받았다. 심상치 않은 김 비서의 재촉에, 회의실의 상대방까지 숨죽여 그의 반응을 기다렸다. 이제껏 그에게 큰일이 났다는 것은 무료한 일상을 깨우는 이벤트 정도였지만 그 순간에는 손바닥에 땀이 맺혔다.

클럽에 무슨 일이 생긴 게 아니냐, 얼른 가보란 상대의 눈짓이 보였지만 그에게 그 정도는 큰일이 아니다. 설령 클럽이 무너지고 불이 난대도 사람만 다치지 않았다면 얼마든지 다시 세울 수 있다.

다만 마음에 걸리는 것은 단 하나, 그녀를 서울에 두고 왔다.

「하나만 물을게. 이 경위님 일이야?」

「그건 아닙니다만.」

「됐어, 그럼. 뒷장이나 넘겨.」

김 비서가 답답함을 그러쥐고 사색이 되건 말건 그는 제가 뜻하는 대로 일을 진행시켰다. 앞에 선 사람들이 더 얼이 빠져 그와 김 비서를 흘끔댔지만 오히려 그래서 더 다루기 쉬웠다. 이제나가 괜찮다니, 지금은 그에게 주어진 일에 집중할 때다.

「사장님, 이러실 때가 아닙니다.」

그토록 유리한 계약을 따내고도 회의실 밖에서 김 비서는 발을 굴렀다. 기쁜 일에 기뻐하지 않는 그를 보고 심상치 않음을 직감했다. 휴대전화를 꺼내며 지금까지 잘해왔으니 무슨 일이든 못 할 거 있겠냐 한마디 하려다, 수십 통의 수신 목록을 먼저 확인했다. 그녀는 아니었지만 그에게 무슨 일이 생긴다면 가장 분노할 사람들이었고 그중 한 사람이 마침 화면에 떴다.

「사장님, 안 받으시겠습니까?」
「……됐어. 욕이나 먹지. 일단 가.」

서울로 올라오는 차 안에서 김 비서를 통해 알게 된 사실에 그는 헛웃음을 터트렸다. 남들 같으면 경악을 할 일이겠지만 그는 이상할 정도로 차분했다.
물론 그런 일이 없었다면 가장 좋았겠지만 그 모두 자신이 후회하지 않는다 말하던 과거로 인한 일, 이제 와 비겁해지고 싶진 않았다. 앞으로 따져봐야 할 일이 어지럽게 펼쳐졌지만 본능적으로 이곳을 먼저 찾았다.

"……그래, 나야."
– 사장님, 거기서 나오셨지요? 일단 안 변호사님부터 불렀습니다. 클럽으로 오시는 건 좀 곤란할 테고, 제가 모시러 갈까요?
그에게서 늘 구박을 받아 그렇지 김 비서도 위급한 상황에선 제법 유능했다. 그래도 이런 악착같이 늘어지고 끈끈함이 눈에 보일 정도로 질척한 일에는 변호사보다 더 독보적인 존재가 있다.
"아니. 일단 클럽 지키고. 강재한테는 입조심시켜."
– 사장님은요?
"따로 갈 데가 있어. 안 변호사는 준비시켜 오후에 집으로 보내."
– 그렇지만 지금 그럴 상황이! 안 변호사님이 알아볼 수 있을

만큼 알아봐서…….

"우리 김 비서가 잊은 모양인데, 지금부터 나는 변호사 선임하고 고소니 뭐니 손 놓고 그런 고상한 놀이 하려는 게 아냐. 더러운 데 끌어들였으면 법정이 아니라 진흙탕에서 같이 굴러야 격에 맞지."

하루 사이에 취재진이 더 많아졌다. 아직은 확실한 정보가 없어 각자가 주워들은 정보를 짜 맞추는 식이라 10분마다 발신하는 기사의 내용이 모두 달라졌다. 아침에 잠깐 확인했을 때, 아직 경원에 대한 내용이 없다는 것에 그나마 안도했다.

"오세림 씨, 여기 잠자리 불편하진 않으셨나요?"

이를 갈고 씩씩거리는 모습이 적당히 약이 올라 보였다. 이것 역시 다른 반응이다. 보통 마약으로 잡혀 온 초범들은 정신 들자마자 무조건 잘못했다 빌어대는 경우가 많다.

"오늘은 제대로 된 이야기를 들을 수 있을까요? 어디서 어떻게 구했는지."

인터넷이나 통화 기록에는 세 명 다 별다른 것이 없었다. 이 여자야 빠져나갈 구멍이 워낙 많으니 공급책을 알아내는 것이 가장 중요했다.

"무슨 이야기요? 어제 말한 게 진짠데. 오빠랑 둘이 같이 밤새우고 하면서 이런저런 이야기 많이 했는데 그때도 들었던 기억이……."

자리에 앉으려던 제나가 살짝 멈칫했다. 그대로 앉으려던 생각을 바꿔 테이블을 팔꿈치로 짚고 상체를 숙여 오세림의 얼굴을 가까이에서 대면했다.

"확실히 이상하네요. 어제 했던 말과 토씨 하나 다르지 않아요."

"하……."

"외운 게 아니라면, 사람 하는 말은 두세 번 반복하다 보면 조사 정도는 바뀌기 마련인데. 진술은 오세림 씨 잘하던 드라마 대사가 아니거든요."

몰아봐야 했다. 그때그때 짚이는 것은 무조건 물고 늘어져야 했다. 한숨도 못 잔 제나의 얼굴에 피곤보다는 간절함이 내려앉았다.

"저, 이 경위님. 김경원 씨 참고인 조사 받으러 오셨습니다. 저희 쪽에서 나서기 전에 먼저 연락까지 주시고 오셨네요."

기어이 왔구나. 바보같이.

문이 열리더니 경원과 그의 변호사, 김 비서가 발을 들였고 그 사이에도 같이 한 발 들이밀고 싶은 기자들이 소음을 만들었다. 자신도 자신이었지만 둘의 관계를 아는 사무실 내의 모든 사람들이 두 사람을 먼저 살폈다. 경원의 목례를 가장 먼저 받은 박 팀장은 굳은 얼굴로 서류를 내팽개치고 밖으로 나가버렸다. 저 정도의 격한 감정 표현은 손에 꼽을 정도의 분인데.

"저어…… 김경원 씨. 여기에 앉으시면."

"어머, 오빠. 오랜만이에요."

"그러게."

세림의 눈에 활기가 돌았다. 그럼 그렇지, 하는 삐죽한 미소도 같이 드러냈다. 흘끗 그녀를 보는 경원의 얼굴에도 긴장감 따위는 없었다. 늘 그렇듯 장난스러운 모습 그대로다.

"그런데 오빠도 이제나 경위님한테서 조사받으시는 거예요?"
"응. 덕분에."
"에이, 그럼 안 되죠. 둘이 무슨 사인지 뻔히 아는데, 봐주기 수사 이런 거 없겠어요?"
정적이 흘렀다. 이곳에는 마약수사대 팀원들을 제외하고도 사안이 사안인 만큼 각처에서 보낸 눈과 귀가 많았다.
"왜 그래요? 아닌 척하려고 했어요? 에이, 설마."
"난 그 일로 온 게 아니잖아. 클럽도 관계없어. 단순히 너랑 관계있는 사람으로 온 건데 괜한 사람 잡고 늘어지면 안 되지, 오세림."
그의 입에서 다른 여자의 이름이 나오는 것 자체가 불쾌한 제나가 입술을 깨물었다. 처음부터 그녀에게서 눈을 떼지 못하던 형식이 진정하라는 듯 재차 팔을 흔들었다.
"뭐라구요?"
"그렇잖아. 나는 너처럼 구질구질하지가 않아서 자기가 찬 남자한테 앙심 품는 짓은 안 하거든."
"뭐라는 거야, 정말?"
"너 같은 애한테 가진 거 다 바치고 순정 바친 내 잘못이지. 주재희랑 바람나서 홍콩 갔다가 들키니까 적반하장으로 네가 날 찼잖아. 그래도 난 너한테 아무 잘못 안 물었는데."
한숨을 쉬며 시선을 돌리는 경원이 처량해 보였다. 꼭 그렇게, 의도한 대로 보였다.
"그때 네가 쓴 카드 값도 내가 냈잖아. 김 비서, 얼마 나왔지?"
"백화점에서 쓴 것만 3,200 정도……."

"그래. 온 김에 그 돈이나 마저 받아야겠다. 너도 알겠지만 돈 버는 게 쉬운 일이 아니거든. 아니지, 너한테는 쉽겠구나. 워낙 오픈 마인드시니."

일단 오세림 입부터 다물게 한 그가 이곳에 가득 모인 시선을 느꼈다. 얼굴 모르는 사람들 중에는 기자와 선이 닿는 사람들도 제법 있을 것이다.

"그리고 이제나 경위님."

"……네."

형식이 놓치기라도 할까 더 힘을 실어 제나의 팔을 당겼다. 지금이라도 자리를 피하라고. 그러나 어느 상황이건 그녀는 그럴 마음이 없었다. 그렇게 나약하지도 않고 그래본 적도 없다.

"김경원 씨."

"네, 이 경위님."

그녀가 경원과 마주 봤다. 이제 이 사람 눈을 보면 그 속내를 다 안다고 생각했는데 그것도 착각이었다. 모르겠다. 아무것도 알 수가 없다.

"제가 지긋지긋하게 쫓아다니는 것도 힘드셨을 텐데 이런 데서 이름 나오게 해 진심으로 사죄드립니다."

그가 주저함 없이 고개를 숙였다. 그녀의 꾹 다물고 있던 입이 파르르 떨리다 멈췄다.

"오세림한테서 차이고 힘든 마음에 언감생심 경위님을 넘봤지요. 상도 주시고 하니 제가 착각도 하고, 내키는 대로 살다 보니 눈에 보이는 것도 없고. 하긴 그때 경찰청 앞에서 머리까지 뽑혔는데 무슨 말을 더 하겠습니까?"

"……."

"그때 안 형사님도 같이 계셨었죠, 참? 언젠가 제가 선 보게 다리 좀 놓아달라 했을 때 그렇게 매몰차게 거절하시더니. 뭐, 지금에야 차라리 잘된 일이네요."

"네, 뭐……."

"어쨌든 이 경위님, 불쾌하게 해드려 죄송합니다. 그럼 조사는 어디서 받나요? 김 비서."

눈치를 보고 있던 남 형사가 얼른 그들을 안쪽으로 데려갔다. 아직도 형식에게 꽉 잡힌 팔을 내려다본 제나가 천천히 그 팔을 떼어냈다. 이미 모든 관심이 안쪽으로 쏠린 터라 두 사람을 보는 이는 아무도 없었다.

"……누님."

어, 간신히 대답한 제나가 쓰게 웃었다. 그리고 대답이 필요 없는 말을 아주 조그맣게 던졌다.

들릴 듯 말 듯, 혹은 바라듯 말 듯.

"너 알잖아……. 저 사람 나 진짜 좋아했던 거."

35 내가 아마도 당신을……

곤란한 얼굴로 어쩔 줄 몰라 하는 형식을 뒤로한 제나가 자신도 모르게 경원을 뒤쫓았다.

내가 들어가서 직접 들을 거야. 무슨 생각인지 낱낱이 파헤쳐 알아내고 말 거야.

드는 생각이라고는 이게 다였다. 남들 눈도, 수군거리는 소리도 그저 스쳐가는 바람에 불과했다.

“김 비서님.”

변호사와 함께 안으로 들어간 경원을 두고서 문을 닫고 돌아서던 김 비서와 마주쳤다. 어느새 그녀를 데리러 쫓아온 형식 역시 뒤에 섰다.

“좀 비켜주시겠어요? 제가 들을 말이 있거든요.”

“……이 경위님.”

“저 경찰이에요. 이 안에 들어갈 자격 돼요.”

평소 경원의 손짓 하나에 구르는 시늉도 하던 김 비서가 제나 앞에서는 차마 비키지 못했다. 그녀를 무시해서가 아니었다. 실제로 이곳에서 권력자는 제나였고 자신이 할 수 있는 건 이 정도밖에 없다. 하지만 같은 남자로서 경원의 마음을 알았다.

"저기, 저희 사장님이 안 보셨으면 좋겠다고…… 빨리 할 말만 하고 나오실 거라고."

"비켜줘요."

"더는 이 경위님 앞에서 비참해지고 싶지 않다고 하셨습니다."

그 말에 숨을 들이켠 제나가 입안의 여린 살에 지그시 압력을 실었다. 코끝에 스치는 익숙한 향에 피가 나는구나, 한참 후에 알았다.

"……."

유리문 건너편의 그는 늘 그렇듯 당당했다. 등지고 앉았으니 그 표정이야 어찌 알겠냐만 종종 웃기도 한다는 것을 알았다. 저렇게 고개를 살짝 내리고 어깨를 펴면, 보통은 웃는 얼굴이었으니.

하지만 그 가면 같은 얼굴 아래에서 어떠한 생각을 하는지는 그녀 역시 알 수가 없다.

"누님, 가요. 민지영 씨도 만나야죠."

더는 미련 떨지 않고 제나가 돌아섰다. 문을 열자 기자들은 여전했고 경찰 몇이 그녀를 돌아봤다. 만에 하나의 일도 몰라 조심스러운 형식이 제나의 앞을 지켰지만 그녀는 전혀 개의치 않았다.

볼 테면 얼마든지 봐.

보는 거야 그들 마음이니까 피하고 싶지 않다. 그런데 자신은 보고 싶은 사람을 앞에 두고 돌아서야 하니, 그제야 자기가 얼마나 처량한지 깨달았다.

"민지영 씨는? 나도 내 할 일 빨리 할래."

민지영은 생각보다도 더 어려 보였다. 서류를 보고 나이를 먼저 확인한 제나가 그녀 앞에 앉았다.

"혀, 형사님."

얼굴만 동안인 줄 알았더니 표현도 서툴렀다. 눈물과 콧물로 범벅이 된 여자의 소매는 이미 물기가 뚝뚝 떨어질 만큼 젖어 있었다.

"저, 저희 부모님 오셨을 텐데……."

"네. 아마 그럴 거예요."

"아…… 흐흑."

최소한 무엇을 잘못했는지는 아는 듯했다. 반대의 경우엔 부끄러움조차 보이지 않으니까. 이 여자는 오세림처럼 눈물에 달라붙은 머리칼을 떼어내지도 않았고 붉게 번들거리는 코끝을 신경 쓰지도 않았다. 그걸 보고 알았다. 오세림이 여우였으면 민지영은 멍청하다고, 그래서 어리석게 여기까지 왔다고.

"제가 이런 말 하면 안 되지만 저는 오세림 씨보다는 민지영 씨를 믿고 싶어요."

"흐흑."

지영은 울면서도 얼굴을 들었다. 잔뜩 주눅이 들어 있었는데, 믿는다는 말이 제가 잘못 들은 것은 아닐까 놀란 눈치였다.

"저, 저는 아무것도 모르고…… 그냥 아무 사이도 아닌데……."

"저 그런 질문 안 했어요. 민지영 씨랑 주재희 씨가 무슨 관계인지."

흐읍, 숨을 삼키는 소리가 귓가에 길게 남았다. 가녀린 몸 또한 움찔했다.

"거짓말을 하면 저도 굳이 민지영 씨 믿을 필요 없어요. 다른 형사 부를게요."

"자, 잠시만요."

밀고 당기고 그럴 시간은 없었다. 정말 속이 타 미쳐버릴 것 같은 사람은 제나였다. 재빨리 민지영을 스쳐 지나가려 하자 다급한 그녀가 제나의 손을 잡았다.

"죄, 죄송해요. 사실대로 이야기할게요."

울음이 반쯤 섞인 여자의 이야기는 사설이 너무 길었다. 재촉하지 않는 것이 제나가 할 수 있는 최대한이었고, 그중에서도 간추리고 또 간추렸다. 누가 봐도 사실이다 싶은 이야기만 능력껏 잡아 끌어냈다.

"그러니까 민지영 씨는 주재희 씨랑 두 달 전부터 만났고, 그것 때문에 오세림 씨한테 미안했다는 거죠?"

"네. 언니가 먼저 전화했는데, 너는 좋겠다고, 부럽다고, 자꾸 찔리는 말을 해서요……. 그런데 제가 알기로 언니는 여러 사람 만났으니까 또 특별히 그런 데 신경 쓸지는 몰랐어요. 그러더니 언니가 가도 되냐고 하기에 제가 재희 오빠 눈치 살피는데 갑자기 전화가 끊겨버렸어요."

"전화가 끊겨요?"

"네. 다시 해도 안 받고……. 그런데 바로 문자로 뭘 하는 중이라 못 받는데 너 왜 전화했냐기에 제가 민망해서 여기 놀러 오라고 했어요."

어제 오세림은 민지영이 먼저 놀러 오라고 했던 문자를 증거로 내밀었다. 두 사람이 사귀는 데에 알리바이 되어주러 갔다가 봉변을 당했다고. 지금 말 들어보면 분명 일부러 전화를 끊어버렸을 것이라는 확신이 들었다. 걸고넘어지려면 통화 목록 훑어 시간을 잴 수도 있겠지만 녹음도 안 된 통화보다는 문자 하나가 증거로는 더 신빙성이 있다. 눈앞에 있는 민지영이 그만큼 가지고 놀기 쉽게 어리석으니 더 확실했다.

"그리고 계속 술을 마셨고, 주재희 씨 매니저가 들러 대마초를 준 거네요?"

"아, 저는 몰랐어요. 그게 그건지도 진짜……."

"그럼 술 마신 김에 자연스럽게 피운 건가요?"

"정말이에요. 믿어주세요! 저 진짜 모르고 그랬거든요. 머리도 아프고 얼른 가서 자려고 했는데 세림 언니가 안 가니까. 또 저 혼자 가려니 불안하고, 세림 언니가 자기 나오는 프로 한다고 그거 하나만 더 보고 가자고 그래서……."

"자기 나오는 TV 프로요?"

"네. 그거, 그거만 보자고 해서 앉아 있다가 담배 한번 피워보라 주기에 그거 받았고 언니가 자리에서 일어서고……. 그다음은 정말 잘 모르겠어요."

더 이상은 들을 말이 없다. 들어봤자 궁색한 변명만 이어질 것이 뻔했고. 우는 여자 앉혀놓고 돌아서 나오는 제나의 심장이 복잡했다.

아직 확실한 것은 아무것도 없다. 하지만 오세림은 그 자리에 분명 알고서 갔다. 의도적으로.

"누님, 이야기 좀 들었어요?"

"어…… 빠져나갈 구멍이 너무 많아. 자기 혼자만."

"네?"

"여배우한테 마약은 치명적이야. 그걸 뒤집어쓰면서도 여기에 발을 일부러 들였다면 분명한 이유가 있겠지."

그렇게 해서라도 김경원 물고 늘어질 만큼 정이 남았든가, 아니면 이거저거 다 재고 따져도 자기한테 남는 게 있든가.

경원은 자진 출두를 한 만큼 떳떳하게 조사를 마치고 나갔다. 곤란한 대답이라 할 만한 것도 없었고 알면 아는 대로, 또 반대의 경우에도 솔직하게 말했다. 단 한 가지, 그가 두 번 생각하고 망설인 것은 제나의 문제였다. 자신이야 이렇게 살았지만 제나는 누구보다 자기 일에 긍지를 가지고 열심히 사는 여자다. 일이 이렇게 꼬였다 해도 저 좋다고 그런 사실을 바꿀 수는 없었다.

"여어, 쌍둥이 아빠, 우리 며느리는 잘 있어?"

– 너 이 자식! 뭐야? 이게 다 무슨 일이야?

더없는 경사를 맞이한 친구에게 괜한 걱정을 끼칠까 최대한 피했지만 포기할 강재가 아니었다. 아무리 소리 소문 없이 수사가 진행되어도 강재가 있는 증권가는 이런 소식에 가장 예민하다.

– 너 어딨는 거야? 빨리 말해. 은서가 알면!

"에이, 누가 보면 네가 내 애인인 줄 알겠다."

– 미친놈. 너 진짜 뭘 하고 다니는 거야? 어디야?

"네가 그런 거 물으면 안 되지. 은서 씨나 잘 보살펴줘."

– 너도 내가 진작에 유은우랑 묶어서 삼각김밥 공장에 보내야 했어.

그 말이 지독한 진심인 것을 아는지라 경원이 못내 웃어버렸다.

– 웃음이 나? 이 상황에서?

"그러네. 이 상황에서 웃음이 나는 것도 우습네."

– 됐고. 내가 해줄 수 있는 건?

강재의 말이 짧고 간결했다. 그래도 그 안에 담긴 뜻과 힘은 컸다.

"지금은 없어. 우리 며느리나 잘 보살펴줘."

– 미친놈.

"알아, 아니까, 아직은 은서 씨한테 비밀로 해줘. 유은우 입단속도 잘 시키고. 애를 둘이나 낳았는데 산후 조리 잘해야지."

침묵 속에서도 대단한 화를 분출하던 강재가 먼저 전화를 끊어버렸다. 이제 막 인생에 가장 좋은 소식을 두고 염려를 끼치는 제 자신이 싫다. 그리고 부끄럽고, 또 부럽다.

사랑하는 사람과 함께 사는 것이 가장 부러웠고, 평탄치 못한 과거에 얽혀 자포자기로 살지 않았던 삶의 태도가 부러웠다. 제 여자를 떳떳하게 지켜줄 수 있는 흠 없는 강재의 과거가 눈물나게 부럽다.

"하아……."

주머니 속에 며칠째 자리한 작은 케이스를 꺼내보려다 관뒀다. 여기서 더 조급해질까 봐.

"김경원 씨."

알고 있는 얼굴이, 아침에 자신을 외면했던 얼굴이 클럽 앞에 있었다. 그가 다시 한 번 인사를 했지만 여전히 받아주지 않는 것도 같았다.

두 남자 모두 제 앞에 놓인 찻잔을 한 번도 집지 않았다. 경원은 원래부터 경찰을 그다지 좋아하지 않았는데 제나를 만난 후 그 생각이 바뀌었다. 그러나 이 순간, 그것도 단순히 이제나 효과였음을 알았다.

"팀장님."

불러놓고 무섭다는 생각을 했다. 머리가 희끗한 남자가 경원 못지않게 늘 입가에 달고 다니던 사람 좋은 미소를 내려놓았다.

"방금 조사 받고 돌아가셨다는 이야기 들었습니다."

"네. 다 끝났으니까요."

"그렇지 않을 겁니다. 이쪽 일이란 게 그렇게 쉽지 않아요."

경원의 목울대가 울렸다. 볼썽사납게 굴기 싫어 초조한 티는 줄였지만 이 자리에서 얼른 일어나고 싶었다. 팀장의 다음 말을 안 들어도 알 것 같았다.

"저는 당당합니다. 어떤 조사를 해도 좋고 아니면 제 모발 검사도 얼마든지요. 악의적인 험담의 진상은 시간이 지나면 밝혀질 겁니다. 아직 이르지만 저도 개인적으로 힘을 쓰고 있고."

"주재희 씨 매니저가 오후에 조사 받으면서 직접 진술을 했습니다. 더 베이에 갔다가 구입했다고."

"하아, 그건 어디까지나 그쪽에서!"

"물론 저는 믿지 않습니다. 하지만 그만큼 더 사건이 커져버렸죠. 가짜인 걸 알아도 수사하는 데 시간이 오래 걸릴 겁니다."

두 사람 다 제나를 떠올렸다. 그리고 둘 다 제나를 지극히 아꼈다.

"아직은 김경원 씨와 제나 사이를 극히 일부만 압니다. 하지만 오세림 그 여자가 저렇게 마음먹고 나섰으니 앞으로 어떻게 나올지 모르구요. 제나에게는 경찰 상관으로서 경원 씨와의 어떤 통화 기록도 남기지 말라 명했습니다. 신경 쓰셨을까 봐."

"그렇군요."

"……긴말 않겠습니다. 헤어져주십시오."

팀장이 처음으로 그에게 공손하게 고개를 숙였다. 새삼 그녀의 팀장이 얼마나 그녀를 아끼는지 가슴에 고스란히 닿았다. 그걸 알아 화도 못 냈다. 만약 다른 이가 그런 말을 했다면 경원은 그 사람을 죽였다.

"팀장님."

"제나는 경찰로서 큰 자리에 오를 아이입니다. 처음부터 지켜봤구요. 재능도 재능이지만 본인이 저 일 하면서 아주 좋아합니다."

"저한테도…… 이제나는 소중한 여잡니다."

"지금 와서 김경원 씨가 어쨌다는 건 아닙니다. 오히려 제 딸이라면 상관없다고 했을 겁니다. 제 딸은 경찰도 아니고 공직 쪽으로는 전혀 무관하니까요."

"……."

"하지만 제나는 아닙니다. 아무리 김경원 씨가 무관하다고 해도 그런 범죄로 이름이 오르내린 사람과 함께한다는 것만으로도 앞날에 흠이 됩니다. 더군다나 지금은 어찌어찌 넘긴다 해도 그 일 하는 이상 더 그러지 말라는 법도 없구요."

사심 없이 곧은 어른이 제 자식처럼 비유를 하니 경원 또한 더 말을 잇지 못했다. 조금만 더 기다리면 된다고 생각했는데. 제 죗값 치르더라도 그녀를 포기할 마음은 처음부터 없었다.

그런데.

"혹시 제나 씨에게도 같은 말을 하셨습니까?"

"아니요. 못 했습니다."

팀장 역시 답답함에 두 손을 들어 눈 위를 거칠게 문질러댔다. 이런 말을 하는 그가 마음이 편하다면 그거야말로 거짓말이다. 그래서 결국 박 팀장은 진심을 말하고 말았다.

"제나는 그 성격에 죽어도 못 헤어진다고 할 걸 잘 아니까요."

"……그럼 저는요?"

나 역시 못 헤어집니다. 생각만 해도 무섭습니다.

그의 가장 솔직한 마음이 체면치레로 걸어놓고 있던 모든 가면을 벗어던졌다. 사람을 오래 보아온 박 팀장은 그것을 알았지만 끝내 외면하며 자리에서 일어섰다.

"김경원 씨는 제나를 더 사랑하시니까, 그러실 수 있을 거라고 생각했습니다."

베테랑 형사답게 자신의 말에 확신이 있었다. 분명히 자신의 말이 맞다는 씁쓸함이 가득 묻어나는 확신이.

"쌩쌩할 땐 코빼기도 안 비치더만 저 죽을 때 되니 뻔질나게 찾아드는구나."

난을 돌보던 그의 아버지는 모든 일을 알면서도 평온했다. 희고 깨끗한 천을 들고 긴 잎사귀를 공들여 쓸면서도 아들은 돌아보지도 않았다. 경원 역시 석상처럼 멈춰 아무런 재촉을 하지도 않았다.

"……쓸개 빠진 놈."

"압니다."

"급하긴 급한 모양이구나. 네놈이 이걸 다 기다리고 말이지."

먼지가 흐리게 묻어난 천을 보던 진호의 눈이 드디어 경원을 향했다. 단 이틀 사이에 다른 사람이 되어버린 듯한 아들을 보자니 속이 끓어올랐다. 눈물도 피도 없는 사람으로 살아왔지만 그래도 그에게는 피를 이은 아들이다.

「저는 아버지처럼은 안 삽니다.」

성인이 되자마자 등을 돌린 아들은 최소한의 자리에만 얼굴을 비쳤다. 그마저도 싸움으로 끝나는 일이 많았지만 그래도 이 바닥 좁다 보니 어디서 무얼 하는지 정도는 알았다. 물론 경원이 일반적인 아들이 아니듯 그 역시 일반적인 아버지는 아니었다. 보통의 부모라면 말 안 듣는 아들 때려서라도 곁에 두고 가르치려 했겠지만 그는 그러지 않았다.

「이 집 나가는 순간 몸만 나간다는 생각은 버려. 내 아들로서 누리던 것들 다 놔두고 가야 공평하지.」

「그럼요. 원래라면 아버지 좋아하시는 이자도 쳐드려야 할 텐데, 그건 제가 그동안 참아왔던 인내의 값으로 치죠.」

뭘 믿는지 몰라도 뒤도 안 돌아보고 나가더니 결국 이 자리에 서 있다. 따지자면 아들이 경원 하나인 것도 아니지만 장남인 경원에게는 부정 이상의 감정이 있었다. 사업가로서의 자질은 아비인 저를 뛰어넘었으니 어디까지 치고 올라오나 구경하는 재미도 쏠쏠

했다. 남들에게서 경원이 어떻다 소리를 들으면 짐짓 노하는 척했지만 자식 승승장구하는데 싫어할 아비는 없다. 그래서 끝을 모르고 성장하는 모습에 대견한 마음과, 그럼에도 젊을 때 혹독한 수련 한번 하고 굽히고 들어오길 바라는 마음이 늘 상충했다.

더 나이가 들어선 그마저도 포기하고 성질을 못 이겨 화만 퍼부었지만 결코 이런 꼴이 되길 원하진 않았다.

"네놈 성격에 급하지 않았으면, 난이고 뭐고 다 깨트려놓고 네 할 말만 했을 텐데. 아니냐?"

"잘 보셨네요."

"병신 같은 놈. 여자 하나 때문에!"

저 꼴을 하고도 태연한 체하는 것을 보니 복장이 터졌다. 성격상 다정하게 어루만질 것도 아닌지라 기어이 화를 터트렸다. 여기서 경원이 다시 받아치고 이를 악문다면 이전과 다를 바 없는 싸움으로 진행되겠지만 오늘 그의 아들은 입을 다물었다. 고개를 숙이거나 눈을 돌리는 것도 없이 진지하게 그의 아버지를 쳐다보는 게 전부다.

"욕하신다면 언제, 얼마든지 하셔도 됩니다. 하지만 지금은 아닙니다."

"뭐야?"

황폐하고 건조한 눈에도 경원의 의지는 확고했다. 결코 세상 어려운 일에 부딪혀 아버지 도움 구하러 찾아온 아들의 그것이라고는 볼 수 없었다. 실제로 제 몸 하나 정도면 그 처세술로 껄껄거리며 웃어넘겼을 테지만 그가 이 자리에 선 것은 겨우 명목만 남은 부자 관계를 더듬기 위해서가 아니다.

"그제 말씀드린 거, 알아보셨습니까?"

"그게 부탁하는 놈이 보이는 태도냐? 무릎이라도 꿇고 애걸복걸해도 모자랄 판에."

"제가 그럴 이유는 없습니다. 잘못한 게 없으니까요."

"이놈이!"

"제가 오늘 여기 온 것은 그저 이 바닥 제일 잘 아는 사업가 김진호 씨를 찾은 것뿐입니다. 그만큼 제가 가진 것으로 보상할 수 있다면 뭐든 다 할 테니 안심하시죠. 결코 손해 보는 일 없으실 겁니다."

태풍에라도 휩싸인 듯 거친 꼴을 하고도 경원은 당당했다. 그 덕분에 분을 못 참고 올라가려던 진호의 손도 멈칫하다 들고 있던 흰 천만 구겼다. 그렇게 바늘 하나 들어갈 틈 없이 긴장이 흐르다 진호는 쓰게 웃었다. 먼지 가득한 천을 소리 내어 털어내자 새것 같지는 않아도 다시 하얀 모습을 드러냈다.

"네가 정신 빠져 살더니 잊은 모양이다만 내가 원하는 건 돈이 아냐. 돈은 네놈 이상으로 차고 넘치지."

"……그럼."

"남들 무릎 꿇는 것도 눈에서 진물 날 정도로 많이 봤고, 상황만 모면하기 위해 던지는 허튼 약속도 목줄을 물어뜯어서라도 전부 받아낸다. 너도 내 아들이니 빈말 아닌 거 알겠지. 네 말대로 나같이 이 바닥에서 오래 구른 사채업자라면 원하는 거야 하나 아니겠냐?"

경원의 눈이 칼날처럼 날카롭게 빛났다. 어디 어떻게 나오는지 보겠다는 듯한 아버지의 웃음이 허공을 가로질렀다.

"우리 같은 사업가야 상대방이 가장 타격을 입을 것 정도는 담보로 잡아야지. 너도 그럴 테니 내가 야박하다고는 못 할 게다."

사흘이 넘게 경원과 아무런 연락을 하지 못했다. 그녀는 퇴근 자체를 하지 못했고 상황이 상황이니 만큼 사적인 만남은 금해야 했다. 경원 역시 그날의 조사 이후로는 경찰청에 발을 들이지 않았다. 주재희 매니저의 증언 때문에 클럽의 관리인으로 있던 부장 몇이 더 다녀가긴 했지만 거기에 경원은 없었다.

"제나, 내일은 쉬어라."

"그래주시면 고맙죠."

"그래. 몸 아껴야지."

괜찮다는 사양도 못 하고 얼른 받았다. 이곳에 매여 있으면서도 마음이 떠났으니 수사를 위해서도 좋지 않았다. 형식이 데려다준다는 것도 거절하고 1층으로 걸어 나오다 현미를 만났다.

"야, 너 좀 괜찮아?"

"어? 어…… 그냥 그렇지."

이미 둘 사이를 들었던 현미는 무슨 말을 해야 할지 몰라 제나의 팔만 잡아놓고 그저 맴돌았다. 친구 일도 모르고 혼자 행복해했던 자신에 대한 자책감까지 보였다.

"넌 채원 오빠랑 여전히 좋지? 밤낮 할 거 없이?"

"넌 지금 그걸 말이라고……."

일부러 꺼낸 농담에 현미의 표정이 구겨졌다. 입꼬리를 올린 제나가 다시 앞으로 가려다 가장 보고 싶지 않은 인물과 마주쳤다.

"어머, 이 경위님. 안녕하세요?"

불구속 수사를 받는 세림은 나날이 당당해졌다. 심증은 있지만 아직 어떠한 물증도 없고 그녀의 잘 짜인 말은 실오라기 하나 튀어나오지 않은 채 반듯했다. 유명인인 데다 증거나 도주 위험이 없다는 이유로 집으로 돌아가고는 올 때마다 목을 빳빳이 세웠다.

"어우. 연애하는 여자분 얼굴이 왜 이렇게 수척하세요?"

"그런가요?"

"거울 보면 바로 아실 텐데. 흐음."

계단을 오르기 전까지만 해도 기자들 앞에서 억울함의 눈물을 흘려대던 그녀다. 제나보다 먼저 흥분한 현미가 한마디 할 듯 나서자 그녀가 손으로 막아섰다. 나서지 말라고. 안 그래도 보는 눈이 많은데, 네가 이러면 내가 그 힘든 말을 들었던 보람이 없지 않냐고.

"오세림 씨."

"네. 왜요?"

"웃을 수 있을 때 많이 웃어. 어차피 넌 김경원한테 미련도 없잖아. 그 돈이라면 모를까."

"……하아. 무슨 생각으로 그런 소리를."

"나 정도나 되니까 김경원을 감당하는 거야. 가진 거라곤 더러운 몸뚱이에 썩어 빠진 머리 하나밖에 없는 넌 안 돼."

이번에는 현미가 그만하라 말렸다. 소리야 들리지 않겠지만 남들 보기에 좋은 모습은 아니니까.

이를 가는 오세림과 다시 눈을 마주치다가 제나는 고개를 까딱하고는 출구로 나섰다.

날은 여전히 좋았다. 그리고 이렇게 좋은 날, 경원이 보고 싶었다.

그 망할 놈의 화상을.

클럽 앞으로 그를 찾아갔다가 이건 아니다 싶었다. 슬금슬금 더베이의 이야기도 돌기 시작했고 클럽 앞에는 기자로 보이는 사람도 한둘이 있었다. 연락을 하고 싶어도 당장에 기록을 남기지 말라는 팀장의 부탁에 어쩔 수 없이 편의점으로 들어섰다.

"어서 오세…… 어."

"안녕하세요?"

은우가 어색하게 인사를 받았다. 늘 생각하지만 언니와 닮은 듯하면서도 분위기는 전혀 다르다. 그 나이답게 방방 뜨는, 호기심 가득한 얼굴이 무슨 생각 하느냐 물을 것도 없이 솔직하다.

"사장님 안 계시는데."

"네?"

"경원이 아저씨요."

그러고 보니 이 편의점도 경원의 것이다. 그가 말하는 재미에는 참 여러 가지 사업이 있었다.

"저기요, 경찰 언니. 커피 한 잔 드릴까요?"

"주시면 고맙죠."

쪼르르 나가서 캔 커피 하나를 가져왔다. 딴에 대접을 하려는 건지 뚜껑까지 따서는 제나 앞에 살포시 내밀었다.

"고마워요. 잘 마실게요."

"헤헤."

은우가 혀를 살짝 깨물며 웃었다.

"저기, 제가 지금 휴대전화를 못 써서 그런데 경원 씨한테 문자 한 통만 보내주시겠어요? 저 여기 있다고."

"네, 그럴게요."

요즘 아이들답게 문자를 누르는 속도가 어마어마하게 빨랐다. 사적으로 연락할 사람이 많지 않은 제나로서는 꿈꿔본 적 없는 속도다. 제나가 제 손을 보는 것을 알았는지 은우가 또 머쓱하게 웃었다.

"음…… 우리 애기들 보셨어요?"

"네."

분위기 전환을 하려는가 했는데 다시 보니 정말로 자랑을 하고 싶어 입이 근질대고 있었다. 자신이 봐도 그리 예뻤는데 하나뿐인 이모는 조카들이 예뻐 어쩔 줄 모르는 것이 당연했다.

"이거 보세요. 누가 누군지 아시겠어요?"

"아, 잠시만요."

"저는 누군지 바로 알아요. 이 사진 말고도 보면 그냥 딱 알아요. 사진도 전부 제가 찍었고 저밖에 모를 거예요, 그건."

어린 이모의 의기양양한 목소리도 전혀 얄밉지가 않다.

"얘가 연우예요. 여자애."

둘 다 흰 속싸개에 싸여 있는데도 은우는 망설임 없이 한쪽을 짚었다. 제나 역시 은우가 일러주지 않아도 한눈에 알아보았다.

"이름이 연우예요?"

"네. 언제까지 그 되도 안 한 페르만지 파르만지 개떡 같은 이름으로 살 수 없잖아요."

은우가 킥킥 웃으며 만족감을 드러냈다. 며칠 사이에 이렇게 작은 아이들한테 이름이 생겼다니 기분이 이상해졌다. 경원은 그 이름을 알까?

"아, 며칠 사이에 또 큰 거 같아요."

"사장님이 우리 연우 며느리 한다고 해서 형부 엄청 열받았어요. 이제 막 태어난 어린애 두고 재수 털리는…… 아, 쏘리."

제나가 소리 내서 웃었다. 이래서 솔직한 사람이 좋다.

"하여튼 형부가 죽어도 안 된다고 했는데 사장님이 자기 안 닮았을 거라고, 꼭 경찰 언니 닮을 거라고 호언장담했어요."

"……."

"그러고 나서야 형부가 허락해줬어요."

대답을 잘해주던 예쁜 경찰 언니가 별말이 없는데도 은우는 눈치가 없어 그런 것도 몰랐다. 그저 조카 자랑에 들떠 목소리가 갈수록 높아졌다.

"완전 웃기죠? 헤헤헤."

"……네. 그렇네요."

문이 열리고 경원이 들어왔다. 그녀가 돌아보는 몇 초간에 살짝 차올랐던 눈물이 흔적을 감췄다.

클럽에서 멀리 떨어진 곳이었다. 제나는 어딜 가느냐 묻지 않았고 이쯤 멈추라는 말도 하지 않았다. 경원 역시 차를 세우고 나서야 여기가 어딘지도 모른다는 것을 알았다. 그저 강이 보이기에 거기서 세웠다.

"뭐 마실 것도 하나 없네."

"편의점에서 마시고 왔어."

"다행이네. 우리 한번 나가볼까?"

경원이 먼저 내려 조수석 문을 열었다. 앞만 보던 그녀는 문이 열리고도 가만히 기다렸다. 당신이 잡아달라고, 내 손 좀 잡아달라고.

"이제나 씨, 그새 어리광쟁이 다 됐네."

얼마 전까지 그녀를 탐하며 별의별 짓을 다 했던 그였다. 그런 그가 지금은 몇 번 생각에 잠겨들다 겨우 손을 내민다. 뭐하고 있어, 의아하게 쳐다보는 그녀와 눈이 마주치자 쑥스러운 듯 웃었다.

"당신 손 따듯한 거 같아."

"마음이 차면 손이 따듯하다던데."

"다 맞는 말은 아닐 거야."

어찌 보면 위로였고 또 어찌 보면 제 마음 달래고 싶어 해본 말이다. 커다란 경원의 손을 잡고 강가를 걸었다. 아직도 차가 저렇게 가까이 있는 걸 보면 둘 다 그 긴 다리를 가지고도 멀리 가지는 못했다.

"왜 그간 연락 한 번 안 했어?"

안 하기는 그녀도 마찬가지였다. 하지만 경원은 다를 거라고, 한 번쯤은 더 자신의 집 앞에서 기다릴 거라고 믿었다. 아닌 척했지만 이제 와 원망이 들 만큼 서운했던 모양이다.

"……가기 싫어서."

"당신, 이제 나 보는 게 싫어?"

그럴 일은 그의 평생에 없다. 아마 그녀는 믿지 못하겠지만.

"이제나를 보면 어쩔 수 없이 해야 할 말이 있어서. 그래서 안 보고 버텨보려고 했어.”

“으음.”

제나가 울음을 삼켰다. 다 크고 나서 남자 앞에서, 더군다나 이런 일로 우는 것은 그녀도 상상하지 못했던 일이다.

“그럼 나 오늘 안 올 걸 그랬네.”

“……그러게. 왜 왔어.”

그랬다면 며칠은 더 견딜 수 있었을 텐데. 얼굴은 못 봐도 아직은 이제나가 내 여자라고 억지를 써볼 수 있었을 텐데.

“보고 싶어서 왔어, 경원 씨.”

숨을 내쉬는 것이 조금 불안해 보였다. 그가 듣기 싫은 말을 해버릴까 봐 억지로 발을 떼려는데 손목을 잡혔다. 놓아주고 싶지만 그럴 수 없는 손목. 그 여실한 갈등이 떨림으로 전해졌다.

“내가 미안해.”

“……뭘?”

한 음절 내뱉는 데 제법 오래 걸렸다. 아무런 대답을 안 하면 좋을 텐데.

“너무 바보같이 살아서.”

“알고 시작했으니까.”

그러니까 괜찮아. 더는 아무 말 하지 마.

“사는 게 이렇게 재미있는지 미처 모르고 있었어. 아무도 알려주는 사람이 없어서.”

“지금이라도 알았으면 다행이잖아.”

제발 말 좀 그만하라구. 제발.

“끝까지 옆에 있어주지 못하면서 그렇게 무작정 덤벼대서, 그게 제일 미안해."

"당신은 어쩌면……."

그런 말을 그렇게 쉽게 할까.

내가 지금 어떻게 버티는데. 어쩌면 사람이 그럴까.

"우리가 어차피 미래를 꿈꾸던 사이도 아니었잖아. 경원 씨랑 이야기한 대로 그저 하루하루 즐겁게 사는 것도 심각해야 해?"

"제나야."

"당신 말대로 수년에 걸쳐 서서히 싫어지는 게 연애라며. 그러면 우리도 그런 연애 한번."

"……그러면 그나마 다행인데 나는 아무리 시간이 흘러도 이제나가 안 싫어질 거 같아서. 무섭도록 좋아져서."

그래서 더 안 된다. 봐도 봐도 욕심이 나고, 옆에 두어도 보고 싶었다. 열쇠 없는 수갑으로 그녀를 묶어두는 상상을 해본 적도 있다.

"그럼 나랑 헤어지려는 이유가 도대체……."

제나가 꿋꿋하게 눈물을 삼켰다. 이 남자 입으로 그럴듯한 이유라도 들어보고 싶다. 그러면 누가 알까? 납득은 못 해도 그 비슷한 거라도 할 수 있을지.

"음…… 내가 벌써 이제나를 많이 사랑하는 거 같아."

"아……."

"시작도 하기 전부터…… 아마 처음부터 그랬나 봐."

그녀에게 처음 하는 사랑 고백. 사랑을 담은 말.

이렇게 할 줄 미처 몰랐던 그 말.

경원은 마지막 순간에는 솔직했다. 그녀는 늘 자신의 솔직한 모습을 좋아했고 자신 역시 이 순간만큼은 거짓을 말하고 싶지 않았다.

그렇게 그는 얼굴을 조금 붉힌 채 씁쓸하게 웃었고, 제나는 숨을 참고 돌아섰다.

36
소중하고 귀중한

그날 덮쳤던 현장 말고는 어떤 증거도 정확하지 않았다. 오히려 세림 측에서 내민 문자나 언론 플레이로 그녀는 톱스타 주재희에게서 배신을 당한 데 이어 큰 음모에 빠질 뻔했다는 동정의 아이콘으로 굳어지고 있었다. 물론 거기에는 그녀의 모발 검사가 깨끗하다는 것도 한몫했고. 반면 주재희는 모발 검사로 상습적인 복용이 인정되어 그 어떤 말을 하더라도 거짓으로 치부당했다.

"주재희 씨 주장으로는 최근 두세 달 동안 매니저 김수호 씨가 계속 구해 왔다고 하셨는데, 어디서 구해 왔는지는 모르셨다는 거죠?"

"처음에는 물어봤는데 그때에는 그냥 클럽이라기에 알았다고만 했습니다."

"더 베이 이야기는 못 들으셨나요?"

"들은 것도 같고 아닌 것도 같고……. 전 그냥 일단 가져다주니까."

진척이 없다. 황폐한 마음으로 일어선 제나가 복도 끝에서 팀장과 마주쳤다. 그녀가 의무적으로 웃자 팀장의 표정이 더욱 못마땅해졌다.

"제나, 너 꼴이 그게 뭐야?"

"아, 네? 저 이상한가요?"

잘 몰랐다. 거울 같은 거 통 안 봤으니까.

"휴우, 말을 말자."

"그러게요. 저 보시면 속 터지실 텐데 이만 가볼게요."

"이제나 경위."

직위까지 붙여서 부르자 그녀가 알 수 없는 직감으로 팀장을 쳐다보았다. 퇴직이 얼마 남지 않으신 분이 머뭇거리는 게 보는 그녀도 마음이 편치 않았다.

"맞아요. 저 아직 경위잖아요. 경감 못 달았으니까."

"……달 거야, 넌."

"그럼 좋죠."

"달았으면 좋겠다. 나도 네가 경감도 되고 경정도 되고, 승승장구해서 올라갈 수 있는 자리까지 다 가서 훨훨 날았으면 좋겠어. 나는 못 해봤으니까."

"아……."

억지농담에 한번 웃어보던 그녀가 팀장의 진지한 말에 그 웃음을 멈췄다. 이분이 어떤 분인지는 잘 알고 자신을 어찌 여겨주시는지도 잘 알았다. 나이는 들었지만 총기는 여전한 눈을 마주하다 어려운 질문을 하나 던졌다.

"……팀장님, 혹시…… 정말 혹시…… 경원 씨 만나셨어요?"

침묵으로 대신한 대답에 마음이 엉망진창 휘몰아쳤다. 그리고 늘 그랬듯 침착함으로 덮어두었다.

"제나야."

“저 위해서 그러신 거 알아요. 정말 감사합니다.”

깍듯이 인사를 했다. 거기에 더 있다가 배은망덕한 원망 같은 거 해버릴까 봐.

“정 형사님, 뭐 좀 나온 거 있나요?”

“오세림 씨 기록이 너무 깨끗해서요. 주재희 씨 매니저인 김수호랑 내통한 거 아닐까 생각도 했는데 증거가 없어요. 통화 내역도 그렇고……. 그리고 주재희 매니저는 그냥 더 베이에 가서 구했다로 일관하며 잡아떼고 있구요. 본인이 마약 한 것도 아닌 데다 솔직히 그런 거 주고받으며 연락처 교환 안 하는 것도 사실이긴 하니 일단은 믿을 수밖에 없죠.”

테이블에 앉은 제나는 정 형사가 건넨 진술서를 읽고 또 읽었다. 남들은 알아채지도 못할 만큼 미묘하게 말이 엇갈리는 부분에 집중하다 의문점 하나를 찾았다.

“역시 주재희가 제일 의심스럽죠? 양다리 걸치고 마약까지 하다가 이도 저도 안 되고. 민지영도 인생 초반에 훅 가버렸고.”

“오세림 말이 제일 완벽하네요. 의심도 없이 모든 것이 완벽해요.”

“그러게요. 언제 덮칠 줄 알고…….”

혹자는 노이즈 마케팅이라는 소리까지 할 정도로 오세림은 별다른 타격이 없었다. 동정표도 그렇고 양다리 피해자에, 톱스타의 숨겨진 연인으로 살아왔다는 인터뷰에 여러 여자들이 눈물깨나 쏟았다. 일찍이 마약 현장에서 잡혀놓고 이 정도의 행보를 보여주는 여자 연예인은 처음이었다.

"처음에는 광고 취소 이야기도 나왔는데 그것도 여론에 밀려 쑥 들어간 모양이에요."

"네. 더 걸리는 건 없을까요?"

"그리고…… 더 베이는 조사해봤는데 별게 없어요. 사실 그런 쪽으로는 깨끗한 곳이었잖아요. 김경원 씨가 안 왔으면 모르는데 정식으로 소환장 발부되기도 전에 먼저 와서 오세림 이야기를 해 버린 터라……. 괜히 소문만 안 좋게 퍼져서 거기도 타격이 꽤 클 거예요."

그 정도야 예상했던 바다. 클럽 사람들 여럿이 참고인으로 다녀갔지만 그곳 역시 증거가 있는 것도 아니고 그냥 관리 잘못한 죄목으로, 또 보여주기식 수사로 어영부영 시간만 때웠다. 뭐든 성과는 내야 하는데 잡히는 것이 없으니 애꿎은 클럽만 몇 번을 들쑤셨는지 모른다.

그러니 아무리 대한민국 최고로 꼽히는 클럽이라도 전 같은 영업은 어려워졌다.

"팀장님, 오셨어요?"

제나보다 한참 뒤에 들어온 팀장이 다시 수사 보고를 들었다. 같은 과정을 수없이 반복했으니 설명하던 정 형사 혼자 입이 아플 지경이다.

"그러니까 이제."

"이제 제나는 들어가. 당분간 푹 쉬는 게 좋겠어."

"아…… 네? 이 경위님이요?"

나머지 형사들이 의아해했다. 이 일에 가장 열성적으로 나섰던 것이 그녀다. 아무리 경원과 얽혀 있다고 해도 직접적으로 닿아 있는 선도 없었고, 이렇게 제외된다면 그녀가 가만히 있을 성격이 아니라는 것도 잘 알았다.

"……얼마나요?"

"누님!"

"이참에 휴가도 가고 좋죠. 올해 못 가는 줄 알았는데."

그녀가 별다른 저항 없이 받아들이자 오히려 어찌할 수 없는 적막이 회의실을 가득 메웠다. 말 한마디 잘못 했다가 안 그래도 바스러질 것 같은 제나에게 가시가 될까, 모두 못 들은 척 서류만 뒤적였다.

"형식아. 네가 나 좀 태워다주라. 몸이 좀 안 좋아서."

"아…… 예."

그녀가 주섬주섬 자신이 가진 자료를 모두 팀장에게 내밀었다. 끝까지 그녀를 마주 보지 못하는 박 팀장의 모습에 그녀도 울컥했다. 자신이 부모 둘 중 하나에게서 이 정도 관심을 받고 자랐다면 훨씬 열린 마음으로 처음부터 경원을 사랑했을지도 모르겠다.

정말이지 덧없는 소망이지만.

"라디오 좀 틀까?"

형식은 눈치를 살피거나 조바심이 나면 다리를 떨었다. 그 커다란 덩치의 진동이 옆자리까지 느껴져 피식 웃고 말았다.

"차가 다 흔들려."

"누님도 참."

"혼자 가야 하는데 너한테 태워달랬다고 욕이나 먹는 거 아닌지 모르겠다."

"……팀장님이 누님 집까지 들어가는 거 꼭 보고 오라셨어요."

음, 그랬구나.

제나가 창가로 고개를 돌렸다. 사연을 읽는 진행자의 목소리가 나긋나긋해 며칠 동안 잠들지 못했던 그녀는 눈이 저절로 감겼다. 형식이 그런 제나를 안쓰럽게 보다가 도착을 하고 나서야 조심스레 깨웠다.

"누님, 다 왔어요. 들어가셔야죠."

"응. 그래. 너 늦어서 어떡해?"

"아니에요. 저도 머리 아픈데 라디오나 좀 더 듣다가 가려구요."

"안 늦겠어?"

"이 코너가 진짜 재밌거든요. 이거 끝나면 딱 30분이니까 그때까지는 괜찮을 거 같아요."

짐을 들어준다는 것을 거절하고 먼저 차 문을 닫았다. 주차장에서 출발도 안 하고 뒤로 누워 라디오를 듣는 형식이 꽤나 피곤해 보여 마음이 좋지 않았다.

그리고.

"……형식아!"

"네, 누님? 뭐 놔두고 가셨어요?"

"나 다시 갈 데가 좀 있어."

제나는 여전히 예뻤지만 최근 며칠간 마음고생으로 이전과 같은 생기가 없었다. 그러니 말리는 것이 당연하다.

"누님."

"빨리."

하지만 며칠 만에 겨우 그 눈에 돌아온 생기를 무시하지 못해 마음 약한 형식이 시동을 켰다.

아기들을 안아보는 손길은 모두가 조심스러웠다. 특히 세상에 무서울 것 없던 강재는 혹시나 무서워 꽉 안지도 못했다.

"아이, 형부, 그렇게 앞으로 내밀어 안으면 우리 연우 떨어져요."

"아, 그래."

"진짜 애기 하나 제대로 못 안아! 나 없으면 어쩌려구!"

"조용 좀 해! 다시 삼각김밥 만들고 싶어?"

생전 처음으로 형부에게 큰소리를 치는 은우는 신이 났다. 가만가만 아들을 안아 재우던 은서가 그 모습을 보고 소리 없이 웃었다.

"이야, 나 없는데도 이 가족은 행복이 넘치네? 서운하게."

"김경원."

"어머, 경원 씨. 왜 이렇게 오랜만에 와요?"

경원을 쳐다보는 강재의 표정이 날카로웠다. 며칠간 찾아다녀도 보이지도 않더니 이곳에 삐죽 나타난 것이 못마땅해 멱살이라도 잡고 싶었다.

"강재 놈 무서워서 안 오려고 했는데, 우리 며느리가 너무 보고 싶어서 왔어요."

경원이 강재에게서 연우를 받아 들었다. 아빠인 강재보다 훨씬 더 편하게 아기를 안아 드는 그의 모습에 강재의 심사가 더욱 뒤틀렸다.

"안녕, 우리 며느리. 나 누군지 알겠어?"

"미친놈."

혼잣말치고는 강재의 목소리가 너무 컸다. 물끄러미 보고 있던 은서가 강재와 은우에게 아이를 하나씩 들려 밖으로 내보냈다.

"경원 씨."

"……몸은 좀 어때요?"

"몸은 좋아요."

마음은 아니라는 소리다. 그리고 그녀보다 더 마음 불편한 사람이 눈앞에 있었다. 며칠 만에 보는 경원은 사람이 아주 못쓰게 됐다. 워낙 천진난만에 의기양양한 사람이라 살은 조금 빠져도 겉보기엔 큰 변화가 없다. 하지만 가까운 사람은 바로 알아차릴 만큼 그 분위기가 싹 달라졌다.

세상을 놓아버린 듯한, 그럼에도 맹수 같은 눈빛.

만약 오늘 밤에라도 그에게 큰일이 생긴다면, 역시나 그랬구나 느낄 만큼 선뜻했다. 물론 그렇게 두지는 않겠지만.

"꼴좋네요."

"……그렇게 됐어요. 근데 그게 그렇게 티가 나요?"

"매일 오던 경원 씨는 안 보이고 강재 씨는 문밖에도 못 나가게 하고. 은우는 실수니 뭐니 내 휴대전화까지 부숴놨어요. 나는 바보가 아니니까……. 왜 이렇게 늦게 왔어요?"

"아버지라는 사람한테 볼일이 좀 많았네요. 노인네가 힘만 세서."

겉으로 보이지는 않아도 머리 어디가 터져 나갔다. 아침에 머리를 감으며 피딱지가 욱신한 곳이 손끝에 느껴졌지만 아픈 줄은 몰랐다.

"미쳤어, 정말."

"은서 씨, 내가 남자라 궁금해 그런데…… 보통 삼칠일 지나면 몸조리 끝난 거 맞죠?"

잔소리할 필요는 없었다. 이 남자는 이렇게 끝날 남자가 아니니까.

"내 팔자도 정말 편한 팔자는 아니네요."

그녀가 조용히 침대에서 내려왔다. 아무리 노려봐도 끄떡도 없는 그가 얄미웠고, 지금까지 아무 말 없었던 것이 더 화가 났다. 손에 잡히는 것이 소파에 있는 작은 쿠션 하나라 그나마 다행이다.

그래도 순순히 옷을 갈아입기엔 너무나 억울한지라 기어이 경원에게 쿠션을 내던졌다.

"……나중에 경원 씨 부인한테도 그렇게 말할 수 있는지 두고 봐요!"

멀리서 클럽 정면이 보이는 골목 안에 그녀가 있었다. 이게 벌써 사흘째다.

차 안에서 잠깐씩 눈을 붙인 것을 제외하고는 혼자 이렇게 밤거리를 지키고 있었다.

– 누님, 확실한 거 같아요. 신고 시각이 몇 초도 차이 안 날 정도로 너무 정확해요. 주재희야 약쟁이니까 반은 깎아먹고 들어간다 해도 민지영 진술이랑 일치해요.

"그사이에 오세림 통화 기록 없는 거지?"

– 네. 주재희가 은근히 의심이 많아서 들어올 때 벌써 휴대전화

받아 챙겼대요. 둘이 사귀는 걸로 녹음했다가 협박할까 봐. 누님 말대로 신고자가 김수호랑 같은 중학교 나온 것까지도 확인했어요.

"알았어. 난 여기 더 있어볼게."

– 그러다가 뭔 일 나요. 누님 그러고 다니는 거 팀장님은 모르니까 제가 바로 갈게요.

"그래. 고마워."

어차피 형식이 안 믿을 것을 알면서도 원하는 대답을 해줬다.

"하아……."

그사이 날이 후끈해진 건지, 몸에 열이 오르는 건지, 한 번씩 숨이 막혔다. 졸린 것과는 달랐다. 경원과 헤어진 첫날처럼 악몽으로 헤맬 바에야 깨어 있는 편이 훨씬 더 나았다.

「……버려도 좋아. 그런데 어차피 이건 이제나 거야.」

차에 타기 전에 경원이 조심스레 건넸던 작은 보석 케이스. 입에 발린 말이라면 대한민국에서 손에 꼽을 만한 그가 겨우 그따위 말 한마디 한 게 다였다. 그 손이 떨리는 우스꽝스러운 모양새까지도 보았다.

「버리기 전에 한 번만 봐주면 좋겠어.」

몇 번이나 열어볼까 하다가 결국 열어보지도 못했다. 어차피 브랜드 따위는 모른다. 다만 아주 비쌀 거라는 짐작 정도는 했다. 평소 그의 모든 차림새가 최고급이라는 것은 알았으니까.

「음, 역시 그럴 것 같았어.」

미련 두기 싫어 있는 힘껏 호수에 던져버렸다. 나한테 줄 수 있는 게 마음이 아니라 겨우 이런 거라면, 그게 얼마짜리든 아무런 가치가 없다. 화가 나 쳐다보지도 못했는데 그럴 줄 알았다는 힘없고 웃음기 어린 그의 목소리가 들렸다. 그 와중에도 제가 미쳤다고, 정말 단단히 미쳤다고 생각했다. 그런 목소리라도 계속 듣고 싶다 생각했으니까. 아직도 이렇게 귓가에서 울려 벗어나지를 못하니까.

"사장님, 오셨습니까!"

살집이 있고 몹시 부유해 보이는 커다란 남자가 내렸다. 하데스의 사장, 그를 보는 순간 여자를 넘어선 형사로서의 본능이 그녀에게 힘을 실었다.

"아이구, 김수호 씨. 요새 수고 많다는 소리는 들었어요."

주재희의 매니저, 저 남자를 사흘 내내 쫓아다녔다. 실제로 저 남자 입에서 나온 소리는 '더 베이' 이것 말고는 모두 흐지부지 어물쩍 넘겨졌다. 기억 안 난다고, 모르겠다고. 그런 사람이 클럽 이름 하나는 국어사전 쓰듯이 확실했다. 거기다 경쟁 클럽의 사장을 만났으니 그것만으로도 희열이 올라왔다.

"누님."

"쉿!"

숨죽인 형식의 목소리가 바로 뒤에서 다가왔다. 그들이 곧 클럽 안으로 사라지자 제나가 방금 찍은 사진을 메시지로 보냈다.

"역시 김수호한테 뭔가 있었네요."

"난 지금 휴가 중이라 손댈 만한 건 이게 다야. 네가 가서 김수호 채무 관계랑 최초 신고자란 놈이랑 연결되는 것 좀 다 알아 와. 홀어머니라니까 최근에 이사한 적 있는지, 주변에 큰돈 쓰고 다닌 적 있는지도."

"네. 그리고 오세림은."

"오세림은 내가 칠 거야. 걘 뭐가 더 있어. 아직 시간 있으니까 조금만 더."

금방이라도 쓰러질 것 같던 여자였다. 그런 그녀가 이를 갈며 버텼다. 다음 할 일이 없고 목표가 없으면 제가 저를 놓아버릴까 쉬지도 못했다.

"형식아, 내가 다시 한 번 부탁할게."

이런 부탁 안 해도 형식은 자신의 일처럼 나서줄 동료이자 동생이다. 못 미더워서가 아니라 너무 답답하고 힘들어서 또 말해버렸다. 피해자들이 경찰서 나서며 자신의 손을 잡고 '제발 잘 좀 부탁드립니다.' 그렇게 말할 때의 그 간절한 마음을 지금 그녀가 느끼고 있었다.

"걱정 마십쇼. 제가 잘해볼게요."

"그래, 고마워."

체력이란 게 없으니 운전을 하면 사고가 날 것 같았다. 그래도 이 번잡한 도로에서 택시가 바로 잡힌 걸 보면 영 운이 없지는 않은 모양이다. 얼마나 혼미했던지 자신이 목적지를 말했나, 두어 번 헷갈렸다. 기사가 잘 가는 것을 보면 말은 했겠구나, 그러면서도 또 어딜 가면 어떨까 했다. 그래서인지 제 오피스텔 앞에서 차가 멈추자 실망을 하기도 했다.

또 여기구나.

한 발짝 걷고 힘들어 멈추다가 다시 한 발짝 걷고 숨을 들이켰다. 그 남자가 너무 한심하고 밉고 화가 났다. 동시에 보고 싶고 안고 싶고 자고 싶었다. 언젠가 그랬던 것처럼 같은 욕조에서 씻고 그가 머리를 말려주면 자신은 커피를 타 오고, 시답잖은 농담에 핀잔을 주다가 정말 재미있으면 소리 내서 웃고도 싶다. 그런데 그러지 못한다.

나는 왜 그 남자 술수에 그렇게 홀라당 넘어가버렸을까. 그토록 한심하게.

다치든 뭐든 그냥 그렇게 놔두는 건데.

내가 언제부터 그렇게 착했다고.

답을 모르니 걸음이 더 느려졌다. 그리고 커피숍 문을 열고 나오던 수연이 제나를 먼저 발견했다.

"제나야! 이제나!"

경악에 차 자신을 흔드는 친구를 보고서야 알았다. 자신이 쓰러졌다는 걸.

「남자 믿지 마.」

정작 그 소리를 입에 달고 다녔던 사람은 남자를 잘 믿었다. 그래서 그 사달이 났다. 사실 사달이라는 단어는 웃길지 모른다.

그 사달에 자신이 태어났으니까.

제나는 원래 구질구질한 것을 싫어하는 성격인데 그건 꿈이나 환상에서도 마찬가지였다. 오랜만에 보이는 엄마가 뭐라고 말 좀 꺼내려니 '그런 말 좀 그만해.' 하고 입을 다물게 했다. 어쩜 그렇게 애가 차니 뭐니 하는데 사실은 그게 아니라는 말을 못 했다.

벌써 믿어버렸다고. 그러니까 그런 말은 이미 늦었다고. 나는 엄마 닮긴 닮은 모양이라고.

「제나야, 형식 씨 다녀갔어. 팀장님도.」

잠시 눈을 떴을 때 머리맡에 앉아 있던 수연이 안심하라며 말했다. '이것아, 너 과로래.' 하기에 역시 그랬구나 했다. 별다른 병이 아니라 안심을 했는지 다시 잠이 들었다. 이번에도 엄마가 나와 듣기 싫은 말을 하면 날 좀 다르게 낳아주지 그랬냐 따져볼 마음이었다.

"제나 계속 자요. 아직 한참 더 쉬어야 한대요."

수연의 음성에 못마땅함이 가득했다. 하지만 돌아가라는 말은 차마 못 했다. 사실 그 얼굴과 먼지투성이 몰골을 보고 돌아가라는 말을 꺼내기란 쉽지 않았다.

"그럼 잠시만이에요."

"……고마워요."

고개가 내려간 그는 문을 못 열고 있었다. 얼른 돌아가라 호통을 치려고 했던 처음 마음을 답답함이 치고 올라와 결국 수연이 그 문을 열어주었다. 그러고야 그가 한 발을 내디뎠다.

그녀가 집으로 돌아가는, 쓰러지기 전까지의 걸음이 그렇게 무거웠던 것처럼 그의 발걸음도 추를 달았다. 그냥 잠들었을 뿐이라고 했는데 무서워서 확인하기가 힘들었다.

"하아."

숨을 들이마셨다. 내쉬지는 못하고.

잠들어 있는 그녀의 얼굴이 너무 작았다. 며칠 전 연우를 보고 있을 때처럼 마음이 뭉클해졌다. 연우나 제나나 그의 잘못은 묻지 않는단 공통점이 있다. 그리고 연우는 의미 없는 배냇짓이라도 그를 향해 웃어주었지만 이제 그녀는 그러지 않는단 차이점도 있다.

"제나야."

손이라도 씻고 올 걸. 마음이 너무 급했다.

"이제나, 나 왔어."

목소리를 더 낮췄다. 여기서 목소리에 더 힘이 들어가면 곤란했다. 이렇게 잠이라도 들어 있으니 자신이 여기 있을 수 있었다.

"……나는."

다음에 이어질 말이 너무 많다. 하지만 너무 당연한 말은 입에 담을 필요가 없다.

"이제나. 나는."

그리고 나는. 너한테 너무 미안해.

미안한 게 한두 가지가 아니니 일일이 따지지도 못해.

적당히 '이럴 줄 알았다면 당신한테 그렇게 다가가지 않았다.' 하면 그럴듯할 텐데 그런 말도 못 하겠다. 그건 거짓말이니까. 아마 자신은 더 방탕한 생활에서, 설령 최악의 순간에 그녀를 만났어도 이렇게 되기를 바랐을 것이다.

"눈 좀 떠봐."

뜨지 마. 나 여기 좀 더 있고 싶어. 눈 뜨면 넌 안 된다고 할 거잖아.

이렇게 누워 있는 이제나에게 손 하나 못 대고 지켜보고 있는 것 자체가 그에게는 족쇄였고 형벌이었다. 목이 울린다 생각했는데 그것이 뜨거우니 눈물임을 알았다.

"경원 씨."

수연이었다. 분명 매정한 목소리가 아닌데 그렇게 들렸다. 얼른 일어나 잘 부탁한다 말 한마디 던져놓고 밖으로 나갔다. 따라 나갈 상황이 아니라 배웅도 못 한 수연이 혹시나 싶어 제나를 돌아보았다. 깬 흔적은커녕 오랜만에 깊이 잠들어 있었다. 보기 드물게 평안한 표정으로.

이불을 끌어 올려줘도 미동도 없던 제나는 세 시간이나 지난 후 눈을 뜨고 현실로 돌아왔다.

"나 때문에 카페 못 나갔지? 미안해."

"그러려고 알바 쓰잖아. 나는 얽매이는 거 싫어 학교도 때려치웠는데 쓰러진 친구 간호도 못 하게 하면 진작에 카페도 때려치웠어."

"고마워. 그리고 오랜만에 푹 잤더니 이제 정말 괜찮아. 네 덕분이야."

정말 자기 덕분인지는 모르겠다. 입원은 자신이 시켰지만 잠을 재운 것은 다른 사람이다.

"아, 이제 정말 나가봐야겠다."

"그래. 나도 내일부터 복귀라 한숨 더 잘래."

"잘 생각했어. 그런데 저기…… 있잖아."

가방을 챙기고도 나가지 않던 수연이 집게손가락으로 자신의 입술을 살짝 매만졌다. 망설인다는 표시다.

"음, 이거."

"이게……."

"혹시 네 거 맞냐고 물어보더라고. 현장 다시 나가서 발견했대. 우연히."

흙먼지가 덕지덕지한 귀걸이 한 쌍이 제나의 손바닥에 놓였다. 여전히 조잡하고 유치할 만큼 싸구려 티가 나지만 빨간색 큐빅 하트는 그 모양이 여전했다.

"……누가? 누가 가져왔어?"

"저기…… 아, 형식 씨가."

일단 말부터 맞춰놓을걸. 제나가 옷 입을 동안 지금이라도 나가서……. 수연이 머릿속으로 재빨리 계산을 했다.

"형식 씨가 현장 다시 갔대. 할 게 있어서…… 거기서 주웠는데 범인들이래봤자 다 남자라…… 당연히 네 거 아니겠냐고."

제나는 이렇다 할 만한 반응이 없다. 얼른 나가 형식에게 연락을 해보려 수연이 병실 문을 열었다.

"또 다른 말은 없었어?"

"어……."

수연은 거짓말을 잘 못 했다. 제나 못지않게 성격이 확실해 누구를 속인다는 것이 참 힘들었다. 어차피 문도 열렸겠다, 곤란하면 나가버릴 셈으로 결국은 진실을 말했다.

"수영을 못 해서, 이거라도 가져왔다더라."

"……그렇구나. 수영 못 했구나."

우리 형식이는 수영 잘하는데. 그 사람은 못 하는구나.

또 나는 정말 쓸데없는 거 하나 더 알았구나. 하트를 보고 있던 그녀가 손을 몇 번 문질러 그 흙먼지를 닦아냈다. 창문이 열려 있으니 손만 내밀면 이것도 금방 치워버릴 수 있는데 후회할 걸 아니까 그러지는 않았다.

기억의 마지막 꿈에서 그녀는 엄마에게 남자는 믿지 않아도, 그 남자랑 사랑하는 제 자신은 믿는다는 말을 했었다.

수사가 막바지에 접어들었다. 경찰 선에서 할 수 있는 수사가 모두 끝나면 곧 송치될 예정으로, 애초에 이렇게 끌 만한 사건도 아니었다. 단지 상대가 연예인이고 복잡한 사생활이 얽히다 보니 언론의 주목을 받으며 그 규모가 몇 배로 커져버렸다.

"제나 너 하루 더 쉬지."

"쉴 만큼 쉬었어요."

팀장님이 다른 말 없이 어깨를 몇 번 두드렸다. 그냥 가시는가 했는데 조심스러운 한마디가 더 붙었다.

"오늘 더 베이 사장 정식 소환했어."

"……온대요?"

"와봤자 별거 없긴 한데. 공식적으로 클럽 측에 요구했어. 거절할 거라 생각했는데 알았다고 하더라."

"네."

옷 갈아입고 나올 때 형식에게서 '그분 요즘 지방에 내려가셨대요.' 말을 들었다. 차라리 다행이라 여겼는데 오늘 또 마주친단다. 얼굴 보면 큰일 나는 것도 아니고, 안 보고 살 마음도 없었다. 이렇게 금방 볼 줄은 몰랐지만.

"안녕하세요, 이 경위님. 오랜만이에요."

세림은 오늘도 밝았다. 뭐 하나 거리낄 것도 없는지 동그란 손톱에 투명 매니큐어가 반짝였다. 가벼운 외출이라도 하는 듯한 분위기다.

"휴가 다녀오셨다면서요?"

"네."

"어머, 얼굴이 한층 좋아 보이시는데."

"좋은 일 있었거든요."

세림의 뒤에 서 있던 매니저와 변호사가 가벼운 잡담을 주고받는지 웃음을 흘리다가 그녀의 날 선 눈빛에 멈추었다. 고용주의 태도가 이 모양이니 따르는 사람들 나무랄 것도 없다.

"저야 늘 말씀드렸지만 억울하다는 것밖에는……. 어차피 제 휴대전화나 뭐나 다 조사하셨을 거 아니에요."

"저희는 당장에 찌질하게 잡힌 사람들보다는 그 경로가 중요해요. 더 베이에서 구입했다는 거 확실한가요?"

"그거야 김수호 씨, 주재희 매니저가 확실히 알죠. 하지만 전 그렇게 들었어요."

"누구한테서요?"

"음…… 말씀드렸잖아요. 더 베이 사장한테서."

세림은 의도적으로 목소리를 낮췄다. 처음엔 제나를 약 올리느라 경원의 이야기를 꺼냈었지만 지금 상황에서 그 이름을 직접 입에 올리는 것은 마이너스 요인이 된다. 그가 아닌 더 베이의 이름만 내세운 것도 그 이유였다.

"거기 사장이랑 안면은 좀 있다 보니."

흥분해서 경원의 이름이라도 흘릴까 봐 처음부터 조심하고 있었다. 자칫하다가 스폰이니 뭐니 이야기가 새어나가면 기껏 일을 여기까지 끌어온 의미를 잃게 될 테니. 지금도 주재희의 양다리 희생자로 동정표를 얻었는데 자신이 남자 문제로 얽혀버리면 상당히 곤란하다.

"아, 맞다. 그러고 보니 이 경위님도 더 베이 사장 아시죠?"

의미심장하게 입꼬리를 올렸다. 경원이 대놓고 부인을 했으니 제나도 어쩔 수 없을 거라 여겼다. 자신 역시 그와 아는 오빠 정도의 콘셉트를 잡았기에 한발 떨어져 그를 몰아대는 것이 그렇게 즐거울 수가 없었다.

"네, 압니다. 안 그래도 오실 거예요."

"어머, 정말요? 이제 그 오빠 더 이상 안 올 줄 알았는데."

"걸리는 게 없으시니까 그러겠죠."

"으음, 그거야 이 경위님이 잘, 정말 잘 조사해주시겠죠. 어련하시겠어요?"

세림의 매니저가 다시 웃음을 참느라 크윽, 하고 기괴한 소리를 만들었다. 화가 난 형식이 험상궂은 얼굴로 자리에서 일어나자 분위기가 얼음장처럼 쎄했다.

"그 이야기 들은 게 언제죠?"

"뭐, 두세 달 됐어요. 그때 어쩌다 몇 번 만났는데 그런 이야길

하더라구요. 지나가듯이."

세림은 벌써 김수호와 입을 맞췄다. 기간마저 정확하게 맞아떨어졌고 그마저도 머리를 쓴 흔적이 보였다. 거기서 기간이 더 길어졌다면 경원과의 사이를 의심받을 가능성이 있고 기간이 더 짧았다면 증거를 못 찾는 것에 대한 의심이 불거질, 그런 염려가 없는 적당히 애매한 기간이다.

정확히는 이제 막 CCTV 기록이 없어지는 그런 시기.

"하여튼 더 베이 사장이 만날 때마다 얼마나 귀찮게 구는지……. 어우, 정말. 뭐 제 입장에선."

"제가 그랬나요? 왜 난 기억에 없지?"

입구가 소란한 거야 요즘 늘 그랬던 일이라 더 놀랄 것이 없었다. 그러나 등장한 인물과 그 화려함에, 밖에 서 있던 기자들의 입까지 벌어졌다.

"은서 씨."

"이 경위님, 안녕하세요?"

유은서는 화려했다. 난다 긴다 하는 사람의 부인이니 못 그럴 것은 없지만 평소 저 사람은 그렇지 않았다. 단정하고 지적인 사람이었으니까. 그런 은서가 보란 듯이 수행원들과 비서, 변호사까지 대동하고 나섰다. 그 어마어마한 무리를 과시라도 하듯 가장 앞에 서 있는 그녀는 과히 이곳을 압도했다.

처음부터 오세림 따위가 댈 사람이 아니지만, 제나가 보기에는 저런 화려한 치장과 무리들을 버리더라도 원래 저렇게 당당한 사람임을 알았다.

"저기, 누구신지……."

이곳의 책임자나 다름없는 팀장이 먼저 나섰다. 기세등등한 것을 연예인 자질로 꼽는다면 이 여자야말로 국민배우다.

"클럽으로 연락 받았어요. 더 베이 사장 유은섭니다."

"어허……."

모든 사람의 시선을 한 몸에 받고도 그녀는 어떠한 흔들림도 없었다. 짜증스레 오세림을 쳐다보며 자기 시간을 뺏긴 것에 대한 불쾌함만 풍겼다.

"마, 말도 안 돼. 나 저 여자 알아요! 저 여자가 무슨!"

"그래요? 나도 너 아는데. 그리고 손가락 치워, 당장."

세림이 흥분해 벌떡 일어나 몸을 떨었다. 평소 자신을 사람 취급 안 하던 유은서가 여기에 있을 이유가 없다. 그녀는 경원의 가장 친한 친구인데, 그에게 저 여자는 대체 뭐냐 소리를 했다가 그 입 닥치라 냉담한 소리도 들어봤다.

"거, 거짓말이에요! 저 여자는 김경원, 더 베이 사장 친구 부인인데! 아, 알겠다. 일이 이렇게 되니까 이참에 팔아넘겨 모면할 속셈인가 본데!"

"입 좀 다물어줄래요? 나 안 그래도 열받았으니까. 안 변호사님."

은서가 고갯짓으로 변호사를 불렀다. 그에게서 몇 장의 서류가 팀장에게 넘어갔고 그녀의 목소리가 이어졌다.

"제가 그 클럽 인수한 게 벌써 6개월 전이에요. 이 일은커녕 비슷한 이야기도 없던 제일 잘나가던 때였죠. 전 손해 보는 일은 절대 안 하거든요. 인수받은 날짜는 거기 보시는 대로 6월 20일."

그녀의 따가운 눈빛이 세림의 입부터 다물게 하고 제나를 향했다. 날짜를 말하는 어투에 큰 변화는 없었지만 듣는 제나의 눈이 흔들렸다. 20일은 그녀도 기억에 없는 날이다.

하지만 그다음 날, 그녀는 경원과 두 번째 선을 보았다.

"으음."

"……그럼 제 신분은 설명이 된 것 같고, 저는 어디 앉죠?"

그 기세에 압도된 사람들이 쉽게 입을 열지 못하자 그녀가 먼저 빈자리를 적당히 찾아 의자를 끌어당겼다. 범접하기 힘들던 도도한 표정에 처음으로 불길한 웃음이 세림을 향했다.

"자, 누가 감히 내 소중하고 귀중한 재산에 위해를 가했는지, 이제부터 낱낱이 파헤쳐보죠."

"아, 저기……."

"뭐해요? 시작 안 하고."

37 원더우먼 vs 소머즈

취조실도 아니고 사람은 지나치게 많다. 그러나 그중에 존재감을 드러내는 이는 몇 없었다. 보란 듯 화려하게 주위를 장악하는 은서와 김이 날 정도로 부들부들 떨고 있는 세림, 그리고 이 두 사람을 조용히 지켜보며 감을 세우는 제나 정도가 다였다. 나머지는 그저 관람객이 되어 그들이 앉아 있는 자리에 숨 죽였다.

"일단 오세림 이 여자가 그간 더 베이 사장이랑, 그러니까 저랑 만났다고 주장하고 다니는 모양인데, 그 날짜가 언젠가요?"

괜한 수고 하러 올 사람은 아니었다. 제나가 진술서를 뒤적일 것도 없이 머릿속에 있는 날짜를 차례대로 입에 올렸다.

"일단 5월 6일, 오데뜨 런칭쇼에서 만나 처음 마약 이야기를 들었다고 했습니다."

"그럴 리가요. 저는 그 날짜에 수학학회에 가 있었거든요. 서 비서님, 그날 제 비행기 티켓이랑 카드 영수증, 그곳에서 찍은 사진 첨부하셨죠?"

확인할 필요도 없었지만 유심히 보는 척 뒤적거렸다. 그녀가 고개를 크게 끄덕이자 옆에 있던 형식이 침을 꿀꺽 삼켰다.

"그리고 다음 날짜 보시면 저는 그날 제 남편 회사에 있었어요.

CCTV 기록 제출하구요. 여기 있는 모든 날짜에 제가 뭘 했는지 챙겨 왔으니 시간 나시면 확인 부탁드릴게요."

"내, 내가 만난 건 당신 같은 여자가 아니라!"

"다시 한 번 말하는데 손가락 치워. 나도 너 같은 여자한테서 지적당할 사람 아니니까."

은서가 손목시계를 흘끗 확인했다. 아직은 시간이 있는 건지 자세를 조금 편안히 했다. 제나 역시 경원이 클럽을 넘긴 날짜에 대한 두근거림이 진정되지 않았지만 이 순간에 가장 냉정해야 할 것이 자신이다. 모든 이의 입장이 달랐으니 그것을 잘 기록하고 정리하는 것이 자신의 첫 번째 임무다.

"그리고 오세림 씨는 더 베이 사장이랑 개인적인 친분이 조금 있었다는 소리도 하셨죠?"

"……네, 그거야 뭐. 저, 전에 사장이랑……."

가늘게 떨리던 세림의 목소리가 줄어들었다. 경원의 이름이 나와봤자 좋을 것은 없으니까. 지금 자신이 이 정도로 넘어갈 수 있었던 건 바람둥이의 희생자라는 동정표가 있어서인데 더 이상 얽히면 판도가 뒤집힐 수 있다.

"그거 들으니 생각나는 게 있네요. 사실 제가 그 잘나가는 클럽 인수했을 때 궁금한 게 있었거든요."

"그게 무슨 말씀이시죠?"

"전 사장이 저랑 친한 친구예요. 클럽 넘기기 두어 달 전에 여자한테 크게 덴 모양이더라구요. 여자 연예인 하나한테 순정을 바쳤는데 그 여자가 양다리를 걸쳐서 비참하게 차였대요. 얼마나 힘들어하던지……. 그런데 잊을 만하니 그 여자가 찾아와 너무 괴롭다기에 차라리 그거 넘기고 좀 쉬라고 했죠. 몸과 마음을 많이 다쳤달까? 친구로서 보기에 짠하더라구요."

헉, 하는 탄식 한 번 하고는 세림의 입이 굳어버렸다.

"그때에는 경황이 없어 안 물어봤는데 마침 오세림 씨가 제 친구랑 친했다니 궁금하네요. 도대체 그 싸가지 없고 경우 없는 연예인이 혹시 누군지 아실까요?"

"……나, 나는."

"아시나 보네. 근데 왜 난 말 안 해도 알 것 같지?"

네가 그쪽으로 동정표를 샀다면 똑같이 그걸로 자멸할 거야.

은서의 말투 자체가 워낙 차분해 궁금한 듯, 궁금하지 않은 듯 세림을 가지고 놀았다. 이번에는 은서의 수행인이 웃음소리를 흘렸지만 조금 전 세림의 때처럼 지적하는 사람은 아무도 없었다.

"뭐 어쨌든, 저는 비싼 돈 주고 구입한 제 클럽이 이런 추문에 휩싸인 거 자체가 굉장히 불쾌하네요. 그간은 나서봤자 좋을 거 없고 저러다 말겠지 했는데 이제 도저히 참고 볼 수가 없어서요."

"이게 정말 다…… 다, 당신이 명의만 가져온 거겠지! 그 정도야 둘이 친구니까!"

"나 우습게 보는 거 좀 그만둬줄래요? 아까 드린 서류 뒷면 보시면 취득세부터 농어촌 특별세, 그리고 도대체 클럽 사면서 왜 내야 하는지 모르겠지만 지방교육세까지 납부한 영수증 첨부했어요. 통장 거래 내역 보면 그것도 확실하고 법무사도 동행했죠."

"아니, 뭐 그런 게……."

"법무사님. 그날 김경원 씨 양도취득세 낸 거까지 확인시켜주실 수 있죠?"

척 하면 척이라고 그녀의 뒤에 있던 법무사가 제 차례를 알고 명함을 내밀었다.

"믿을 수가 없어요! 분명히! 제가 클럽 가서 만났을 때 경원 오빠가 사장실에!"

"음, 말씀하셨던 것보다 많이 친하셨나 보네요, 오빠 소리가 그렇게 자연스러운 거 보니까. 아니면 사장실에 그렇게 마음껏 드나드시나?"

제나가 살짝 이를 갈며 웃었다. 어느 하나 만만한 사람이 없자 그 사이에 끼여 있던 세림의 팔에 소름이 돋았다.

"……아아, 경원 오, 아니, 김경원 씨가 사장실에서. 사장실에 있었는데."

"그렇겠죠. 김경원 씨는 그거 넘기고 저 대신 경영을 했거든요. CEO가 꼭 대기업에만 있는 건 아니잖아요. 물론 꼬박꼬박 월급 매달 말일에 받아 갔고 그것도 통장 이체 내역 있어요."

"그것도 말이 안 되잖아요! 그렇게 잘난 척하면서 왜 사놓고 자기가 안 하고!"

"왜냐면, 오세림. 내가 그때 쌍둥이 임신 4개월인데 클럽에 출근하긴 좀 그렇지 않니?"

급기야 은서의 목소리에 대대적인 신경질이 섞이자 안에 있던 모든 이들이 같이 움찔했다. 지금까지는 어찌 나오는지 보려 조금 풀어줬는데 더 이상은 듣기 싫어졌다는 태도가 역력하다.

"여자 연예인이 마약 현장에서 잡혀놓고 이렇게 잘나가는 건 말이 되고, 임신한 여자가 클럽 사는 건 말이 안 되고. 정말 제가 들어도 아이러니하긴 하네요."

"이 경위님이 듣기에도 그렇죠? 아, 안 변호사님, 오세림 씨가 저한테 이야기한 부분에서 잘난 척했다는 거, 그것도 사람들 많은 데서 그런 말 들어 저 지금 조금 모욕적으로 느꼈는데 고발 가능할까요?"

"검토해보겠습니다."

"그리고 임신한 사람은 클럽 사면 안 되나요?"

"그런 법은 없습니다."

들었으면 너는 이제 입 닥쳐, 은서의 메시지는 명확했다. 억지스럽고 새된 음성을 듣는 것은 확실히 산후 조리에 악영향을 미친다.

"사실 가장 중요한 문제가 빠졌네요. 마약? 하아…… 그런 증거도 없는 추문에 최근 매출이 급감했어요. 이건 오세림 씨 개인적인 소송으로 넘길 거고 확실히 책임을 져야 할 거예요."

"채, 책임이라니…… 아아아아악!"

절제하지 못하는 분노가 결국 비명이 되자 밖에 서 있던 기자들의 고개가 창문 너머에서 기웃거렸다. 그녀의 매니저가 어깨를 흔들며 말렸지만 혼자 억울한 극도의 이기주의가 세림의 눈을 멀게 했다.

"김경원! 그 사람 아빠가 누군데! 해피캐시 사장이라고! 자기 아들이 클럽도 넘기고 그런 걸 모를 거 같아? 그렇게 조사를 했으면 왜 김경원 아빠는 조사 안 하는데? 분명 부모니까 자기 아들이 벌여놓은 일 수습 다 한 걸 거라고!"

"오세림 씨, 모든 사람들이 부모 덕 보고 사는 건 아냐."

은서는 차갑게 대꾸했지만 속으론 제법 흥미를 느꼈다. 다 죽어

가던 경원이 그 아버지에게 무릎까지 꿇고 왔다는 말을 들었었는데 자신도 아직 정확한 정황을 몰랐으니까. 평소 사이가 남보다 못했는데 무슨 일로 그랬는지 호기심이 들었다. 그리고 그 호기심을 제나가 풀어주기로 했다.

"저야 공정하게 해야죠. 형식아, 혹시 해피캐시 사장님 참고인으로 소환 가능하신지 전화 한 통 해볼래?"

이전 수사 과정에서 벌써 제기되었던 문제였다. 마약 이야기가 나올 때 그 아버지와 연관 지어 소문이 커졌으니 그럴싸하다 싶은 것들은 오세림 쪽에서 다 물고 늘어졌었다. 이미 받아놓은 전화번호를 꾹꾹 누르고 기다리던 형식의 얼굴이 점점 더 볼 만해졌다.

"아니, 그게, 저기……."

그 정도 말이 형식의 입에서 나온 걸로 보아서는 상대방 쪽이 전화를 받기는 한 모양인데 그 외에 다른 대꾸가 없으니 주위에서는 짐작도 못 했다.

"오신다던가요? 증거가 없으니 강제 소환은 안 되는데."

"……전화를 받기는 하셨는데……."

눈을 찡그리다가 입은 우물거리고. 뭔가 단단히 있기는 있어 보였다.

"거봐요! 자기 아들 일이니 흥분해서 가만두지 않겠다고!"

"그래도 될지 모르겠지만 정확하게 들은 대로 말하면."

정 형사는 이 일로 일주일 넘게 집에 들어가지 못했다. 사감이 가득 들어찬 목소리로 세림을 향해 섰다.

"그딴 새끼는 내 자식 아니라고, 죽든 말든 니 소원대로 멋대로 하고 살라고, 이제 재수 없게 그런 놈 이름도 꺼내지도 말고 한 번만 더 이딴 일로 전화 받게 만들면 그 인간은 내장을 발라버리겠다고…… 그렇게 단호하게 말씀하시고 끊으셨네요."

정적 속에서 은서가 입술을 꾹 맞물었다. 고개를 숙였는데 어깨어깨가 잠깐 떨렸다.

"으음, 확실히 오래 앉아 있었더니 피곤하네요……. 이 경위님. 개인 민사 소송이랑 책임 문제로 고발하려면 어디로 가면 될까요?"

제나의 눈엔 은서가 피곤하다기보다는 여기서 웃음을 터뜨릴까봐 자리를 피하려는 것이 그대로 보였다. 하지만 이의를 제기할 생각은 없었다.

"1층으로 가셔야 됩니다. 형식아, 안내 좀 해드려."

들어올 때 이상으로 힘이 들어간 은서가 당당히 턱을 들었다. 무슨 연예인인가 싶어 멋모르는 기자 한 명이 플래시를 터트리자 나가는 길이 더욱 요란해졌다.

"저, 저도 그럼 이만 가봐야……."

"오세림 씨, 저는 아직 할 말 안 끝났어요."

너는 못 가.

제나의 눈짓에 남 형사와 정 형사가 바로 오세림의 뒤에 섰다. 덩치 큰 남자가 베테랑 형사의 기운을 내뿜자 세림도 본능적으로 겁에 질렸다.

"저도 한번 시작해볼까요?"

은서가 세림의 입을 다물게 했으면, 자신은 열게 만들 차례다.

이미 반쯤 정신을 놓은 여자를 주무르기는 쉬웠다. 여전히 발뺌

하거나 말을 더듬었지만 뒤죽박죽이 된 머리가 전처럼 돌아갈 리 없다.

"이 사건에 얽힌 사람이 꽤 많은데 그중 눈에 띄는 사람이 있더라구요."

제나가 형식이 미리 뽑아놓은 사진들을 내밀었다. 일전에 그녀가 뒤를 밟았던 주재희의 매니저 김수호와 하데스의 곽 사장이 만나는 모습이다.

"이게 저랑 무슨……. 저는 모르는 일이에요."

"안 물어봤어요. 그냥 찍어 온 걸 보여드리는 것뿐이죠."

처음 그녀의 손에서 반짝이던 투명 매니큐어의 끝이 너덜거렸다. 몸에 좋지 않을 화학 성분의 끄트머리는 모조리 초조한 세림의 입으로 들어갔다.

"저희야 여기서 형량 때리는 것도 아니고 조사한 그대로 검찰로 넘어갈 거예요."

"으으음."

"처음부터 이상했죠. 여배우한테 마약이란 치명적인데 어쩐지 세림 씨는 의도적으로 거기에 있었던 것 같더라구요. 더군다나 오세림 씨는 마약 경험도 없고 결과적으로 그날도 깨끗했고. 옷 벗고 있었던 것도 시간 좀 끌려고 일부러 그랬던 것 같은 느낌이라."

"아니에요, 그런 거!"

"오세림 씨는 이번 사건으로 변화가 참 많았죠. 비련의 여주인공도 되어보고 양다리 걸친 주재희랑 민지영한테 엿도 먹이고, 또…… 돈 많은 남자 하나 더 잡고 늘어졌으니 못마땅하던 사람들을 한번에 처치했네요. 그런데도 본인은 승승장구하구요. 이보다 좋을 수가 있을까. 모전여전인지 아니면 운도 핏줄 따라가는 건지, 성림군 옥도리 농가에 사시던 어머니가 청담동에 70평대 빌라도 사셨던데."

허탈한 눈이 흔들리다가 그 입술과 손까지 흔들렸다. 그러나 제나에겐 그 정도로는 부족했다.

"김수호 씨랑도 개인적인 관계는 부인하시는데, 정말 신기한 게 있어서요. 한번 들어보시겠어요?"

제나가 미리 준비해둔 취조용 녹음기를 재생했다.

– 세림 언니가 자기 나오는 프로 한다고 그거 하나만 더 보고 가자고 그래서……. 피곤하다 해도 떨려서 그러니 그거 딱 첫 장면이라도 같이 봐달라 해서……. 잠 온다니까 잠 깨게 담배라도 하나 피워보라고…….

"이게 뭔데요?"

"최초 신고자 접수 시각이 밤 10시 18분 22초예요. 그리고 오세림 씨 그날 드라마 첫 등장하는 장면이 10시 18분 20초구요."

"그거야 그냥, 그냥 우연히……. 그게 무슨 증거가 된다고."

"네, 딱 떨어지기는 하지만 증거는 안 되죠. 전화기 들고 기다린 걸까 싶긴 한데 이거야 그냥 제 생각이니까. 다만 시계나 휴대전화 없이도 시간 맞추는 방법이 참 다양하다는 정도는 말해두고 싶었어요."

꽉 깨문 세림의 입술 가에 피가 고였다. 저런 몰염치한 사람도 피가 흐르는 같은 사람이라는 것이 새삼 씁쓸해졌다.

"오세림 씨 어머니가 산 청담동 빌라가 1202호고 아주 우연히 김수호 씨 어머니도 같은 빌라 1102호 구입하셨네요. 그런데 그 빌라가 한 사람 명의던데. 세상에는 정말 우연이 많죠? 검사님이 어떻게 판단하실지는 모르겠어요. 저야 다만 조사만 하면 되니."

"……."

"더 하실 말씀 없으시면 이만 돌아가셔도 좋아요."

오늘은.

그리고 오늘 하고 싶은 거 미리 다 해두고 오는 게 좋을 거야.

넌 당분간 햇빛 보기 어려울 거니까.

제나가 살짝, 아주 살짝 웃었다. 신이 난 정 형사가 돌아봤을 때에는 벌써 얼음 같은 얼굴로 서류를 뒤적이고 있었기에 하기야, 지금 이 경위님이 그럴 심정이 아니지 하고 머리만 긁적거렸다.

서울지방경찰청 사이버수사대 장현미 경위는 일에서 생긴 모든 스트레스를 남자친구인 박채원 경감에게 풀었다. 주로 밤에, 그것도 몸으로.

사실 요즘은 경찰청 내가 워낙 떠들썩하고 기자들이 넘쳐나니 사이버수사대는 상대적으로 관심을 받지 못했다. 경찰청에서 관심이 없다는 건 살 만하다는 뜻이라 그녀는 요 며칠 그럭저럭 편안하고 한가하게 살았다. 친구인 제나의 일에 신경이 많이 쓰였지만 걔는 원래 뭐든 잘하는 애였고 본인이 별로 해줄 만한 것은 없었다.

"하아, 보자."

한동안 살 만하다 했는데 일이 몰려들었다. 순서대로 접수된 사건을 살펴보다가 가장 최근 두 건을 눈여겨보았다. 첫 번째는 늘 그랬듯이 중고나라 사기꾼을 잡아달라는 것이었고 두 번째는 조금 색달랐다. 말 그대로 찌라시가 돌아 해당 연예인의 소속사에서 직접 접수가 되었는데 긴급 신고라 촌각을 다투는 것으로 보였다.

"음…… 얘가 왜 여기 있대?"

요 며칠 경찰청에서 가장 많이 보았던 여자 연예인의 기사다. 소속사에서는 사실 무근으로 접수를 했지만 그녀는 일단 그 내용을 알아야 했다. 어린 시절부터 각종 야설을 탐독하며 속독의 1인자로 알려져 있던 그녀는 자신도 왜 그러는지 알 수 없게 느릿느릿 기사를 한 글자 한 글자 훑었다.

"어머, 그랬구나. 어쩐지."

평소에 떠돌아다니는 그녀에 관한 모든 소문에 증거가 붙어 있었다. 특히 복잡하다 못해 손도 댈 수도 없는 남자관계는 사진까지 첨부되어 있었는데 그것 역시 저속으로 뜯어보았다.

평소 직업 환경상 신의 마우스라 불리던 그녀가 할 만한 행동은 아니었다.

"아, 시간이 벌써 이렇게 됐네."

퇴근 전에 처리해야 할 일이 두 가지나 되니 잠시 고민했다. 일단 긴급을 요하는 일을 먼저 손대는 것이 도리에 맞으니 잠시 고민했다. 경찰은 사감을 가지면 안 된다.

"네, 중고나라 보고 연락 드렸는데요. 허티버터칩 스무 봉지 구입하려고 하는데 이 계좌 맞나요?"

아무래도 여덟 살 된 아이가 울고 있다니 노약자 우선이 맞는 것 같다. 그리고 나가서 커피도 한잔 마시고 우연히 만난 남자친구와

음담패설을 나누고 온 그녀가 그제야 남은 일 하나를 떠올렸다.

뒤늦게, 하지만 급히 전화기를 들고 공무원의 가장 고질적이고 욕을 많이 먹지만 이 상황에서는 가장 그럴듯한 대답부터 꺼냈다.

"네. 여기 서울지방경찰청 사이버수사대 장현미 경위입니다. 신고 접수된 거 보았구요, 죄송하지만 저희 관할이 아니라 해당 거주 지역 경찰청에 직접 신고하시는 게 어떨까 싶어서요."

그렇게 보람된 하루를 보낸 그녀는 남자친구를 기쁘게 해줄 수갑을 챙겨 퇴근했다.

같은 날 오후 6시.

폴라투자자문의 대표이자 증권가의 큰손으로 통하는 서강재 대표는 기분이 몹시 상해 있었다. 그것이 여실히 드러나는 표정에 앞에 앉아 있던 st엔터테인먼트 대표 임규식은 안절부절못했다.

"저어…… 서 대표님."

"네."

강재는 일개 투자 자문사의 대표로 끝나는 사람이 아니었다. 각종 기업체의 대표들과 친분을 쌓으며 그 자신도 드러나지 않는 몇 개의 기업을 운영했다. 그중에 가장 두각을 드러내는 것이 식품 회사였고 이제는 편의점을 넘어 마트와 대형 레스토랑을 위주로 그 규모를 키워나갔다.

"아…… 저기, 무슨 하실 말씀이라도."

제 자신이 비굴하다 여기면서도 눈치를 볼 수밖에 없었다. 이 남자가 입 한번 떼면 난다 긴다 하는 큰손들을 뒤흔들 테니 소리 소문 없이 망할 것이 자명했다.

"지금 오세림 씨 계약이 얼마나 남았죠?"

지독하게 잘생긴 얼굴에서 떨어지는 냉기가 제 몸에 닿을까, 임 사장이 소스라치게 놀랐다.

"어, 얼마 전에 재계약해서 이제 3년 조금 안 남았는데……."

"그렇군요."

기다란 다리를 꼬고 있던 남자가 말이 없었다. 손가락을 깍지 끼고는 소파에 기대어 침묵으로 일관했다. 맨몸으로 이 바닥에서 굴러 여기까지 온 임규식은 이 어마어마한 남자가 무엇을 말하는지 벌써 알고 있었다.

"하, 하지만 사회적 물의를 일으킨 사람이라면 저희도 계약서대로 해, 해지를 할 수도."

"생각보다 말이 잘 통하시는 분 같네요."

"네…… 네?"

"뭐 안타까운 일이긴 하지만 광고주들한테 위약금 무니 뭐니 하기 전에 먼저 손을 쓰는 것도 좋겠다는 생각은 합니다."

"아……."

"물론 제 개인적인 생각이죠. 좋지 않은 이야기는 그만두고, 여기까지 오셨는데 식사나 하고 가시죠."

자리에서 일어난 강재가 느긋하게 웃었다. 무섭다. 떨린다.

연기자보다 더 연기를 잘하는 소속사 대표가 결국 그에게 묻혀 얼어붙었다. 그래서 끝까지 모른 척하려고 했던 결심을 바꾸어 궁금증을 담고 말았다.

"저기, 혹시…… 오세림한테 무슨 안 좋은 감정이라도 있으신지."

"제 와이프 산후 조리를 방해했죠."

"예에?"

원래 말이 별로 없는 강재가 먼저 걸음을 옮겼다. 더 들어봤자 무슨 말인지도 모르고 그다지 알고 싶지도 않던 임규식이 바로 따라 붙었다. 그래도 이런 충고를 먼저 들은 것을 천운으로 여기며.

하지만 강재는 아직 말하지 않았고, 하지 않을 요인은 몇 가지 더 있었다. 그는 워낙 바쁜 몸이라 한두 가지 이유로는 직접 행동을 취하는 사람이 아니었으니까.

"집에 도착했어? 그래, 나 저녁 먹고 갈 거야. 연우랑 정우도 잘 있었지? 그럼. 그래, 나도…… 아, 유은우는 방 안에서 한 발짝도 못 나오게 해."

그의 입에서 나왔다 믿을 수 없는 다정한 음색이 짧다 싶게 사라졌다. 은서가 경원 때문에 나가버리자 오늘 그의 집은 엉망이 됐다. 가여운 그의 보물 1호 연우는 모유를 제때 못 먹어 칭얼거려 그의 애간장을 녹였고, 아들 정우는 은우에게 들려놨더니 베란다에서 연우를 달래 나올 때쯤에는 이미 집 안에 없었다. 조 실장이 근처에 있다는 소리에 태어난 지 한 달도 안 되는 조카를 안고 나가버린 화상을 카페에서 기어이 잡아 왔다.

물론 그 역시 태어난 지 한 달도 안 된 연우를 안고.

그렇게 은서 없는 집이 혼돈에 빠져 그 거대한 수레바퀴가 멈춰 버렸다. 오세림이라는 손톱만큼의 가치도 없는 가시 하나 때문에.

그러니 그 가시는 뽑혀 마땅했다. 22일 저녁의 일이었다.

키보드를 쳐 내리던 손가락 새가 얼얼했다. 얼마나 여기에 매달렸는지 물 한 모금 못 마시고 몇 시간을 버티다 자리에서 일어나자마자 비틀거렸다. 놀란 형식이 그녀를 뒤에서 잡았지만 보는 사람 눈이 많아 얼른 제 힘으로 다시 섰다. 형사가 분위기에 눌리거나 약한 모습을 보이는 순간, 피해자들은 간교해지기 마련이다.

아직은 부족해.

그녀가 빠진 조각을 찾아 휴대전화를 들었다. 은서가 등장하며 기선 제압과 동시에 판도는 확실히 바뀌었다. 하지만 마약 루트 자체를 발견하지 못했으니 심증만으로 몰기에는 한계가 있었다. 어떻게 마련해준 기회인데. 여기서 어물쩍거리다가는 모든 일이 수포로 돌아갈 수도 있다. 경원에게 쏠리던 뒷말이나 의심은 벗겨진대도 일을 이렇게 만든 인간들을 쳐내지 못하면 평생을 두고 미련이 남을 거라 짐작했다.

"아가씨가 이제나?"

"누구…… 아."

아는 사람이라 그런 감탄사를 내뱉은 건 아니다. 다만 누군지 알 것 같았다. 저 나이에도 저리 꼿꼿하고 흥미에 반짝이는 눈이라면 그녀가 떠올릴 사람은 하나밖에 없다.

"경원 씨…… 아버님 되시나요?"

"형사 괜히 하는 법은 없군."

음성 자체는 씁쓸했다. 다시는 경원과 얽지 말라는 전화 속 목소리와는 전혀 딴판이다. 그래서 어쩌면 그의 아버지가 이곳에 온 것이 그에 관한 남모를 이유가 있지 않으려나 추측했다.

"듣자 하니 내 아들이랑 헤어졌다던데."

"……반은 맞고 반은 아닙니다."

"이봐. 나같이 돈 만지는 사람은 그런 애매한 대답 싫어해."

진한 눈썹이 뾰족해지자 그녀가 허리를 곧게 세웠다. 그와 관련된 사람이라면 누가 됐든 당당하게 보이고 싶었다.

"경원 씨가 헤어지자 했지만 저는 대답하지 않았습니다. 시작은 그 사람이 했으니 끝은 제가 낼 테니까요. 그편이 공평하지 않겠습니까."

"으음, 그래서 끝내겠다는 건가?"

진호의 입에서 웃음이 사라지자 음지에서 오래 살아온 사람 특유의 분위기가 감돌았다. 저런 면은 경원과 닮지 않았다. 경원은 지금 그의 아버지와 같은 얼굴을 한대도 저런 어둠보다는 재치 있는 장난기가 가득했었다.

그의 아버지를 보며 경원의 외로웠을 어린 시절을 떠올리는 것은 정말이지 아이러니했다.

"아가씨 대답 여하에 따라 내가 이 사건을 마무리하는 데 큰 도움 줄 수 있을 것 같은데. 기회는 지금뿐이야. 현명하게 생각해."

38
시시하고 뻔한 놈

그의 아버지 앞에 서는 것은 생각보다 긴장되거나 진땀이 나지는 않았다. 경원과 만나오며 그의 가족에 대해선 들은 기억이 거의 없었다. 한 번씩 나오는 말도 어머니의 이야기였지, 아버지에 대해서라면 지독히 냉소적이었다.

「술 좋아하고 여자 좋아하고 돈 좋아하시는 분이지. 아들인 내가 할 말은 아니지만 본능에 충실한 남자라고나 할까.」

농담처럼 말했지만 그때의 경원을 기억했다. 순도 높은 초콜릿을 입에 넣고 뱉지도, 삼키지도 못하는 씁쓸한 얼굴. 그에게 그의 아버지는 그런 존재였을까.

"……경원 씨에게도 같은 질문을 하셨나요?"

"뭐 비슷했지."

진호를 모셔왔던 운전기사가 달려와 다음 스케줄을 알렸다. 이럴 시간이 없다는 표시를 제나에게도 한 셈이지만 진호는 찌릿 노려보는 것으로 쫓아버렸다. 최소한 지금 그에게 더 중요한 것은 자신의 한마디 대답이라는 것을, 그녀는 충분히 짐작했다.

"저는 경찰입니다."

"알아."

"이 사건을 당장에 마무리 못 한다 해도 언젠가는 제 손으로 끝냅니다. 악착같이 매달리다 보면 길은 늘 생기더라구요."

"그거 아가씨 이야긴가?"

제나가 긍정의 의미로 고개를 끄덕였다. 살아오면서 난관에 부딪혔을 때 한 번도 포기를 떠올린 적은 없었다. 그래서 지금의 경원이 죽도록 미웠다.

"이번 일도 마찬가집니다. 제가 손 놓을 생각 없으니 시기의 차이일 뿐, 언젠가는 관련자들 다 잡아넣겠죠."

"내 도움 없이도?"

"물론입니다."

진호가 의외라는 기색으로 주머니에서 손을 뺐다. 그 자리에 오르기까지 세상에 존재하는 모든 인간군상이 돈이나 필요한 것 앞에서 얼마나 비굴해지는지 확인해왔다.

"그래, 좋아. 아가씨 대답이 그렇다면야 나는 돌아가야지. 바쁘기도 하고."

"그러시면 안 되죠. 가져온 것, 저에게 주세요."

"……내 도움 필요 없다지 않았나?"

"그리 바쁘신 분이, 더군다나 공개적으로 부모자식 연 끊었다고 하는 경원 씨 때문에 이곳까지 오시다니요. 내용은 몰라도 분명 경원 씨에게 전해주마 약속하고 오신 걸로 짐작합니다. 무얼 얻어내실지 모르겠지만 아드님과 한 약속은 지켜주세요. 사업에 신의만큼 중요한 게 있겠습니까?"

진호의 눈썹이 꽤 오래 휘어 있었다. 질질 끄는 것은 질색이라 멀리 서 있는 비서에게 턱짓을 하자 기다렸다는 듯 누런 서류 봉투를 들고 왔다. 받아 든 제나가 그것을 확인하고 놀란 입을 벙긋거렸지만 그마저 귀찮다는 듯 혀를 찼다.

"내 할 일은 여기까지야. 아가씨가 내 아들과 못 헤어진다니 나 역시……."

"경원 씨와 헤어지고 아니고의 문제는, 글쎄요. 제가 사람 일을 어찌 장담할까요. 내일 다시 만나고도 다음 날 헤어질 수도 있고 결혼까지 하고도 갈라서는 사람 숱한데요."

"……."

"다만 경원 씨와는 잡다한 거 다 떼어놓고, 휘둘리지도 않고, 아주 평범하게, 그렇게 만나고 싶었습니다. 일이 아주 잘 풀렸다면요."

진호가 최근 봤던 아들의 얼굴을 떠올렸다. 그가 늘 강조하던 비범함과 날카로움이 죽었다 생각했는데 그러고 보니 표정 하나는 밝았다.

"일이 안 풀리면?"

"그저 그렇고 시시하고 흔하게 헤어진 옛 남자친구가 되겠죠. 이제는 클럽도 날렸으니 실업자구요."

"내 아들을 고작 그따위 병신으로 만들겠다고?"

"자초한 겁니다."

왜 일이 이렇게 돌아가는지도 모르겠다. 윽박질러 어떻게 나오나 보려 했을 뿐인데 흥분하는 것은 자신인지라 진호는 인상을 썼다.

"뭐 두 사람 일 두 사람이 알아서 할 테니 신경 쓰지 말라는 거로군?"

"건방지게 들렸다면 죄송합니다."

"그런 건 됐고. 난 아들이라고 변명할 생각은 없지만 아가씨가 그놈 제대로 미쳐 날뛰는 꼴을 봤었으면 싶은데."

떠올리지 않으려 해도 이틀 전 일은 생생했다. 모든 자료를 넘겨받고도 가지 않던 경원이 제법 비장하게 허리를 숙였었다.

「네가 자식으로서 처음 하는 부탁이란 게, 고작 그런 거야? 이 배은망덕한 놈! 뭐? 자식이길 포기해달라고? 인연 끊자고?」

「그 여자한텐 저 하나만으로도 벅찬지라 차마 아버지까지 감당하란 말은 못 해요. 물론 포기는 공식적이고 대외적으로 해주셔야 합니다.」

잠시 그날의 일을 떠올리던 그가 당당하게 앞에 서 있는 제나를 바라보았다. 그의 기준으로 본인 하나를 제외하고는 빠지고 처지다 못해 입에 담을 것도 없는 아가씨다.

「그래주신다면 아버지는 언젠가 대단한 며느리 얻으실 겁니다. 돈만 넘쳐난다 졸부 소리 들을 거 없이 누구나 우러러볼 경찰청장 며느리요. 그 정도 명예면 구미가 당기실 텐데요.」

말 한번 쉽게 한다 싶어 재떨이까지 집어 던졌다. 귓가에 피가 뚝뚝 흐르는데도 경원은 한 걸음도 물러서지 않고 웃어 보였다.

"사장님?"

"내 하나만 더 묻지. 뭐 경찰이니 이미 알고 있겠지만 난 자식 위해 희생하는 그런 고상한 아버지는 못 하는 인간이야. 부인할 생각도 없이 지독히 속물적이고 계산적이거든. 이번 일에 두 사람 뜻 따라 내가 얻는 건 뭐지? 아가씨가 나한테 뭘 해줄 수 있냐고."

아들처럼 제 미래를 걸고 같은 대답을 하려나, 직설적인 진호의 눈이 그녀의 대답을 재촉했다. 경찰청장 며느리도 나쁘진 않지만 그 자리쯤 오르려면 실력 하나로는 부족하다. 운, 뒷받침, 끈기, 거기다 가장 중요한 것이 배포 아닐까.

"애매하게 말 돌릴 것 없이 간략하게."

"사장님은……."

역시 경원의 말대로 그의 아버지는 비할 바 없이 철저하고 속물적이며 본능에 충실했다. 하지만 그의 아버지인지라 제나는 최대한 순화했다.

"……그동안 장남이 얼마나 삐뚤어지고 막 살아왔는지 지겹도록 보셨을 겁니다. 연세도 있으신데 그 재미는 그만하면 충분하시지 않겠습니까?"

"흐으음."

"사장님께선 이제 아들이 얼마나 평범하고 행복하게 사는지 직접 확인하실 수 있으실 겁니다. 기회가 됐다면 진작 그랬을 사람이니까요. 어쩌면 그 사람 닮은 손자손녀는 처음부터 사랑받고 화목하게 자라나는 걸 보실 테지요."

"잘못한 거 있으면 목 내놓고 덤비는 자식이 아닌, 아버지 눈치도 보는 그런 시시하고 뻔한 놈?"

"하지만 사장님께는 없는 자식이죠."

자식이 행복한 모습을 보고자 하는 마음이야말로 사람의, 남자의 가장 깊숙한 본능이다. 본능에 충실한 그라면, 세상을 다 가지고도 평범한 자식 하나 없는 그라면, 절대 이 제안을 뿌리치지는 못할 것을 제나는 직감했다.

"어떻습니까? 생각만 해도 즐겁지 않으신가요?"

"나쁘진 않은데."

"물론 그러려면 따로 제게 응분의 대가를 치르고도 아드님이 살아 있어야 가능하겠지만요."

제나가 처음보다 조금 더 허리를 낮춰 인사를 올렸다. 그녀가 당당하게 다시 허리를 세울 때쯤 진호의 호탕한 웃음소리가 퍼져나갔다.

해가 저물었다. 겨울에 접어들고 유독 짧은 해라 이제 뭘 할까 망설일 틈도 주지 않고 모습을 감춰버렸다. 야속하다. 컴컴한 사위가 한 치 앞도 구분 못 하는 자신의 마음만 같아 울컥하는 마음을 추슬렀다. 울리지 않는 휴대전화를 들여다보다가 수십 번을 망설였다.

당신 왜 그랬어. 재밌다며. 즐겁다면서.

감상에 빠질 성격도 아니었지만 그 어두운 와중에도 자세히 살펴보면 빛이 있었다. 아직 그를 만나기엔 정리되지 않은 마음이 너울치듯 넘실거렸다.

넉넉하지 않은 시간에 결국 그녀가 향한 곳은 어느 고급 빌라였다.

"아아, 경찰 언니!"
"은우 씨, 정말 그렇게 예쁜지 직접 보고 싶어 왔어요. 괜찮죠?"
"당연하죠! 언니도 나올 텐데, 여기요, 여기."
"……."
"어때요? 제 말이 맞죠? 거짓말한 거 아니죠?"
앙증맞은 침대엔 놀랄 만큼 작고 예쁜 아기들이 있었다. 손 하나 내놓지 못하고 꽁꽁 싸여 얼굴만 간신히 보였지만 그럼에도 남달리 출중한 인물이다. 그가 며느리로 찜해두었다는 연우가 이모 품에 안겨 찡긋거리다 배냇짓을 하자 눈시울이 뜨겁던 제나가 저도 모르게 따라 웃었다.
이렇게 슬픈데도 웃음이 다 나는구나.
이끌리듯 그 작은 손을 잡고자 손을 뻗었다. 그 손에 힘이 얼마나 된다고 부모가 뭔지, 도리가 뭔지, 겁부터 내고 물러서던 자신이 우스워졌다. 누구든 미래를 알고 태어나는 건 아니지만 이렇게 예쁜 아이들이 있다면 세상 뭐가 됐든 두려울까. 무언들 못 할까.
부모나 가족이란 게 처음부터 완전한 자격이 필요치 않다는 것을 이렇게 늦게 알았다.
"이 경위님."
"은서 씨."
어느 새 방문이 열리고 두 여자가 서로 웃음을 건넸다. 그다지 친하다 할 만큼 자주 만나지는 않았지만 서로가 어떤 사람인지는 일찌감치 파악했다. 그런 이유로 서로에 대해서는 호의만 남았다.
"은우야. 가서 분유 좀 타 와."
"……아직 몸조리하셔야 할 텐데 수고가 많으셨어요. 더군다나 쌍둥인데.”

“뭘요. 애를 셋 나은 셈 쳐야죠.”

경원을 떠올리며 이를 갈던 은서가 금방 표정을 풀었다. 딸 같은 동생 하나도 버거운 판에 아들 같은 친구는 더더욱 버겁다.

“저는…… 저는 경원 씨가 클럽을 넘겼다는 건 몰랐어요.”

참기 힘든 마음이 대화를 바로 본론으로 이끌었다. 그는 재미로 클럽을 시작했다고 했지만 그녀가 지켜보기엔 재미로 운영하지는 않았다. 저런 면도 있구나 싶을 만큼 철저했었다.

“그러게요. 원래 그런 사람 아니거든요.”

은서는 친구고 뭐고 없는 말은 못 하는 체질이다. 그래서 듣는 사람의 입장에서는 더 믿음이 가기도 했다.

“저도 배가 그만큼 나온 사람 붙들어놓고 강제로 클럽 하라 협박할 줄은 몰랐죠.”

아무리 사람이 사람이지만. 아무리 제가 그에게 갚아야 할 빚이 있다지만.

친구였으니 당연히 그를 말렸었다. 신중하게 생각하고 이번에도 제나가 받아들이지 않았을 때를 대비하라 했었다.

「은서 씨, 난 그런 생각 안 해요. 쉽게 포기할 만큼 하찮은 건 아니지만 내 진심을 보여줄 방법은 이것뿐이네요.」

「하아, 누가 보면 당장 결혼이라도 하는 줄 알겠어요.」

「만나주지도 않는데 무슨요. 그래도 다시 한 번 그 사람을 정식으로 만나게 된다면, 이번엔 당신과 미래를 생각하고 진지하게 만난 거라고…… 그렇게 보여주고 싶어요. 제가 처음부터 잘못한 게 너무 많아서.」

드물게 진지한 경원의 대답에 은서도 기나긴 설교 대신 그 자리에서 도장을 들었다. 사실 조용히 수학 문제나 풀어가며 태교를 하려고 했던 그녀가 그 후로는 경원을 따라다니며 모든 기록을 사진으로 남겼다. 어쩌면 애들 둘 중에 하나는 진짜 클럽을 하는 게 아닐까 싶게 걱정이 될 정도로.

그래서 제나를 보게 된다면 경원을 떠넘기는 김에 자신의 이런 노고를 톡톡히 치하하며 빚을 지울 예정이었다. 원래 손해 보는 일은 눈곱만큼도 안 하는 여자였으니. 그러나 마음고생 하느라 수척한 사람을 앞에 두고 농담을 할 만큼 무자비한 여자도 아니었다.

"제나 씨가 신경 쓸 건 없어요. 제가 맡기 싫은 걸 억지로 받은 건 아니고. 거기는 저한테도 추억의 장소거든요. 지금까진 일부러 손 놓고 있었으니 이제부터 매출은 돌려놓을 거고 그간 입은 손해는 열 배로 물릴 거예요. 실질적으로 당분간 문 닫아야 할 테니 따져보면 스무 배쯤?"

숫자에 더욱 반짝이는 눈을 보니 제나 마음 편하라고 하는 소리가 아니라 진심 그 자체였다. 경원이 노래처럼 부르던 '무서운 여자'라는 말뜻을 서서히 알 것도 같다. 그렇게 다시 경원이 떠오르자 마음 한구석에 멍이 들어 시큰거렸다. 열의를 불태우던 은서도 그 얼굴을 바로 알아보았다.

"경원 씨가 잘 살아왔다 생각 안 해요. 사실 제 기준에선 얻어맞아도 모자라죠."

“…….”

“하지만 때릴 사람은 내가 아니니까요.”

“저도 그럴 자격은 없어요. 그 사람이랑 저 헤어졌거든요.”

이런 씁쓸한 말을 하고 싶지는 않았다. 하지만 이 일과는 별개로 두 사람은 이미 헤어졌다. 그 뒤에 뭐가 있든, 어떤 마음이 남았든, 그는 그러자고 했고 자신은 받아들였다.

은서 역시 자신이 참견할 수 있는 한계를 분명히 알았기에 조용히 고개를 끄덕였다.

“저, 은서 씨는…… 어떻게 경원 씨 일에 이렇게까지…….”

마무리가 되자 순수하게 궁금했다. 가족이 없는 그녀로서는 그저 사람 대 사람으로 어떤 감정인지 궁금해졌다. 이렇게 세상 혼자 살 것 같은 여자가, 시간 낭비라면 절대 안 할 것 같은 철두철미한 여자가, 어째서 세상 다 산 것 같은 경원의 일에 이렇게 발 벗고 나서는지 알고 싶었다.

“음, 글쎄요. 제가 받은 은혜는 두 배로 갚아주는 게 원칙이지만 꼭 그것 때문만은 아니에요. 세상에는 존재는 하지만 꼭 말로 설명할 수 없는 것도 있잖아요.”

기억 한 군데서 은서는 자신의 남편을 떠올렸다. 그의 말대로 세상일이란 그녀가 좋아하는, 딱 맞아떨어지는 숫자 같은 게 아니었다.

“전 다른 보답보다 두 분 같이 손잡고 와주기만 바랐는데 그것도 욕심일까요? 안 그래도 경원 씨 또 연락 두절이라 강재 씨 화가 단단히 났는데.”

제나가 난감한 얼굴로 웃으며 돌아섰다.

그녀는 지금 몹시 지쳐 있었고, 경원을 보게 되면 이곳에 손잡고 오기 전에 죽일지도 모르겠다 생각했으니까.

가보지 않은 사람에겐 클럽은 다 거기서 거기라 생각되겠지만 가본 사람에게는 하나하나 개성이 넘쳤다. 더 베이야 최정점에 있었으니 분위기 논할 수준은 제외였고 그 아래부터가 경쟁이 치열했다. 하데스가 화려함으로 돈을 뿌렸다면 동급의 리펄스는 조금 더 모던하면서도 은밀했다. 구조 자체가 주는 미로 같은 느낌을 보면 여기선 웬만한 사건 하나 일어나도 문밖에 알려질 일은 없어 보였다.

"아아, 김 사장님. 고생 좀 하셨다 들었는데 여기서라도 좀 풀고 가시죠."

"절 이렇게까지 생각해주실 줄이야."

리펄스 오 사장이 양주병을 들자 경원이 비죽하게 웃으며 그것을 받았다. 리펄스와는 제법 우호적인 관계로 직접 부딪친 적도 없고 오 사장 자체도 상당히 계산적인 인물이다. 몇 날 며칠 폐인처럼 술에 빠져 산다는 경원이 신세 좀 지겠다며 이곳을 찾자마자 두 팔 벌려 환영하더니 가장 호화롭고 은밀한 자신의 방으로 데려가 상석에 앉혔다. 그간의 마음고생 탓인지 우수 어린 경원을 보며 오 사장이 안타까운 마음을 드러냈다.

"그러기에 제가 말했을 때 하데스를 미리 쳤으면 이런 일이 없었을 텐데요."

"그러게요. 진작에 칠 걸 제가 너무 방심했나 보죠."

"아마 지금쯤 제 발 저리며 불안해하겠죠. 김 사장님 이렇게 아무 탈 없이 나오셨으니 자기 차례라 여기지 않겠습니까?"

오 사장이 경원의 빈 잔을 보더니 다시 술을 채웠다. 경원의 옆에 앉은 김 비서가 그만하라 만류했지만 그는 모든 것 포기해버린 듯 어떠한 미련도 없어 보였다.

"말이 나와서 그런데…… 만약 김 사장님이 곽 사장을 치겠다면 제가 돕겠습니다. 사람 좀 보내서 적당한 데로 끌고 오면."

"그래봤자 뭐하겠습니까. 다 끝난 일을 두고."

경원의 성격을 아는 오 사장이 의외의 모습에 술병을 내렸다. 그의 짐작에는 경원 정도 되면 가진 모든 것을 동원해서라도 저를 물 먹인 상대를 짓밟아놓을 거라 믿었다.

"뭐, 지금이야 그런 생각이 드실 수도 있겠지만 사람들 이목도 있지 않습니까? 가만히 있으면 짓밟히는 세상인데요."

"그런가요?"

"그럼요. 오늘 제가 제대로 대접할 테니 마음 좀 푸시고 회복하셔야죠. 정말 괜찮은 애들 좀 불렀는데 어떻게……."

이런 자리에는 나긋하고 애교 많은 여자라도 있어야 하지 않겠냐며 오 사장이 손을 들었다. 그의 명을 받은 수하가 문밖으로 나서자 경원이 대신 술병을 들었다. 그리고 테이블 아래로 김 비서의 다리를 찾았다.

"얼마나 괜찮기에 그 눈 높은 오 사장님이 그렇게 호들갑을 떠시는지 궁금한데요?"

"하하. 뭐 호들갑까지야."

"왜요. 오세림쯤 되면 호들갑 떨 만하지."

경원이 일어서자 오 사장이 당황한 기색을 미처 지우지 못하고 입술을 삐죽하게 올렸다. 조직 2인자로 오랜 시간 버텨온 깡이 공짜는 아니라 머뭇대지 않고 바로 옆자리를 더듬었다.

“칼 찾는 거면 여깄는데.”

“그게 언제…….”

“네 옆자리에 있던 애가 해피캐시 돈을 좀 많이 썼거든. 사장이 너무 쪼잔하면 이런 일이 생기는 거지. 아마 오세림이든 괜찮은 애든 한 시간 내로는 못 올 거야.”

김 비서가 테이블 밑에 감춰뒀던 녹음기를 들고 문 앞을 지켰다. 그사이 윗옷을 벗은 경원이 넥타이도 풀어헤치며 주먹을 털었다.

“……언제부터 알았지?”

“내가 말해줄 이유는 없지만, 해준대도 너무 많아서. 네가 리펄스 전 사장 밑에서 개 잡다한 짓 다 할 때부터? 아니지. 그러다 전 사장이 실종됐다 반병신 돼서 발견됐을 때부터? 그것도 아니면 멍청한 곽 사장한테 텐프로 하나 붙여주고 헛바람 집어넣을 때부터?”

“이 새끼가.”

“주인 한번 문 개새끼는 사료만 먹고 못 살지. 약 어디다 숨겼어?”

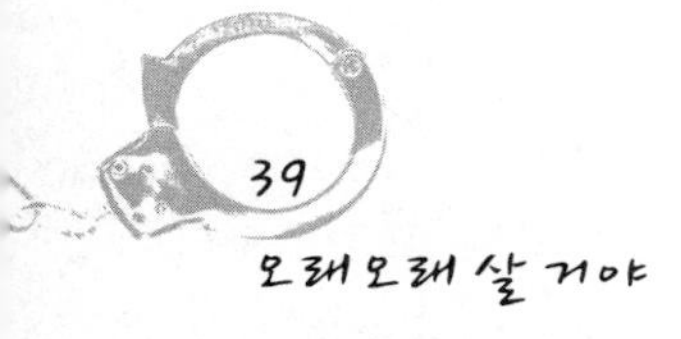

39
오래오래 살 거야

「남자는 깡이지. 머리에 뭐 하나 더 집어넣는 거보다 비리비리한 몸에 근육 하나 더 채우는 게 신상에 이롭거든.」

「제가 알아서 해요.」

「그건 안 되지. 넌 내 아들이라는 이유로 언젠가 길 가다 칼 맞을 일 생길 텐데.」

중학생이 되던 해인가, 아버지가 그런 말을 했을 때에는 알 만하다며 비웃었는데 지금 와 돌이켜 보면 그나마 아버지께 가장 감사한 일이 그거다. 본인 하는 일에 대한 장단점을 정확하게 인지한 분이다 보니 아들이 아무리 싫은 티를 내도 혹독한 수련을 포기하지 않았다. 어느 순간 부자 사이가 뒤틀린 나무처럼 어긋났지만 그 덕 보지 않았다 소리는 못 한다.

지금 같은 순간에는 더더욱.

"김 사장 말 한번 이상하게 하네. 그 얼굴이 다는 아니란 거 진작에 알았지만."

"난 너한테 감탄했는데? 그 머리로 저울질 해가며 이쪽저쪽 들쑤시고 나무 밑에서 입 벌리고 있을 줄 몰랐지. 뭐, 내가 좀 빠져 있긴 했어."

"……."

소파 옆에 비상용으로 꽂아둔 칼이 없어졌지만 오 사장은 타고난 무골이다. 거기에 뒷세계의 악한 것이란 모조리 경험한 사람이다 보니 그깟 칼 하나 없다고 해서 질릴 만큼 간이 작지도 않다.

"그러니까. 서로 하나씩 속아주는 척했으니 괜한 걸로 시간 끌지 말자고. 약 다 어딨어?"

"내가 그걸 알려줄 거라 생각하는 건가?"

이제 오 사장은 부인할 마음도 없어 보였다. 그가 아무리 간교한 술수에 비상한 머리로 이곳까지 왔다지만, 주종목을 바꿔 처음 이 세계에 들어왔을 때 업계 사정을 전부 알고 있었던 것은 아니다. 그가 전 사장을 치기 전부터 경원이 이끄는 더 베이는 정상에 있었다. 뼈에 새긴 경험상 처음부터 산꼭대기만 보고 달려들면 득보다는 실이 많은 법이다.

일단은 경원이 선두에 있어 이 세계를 넓혀줘야 빼어낼 것도 많아지니까.

「……일단 한번 잘해보시죠. 제가 다른 말 안 해도 그러실 테지만.」

경원과 첫 대면을 했을 때 자신을 향한 눈을 보았다. 호의적인 듯하면서도 내민 제 손을 바라보는 그 눈에 묘하게 경계심과 흥미가 섞여 있었다. 그래도 무슨 생각인지 웃으며 잡길래 그때에는 그 정도도 나쁘지 않다 했다.

이제 할 일은 오직 기다리는 일.

간계와 이간질은 끝도 없이 오갔다. 앙숙인 두 클럽이 소모적인 싸움으로 와르르 무너지기만 기다렸는데 일은 그렇게 쉽게 흘러가진 않았다.

곽 사장을 쳐야 할 경원은 웬 여자 하나한테 독하게 빠지더니 이쪽 세계의 룰을 무너트렸다.

두 클럽을 이간질하는 거야 아직 시간을 두고 볼 일이었지만 직접적인 돈줄을 건드리는 것은 사정이 달랐다. 머리 비상한 경원이 대충이라도 리펄스의 자금줄이 어디서 나오는지 모르지 않을 텐데, 그는 웃는 얼굴로 가위질을 했다. 경찰에 붙어 싹둑거리며 경쾌하게 돈줄을 잘라나갔다.

물론 그 역시 곽 사장만 무너지면 다음 차례로 경원을 노렸겠지만, 원래 각자의 입장에선 지독하게 이기적이 되는 법이다.

「주재희! 민지영! 너네가 내 뒤통수를 치고 뒤에서 붙어먹어? 개자식…… 내 손으로 다 끝장내버릴 거야. 으음…… 김경원 너도! 웃는 얼굴 내가 다 찢어놓을 거라고!」

그럼에도 기회는 지독하게 비켜가더니 예상치 못한 사람이 그에게 손을 내밀었다. 클럽에서 여자 하나가 정신줄 놓고 소란을 피운다기에 잡아 왔더니 예쁜 얼굴로 정말 두 눈이 뒤집혀 있었다. 술에 취해 겁도 없이 소리를 지르는 것을 성가시다 생각하던 중 의외의 결과를 얻었다.

술 좀 깨고 침대에서 구슬려대자 오세림은 약 한번 탈 필요도 없이 바로 두 팔 걷어붙였다.

「어때? 적이 많은 인간이니 우리가 의심받을 리 없어. 넌 너 버린 남자들한테 복수하고 나는 얻을 거 얻고. 거기다…… 이제는 주인공 한번 할 때 안 됐나?」

그는 세림에게 더 떨어질 것도 없는 인생 어떻게든 끌어올려줄 거라 속삭였다. 침대에서 허리를 감던 그 열렬한 반응을 생각하면 대답은 안 들어도 확실했다.

"그러기에 왜 남의 돈줄을 건드려선 명을 재촉해?"

"네가 약 팔아 남의 목숨줄 쥔 거부터 따져."

"언제부터 그렇게 정의로웠다고!"

"난 지금도 정의 같은 거 모르는데? 그딴 거 관심 없어."

"뭐야?"

오 사장이 소파 위의 조명 하나를 깨트려 그 틈에서 작은 칼을 꺼냈다. 역시 뭐 하나는 더 있는 태도다 짐작했기에 경원 역시 놀랄 것 없단 얼굴로 한 발을 내밀었다.

"내가 관심 있는 건 하나야. 네가 어떤 짓거리를 하고 다녀도 나한테 피해만 없으면 그러려니 했을 텐데. 그리고 나 이 일 그냥 장난 삼아 하는 거 아니거든."

"네가……."

"내 청춘 바쳐서 여기까지 왔는데 이 바닥 물 흐린 건 너야. 지속 가능한 발전, 이런 거 모르나 보네? 하기야, 중학교 중퇴했다니 뭐."

"이 새끼가! 이게 장난인 줄 아나?"

피식 웃던 경원이 먼저 테이블을 크게 밀어젖혔다. 김 비서가 지레 놀라 그에게 다가오려 했지만 찌릿 하는 눈길로 그 이상의 행동을 잠재웠다. 오 사장 역시 칼을 고쳐 잡으며 경원과 대치했다.

"약 판 돈으로 힘 좀 쓰니 세상 무서운 거 없지? 천만에. 원래 나라 망하기 직전이 제일 살기 좋은 법이거든."

"헛소리하지 마."

"헛소린지 아닌지는 너 좋아하는 돈에 물어봐. 네놈 보스가 코찔찔이들한테 약 팔아 번 돈에 만족할까? 네가 꿍쳐둔 돈 전부 찾아준다니 침부터 삼키던데? 참, 우리 아버지 말씀대로 꼬리 자르기는 칼 같은 양반이야."

"흐으…… 감히 그런 뒷공작을 쳐?"

"알 게 뭐야. 비열한 건 너한테서 옮았나 보지. 그러기에 작작 좀 했으면 좀 좋아?"

일찌감치 여유를 찾은 그였지만 지금은 태연하다 못해 처연했다. 딱히 밀리는 상황도 아닌데 더 이상 미래가 없는 사람처럼 모든 것을 내려놓은 듯한 태도가 김 비서를 불안하게 했다.

"아, 입 아프다. 그만하자."

잠시 자신이 버려진 꼬리가 되었다는 것에 당황하던 오 사장이 그 분노를 손에 실었다. 이제는 모 아니면 도다. 경원이 제가 젖힌 테이블을 딛자마자 그도 그대로 달려들었다. 마음 같아서야 죽이고 싶을 정도로 분이 끓었지만 아직 바깥 상황을 파악하지 못했다. 하던 대로 반쯤 죽여 뒷문으로 내보내 어디 숨겨놓을 생각이었는데 경원은 만만치 않았다.

"겨우 이게 다야? 칼 놔뒀다 뭐해?"

"야아!"

"얼른 칼 써야지. 그래야 내가 너 살인 미수로 고소할 거 아냐. 네가 칼을 안 들어주면 아무리 변호사 써도 거기까진 힘들거든."

성급하게 속도가 붙은 주먹이 경원을 향했다. 하지만 피하기는 커녕, 저항하는 움직임조차 드물었다. 간신히 급소만 피해가며 오 사장을 향해 번뜩이며 웃었다. 사람 눈이 무섭다 생각하는 건 그로서도 드문 일이라 잠시 경원의 얼굴에 꽂으려던 주먹이 멎었다.

"사장님, 도대체 왜 그러십니까? 지금이라도 경찰 부르면."

"절대. 아직 안 돼."

"안 됩니다!"

"나도 안 돼. 더 이상은…… 안 되지."

무언가를 생각하는 듯 경원의 고개가 단호하게 돌아갔다. 두 사람이 하는 꼴을 보던 오 사장이 이성을 잃고는 급기야 칼을 휘둘러대자 경원이 왜 이리 늦었냐 그를 도발했다.

"아아, 적당히 하자구."

"이 새끼가. 죽고 싶어? 아니, 죽는 게 겁 안 나나?"

"겁나지, 그럼. 넌 이대로 죽으면 겁나는 게 없어?"

"……."

"안됐군."

그의 눈에서 단순히 도발하려는 의도가 아닌 본심이 묻어나자 오 사장은 반미치광이가 되어 날뛰었다. 크게 휘두른 칼이 경원의 어깨를 길게 스치자 흰 셔츠 위로 피가 배어났다. 그럼에도 아픔을 느끼지 못하는 사람처럼 한번 살피지도 않았다.

"네가 오늘 살아 나갈 수 있을 거 같아?"

"그럼, 그래야지."

"착각하나 본데 너 오늘 여기서 못 나가."

오 사장의 안광이 기괴하게 번뜩였다. 그가 경원의 뒤에 있던 소파를 흘긋거리고 악에 받친 미소를 흘리자 경원도 자신의 어깨보다는 거기에 먼저 신경을 썼다.

"그 말은 이 방에 다른 구멍 하나 더 있다는 거네?"

"이……."

"음, 그 안에 뭐가 들었나 간만에 궁금해졌어. 오케이."

경원의 웃음이 의미심장해지더니 그제야 소매 끝으로 뚝뚝 흘러내리는 피를 내려다보았다. 눈앞이 잠깐씩 흐릿한데 뿌옇게 비치는 얼굴 하나만 또렷했다. 간신히 마지막 힘을 짜낸 그가 이 모든 사달을, 그녀에게 이 모든 시련을 가져온 인물을 노려보며 웃었다.

"씨발, 클럽? 그깟 거 더 재밌게만 해주면 네가 탐내지 않아도 넘겼어. 돈? 얼마나 있는지도 모르니 한 조각 떼어주는 건 일도 아냐. 그런데 너같이 더러운 개새끼가 감히 내 여자 목을 물어?"

"사, 사장님. 이제 얼른 나가시죠! 장소는 방금 문자 보냈고 시간 됐으니 곧 경찰 올 겁니다. 일단 병원부터 가셔야……."

이쯤 되니 체력이나 힘의 문제가 아니었다. 오로지 격렬한 분노와 정신력으로 한계를 넘어서고 있었다. 사람이 죽어나가도 예사로 웃던 오 사장이 저도 모르게 뒷걸음질을 칠 정도로 경원의 펄럭이는 분노는 유례가 없었다.

"네가 멍청한 곽 사장을 물건, 누구 등을 치건 참 재미있을 뻔했는데 말이야. 네 분수만 알았다면 박수라도 칠 뻔했다고."

우당탕, 테이블 위 컵들이 한 번에 쏟아지자 그새 다가온 경원이 한 발 크게 디뎌 그의 목을 밟았다. 코끼리가 개미를 누르듯 그렇게.

"크으윽. 흐흑."

"내가 이제껏 어떻게 버티고 참았는데. 만약에 이번 일로 그 여자 앞날에 단 하나라도 티끌을 남긴다면…… 네 사돈의 팔촌까지 찾아낼 거야."

"주, 죽인다고? 그렇게 협박해봤자! 허어억!"

"내가 왜? 네 손으로 다 죽여야 재밌지. 내가 그렇게 만들 거거든."

"허억. 흐으……."

"오늘 일이 네 보스 귀에 들어가면 그 기회도 없을지 몰라. 일단 네가 살아야 누굴 죽이잖아."

경원이 아직도 인정하지 못하고 버티는 오 사장의 이마를 크게 내리쳤다. 반쯤 몸이 꺾여서도 버둥대는 커다란 몸을 다친 팔로 비틀었다.

"후우……."

상처가 더 크게 터졌는지 왈칵 뜨거운 물에 덴 것처럼 뜨거워졌다. 손바닥까지 흠뻑 젖은 걸 확인하고서야 그게 피라는 걸 알았다. 구역질이 날 만큼 비릿한 숨결이 목을 태운다.

"이제 손을…… 좀 씻어야겠어."

"……사장님!"

"나는…… 난 오래오래 살 거야. 그렇게 될 거야. 분명히…… 우리 제나랑."

엉망진창이 된 현장을 둘러보던 박 팀장이 견적이라도 내려는 듯 눈을 찌푸렸다. 일사불란하게 움직이는 팀원과 감식반 사이에서 소파 구석으로 고개를 숙인 제나를 발견했다. 그 마음이 오죽 심란할까 쉽게 다가서지도 못하고 망설일 때, 그녀가 벌떡 일어나 감식반 직원을 잡았다.

"유리 조각에도 흔적이 있을 거예요. 컵은 몰라도 저 정도 위치의 등은 일부러 깼을 거예요. 저기부터 확인해주세요."

"네. 사진 찍고 가장자리 지문 뜨면 바로 수거하겠습니다."

"머리카락 하나도 놓치면 안 돼요. 여기 보시면……."

제나가 티끌 하나라도 놓칠까 남은 정신을 몽땅 거기에 쏟았다. 경원의 아버지에게서 자료를 받자마자 팀을 다시 꾸려 대책을 세우고 그물을 조였다. 이번에는 놓치는 일 없게 광역수사대까지 미리 동원해 주변을 포위했다. 조직에서 입지가 상당한 인물이라 조금의 틈도 만들지 않겠다 다짐했는데 가장 중심에서 먼저 일이 터졌다. 숨죽이고 있을 거라 생각해 가장자리부터 뒤지던 중에 일어난 일이었다.

"새끼들, 많이도 해 처먹었네. 누님, 근데 그분은 이걸 다 어떻게 알았대요? 우리는 당연히 하데스 곽 사장 생각했잖아요. 오세림도 그렇고."

"……그러게. 우리가 잘못 짚을 뻔했지."

"팀장님."

"보이는 게 다가 아냐. 퇴임할 때 다 돼선 그걸 이제야 알았네."

박 팀장이 제나와 형식에게로 다가섰다. 카펫의 얼룩덜룩한 흔적을 바라보는 그녀의 눈이 한없이 무거웠다. 거기에 어느 정도 책임이 있는 그가 씁쓸히 입을 다물자 제나가 먼저 알아채고 그의 곁에 섰다. 그러지 마시라는 의미로 살짝 웃는 모습엔 생기가 하나도 없어 주위 사람들을 안타깝게 했다.

"누님, 여긴 조직 소유라 들었는데 문제없어요? 거기 진짜 보스도 성질 더럽기로 소문난 사람 아닌가?"

"그쪽에서 먼저 꼬리를 잘랐어. 돈은 둘째치고 클럽 맡긴 인간한테서 뒤통수 맞을 뻔했다니 그 대단한 체면에. 우리가 먼저 그 자식 확보 안 했으면 거기서 먼저 끌고 가서 영원히 손을 봤겠지. 누군지 모르겠지만…… 그 사람 살린 거야."

"정신 차려도 이제 입은 못 뗄걸요? 조직 사람이 일반인한테 당했다 소문나면 그 세계는 그걸로 끝이잖아요."

피투성이가 된 남자는 구급차에 탈 때까지 악을 써댔었다. 한 사람 피치고는 많은 양에 가슴이 내려앉았지만 불안할 여유도 없었다. 무소식이 희소식이라, 남은 일에 사력을 다했다.

"여기서 시간 흘렀으면 약이고 뭐고 다 옮기고도 남았을 거야. 타이밍이 좋았어. 우리야 바로 칠 생각도 못 하고 하나씩 뒤지려 했는데."

"그러니까요. 정작 약이 없으면 아무리 정황 증거 확실해도 실형은 얼마 안 나오잖아요."

감식반 직원 하나가 소파 뒤 작은 통로에서 대량의 약을 수거했다. 제보자가 정확히 짚어낸 그곳에는 금액이나 피해를 추정하기도 힘들 만큼의 필로폰이 있었다. 주요 고객 명부는 물론이고 연결책까지 철저하게 기록이 되어 있어 사지가 꽁꽁 묶인 것이나 다름없었다.

물론 진호가 건네준 자료와도 거의 일치했다.

"그런데 그분은 도대체 어떻게 아셨대요?"

형식의 말에 그녀가 이제는 검게 보이는 핏자국에서 눈을 들었다. 진호는 그날 괜한 으름장을 놓은 것이 아니었다. 경원의 아버지라더니, 귀찮은 듯 건넨 방대한 자료에 모두들 혀를 내둘렀다. 돈 오가는 데는 귀신같은 사람이라 후에 그녀가 따로 찾았을 땐 놀랄 것도 없다는 투였다.

「곽 사장? 그 새끼는…… 아, 내가 대단하신 미래의 며느님 앞에서 말조심해야 하는 건 아니지?」

「말씀하시죠.」

그녀가 '며느님' 소리는 듣지 못한 체 시치미를 떼자 진호는 못마땅한지 자리에도 없는 경원에게 쌍욕을 퍼부어댔다. 남자답지 못하다는 둥, 아직 여자 마음 하나 잡지도 못하는 병신이라는 둥, 도무지 애정이라고는 느껴지지 않는 말을 했지만 그 안에는 거칠어 그렇지 분명히 아버지로서의 안타까움도 있었다.

「곽 사장 그놈이 무서운 장인 몰래 헛짓거리 하고 다니고 여자 후리고 다니면서 누구 돈을 썼을까. 내 돈 쓰면서 제때제때 안 갚고, 그렇다고 나도 돈 나올 구멍도 없는 인간한테 자선 사업하는 거 아니니 돈줄이야 훤하게 꿰고 있어야지. 필로폰? 그게 범죄건 말건 내 알 바 아니고 그거라도 팔아 내 돈 갚았으면 다행이게. 곽 사장한테 그런 값나가는 게 있을 리 없지.」

「그렇다고 그게 리펄스 오 사장한테 있다는 말은 아닐 텐데요.」

「이봐, 며느님. 뻔히 약 들어왔단 소문은 있는데 어디 있는지는 몰라. 그런데 곽 사장은 꼬박꼬박 내 돈 빌리는 판에 오 사장은 반은 조직에 떼어주고도 클럽은 3층 4층 끝도 없이 지어. 이런 데선 은행 돈 못 빌리는 건 알 테고, 자랑이 아니라 내 돈 안 쓰면서 그게 가능할까? 뭘 물어도 단단히 물었지. 뭐, 나보다는 여자한테 쓸개 빠진 내 아들이 먼저 알아채긴 했지만.」

「…….」

「그렇게 볼 거 없어. 나도 이제는 아들이랑 의절하고 비통에 빠져 있어야 하니 돈놀이 다 틀렸거든. 약? 그것도 걱정할 거 없어. 뭐든 가성비라고 위험성 대비 돈 안 돼서 손댄 적도 없고 앞으로도 그럴 거야. 잘나신 우리 며느님 덕에.」

그 와중에도 서열은 확실히 하고픈 진호가 은근히 자신의 위치를 강조하자 들을 이야기 다 들은 제나도 공손하게 웃었다. 한마디 말만 제외하고는.

「글쎄요. 아직까지 경원 씨 살았다 죽었다 소식도 못 들었으니 그럴 가능성은 더 멀어졌지만, 사람 일은 모르니까요.」

「그래? 이 머저리 같은 새끼.」

「…… 일단 말씀대로 비통함에 빠져 있는 사장님, 아니, 아버님이 되시겠다면 훗날 드라마틱한 재회를 위해서라도 법정 금리 29.9퍼센트는 좀 지켜주시죠.」

한 방 먹었다는, 그럼에도 즐거워 어쩔 줄 모르는 진호의 표정에서 그녀는 또 경원을 발견했다. 세상에는 참 다양한 부자 관계가 있지만 이들처럼 자기 본능에 충실한 이들은 또 처음이었다.

"누님?"

"응. 어? 그래. 참, 오 사장 상태는?"

"몸이야 뭐…… 어디 찔린 건 아니니까요. 몇 군데 터져나가긴 했는데 그 정도야 먼저 칼 들고 설쳤으니 필사적인 정당방위로 보면 될 겁니다. 칼은 남 형사님이 수거했는데 지문 확실하니 증거로 바로 보냈습니다. 목격자 증언도 확실하구요."

"목격자?"

몸에 서린 본능적인 불안이 스멀거렸다. 피가 이렇게나 낭자한데 피의자가 멀쩡하다면 결론은 하나뿐이다. 일이 워낙 급박한지라 몸은 여기에 매달려 있었지만 마음은 애초에 달려 나가고 없었다.

"어딨는데? 그 사람은 어딨냐고!"

"이 경위님."

그들이 쳐놓은 펜스 밖에서 서성이던 김 비서가 우물쭈물하더니 그녀를 불렀다. 한순간 사람이 들이닥치고 난리가 터졌지만 정작 피해자는 어딜 갔는지 보이지도 않았다. 같이 실려 나가지 않은 것에 그나마 안도하면서도 존재조차 없는 건 가슴을 바닥까지 덜컹이게 했다.

"김 비서님. 도대체 이 사람은……."

"저도 잘…… 그게……."

처음 제나를 만났을 때에도 이렇게 모든 것을 얼려버릴 듯 서걱대지는 않았다. 술 냄새, 피 냄새 흥건한 현장에서 그녀가 주먹을 꾹 쥐고 이를 악물자 그다지 충성심이 강하다 하기 힘든 김 비서가 떨리는 몸을 간신히 추슬렀다.

"그게…… 절대로 말하지 말라 하셨는데. 저, 저는 아무것도……."

"마지막으로 물을게요. 김경원, 그 빌어먹을 인간 어딨냐구요!"

40
메리 크리스마스!

"사장님, 현장에서 다시 오실 수 있겠냐 연락 왔는데요?"

"……왜. 급해?"

"네. 이거 설계 변경이랑 주차장 부지 때문에 뵙고 말씀드려야 한다고."

경원은 부모 복을 제외하면 뭘 해도 되는 남자였다. 며칠 전 짓고 있던 리조트 지하에서 온천이 터졌다. 그 덕에 주위에선 난리가 났지만 그는 그 경사에도 웃지 않았다. 사실 그의 머릿속에는 하나밖에 떠오르는 게 없었다.

이제나가 온천을 좋아할까, 아닐까.

「설계 변경을 하면 다시 허가를 받아야 하고 시간이 꽤 걸릴 겁니다.」

「상관없어요.」

언젠가 욕조에 앉아 웃던 제나를 생각하면 아무래도 온천을 좋아할 것 같았다. 그 덕에 공사는 느려졌지만 이번만은 완벽하고 싶었다. 그간 살아왔던 것처럼 이것도 좋고 저것도 좋고, 그런 것은 싫다.

삶에 미련이 생겼으니까, 하루하루가 아쉽고 아깝고 아주 미치겠어서.

이렇게 욕심 많은 제 본성을 서른 중반에야 찾았다.

"얼른 가시죠. 보셔야 할 게 생각보다 많답니다."

"일 좀 제때제때 하지? 나 죽다 살아난 거 몰라?"

경원의 짜증스러운 눈빛에 김 비서가 뜨끔했다. 과장이 아니라 경원은 이곳에서 한동안 두문불출 누워만 있었다. 남 몰래 다녀간 의사가 이 정도면 입원이 필요하다 만류했지만 그는 어떤 기록도 남길 수 없다며 거절했다. 서서히 열이 내리고 기력을 찾았지만 길게 꿰맨 팔엔 아마 흐린 자국이 남을 것이다.

"안 그래도 병원에 한번 나오시라 강 선생님 연락 왔습니다. 아니면 오신다구요."

"됐어. 그런데 주차장 부지는 내일 하지, 왜 또 지금이래?"

"그게…… 저도 잘. 그래도 꼭 가보시는 게 나을 거 같습니다."

"왜 이렇게 열성이야? 김 비서답지 않게."

경원의 미심쩍게 턱을 받쳤지만 김 비서는 미적미적 서류를 뒤적이며 그의 시선을 흘려버렸다. 그래도 명색이 비서로 뽑아놓고 죄 험한 일은 몰아 시킨 것 같아 경원도 나름대로의 죄책감이라는 게 들었다. 가장의 숙명이라지만 부인도 아이도 떼어놓고 여기까지 내려온 저 마음도 오죽할까.

"가자, 가. 하여튼 별일 아니기만 해봐."

물론 나 같으면 가장의 숙명이고 뭐고 부인 옆에만 붙어 있겠지만.

그 생각만 해도 오늘 하루 고단하기만 한 몸에 잠이 달아났다.

오랜만에 가뻔해진 사람들이 퇴근을 하자마자 술을 찾았다. 모두들 제나를 앞장세우고 싶어 했지만 그녀는 고개를 저었다. 피곤하다기보단 흥겨워야 할 술자리가 자신 때문에 가라앉는 것이 싫었다.

"누님, 가셔야죠. 이번 일은 대대적으로 포상도 있을 모양인데. 김 사장님, 아니, 누님 아니었으면……."

"제나는 놔둬."

"팀장님, 왜요? 누님이 제일 많이 마셔야죠!"

"제나 아마 따로 가야 할 데가 있지 싶다. 내가 다른 건 못 해주고…… 오늘 술병 한번 거하게 났다 해줄 테니 포상 휴가라 치고 내일은 오지 마라."

마지막까지 묵묵히 일을 마친 그녀를 다른 팀원들이 보낼 수 없다 옭아맸지만 박 팀장이 그들을 막아섰다. 눈치 없는 형식이 끝까지 매달렸지만 금세 남 형사 손에 끌려 나가고 팀장과 제나 둘만 남았다.

"제나야, 내가 성급했다. 너한테 뭐라고 해야 할지."

"팀장님은 그냥……."

안 그래도 고생을 많이 해 거칠하신 분이 어느 순간 자신을 볼 때마다 두 배로 늙어 보였다.

난 혼자서도 잘해.

난 관심 따위는 필요 없어.

성인이 되고 나서는 늘 그렇게 살았는데 둘러보면 그렇지도 않았다. 자신 때문에 마음고생을 하고 주름이 늘어버린 팀장님을 보니 속상할 뿐이다. 동시에 내게도 이런 사랑을 주는 분이 있다는 것이 그저 감사했다. 자식은 아무리 잘해도 부모 마음 못 따른다는데 지금도 그랬다. 자기 걱정에 노심초사하는 분을 두고도 그녀는 다른 이의 생각을 하고 있었다.

"팀장님은 그냥…… 내일 말고 또 하루 더 쉬어라 해주시면 감사하죠."

"그건 안 될 말이지. 나도 우리 팀에서 총경 하나 낼 거거든. 나제나 네 생각보다 야심 많다?"

일에는 칼 같은 박 팀장이 손가락으로 단호히 선을 그었다. 제나가 입꼬리를 올리자 천천히 고개를 끄덕거리며 손을 잡았다.

"그렇게 웃어야지. 네가 진짜 내 딸 같긴 한 모양이다."

"팀장님."

"네가 높은 자리 오르고 남들 우러러보는 사람 됐으면 했는데…… 그리 되면 너 있는 자리만 다르지 너 외로운 건 지금이랑 매한가지란 걸 몰랐다. 내가 이래."

제나의 손등을 두드리는 손엔 깊고 얕은 상처가 가득했다. 차마 마주 보지도 못해 그녀가 고개를 돌리자 지체하지 않고 등을 밀었다.

"얼른 가라. 내일까지 얼마 없으니. 김경원 씨한테는 내 대신……."

"걱정 마세요. 제가 팀장님 대신 죽도록 패줄 테니까요. 수틀리면 그냥 해치워버리죠 뭐."

"……그래도 신랑감 죽이진 마라. 그 사람 아니면 누가 너처럼 무서운 애 또 감당하고 살겠냐."

"설계를 지금 와서 바꾸자니 이게 무슨……."

피를 말리는 시간 동안 더 이상 웃을 수 있을 거라 생각 못 했다. 눈가를 꾹 누르고 서 있으니 찬바람 부는 길에는 그녀 혼자만 남아 있었고, 그 눈에서 손을 떼니 그 남자가 있었다. 마음이 비어 중간의 과정은 기억도 나질 않는다. 오로지 지금 이 순간, 뿌옇고 어수선한 공사 현장 사이로 팀장님과 자신을 합한 것보다 더 거칠고 날카로운 남자만 보였다.

"안녕."

기적이라도 본 듯한 얼굴이다. 어색한 웃음에도 이제껏 본 중 가장 행복해 보이는 그를 확인하고서야, 서로가 있는 현실로 돌아왔다.

"제나야."

자신을 안녕하지 못하게 만든 뻔뻔스러운 남자다. 꿋꿋이 있어 주기를 바랄 때에는 없더니 시키지도 않은 일만 해놓고 잘도 숨어 있었다. 얼마나 미운지 자신이 찾아왔다는 건 잊어버리고 앙칼진 눈으로 그를 뜯어보았다. 카키색 코트를 어깨에 걸쳐놓았는데 흩날리는 옷자락 사이로 흰 붕대가 보여 마음이 찌릿거렸다.

저러면 누가 좋아한다고. 총알도 피할 것처럼 뺀질거리고 다니더니 저 꼴이 다 뭐야.

"김경원 씨, 여기 계시면 안 될 텐데요?"

"왜?"

“지금 유은서 씨가, 더 베이 새 사장님이 당신 고소하겠다는 거 말리고 왔어요. 월급 다 받아 챙겨놓고 잠적했다고.”

목소리는 최대한 잠잠했다. 이런 인간에겐 동요하는 모습조차 아까웠다.

“이렇게 숨어라도 있으면.”

“…….”

“당신이 이렇게 잡으러 올 줄 알았어. 물론 아주 운이 좋으면.”

노려봐도 경원은 반응이 없다. 그의 한 마디 한 마디가 다 진심으로 느껴져 제나가 고개를 돌려버렸다. 이제 다 필요 없다, 됐다, 돌아가버리려는데 차를 어디에 뒀는지도 생각이 나질 않았다. 머릿속이 물기로 차버려서.

“……제나야.”

모른 척하면 속아줄까, 천천히 숨을 내쉬었다. 제 손 떠난 사람이라고 해도 이 남자한테 묻고 싶은 것들은 끝도 없었다. 그런 사람이 제 손목을 감싸 쥐자 입술을 꼭 깨물었다. 한 걸음 옆으로 다가온 그가 조심스럽게 다치지 않은 손을 들어 그녀를 안았다.

“내가 가려고 했어.”

“누구 맘대로. 언제 데리러 온다는 거죠?”

“너한테서 아무리 맞아도 살아 있을 수 있을 만큼 체력 회복하면, 그때 가서 너 데려오려고.”

“하, 데려와서 뭐하게!”

정리되지 않은 공사장 현장에서 미등이 몇 번 켜졌다 꺼졌다를 반복했다. 불이 켜질 때마다 그의 표정이 변했고 제나는 눈을 내렸다. 어떻게 한번 해보려고 그러겠지, 빤할 대답에 그녀의 숨이 거칠어졌다.

"모르지. 그걸 잘 모르겠어."

아직도 그는 제나의 손목을 놓지 못하고 있었다. 이 손마저 놓으면 정말 아무것도 아닌, 돌아서면 모를 관계가 될 것 같았다.

"내가 이제나 당신한테 하는 행동에 이유가 있던 적이 단 한 번도 없더라."

"……으음."

"나는 늘 마음 가는 대로 했는데 거기에 네가 있었어. 일부러 쫓아다닌 게 아닌데 잡고 보면 너였어. 즐겁고 좋은 건 늘 그다음이었어. 그때에는 몰랐지만."

이곳에서 제나를 기다릴 때에는 머릿속에 수없는 말들이 가득 차 있었다. 멀쩡한 척 붕대 없는 두 손으로 너를 안고 싶었다고, 여기에 네가 보아줬으면 하는 게 있다고, 또 클럽 이야기는 진짜 보석이나 건네면서 하고 싶었다고.

"내가 사실은……."

그러나 그 모든 것은 핑계였다. 열심히 살던 이 여자를 흔들어 놓고 제 잘못으로 아프게 했다. 한때의 즐거움이라고 생각했던 과거가 칼이 되어 돌아왔는데 자신이 아니라 이 여자가 찔리고 말았다. 그렇게 절절히 통감했다.

"당신 보기 싫어."

그녀의 목이 멨다. 그렇게 다 죽어가는 표정 할 거면 차라리 웃는 게 낫다. 그러면 할퀴어라도 줄 수 있으니까.

"나는 이제나 보고 싶었어."

사실 몇 번이나 보고 왔어.

제나를 볼 때마다 마음이 두근거려 그날은 일도 잘 못했다. 빨리 다 끝내놓고 가려 했는데 중독이 너무 심해서 매일 새벽 그 일을 반복했다. 오늘도 그녀가 오지 않았다면 자신이 새벽 공기를 맞았을 것이다. 멀리서라도 이렇게 제나의 앞에 섰을 것이다.

“더 예뻐졌네.”

그가 지난 시간을 돌이켰다. 고개 숙이고 경찰서에서 나오는 그녀를 볼 때마다 피가 한 방울씩 말랐다. 안 보면 좀 나으려나 억지로 외면하고 돌아서는 끝에는 한 바가지씩 가슴에서 피가 흘렀다. 그러다 깨달았다. 형체도 없이 증발하더라도 자신은 이 여자의 옆에 서고 싶었다.

“……도대체 당신 뭐야?”

“나도 몰라. 네가 좀 알려줘.”

내가 누군지. 내가 어떻게 살면 되는지.

“알 때까지 네 옆에 있어보려고. 처음보다 시간이 좀 더 걸려도 어떻게든 있어보려고.”

“누가 그러게 해준대?”

“……허락해줘.”

“…….”

“제발.”

그녀가 고개를 흔들었다. 그런다고 눈물이 마르지는 않지만 이 남자가 이렇게 기죽어 있는 게 싫었다. 지는 게 이기는 거라고, 마지막에는 기 한번 세워주고 싶어졌다.

당장에 이따위 남자라도 필요한 것은 자신이었고.

남은 생애에, 이런 일은 다시없을 테니까.

"경원 씨."
"응."
"나는 내가 하는 일이 너무 좋아."
"알아."
"내가 대단한 일 한다고 여기지는 않아도, 그 정도면 다른 사람 인생을 바꾸는 일이라 생각해."
"대단한 거 맞네."
풀 죽은 그의 말투에 벌써 웃음이 날 것 같다.
"그래서 나는 내 일을 포기 못 해."
"음, 그렇구나."
"그런데 난 경원 씨도 포기를 할 수가 없어."
눈앞에 두고도 믿기지 않아 남은 한 발짝을 다가서지 못했던 그가 제나의 말에 눈시울을 붉혔다. 자신이 포기하지 않는 것과 제나의 입으로 듣는 말은 그 차이가 컸다.
"내가 좀 욕심이 많은데, 나도 너무 외롭고 힘들게 살아서…… 그냥 욕심 좀 부려보고 싶어. 사람이라면 그럴 수 있잖아. 나는 당신처럼 해보고 싶은 거 다 못 해봤잖아. 참고 또 참으면서 살았다고."
"……."
"그러니까 힘들더라도…… 이번엔 당신이 좀 포기해줘. 나를 위해서."
경원이 한 손을 들어 어쩌지 못하고 이마를 꾹 눌렀다. 억눌린 한숨 소리가 한 번 더 커졌고, 제나의 목소리는 더 당당해졌다.
"당신이 클럽 같은 거 안 해도, 내가 당신 재미있게 해줄게."

"……."

"재미있고 즐겁고, 평생 웃으면서, 매일매일 그렇게 해줄 수 있어. 나는."

"으음……."

듣고 있던 그가 남은 한 손을 마저 들었다. 머리를 쓸 듯 이마를 내려오다 양쪽 눈가를 감쌌다. 그는 늘 화려하고 떠들썩하게 살았기 때문에 이런 볼썽사나운 꼴을 하는 건 처음이었다. 그런데도 제 자신이 부끄러운지 몰랐다.

"그럼 이제나 치안총감 못 될 수도 있어."

과거를 바꿀 수는 없다. 둘 모두 잘 아는 사실이다.

"거기까지는 나도 생각 없어. 바쁠 거 같아서."

"나도 너 바쁜 건 싫어."

"잘됐네."

하지만 그 과거가 미래를 바꾸는 것을 원하지 않았다. 서로 다르게 살아왔던 그들이 처음으로 한 지점에서 소망을 맞춰갔다.

"……우리도 이제 찾을 수 있지 않을까?"

미래. 희망. 그런 남의 이야기들.

한 번쯤은 내 이야기가 되면 좋을 이야기들.

"제나야, 오늘 며칠이지?"

"24일."

음, 그렇구나. 이번에도 자신 혼자만 선물을 받고 말았다. 모든 게 완벽한 여자에게 자신이 줄 수 있는 건 이제 하나밖에 없다.

"앞으로 내가 살아갈 날들을 전부 너에게 줄게."

"……."

"이제 난 네 거야."

작고 작은 말 한마디를 끝으로 그는 입을 다물었다. 지켜보는 그녀의 마음이 한없이 녹아내리다 그가 내민 손을 잡지 못하고 밀어버렸다.

"다시 한 번! 이딴 짓 또 해봐! 하기만 해봐!"

날 이렇게 만들어!

왜 이렇게 사람을 구질구질하게 만드냐구!

어두워서 눈물은 잘 안 보였다. 앞에 서 있는 한 사람 정도만 간신히 보인다. 원망과 화, 그리고 안도감이 가득 뒤섞인 그녀의 손에 힘이 제법 들어갔지만 경원은 밀려나지 않았다. 베테랑 형사에 유단자의 손길이니 잔뜩 멍이 들 텐데 그것 역시 그가 바라는 일이다. 영원히 이 순간이 가슴에 남아 오늘을 기억하기를 바랐다.

"사랑해, 제나야."

그의 생애에 미련이 가장 가득한 날.

12월 24일. 기적 같은 것을 믿지 않던 그가 34년치의 선물을 몰아서 받은 그날, 그도 세상에 다시 태어났다.

41
마지막 이야기

“양을 보니까 벌써 꽤 나간 것 같은데.”

“신종이라 투약 인원이 얼마나 될지는 모르겠어요. 지하 창고에 정제 기구까지 들여놨던데 150그램이면 대략 5,000명 분량은 될 것 같아요.”

어제 잡아 온 신종 마약과 피의자들을 놓고 제나가 그 가루를 살폈다. 세상이 크면 클수록 범죄도 늘어나고 마약수사대 임무도 끝이 없다. 누구한테 설명할 수 있을 만큼 정리가 된다 싶으면 또 다른 마약이 나타났고, 그에 따른 피의자와 피해자도 그 수가 늘어났다.

“검찰에서는 연락 왔어?”

“네, 유 검사님 복귀하셨잖아요. 구관이 명관이라고 강 검사님도 괜찮긴 했는데 확실히 유 검사님 일처리가 빨라요.”

현수는 원래 있던 곳으로 돌아갔다. 처음부터 긴 시간 있으려고 한 게 아니었고 본인도 직접 그렇게 의사를 밝혔다고 했다. 일주일 전 검찰청에 들렀다가 마지막으로 보았을 때 ‘네 얼굴 다시 봐서 좋았다.’ 하길래 ‘다시 안 보면 더 좋겠다.’ 대답했다. 그리고 현수가 처음으로 마음을 내려놓고 웃었다. 살면서 변함없는 사람 보고 가서 좋았다고.

"제나, 이리 와봐."

박 팀장이 그녀를 따로 불렀다. 석 달 전의 일로 괜한 마음을 쓰시지는 않을까 했는데 그 정도로 한가한 분이 아니다. 화가 나면 호통도 치고 기분이 좋으면 고기도 곧잘 쐈다.

"하실 말씀 있으세요?"

그런데 오늘은 달랐다. 할 말이 있는데 망설이는 듯한 기색에 그녀가 먼저 신경을 썼다.

"오늘 위에 갔다가 경찰청장님 만났어."

"아, 정말요? 왜요?"

워낙 높은 사람이다 보니 웬만한 직위에서는 따로 만날 일이 없다. 정말 큰 사건이 있거나 사적인 용무가 있거나, 둘 중 하나일 때나 그럴 만했다.

"……너 선 보란다."

"네?"

"전에…… 자기가 잘못 알아본 것도 있고. 뭐 너 저기 인터뷰랑 케이블 방송에서 강연했던 거, 그거 보고 자기한테로 연락이 왔대. 이번엔 아주 건실한 사업가라는데, 보증한다나 봐."

최근에 관련 사건으로 그녀가 뉴스 인터뷰를 했고 그 후 일명 '마약 같은 미녀'로 인터넷에 그 이름이 올랐었다. 공익 목적인 프로그램에 나가 청소년을 대상으로 작은 강연을 하기도 했는데 한 번 물꼬를 트자 계속 방송국에서의 연락이 이어졌다.

하지만 본업을 방해받는 부업은 그녀 자신이 싫어 모조리 거절했다. 남의 일 그만두라 한 사람은 자신의 일을 보란 듯 더 열심히 해야 했다.

“……이번에도 안 돼?”

“제가 안 한다고 하면 팀장님 곤란하신 거예요?”

“뭐, 아냐.”

“거짓말 참 못 하세요.”

팀장은 제나가 웃는 것이 좋았다. 딸 같아 그런지 힘든 일을 해도 웃으며 지내기를 바랐다. 돌아서는 제나의 어깨가 여전히 쓸쓸했지만 다른 말을 더 꺼내지는 못했다.

“누님, 팀장님이 뭐라고 하세요?”

“선 보라고.”

“아아…….”

공식적으로 제나는 솔로다. 마약수사대 팀원들은 그렇게 인지하고 있었다. 석 달 전 어느 클럽 사장과 잠깐 만났지만 진지한 관계가 되기 전에 정리했다고, 그 정도 선에서 믿어주는 ‘척’했다.

“그래서 말인데요, 누님. 제가 소개팅 한번 해드릴까요?”

“오늘 나한테 다들 왜 이러실까? 나 외로워 보여?”

“누님이야 아마조네스죠.”

알통을 만들어 내미는 형식을 가볍게 때렸다. 엄살을 피우면서도 제나의 걸음을 놓치지 않고 바로 따라붙었다.

“우리 명아가 잘 아는 오빤데 정말 끝내주게 잘나간대요.”

“명아 씨는 잘 지내?”

“아우, 누님. 저 이러다가 먼저 날 잡게 생겼습니다.”

덩치는 저렇게 커다란 놈이 제 감정 감추는 공간만 모자란 건지 웃음이 흘러 흘러 넘쳤다. 아니, 웃음을 가득 채워놓고도 보이는 것만 저 정도라는 게 맞다.

"조카 먼저 생기는 건 아니지?"

"……누님도 참."

대답이 나오는 템포가 느린 걸로 보아선 영 가능성이 없는 말은 아닌 듯했다. 어렵게 들어온 선에 나가더니 처음 연애를 하는 사람 특유의 뿌듯함과 달달함이 뚝뚝 떨어진다. 보는 그녀가 다 흐뭇했다.

"하여튼, 나 이제 간다. 내일 쉬니까 모레 봐."

"네. 아, 참, 소개팅 하시라니까?"

고개도 돌리지 않던 그녀가 오른손을 들어 가볍게 흔들었다.

한다는 건지, 만다는 건지. 그의 깜찍하고 귀여운 애인이 말했던 대로 '끝내주게 잘생기고 돈 많은 오빠'라고 할 걸 그랬다.

하기야 그 정도는 돼야 전에 만나던 사람이랑 견줄 만하겠지.

시동을 끈 곳은 청평이었고 오랜 운전의 여독도 잠시였다. 차에서 내리기 전에 조수석에 있던 선물 박스를 제 무릎에 놓고 다시 열었다. 너무나 앙증맞은 아기 신발 두 개와 곧 다가올 봄에 쓰면 좋을 솜털 같은 모자. 부모가 워낙 대단한 사람들이니 이 정도 선물은 약소하겠지만 그래도 성의를 가득 담았다.

"우와, 경찰 언니 왔네요! 언니가 안 그래도 기다렸는데!"

제 조카를 안고 있던 은우가 정원 끄트머리에 있다 제나를 가장 먼저 발견했다. 머리에 바람개비까지 달고는 조카가 웃을 때마다 의기양양했다.

“서정우, 이모 봐봐. 안 돼, 그거 만지면 안 돼. 떨어져.”
“정우야, 안녕? 은우 씨, 제가 안아봐도 돼요?”
“목 조심하셔야 돼요. 아이, 그렇게 말구요. 꼭 목 받치셔야 돼요.”
선물 먼저 건네고 아슬아슬 정우를 안아 들었다. 아빠를 그대로 찍어놓은 모습이 신기해 그 볼을 깨물어주고 싶다. 두 눈 부릅뜬 이모의 감시에 차마 그러지는 못했지만 보기만 해도 가슴이 뭉클했다. 내일은, 또 그다음 날은 어찌 자랄지 기대가 인다.
“연우는요?”
“연우는 너무 탐내는 사람이 많아서 저한테까지 차례가 안 와요.”
강재의 대단한 딸 사랑은 소문이 자자했다. 은서는 일찌감치 두 손 두 발 다 들었고 볼 때마다 행복한 푸념이 흘러 나왔다.
“제나 씨! 왔어요?”
“안녕하세요. 축하드려요.”
정우를 안고 걸어 나오자 일찌감치 불을 밝혀놓은 정원에서 오늘의 주인공들을 만났다. 쌍둥이들의 백일을 맞아 각계각층에서 온 손님들이 끝도 없었다. TV에서 본 사람도 드물지 않았고 그 이름이 바로 나올 만한 유명인도 꽤 많았다.
“와, 정말 화려하네요.”
“그렇죠? 그런데 제 취향 아니에요.”
은서가 아직 시간이 남았다며 그녀의 손을 끌었다. 조명 하나에서부터 풍선 장식에 대형 얼음 조각까지, 어느 하나 쉽게 눈을 뗄 수 있을 만한 것이 없다. 언젠가 이런 비슷한 장면을 본 적이 있었는데 그때와는 다른 점이 하나 있었다. 오늘의 화려함에는 따스한 애정이 가득했으니까.

작은 장식 하나에도 준비한 사람의 사랑이 담겨 있었다. 그래서 이런 취향이 아니기는 마찬가지인 제나조차 꼭 나쁘지는 않다고 생각했다.

"사실 백일이 뭐 별거라고 이런 유난인지 모르겠어요. 저는 집에서 간단하게 케이크에 불이나 끄면 좋겠다 했거든요."

"아무래도 서 대표님이 워낙 사업을 크게 하시니."

"아, 그런 건 문제가 아니에요. 그 사람도 이런 거 딱 싫어하거든요."

은서가 의미심장하게 웃었다. 급한 성격도 아닌데 벌써부터 입가가 간질거렸다.

"저희 돈이면 이렇게 안 하죠. 그런데 돈 많은 친구 하나가 꼭 이렇게 해야 된다 야단법석을 떨었어요."

유은서는 좋은 것도 나쁜 것도 두 배로 갚지만 애프터서비스도 철저했다.

"뭐, 해준다는데 굳이 거절할 이유는 없잖아요. 안 그래요?"

"그렇네요."

한쪽에서는 연우가 어떤 재롱을 부렸는지 와르르 웃음이 쏟아졌다. 사람들이 가득 모여 흩어질 줄을 모르다가 가운데 선 주인공이 자리를 옮기며 그 대형이 흩어졌다. 볼 때마다 더 예뻐지는 연우는 인형처럼 깜찍했고 연우를 안고 있던 남자는 여전히 소년 같았다.

"어머, 말해놓고 보니 여기 오셨네. 제 친구예요."

"예비사돈이죠, 은서 씨."

"제발 부탁인데 그 말 강재 씨 앞에서는 하지 마요. 오늘은 평화롭게, 알죠?"

경원이 마지못해 연우를 은서에게 돌려주었다. 지극히 조심스러운 손길이라 아기는 제가 누구 손을 타는지도 모르고 방실거렸다. 그 천진난만한 미소가 마음에 닿아 제나가 시선을 떼지 못했다.

"난 이제 가봐야겠어요. 아, 참. 두 분 구면이시던가?"

은서가 흔치 않게 소리를 높였다. 아이의 사진을 찍느라 따라붙은 촬영 기사들 뒤로 친분이 있는 기자 몇이 돌아보았다.

"두 분 인사라도 하시죠. 이것도 인연이잖아요."

"……."

이 남자와는 꽤 오랜만이었다. 그날, 그곳에서 하루를 보내며 다음 날까지 안고만 있던 그가 떠나기 직전 그녀에게 미안하다 사과를 건넸다. 제나는 무엇이 미안하냐 물어보지 않았고 그 후로 일체 다른 연락이 없었다.

그렇게 석 달이 지났다.

너무나 길었지만, 적당했던 그런 시간.

누구도 바쁜 제나에게 과거의 일을 묻지 않고, 은서가 서서히 클럽의 새 사장으로 알려질 만한 그런 시간.

"안녕하세요. 제이엔 리조트 대표 김경원입니다."

그가 무엇 하나 거리낄 것 없이 그녀에게 다가갈 수 있는 시간.

"안녕하세요. 서울지방경찰청 마약수사대 이제나 경위입니다."

누구도 의문을 던지지 않을 정중하고 자연스러운 만남.

눈치 빠른 기자들이 안주인의 눈치를 살폈다. 그들에게 알려진 유은서는 남편 못지않은 여자로, 이유 없이 이곳까지 자신들을 초대할 사람이 아니었다. 워낙 유명인이 많이 모인 자리이니 어디에 있는 누구를 찍어도 기삿거리가 되겠지만 오늘은 여기, 이곳이라는 것을 알았다. 한 명이 적당히 펜을 들었고 다른 하나는 카메라를 꺼냈지만 은서의 고갯짓에 막혔다. 괜한 플래시 세례로 석 달을 기다려온 두 사람의 오늘을 망치게 둘 수는 없었다.

"그러고 보니 두 분 참 잘 어울리시네요. 배 기자님, 그렇지 않아요?"

"아, 그러시네요. 청년 사업가와 또……."

"미녀 경위님이요. 혹시 모르죠. 미래에는 경찰청장이 되어 있으실지."

답지 않게 너스레도 한번 떨었다. 오늘 은서가 할 일은 이것이 마지막으로, 이제는 쌍둥이 엄마와 한 남자의 아내로 돌아갈 시간이다. 제나에게서 정우까지 받아 안은 은우가 얼른 가자 앞장을 섰다.

"그럼 자리 옮기죠. 제나 씨, 경원 씨, 두 분 즐거운 시간 되세요."

뒷모습도 상냥한 은서가 남편에게 가는 길 한가운데서 정우를 고쳐 안았다. 그사이를 못 참은 강재가 달려와 연우를 받았고 쌍둥이들의 손이 얽히며 다시 즐거운 웃음이 넘쳐흘렀다.

"……저 아세요?"

꼭 제 앞에서만 입을 다무는 그가 얄밉다. 그럴 거면 빤히 쳐다보지나 말든지.

"팬이거든요. 며칠 전에 TV에서 봤었는데, 너무 멋져서 이제 경감님 정도 되지 않으셨을까 했어요."

말이 쉽지, 그게 그렇게 막 달 수 있는 계급이 아니다. 하여튼 이 남자 말하는 건 변함이 없다.

"전에 뵈었을 때보다 시간이 너무 많이 흐른 것 같아서, 그 정도 되신 줄 알았어요, 저는."

"김 대표님이야말로 리조트 하시는 줄 몰랐어요."

"열심히 살아보고 싶어서요. 재미는 없지만 보람은 있네요."

어떤 상황에서건 당당하게 지켜주고 싶은 사람 옆에 있고 싶어서.

뒤따르는 작은 울림은 못 들은 척했다. 오히려 뒤에 있던 기자 하나가 관심을 보였다. 둘이 첫 만남은 아닌 건가, 몇 년 전에 한 번 본 사이인가 보다 머리를 끄덕였다.

"이 경위님이야말로 저 자꾸 보시던 것 같은데, 혹시 절 아시는지?"

"아, 전 남자친구 닮았어요. 세상에 그런 인간이 여기 또 있구나 했네요."

여자가 경찰이라더니 무드는 없는 모양이구나, 분위기가 썩 좋지는 않아 몇 줄 적어보려 쥐고 있던 펜을 고민스레 돌렸다.

"그러셨구나."

경원이 안타깝게 머리를 쓸었다. 그리고 지나가던 웨이터에게서 샴페인을 두 잔 받아 한 잔을 제나에게 건넸다.

"……제 첫사랑 닮으셨어요, 이 경위님은."

"하아……."

그녀가 고개를 돌리자 기자가 남 몰래 안타까워했다. 여자는 무드가 없고, 남자는 어쩜 저리 눈치가 없을까. 어쩌자고 여자한테 첫사랑 같은 금기어를 꺼냈을까. 둘 다 연애엔 숙맥이니 여긴 별거 없구나 싶어 자리를 옮기려는데 언뜻 본 두 사람의 눈빛은 또 그렇지 않았다. 저런 간절하고 사랑스러운 눈빛은 결혼식 취재를 다닐 때 가장 행복한 연인에게서 본 적이 있다.

"오늘 저희 집 작은 경사에 모여주신 손님분들께……."

집주인의 낮은 목소리에 금세 모든 관심이 정원 한복판으로 쏠렸다. 이곳에서 망설일 시간이 없는 사람들이 모두 자리를 옮겨가자 드디어 단둘, 경원과 제나가 오랜 기다림의 고요 속에서 서로를 마주 보았다.

"……혹시 다음 주 토요일에 시간이 되실지. 아직 갈 길은 멀지만 저희 리조트에 꼭 초대하고 싶어서요. 정리도 대충 끝났고 혹시 온천 좋아하시면."

"좋아하면요?"

"만들어야죠."

"싫다면요?"

"메워버리려구요."

기가 차서 날카롭게 쳐다봐도 그는 백만 가지 대답을 준비해놓고서 기다리고 있다. 전이나 지금이나 그를 말로 이기기는 불가능했다.

"바빠요. 저 선 보거든요."

일부러 시선을 저 멀리 쌍둥이들에게 돌렸다. 왜 그런지 알면서 속이 탄 그가 어깨를 축 늘어뜨렸다.

"그럼 일요일은?"

"그날도 소개팅 해요. 나이가 있어 그런지 주위에서 가만두질 않네요."

"이렇게 동안이신데 도대체 누가 그런 소리를 할까? 이거 참 마음이 아프네요."

어찌 나오나 보려고 한 것도 아닌데 질투 하나 없는 남자에게 화가 났다. 한없이 유치해지는 스스로에게도 화가 나기는 마찬가지다.

"이제나."

그녀의 앞을 경원이 막아섰다. 싱긋 웃는 모습이 너무 행복해 보여 화도 못 내겠다.

"그러기에 좀 덜 예쁘지 그랬어?"

"하!"

넌 앞으로 나만 봐야 돼. 내가 그런 것처럼.

지난 석 달간을 그가 살아온 평생에 비할 만큼 피 마르는 하루하루를 보냈다. 모두 내 죄요, 하면서도 어떤 날은 아침 동이 틀 때까지 안개 속을 헤매기도 했다.

그렇게 기다리던 오늘인데, 이제나가 꿈같이 예뻐서 이것도 꿈이 아닐까 싶다.

"당신은 늘 이래!"

"나는 이제나가 늘 이러면 좋겠어."

한 발 더 가까워진다. 가까이서 본 그는 변하지 않는다. 수개월 그녀가 바랐던 그대로.

"오래오래. 내 옆에서."

그녀가 다음 주 토요일에 만날지도 모르는 '건실한 사업가'는 '리조트 대표 김경원'이었고 일요일에 만날 '끝내주는 오빠'는 '돈 많고 다정한 김경원'이었다. 또 2주 후에 그녀의 출장길에 우연히 그녀 옆에 앉을 남자는 '여행자 김경원'이며 한 달 후에 그녀의 옆집으로 들어갈 남자는 '이웃 주민 김경원'이었다. 또 어느 순간쯤 되면 '경찰청장 이제나의 남편, 김경원'이 되는 날도 있겠지.

그렇게 그녀 인생에는 끝도 없는 '남자 김경원'이 있었고 아마 어느 순간에는 눈치를 채더라도 모른 척할 '여자 이제나'가 있었다.

"……조신하게 잘 있었어?"

한시도 더 견디지 못할 인내의 끝에서 그녀가 먼저 솔직해졌다. 경원이 천진한 얼굴을 구기며 찡그렸고 제나가 그린 듯 선명하게 웃었다.

"확인해보든가."

에필로그 1

the Winner, Grand Final

바쁜 틈틈이 휴대전화로 안부를 묻고, 그 사람이 어떤 음식을 먹었는지 궁금해했다. 퇴근할 때쯤 만나 영화를 보기도 했고, 그 영화의 수위에 따라 아예 영화를 찍기도 했다. 웃으면 왜 웃는지 궁금하다가도, 화내면 이유를 몰라도 좋으니 웃기만 하면 좋겠다 생각했다.

그런 평범한 연애를 6개월이나 지속했으니 이제 경원의 고민은 하나뿐이었다.

"경원 씨, 뭐해? 안 내려가? 늦었다며."

"……."

도대체 이 여자가 자신과 결혼을 할 마음이 있는지.

"그냥 새벽에 갈래. 지금 가봤자 막힐 거 같아."

"막히긴. 그냥 빨리 가. 미적대다 사장이란 사람이 지각할라."

아무래도 없는 것 같다. 이럴 수가 있나. 머리를 말리며 툭툭 내뱉는 그녀의 말이 바늘처럼 경원의 가슴을 쿡쿡 찔렀다.

오후에 서울로 올라왔으니 이제 겨우 대여섯 시간 같이 보냈을 뿐인데 자신을 얼른 보내려 하는 그녀가 야속했다.

아니, 등을 미는 그녀의 손길은 자신을 못 쫓아내 안달이 난 사람 같았다.

누가 알까, 사랑은 이렇게 멀쩡한 남자의 눈을 뒤집는 재주가 있다는 것을.

"왜 그러는데? 어디 아파?"

따지자면 마음이 아팠다. 식탁 위로 멍하게 한 팔로 머리를 받친 그가 이상했는지 제나가 천천히 다가왔다. 공허한 목소리만큼이나 쓸쓸한 눈빛이었다.

"그냥 좀."

오늘 경찰청 앞에서 그녀를 보는 순간, 세 시간여 쉬지 않고 운전을 했던 피로가 모두 물러갔다. 자신과 마주 서놓고 지나가던 남자 동료에게 손을 흔들던 그녀의 모습에 무작정 차로 밀어 넣었다. 한 번씩 영화를 볼 것도 없이 처음부터 찍어야 하는 날이 있었는데 오늘이 그랬다. 바로 그녀의 오피스텔로 돌아와 침대가 내려앉을 정도로 뒹굴었다.

"나 억울해."

"뭐가? 갑자기 왜?"

목소리가 우울해진 그에게 제나가 부쩍 다정해졌다. 어리광을 부릴 나이도 아닌데 경원은 괴던 팔을 내려놓고 대리석 상판 위에 뺨을 붙였다.

"난 너랑 아무것도 못 하고 침대에만 있었는데 시간이 이렇게 돼버렸어."

"……침대에만 있었으니 그렇지."

"도대체 내가 뭘 했다고."

"……뭘 했는지 몰라서 그래?"

그래도 곧 떠날 연인을 대하는 그녀의 태도는 인내심이 깊었다. 어떻게든 달래보려 했는데 마치 침대 위에서 곱게 잠만 잤다는 듯한 그의 말투에 슬슬 힘줄이 부각되고 있었다.

그녀는 지금 정확히 세 번째 샤워를 하고 나온 참이었다.

"이봐요, 김경원 씨. 내가 한 시간 전에 샤워를 했는데 지금 왜 또 하고 나왔는지 알아?"

"……이제나는 물을 좋아하니까?"

"이 사람이 정말!"

그녀가 기어이 곰곰이 생각하듯 입술을 내밀고 있던 경원의 뺨을 꼬집었다. 주말 커플로 며칠 만에 만났으니 다소 성급하게 달려든 정도는 얼마든지 이해할 수 있었다. 하지만 첫 정사의 흔적을 가뿐히 지우고 나오자마자 그에게 양팔을 붙들렸다. 지나치다 우연히 본 것도 아니었다. 맨 몸으로 침대에 걸터앉아 다리를 꼬고 있던 걸 보면 처음부터 그러려고 기다리고 있었다.

「안녕?」

그는 아주 기본적인 5천만의 인사를 그 누구보다도 섹시하고 의미심장하게 하는 재주가 있었다. 성큼, 한 번에 다가서더니 벽으로 그녀를 밀어붙여 수건 위로 손가락을 걸었다.

그때부터 샤워의 의미가 없어졌다. 머리부터 발끝까지 그의 혀가 오가며 소유욕 깊은 흔적을 남겼다. 도저히 씻지 않고는 배겨나지 못하게 해놓고선 그 자신은 태연하게 손을 흔들었다.

「다녀와. 기다릴게.」

경원은 마치 성격 고약한 맹수같이 굴었다. 먹잇감을 놓아주었다 더 먹음직스럽기를 기다리는 못된 장난을 계속 했다. 그녀가 달콤한 향을 묻히고 오면 키득대고 다가와 앞발을 놀렸다. 강한 힘으로 그녀를 옭아매고 갖가지 체위로 그녀의 구석구석을 확인했다.

더 이상은 힘들다 소리를 질러야 그는 아쉬운 입맛을 다시며 가증스레 그녀를 토닥였다.

「쉬이, 알았어. 다 알아, 괜찮아.」

옆으로 누워 이번이 마지막이라 속삭였다. 속는 듯 찜찜함은 남았지만 이제 곧 갈 사람이니 뭘 더 어쩌겠나 했다. 자신도 여자라고 깔끔한 몸으로 배웅을 하고 싶어 없는 힘 짜내어 겨우 씻고 나온 참이다.

그래놓고 뭘 했냐니, 이 남자는 무슨 염치로 이리 구슬피 슬퍼하는 걸까.

애초에 염치라는 게 있기는 한 걸까.

"……이제나. 내가 뭐 하나 물어봐도 돼?"

"응? 그래."

조용히 흘러나온 말에 그녀가 얄미움을 감춰두었다. 언제부터인지 그가 나지막하게 자신의 이름을 부르면 목을 울리는 긴장감이 생겼다. 무슨 말이 나올지 괜히 귀를 기울이게 된다.

"당신은 내가 가는 게 서운하지 않아?"

"……어쩔 수 없잖아."

짐짓 아무렇지 않은 척 제나가 딴청을 피웠다. 자신의 말에 그의 표정이 더 어두워지는 줄도 모르고 그의 뺨 근처에서 손가락을 또로록 굴렸다. 서너 번을 더 그럴 동안 반응이 없던 경원이 다시금 질문을 던졌다.

"어쩔 수 없으면, 그렇게 포기가 빠른가?"

"그럼 어떡해? 당신 리조트 일 좋다며. 보람도 있고 마음에 꼭 든댔잖아."

"내가 왜 그 일에 보람을 느끼는지 몰라?"

그녀의 손가락이 완전히 멎었다. 그사이 고개를 든 경원이 그녀의 손을 끌어 제나를 무릎 위에 앉혔다. 혹시 또 수건을 던져댈까 제나가 앞가슴을 여몄지만 그의 관심은 다른 데 가 있었다.

"난 안 가고 싶어."

"그거야."

"내가 있고 싶을 때까지 있어도 네가 그걸 자연스럽게 받아들이면 좋겠어."

"……."

"내가 몇 시에 이 집에서 나서든, 제나 네가 잘 가란 소리 대신 빨리 오란 소리를 했으면 좋겠어."

가슴 앞에 멈추고 있던 그녀의 손이 파르르 떨렸다. 어쩐지 얼굴이 화끈거렸다. 드문드문 진지할 때가 있는 남자지만 이런 건 반칙이었다. 맹수처럼 굴었으면 끝까지 그럴 일이지, 이런 얼굴로 이런 목소리로 속삭이는 건 약았다. 그런데도 달콤했다.

"난 하루 종일 이 시간을 생각해. 넌 리조트가 내 집이라 말하지만 난 아냐. 여기에 돌아오려 일하는 거야."

"난 그런 뜻이 아니라……."

그녀의 말소리가 점차 줄어들었다. 방긋 씻고 나온 손 안에 땀이 차는 기분이다. 경원 역시 쏟아내듯 진심을 말해놓고 오늘따라 유독 다급한 자신이 이상했다. 처음엔 어서 가라는 그녀의 말에 마음이 상한 줄 알았는데 그게 아니었다. 둘 다 각자의 방식으로 떨림을 감추고 있었다.

"당신 말은 아예 여기서…… 그냥 나랑 같이 살고 싶다는 거잖아."

"응."

뭐 그리 당연한 것을 묻느냐 그의 대답은 망설임이 없었다. 그러고는 제나의 손가락을 받치듯 들어 올려 입을 맞췄다.

"난 당장이라도 상관없는데, 이제나는 끝내주게 잘나가는 경위님이고."

"그건 또 뭐야."

"아무래도 공무원인데 사람들 눈도 있고."

"……."

"그럼 어쩌지?"

난해한 질문에 그녀가 어깨를 밀치듯 자리에서 일어섰다. 딱히 쏘아보진 않았지만 한 발짝 물러서는 걸음이 재빨랐다.

"경원 씬 어째야 할 거 같은데?"

"그거야…… 결혼을 하려면…… 일단은 내가 이제나에게 청혼을 해야겠지."

하, 제나가 머리를 쓸며 등을 돌렸다. 손부채질이라도 하고 싶은 것을 간신히 참으려는데 경원도 같이 일어나 뒤에서 그녀를 안았다. 사실 그 역시 혼란스럽다. 제나가 자신과 결혼을 할 마음이 있는지 없는지에 온 관심이 가 있다가, 생각지 못하게 구체화되자 가슴이 터질 듯 두근거렸다. 그간 한 짓이 넘치니 서두르지 않으려 했는데 이제 늦었다.

"그래. 그거였어. 내가 너한테 청혼을 하면……."

"내가 받아들일지 말지 결정을 내리겠지."

"……뭐?"

당연히 하는 거 아니었나?

당장이라도 그녀의 몸을 눕힐 듯 굴던 그가 멍하게 몸이 굳었다. 그가 상상하는 결혼의 모든 과정에는 이제나 특유의 쿨한 승낙이 기본적으로 내재되어 있었다. 그래서 지금 이 순간이 그 어느 때보다 당황스럽고 진땀이 났다.

"해야지. 나랑 해야지."

"하아, 그게 왜 그렇게 당연한데?"

"넌 내 여자니까."

누구 맘대로, 제나가 안쪽으로 들어가더니 가운을 걸치고 나왔다. 손을 못 대게 하려는지 선을 긋는지 알 수가 없어 경원이 애를 태웠다.

"설마 나랑 결혼 안 한다는 거야?"

"그럼 내가 무조건 해야 한단 거야?"

양손으로 허리를 짚은 그녀가 먼저 현관문을 열었다. 이미 옷을 차려입은 경원이 미적거리자 구두까지 밀어주며 냉정하게 그를 내몰았다. 도대체 어디에서 기분이 상한 건지 알 수 없었다. 사실은 이게 기분이 상한 건지, 놀란 건지도 정확하지 않다.

"일단 내려가. 나중에 다시 이야기해."

"이제나. 청혼을 하면 난 네가 당연히."

"해! 하고 얘기해! 일단 해보라고!"

바보 아냐?

"청혼을 해야 내가 대답을 하든가 말든가 할 거 아냐!"

조금 흥분해버렸다. 입이 벌어진 경원을 억지로 밀어내고 재빨리 걸쇠를 채웠다. 손잡이에 힘을 준 그가 지금은 이런 데 힘쓸 때가 아니란 걸 깨닫고는 한 뼘 사이로 보이는 그녀의 얼굴에 집중했다.

"……난 한 줄 알았는데."

"안 했어! 안 했다구!"

"……왜 안 하고 있었지?"

"만날 때마다 침대에만 있었으니 그렇지!"

"……아, 그래, 이제라도…… 할 건데. 그럼, 해야지."

좁은 공간으로 보이는 그의 얼굴이 웃는 듯 마는 듯 얼이 빠졌다. 순식간에 돌아서더니 몇 걸음 못 가 당당하게 다시 문틈으로 다가왔다.

"그런데 나 원래 못 기다리는 거 알잖아. 성격이야."

"어쩌라구?"

"청혼을 할 건데, 대답만 지금 좀 미리 해주면 안 될까? 너무 궁금해서 그래."

"……."

"물론 안 되겠지. 농담이었어."

이해한다는 듯 경원이 고개를 끄덕였다. 평소처럼 능글맞고 자연스러워 보였지만 눈을 찡긋대고 엘리베이터로 걸어가는 방향이 정반대였다. 거기까지 보던 그녀가 철컹이며 문을 완전히 닫았다.

"하아……."

돌아선 제나가 현관문에 머리를 기대고 숨을 들이마셨다. 제법 깊게 숨을 채웠지만 속까지 달아오른 마음은 조금도 식질 않았다.

오늘의 네 번째 샤워를 해야겠구나, 가만히 양뺨을 감쌌다.

"사장 아저씨, 왜 또 그러세요?"

"……아냐, 하던 일 해."

방학을 맞은 은우는 경원의 리조트로 피난을 왔다. 쌍둥이들을 업고 안고 다니느라 어깨가 빠진 것 같다 징징대더니, 그다음 날부터 리조트 카페에서 아르바이트를 시작했다. 누구도 일을 시키지 않았건만 몸에 밴 습관이 무서워 일을 하지 않고는 견딜 수 없는 몸이 되어 있었다.

"아, 왜 그러시냐구요!"

"……하던 일 하라고."

"아, 정말!"

정말인지 무시하려 애썼다. 갈 데가 없어 지상 낙원이라는 경원의 리조트로 오긴 했지만 여기까지 와서도 테이블을 닦고 있는 자신이 한심스러웠다. 거기다 일단 도망을 나오는 데 급급했던 터라 여기로 오면 경원을 매일 보아야 한다는 것을 잊고 있었다. 다행히 주말을 맞아 경원이 서울로 간다길래 한숨 돌리나 했는데 내려온 얼굴은 넋이 나가 있었다. 사람이 불러도 대답도 느렸고 한 번씩 대들어도 반응이 없었다.

그러면 가만히나 두든가, 그래놓고 경원은 굉장히 오묘한 얼굴로 은우를 졸졸 따라다녔다.

"그러고 보니 우리 원조교제 처제도 여자였지."

"……몰랐네요."

"그래서 말인데, 내가 그냥 좀 물어보고 싶은 게 있는데."

그의 이런 모습은 몇 년을 통틀어 딱 한 번 본 적 있었다. 제나와 평범한 데이트를 하고 싶다는 소망을 담던 어느 날, 꼭 이렇게 소년 같은 모습으로 도움을 청해왔다.

"……아, 안 물으시면 좋겠어요."

"가만있자. 쌍둥이 엄마 번호가 여기……."

"아, 알았다구요! 왜요!"

은우는 그때의 후환을 잊을 수가 없었다. 그 커다란 클럽의 청소를 하느라 생긴 트라우마로 아직도 밀대를 보면 속이 울렁거렸다. 지금 와서 다시 얽힌다면 또 어떤 업보를 짊어지게 될지, 상상만 해도 손끝이 부들거렸다. 적당히 대꾸만 해주고 오늘 밤이라도 다른 피난처를 찾아 도망가는 게 가장 좋을 것 같았다.

"사실은 내가 뭘 좀 하고 싶은데 이걸 해본 적이 없어서. 처제가 좀 도와주면 좋겠어."

"뭘요?"

"아주 쉬운 거야. 이건 여자면 모를 수가 없는 거거든."

"……."

"그럼 혹시 알아? 어느 날 깜짝 하고 조 실장이 네 옆방에 묶여 있을지.”

그는 넋이 나간 순간에도 상대방이 혹하게끔 사람을 꼬여냈다. 마침 은우 역시 드물게 학습 효과라고는 없는 아가씨였다. 거기다 지금의 경원은 그때보다 훨씬 더 초조하고 들떠 있으며 꽤나 당황한 듯 보였다.

이런 기회가 평생에 또 있을까.

제나와 만나는 이상 분명 또 생기겠지만 은우는 순간의 유혹에 약했다. 그렇게 태어났고 그렇게 길들여졌다.

“뭐, 뭔데요?”

“평범하면서도 끝내주고, 무난하면서도 평생에 잊을 수 없는, 떨리면서도 눈물이 글썽해서, 도저히 예스라고 대답 안 할 수가 없는…… 그런 프러포즈.”

“…….”

“참 쉽지?”

형식은 공식과 비공식을 모두 합쳐 서울지방경찰청 내의 가장 행복한 남자였다. 동료들은 그가 첫 연애를 무탈히 지속해나가는 것을 모세의 기적에 비견했고, 지금 그 여자와 결혼 이야기가 오가는 것을 경찰청 올해의 뉴스로 꼽았다.

하지만 그중 대다수는 아가씨가 불현듯 제정신을 찾으면 식장에서라도 도망을 갈 것이라 기대하고 있었다.

“그래, 명아야. 오빠는 일하지. 그럼, 우리 명아 고생 안 시키려고…… 뭐?”

남 형사가 그 커다란 덩치로 손바닥만 한 휴대전화에 매달려 있는 형식을 보고 혀를 끌끌거렸다. 사람들 다 있는 데서 그 호들갑을 떨길래 또 저런다 했는데 어느 순간 말이 멈췄다. 정말 무슨 일이 생겼나, 하나둘 형식을 돌아보는 사람이 늘었다.

"어, 어제까지 그런 이야기 없었잖아. 어머님이? 천생연분이라는 우리 궁합이 왜 하루아침에 뒤집혀? 아니, 왜 울어. 걱정하지 마. 오빠가 다 알아서 해. 명아 넌 아무 걱정 마."

이제 날 잡을 일만 남았다며 좋아하고 있었다. 예비 장모님이 궁합을 보신다기에 떨리는 마음으로 기다렸더니 바로 어제, 더없이 좋은 부부의 연이라며 기쁜 소식을 알려왔다. 사람 일이 되려면 또 이렇게 되는구나, 지긋지긋한 모태솔로의 운명을 탈출함에 세상만물이 아름다워 보였다.

사랑스러운 명아를 소개해준 경원이 눈앞에 있다면 체면 차릴 것 없이 절이라도 덥석 하고 싶었다.

그랬는데.

"어, 어떻게 그럴 수가 있는데? 왜 그 좋다는 궁합이 갑자기…… 뭐? 누가 누굴 매수해?"

형식의 절절 끓는 목소리가 얼음물을 끼얹은 듯 가라앉았다. 그 사이 박 팀장을 포함해 그에게 다가오는 인원이 늘어났지만 끊긴 전화를 든 그는 입술만 바르르 떨고 있었다.

"형식아, 왜? 명아 씨가 뭐라는데?"

"……팀장님."

보다 못한 박 팀장이 그의 어깨를 흔들었다. 남 형사가 찬물을 가지러 간 사이 몇 번 더 그의 등을 내리치자 서서히 형식의 입이 떨어졌다.

"말 좀 해! 답답해서 알 수가 있나. 누가 뭘 매수했다는 건데!"
"기, 김 사장님이……."
"김 사장? 혹시 김경원 씨? 아니, 김경원 씨가 왜?"
"……무당을 매수했대요."

제나는 그날 이후 아주 사소한 것 하나에도 가슴이 들쑥날쑥했다. 그가 언제 어디서 무슨 말을 할지 모른다는 긴장감이 모든 신경을 지배하고 있었다. 여전한 무표정으로 경찰서를 종횡무진 누볐지만 휴대전화 벨소리 한 번에도 눈이 질끈 감겼다.
"……그래요. 응. 알아. 괜찮아."
경원이 이번 주에는 오기 힘들겠다는 말을 꺼내자 한껏 들떠 있던 가슴이 한순간에 내려앉았다. 목소리는 태연했지만 들고 있던 캔 커피를 힘없이 놓치고 말았다. 그대로 창가에 기대어 머리를 크게 한 번 쓸어내렸다.
뭐야, 이 남자.
처음부터 말을 말든가!
괜한 화풀이처럼 울컥 열이 올랐다. 그가 오지 못한다는 게 그렇게 열을 받을 일인가 생각했지만 그런 건 아니었다.
경원은 리조트 사업을 시작한 후 세상 그 누구보다도 열심히 일했으니까.
제나 역시 달라진 애인의 모습을 볼 때마다 마음이 벅찼다. 여느 애교 많은 여자들처럼 생글거리며 어깨를 주무르는 일은 못 하겠지만 어느 오후, 서류를 들고 집중하는 경원의 모습에 쉽사리 그의 이름을 부르지 못했다. 들고 온 커피가 모두 식을 때까지 가만히 지켜보는 것이 다였다.

물론 그때에도 경원은 다른 무게 잡는 사업가들처럼 위엄 있는 모습으로 앉아 있진 않았다. 멀쩡한 책상 위에 적당히 걸터앉아 서류를 뒤적거리던 경쾌한 손짓이 멎던 순간, 그녀는 그대로 다가가 그에게 키스를 했다.

어쩌면, 이 남자라면, 평생 믿고 살아도 좋지 않을까.

서류를 내던진 경원이 자신의 옷 속을 파고드는 순간에도 그 생각이 떠나질 않았다. 팀장님 말씀대로 처자식 먹여 살릴 걱정은 안 해도 될 남자다. 넘치는 웃음을 준다 생각했던 남자가 안도와 믿음을 주는 순간, 그녀는 그때부터 마음이 들떠 있었다. 그러니 며칠 전 경원이 청혼 이야기를 꺼낼 때가 시작은 아니었다. 그냥 그리 믿고 싶었을 뿐이다.

"……나쁜 놈."

그래놓고 일이 되나? 참으려 했는데 은근한 원망이 일었다. 하지만 이곳은 그녀가 목숨처럼 생각하는 일터였다. 얼굴을 볼 때까진 기다려보자, 옷을 털고 몸을 일으키려는데 뜬금없이 캔 커피가 눈앞에 와 닿았다.

"경찰 언니, 이거 언니가 떨어트린 거."

"어…… 그래. 고마워, 은우 씨."

"전화 끝난 거죠? 그러면 다시 물어봐도 되는 거죠?"

"응? 얼마든지."

"누님, 대답 좀 잘해주세요. 숙제라는데."

고요하게 마음을 다잡을 시간도 없었다. 며칠째 두 거머리들이 그녀의 일상을 포위하는 중이었다. 어제까지는 형식이 눈이 벌게 그녀를 졸졸 쫓아다니더니 오늘은 뜬금없이 은우가 찾아와 기자처럼 수첩을 넘겨댔다.

"근데 은우 씨, 그거 꼭 내가 해야 하는 거야? 난 별로 해줄 말은 없는데."

"안 돼요. 제 주위에 공무원은 경찰 언니 한 명밖에 없잖아요! 저 마음잡고 과제하는데 왜 그러세요? 공무원의 하루 생활을 잘 보고 적어 가야 한다잖아요."

"누님, 너무하시네요. 오늘은 그나마 한가한테 그거 좀 대답해주는 게 뭐 그리 힘들다고."

"아니, 그래. 난 그냥."

제나가 머쓱해서 고개를 끄덕였다. 어째 형식까지 제 일처럼 나서 은우를 앞에 세웠다. 정 많은 놈인 줄은 알고 있었지만 언제 이리 친해졌는지는 모를 일이다.

"그러고 보니까 형식이 너 팀장님 말론 얼마 전에 궁합 어쩌고 하면서 울었다던데, 괜찮아?"

"어유, 제가 언제요? 팀장님 노안 오셨나? 하품했습니다, 하품!"

형식이 제 가슴을 툭툭 두드리며 큰소리를 쳤다. 분명히 뭔가 있는데, 제나는 잠시 번뜩했지만 지금은 남의 궁합에 신경 쓸 여력이 없었다. 오로지 경원이 언제 나타날지에 정상적인 사고가 몰려 있었고, 거기에 더해 정신 좀 차릴라치면 은우가 쉴 새 없이 쪼아댔다.

"그러니까, 언니는 포상을 받는다면 돈이 좋아요, 휴가가 좋아요?"

"음…… 난 휴가? 쉬는 게 좋아. 돈이야 딱히 쓸 데도 없고."

"하긴 돈은 한 사람만 잘 벌어도, 아니다. 다음 질문!"

형식이 으르듯 노려보자 은우가 얼른 입술을 문지르곤 다음 장을 넘겼다. 그때에도 제나는 흐려진 눈으로 휴대전화와 저무는 해를 쳐다보는 게 다였다.

"언니는 제복 입을 때가 좋아요, 근무복 입을 때가 좋아요?"

"우린 수사대라 둘 다 잘 안 입는데, 그래도 하나 고르면 근무복."

"식사는 밖에서 드시는 게 좋아요, 구내식당이 좋아요?"

"구내식당."

"드레스는 머메이드라인이 좋아요, 프린세스 라인이 좋아요?"

"프……, 뭐라구?"

멍하게 있던 그녀의 눈썹이 찌푸리듯 좁아들었다. 무슨 말인지 이해를 못 해 은우를 쳐다봤지만 벌써 형식에게 이끌려 저 끝까지 사라졌다. 옥신각신하는 두 사람을 보니 따라가봤자 머리만 더 아플 것 같아 생각을 바꿨다.

"하아."

그녀가 다시 기대어 캔 커피를 따고 길게 목을 뻗었다. 그래봤자 그 심란함과 목마름이 해결될 리는 없겠지만 뭐라도 꿀꺽 넘기고 싶었다.

"제나야, 너 여기서 뭐해?"

"어, 왔어?"

"야아, 나 이거 봐. 배 나온 거 같애, 안 나온 거 같애?"

"……표도 안 나. 지금 배 나오면 그건 똥배지, 이 가짜 임신부야.”

복도 끝에서부터 배를 이만큼 내밀고 온 현미가 억지로 힘겨운 척 제나의 옆으로 몸을 기댔다. 이제 겨우 임신 2개월 차였지만 마음만은 만삭인 그녀였다.

“나 그나저나 요새 몸이 무거워서 어떤 때에는 숨도 막 찬다?”

“정말?”

“그렇다니까! 아까도 밥 먹고 나오는데 허리 짚고 일어섰어.”

그건 누가 봐도 현미가 배식을 세 번이나 받아 와서 그런 거라 알려주고 싶었다. 그래도 행복한 친구의 일에 제나가 어쩔 수 없다는 듯 웃고 말았다. 은서가 임신을 했을 때도 그랬지만 현미 역시 자신의 배를 내려다볼 때에는 표정부터 달라졌다.

그 모습이 흐뭇하면서도 허한 듯 그녀가 팔을 쓸었다.

“아니, 요새는 하루가 다르다니까? 배가 나와서 어젯밤에도 도저히 정상 체위로는…….”

“현미야! 넌 자리에 없고 왜 나와 있어?”

손을 옆으로 세워 시선을 차단한 현미가 제나를 당겨 속닥거렸다. 이래야 장현미지, 그녀가 대뜸 입부터 막아보려는데 저 끝에서 헐레벌떡 채원이 나타났다.

그녀가 나서기도 전에 채원이 현미의 허리를 감싸며 미안하다는 얼굴로 인수인계를 마쳤다.

“제나야. 매번 미안. 고생했다.”

“아니, 오빠. 내가 뭘 어쨌다고! 나 배 나와서…….”

“배는 무슨. 됐어! 넌 엄마가 돼도 바뀌는 게 없냐.”

투닥거리는 부부가 그녀의 앞에서 네가 맞니 내가 맞니 위치를 여러 번 바꿨다. 현미가 여전히 음담패설과 먹는 걸 좋아했다면 채원 역시 그런 그녀를 구박하는 건 변함이 없었다.

"하여튼 가자. 데려다줄게. 제나야, 다음에 또 보자!"

현미는 남편의 손에 등을 떠밀려 가면서도 제나를 돌아보며 불만스레 입술을 삐죽거렸다. 그래도 제나는 변함없는 것보다 그렇지 않은 것을 먼저 알아챘다. 현미를 부축해 가는 채원의 손길은 더없이 다정하고 세심했으며, 혹여 마주 오는 사람들에게 부딪힐까 한 손이 현미의 배 앞으로 나와 있었다.

잠깐 돌아보는 채원의 옆모습에도 이제 더는 험상궂은 기색이 없다. 부인을 달래보려 눈을 감고 빠르게 고개를 끄덕이는 동작이 익살스럽다.

"……."

홀로 남은 제나가 팔짱을 끼고는 가만가만 웃었다. 어쩐지 눈을 뗄 수가 없는, 그런 오후의 풍경이었다.

"언니언니. 다시 질문."

"누님…… 어."

눈치와 조심성에 대한 온갖 난상토론을 펼치고 온 은우와 형식이 그녀의 뒤에서 멈춰 섰다. 그들이 다가오는 줄도 모를 정도로 제나가 가만히 바라보는 커플은 아무리 봐도 평범했다. 하지만 그들을 보는 그녀의 눈빛엔 여러 가지 감정이 담겨 있었다.

시끌벅적한 그들의 입을 한 번에 다물게 할 만큼 고요하고 따스한 감정들이.

"자아, 다들 날 위해 굳이 이런 자리를 마련했다니…… 들어보는 게 예의겠지."

"……."

"시작해봐."

경원이 턱을 들고 은우와 형식을 바라보았다. 며칠 새 평생의 고민을 사서 한 그의 턱선이 한층 날카로워졌다. 자리에 앉은 이들 모두 말이 없는 가운데 김 비서가 올려놓은 커피만 모락모락 김을 뿜었다.

"처제가 아직 준비가 안 됐다면, 김 형사님부터 말씀해보시죠."

"그게."

"제일 가까이서 지켜보셨을 텐데 뭐라 말이 없었습니까?"

형식과 은우가 서로를 팔꿈치로 찔러가며 순서를 미루었다. 경원의 간곡한 협박에 따라 제나의 옆에 붙어 있었지만 딱히 알아낸 것이 없다. 그래도 무늬만 인간인 김경원을 진짜 인간으로 만들 기회는 이번뿐이다. 혹여 그의 결혼이 어긋나게 된다면 여기 있는 모두의 앞날은 벼랑 끝에 내몰릴 예정이었다.

경원의 한마디면 형식의 예비 장모님이 전적으로 의지하는 무당이 저주를 내릴 것이고, 아쉽게나마 은우의 옆을 지키는 조 실장은 편의점 아프가니스탄 지사로 떠나게 될 것이다.

"사장 아저씨, 일단 기본적으로 음악은 필요한 거 같아요. 음악이 있어야 분위기가 살잖아요."

"그렇습니다. 누님 요새 일하실 때 음악 많이 들으십니다."

"……그래? 무슨 음악?"

경원이 등을 당겨 급격한 관심을 드러냈다. 그가 이런 초보들에게서 굳이 도움을 받으려는 이유는 하나뿐이었다. 경계심 많고 낯을 가리는 제나에게 이제 와 다른 사람을 붙일 수가 없었다. 일전에 한 번 당해놓고도 다시 그들에게 손을 내민 건, 선택이 아닌 필수였다.

"그럼 은은한 클래식 음악 같은 걸……."

"누님은 그런 거 안 들으십니다. 좀 경쾌한 거 좋아하십니다."

"맞아요, 사장 아저씨! 그리고 음악만 좋으면 뭐해요. 가사도 의미가 있어야지."

"가사?"

은우가 수첩을 뒤적거리다 무언가를 발견한 듯 몇 번이나 동그라미를 쳤다. 듣고 보니 일리가 있는 이야기라 경원이 깍지 낀 양 손 위로 고개를 내렸다.

"유은우, 경쾌하고 간절함을 동시에 담은 음악이라면……."

"픽미픽미?"

"아, 그거 딱이네. 은우 씨 센스 있어!"

경원이 저절로 오므라드는 자신의 손을 보다가 겨우 마음을 추슬렀다. 없느니만 낫겠지, 그래도 한 가닥 믿음이 있었는데 지금껏 자신이 뭘 하고 있었는지 머리가 핑 하고 울렸다.

"다 나가."

"아, 왜요. 그리고 무슨 식물 좋아하냐도 물어봤는데……."

"……물어봤더니?"

"누님은 취나물 좋아하신다고."

"나가! 다 나가! 나가라고!"

벌떡 일어선 그는 이제 더 이상 주먹으로 흐르는 힘을 차단하지 않았다. 하지만 제나를 만나기로 한 시간까지는 얼마 남지 않았고, 애초에 아무리 애가 타도 남의 도움을 받을 일이 아니었다. 그리고 또 하나.

“왜요? 진짜 마음에 안 드십니까?”

“사장 아저씨, 진짜 왜 그러시는데요?”

“사장님!”

이들은 이번만은 진심이었다. 그때처럼 자신을 시궁창에 밀어 넣으려 일부러 그러는 것이 아니라, 어떻게든 돕고 싶다는 필사적인 노력이 엿보였다. 단지 타고난 연애 유전자가 0에 수렴하다 보니 하고 싶어도 못 하는 것뿐이다. 그 답답함과 간절함이 엿보여 차마 머리를 쥐어박지도, 화를 내지도 못했다.

“…….”

그들이 최선을 다하건 안 하건 이렇듯 결과는 하나였다. 어차피 도움 자체를 줄 수 없는 인간들이었고 경원은 그걸 너무 뒤늦게 알았다.

“나 이제 서울 올라가야 해.”

“그냥 가서 어쩌시려구요?”

생각이 넘치다 보니 오히려 머리가 하얗게 비어버렸다. 왜 자신은 제나가 당연히 자신의 곁을 택할 거라 믿었을까, 그 자신감이 허망하며 후회스러웠다. 하지만 그녀를 기다리게 할 수는 없다. 전처럼 동료랍시고 멋모르는 인간이 퇴근길의 그녀에게 껄떡댄다면 청혼을 하기도 전에 수갑부터 찰지 몰랐다.

“다들 해산해. 난 어떻게든.”

“참, 김 사장님!”

재킷을 챙긴 경원이 문을 열다 말고 형식을 돌아보았다. 뭔가 할 말이 있는 듯 망설이는 모양새에 그가 모든 것을 내려놓고 관용을 베풀었다.

"왜 그러시죠?"

"이건 진짜 별 도움 안 되는 건데 그래도 혹시 몰라서……. 옆에서 지켜보다 보니."

"말씀하시죠."

"누님은, 저기, 누님은…… 오후 되면 꼭 창가에 나가십니다. 하늘 보는 거 좋아하시구요."

"……."

"점심 먹고 누가 수고했다고 커피 주면 그것도 좋아하십니다. 무거운 거 들고 가다가 제가 들어주면 짜식, 하고 좋아하시구요. 아, 역시 너무 평범한 거라 도움이 안 되겠지요?"

당장이라도 윽박지를 거라 생각했던 경원이 멈춰 있자 은우도 쪼르르 달려 나왔다. 겁이 나는지 반쯤 형식의 뒤에 숨어선 같이 종알거렸다.

"맞다, 경찰 언니 나무 그늘 밑에 앉아 있는 거 좋아해요. 이렇게 고개 올리고 숨 들이쉬고. 그리고 웃고 다정하고…… 그렇진 않아도 그런 거 지켜보는 건 좋아했어요."

"……그렇구나."

이미 경원의 손은 손잡이에서 떨어져 그의 입가를 매만지고 있었다. 가만히 듣는 그녀의 이야기에 늘 그를 빛내던 웃음이 돌아왔고, 결국 제나를 만나러 가는 데에 처음으로 지각을 했다.

"안녕?"

"……뭐야, 놀랐잖아."

경찰청 계단을 내려오던 제나가 아래에서 돌아보는 경원을 보고 걸음을 멈췄다. 이어 환하게 웃는 그의 미소에 그녀가 계단을 두 칸씩 뛰어내렸다.

"조심해."

"경원 씨 오늘 늦는다며. 난 그래서 천천히 나왔지."

"괜찮아. 늦어서 미안해."

그가 손을 내밀어 제나의 손을 받쳤다. 워낙 수려한 인물들이라 지나치던 사람들이 흘끗댔지만 두 사람 모두 입을 다물고 말이 없었다. 제나는 오랜만에 맨몸이 아닌 슈트를 갖춰 입은 경원의 모습에 마음이 떨렸고 그는 자신에게 얼굴을 붉히는 제나에게 마음을 빼앗겼다. 둘 모두 서로에게 정신이 나갔으니 제법 오랜 운전에 차 문이 열릴 때까지 말없이 딴청을 부렸다. 정말 숙맥은 여기에 있었다.

"아, 여기 어디야?"

"보면 알 텐데."

차에서 한 걸음 나서는 순간 제나가 어느 시렸던 기억에 멈칫했다. 지금처럼 자신의 손을 잡고 걸었던 경원이 힘든 이별을 고했던 곳이다.

"악취미네, 경원 씨."

그녀가 쌀쌀맞은 척 불안함을 감췄다. 눈썹을 끄덕인 경원이 못내 웃으며 그녀의 허리를 감쌌다. 닿는 손이 따듯해 그래도 시린 불안은 많이 녹았다. 다시 헤어질 일 따위는 없겠지만 생각해보면 그들의 인생에서 가장 슬프고 솔직했던 날이었다. 흐리고 뿌옇게

만 기억되던 호수는 다시 보니 잔잔한 흐름이라 제나의 눈이 초연해졌다.

"이제나 말이 없네?"

"그럼 내가 무슨 말을 해. 경원 씨가 하든가."

"……나 이 호수 살까?"

"사지 마!"

푸훗, 결국 그녀가 웃음을 터트렸다. 못 말리는 남자라 어깨를 두드리고 올려보자 경원은 웃지도 않고 그녀를 둘러 안았다. 모르긴 몰라도, 아니, 이 남자를 알건대 진심인 모양이었다.

"아깝잖아. 이제나한테 준 첫 반지가 저기에 가라앉아 있을 텐데."

"처음부터 던지게 하질 말았어야지."

"아, 그러네. 미안해."

이야기가 한층 가벼워졌다. 늦은 오후의 서늘함에 굳이 나무 그늘이 필요할 때는 아니었지만 둘 모두 그 아래서 벗어나지 않았다. 등을 기댈 데가 있어 좋았고 고개를 들면 나뭇잎 사이로 보이는 하늘이 반가웠다. 그를 마주 보면 배경처럼 반짝이는 호수가 같은 밤을 보낸 날의 별빛 같았다.

"이제나."

"……왜?"

"나 지금 프러포즈 하려고."

이런 말은 좀 안 하면 좋을 텐데, 그래놓고 그녀가 고개를 숙였다. 무슨 결정을 내려 어떤 대답을 할진 몰라도 이렇게 떨려선 말이 제대로 나올는지 확신이 없다.

"원래는 준비 많이 했거든. 드레스란 드레스는 전부 봐놨고 그 중에 몇 개는 주문도 해놨어. 1년 전에 예약해놓는다는 사진작가도 납치해놨고 인테리어 업자도 내려왔을 거야. 경찰청 앞에 빌딩 하나 있지? 거기 빌려서 전면에 대형 플래카드를 걸까 생각도 했는데……."

"아, 안 했지?"

제발 아니라고 해줘.

눈동자가 커질 대로 커진 그녀가 지레 놀라 고개를 흔들었다. 경원이 그 모습에 피식 웃으며 그녀의 손을 맞잡았다.

"참았지. 내가 이제나를 아는데."

"……어휴."

"잘 보이고 싶어. 너한테는 늘 잘 보이고 싶었어."

경원의 입꼬리가 슬그머니 올라갔다. 평소의 능글대는 웃음이 아니라 떨리는 마음을 억누르려 길게 당겨진 것뿐이다. 제나가 따라 웃지도 못하고 천천히 자신의 손가락을 타고 오르는 반지 하나를 내려다보았다.

"아."

처음부터 손바닥 안 그의 체온을 담고 있었는지 전혀 차가운 이질감이 없었다. 반지는 원래의 자리를 찾듯 말려 올라가 그녀의 약지를 따스하게 둘러쌌다.

"네가 말해줘. 내가 어떤 말을 하면 좋을지. 어떤 말이 듣고 싶었는지."

"……."

남자가 그런 걸 물으면 어쩌냐는 대답이 목에 걸렸다. 제 손을 쥐고 있는 그의 손엔 자신만큼이나 힘이 들어가 있어 그녀가 누구에게도 밝히지 않았던 속내를 속삭였다.

"알잖아, 난 평범하고 싶고 그런 게 좋아. 경원 씨가 날 보며 무슨 생각을 하는지, 왜 나와 결혼하고 싶어 하는지, 그런 게…… 늘 궁금했어."

"……그건 준비 못 했는데."

온갖 호화로운 상상들을 펼쳐놓느라 미처 준비를 못 했던 바다. 그녀가 웃는 걸 보면서 입이 더 바짝 말라갔다. 그나마 다행인 것은 형식과 은우가 마지막에 건넨 말에 있었다. 그 덕에 며칠간 온갖 이벤트에 가려져 있던 이제나를 떠올려냈다. 초조함과 떨림을 걷어내고 그녀의 눈을 마주했다.

"별건 없는데…… 그젠가, 리조트에서 해가 뜨는데 어제랑 색이 다른 거야. 그때 네가 옆에 있었으면 얼마나 예쁜지 보여주고 싶었어. 아마도 우리가 결혼을 했다면 틀림없이 그랬겠지."

"아……."

"어제는 주차장에서 차 세우고 내려오는 길에…… 거기 화단에 아침에 봉오리만 있던 꽃이 그새 피었더라고. 그때 이제나한테 이걸 보여주지 못하는 게 안타까웠어."

"……."

"끝내주게 예뻤거든. 너처럼."

그녀가 두 눈을 가리는 것에 경원이 어깨를 잡고 다가섰다. 눈앞에서 자신이 끼워준 반지가 반짝이자 꼭 눈물처럼 보였다. 그런 게 있었나 싶었을 만큼 사소한 그의 일상에 이미 그녀는 함께하고 있었다.

"하아, 시시하네. 그렇지?"

"안 시시해."

"시시하잖아."

"안 시시하다고, 이 바보야!"

끝내준다고, 당신을 만난 이래 이렇게 끝내주는 날이 없었다고.

손을 내린 대신 그녀가 그의 품에 파고들었다. 앞이 보이지 않는 건 매한가지지만 지금은 전혀 불안하지 않았다. 그가 자신이 보는 것을 그대로 말해준다면, 그녀 역시 보는 것과 다를 바 없음을, 그의 심장 소리로 전해 들었다.

"그래서, 대답은?"

"……내가 싫다면 어쩔 건데?"

이 남자라면 그 대답도 미리 준비를 했겠지, 미혼인 그녀가 할 수 있는 마지막 장난이자 호기였다. 자신을 안은 몸이 말로 설명할 수 없을 만큼 딱딱해지는 것에 금세 후회하고 말았지만.

"그럼 나는…… 아무렇지 않게 배를 잡고 키득거릴 거야. 전부 농담이었던 것처럼 당신을 안고 장난이 심했다 사과를 하겠지."

"……."

"그래야 네 옆에 끝까지 있을 수 있으니까."

숨을 들이쉰 그녀가 어느 새 쓸쓸해진 경원의 눈가를 더듬었다. 머리카락 사이로 보이는 마지막 햇살에 눈이 부신다. 가만히 눈을 감고 그의 입술을 끌어내렸다. 조심스레 입술을 열고 고개를 기울인 그가 제나를 높이 들어 올렸다. 더욱 가까워진 자세에 그녀가 경원의 뺨을 감싸고 깊게 혀를 들이밀었다.

"하아, 내가 그러겠다고 하면?"

"으음…… 역시나…… 하아, 누구 애인인지 몰라도…… 보는 눈이 높으시다고."

사랑하는 여자와 입술이 맞닿은 그가 세상의 모든 희열을 맛보는 사이사이 자신의 소망을 말했다.

대답은, 그녀의 웃음으로 들었다.

이로써 평범하면서 끝내주고, 무난하면서도 평생 잊을 수 없는, 떨리면서도 눈물이 글썽해서, 도저히 예스라고 대답 안 할 수가 없는 그런 프러포즈가 끝이 났다.

또한 형식은 그 용하다는 무당에게서 역대 최고의 천생연분이라는 찬사를 받으며 무사히 택일을 마쳤다. 은우 역시 행주를 쥐고 방문을 연 어느 날, 옆방에서 눈을 비비는 조 실장과 눈이 마주쳤다. 아니, 맞았다고 해야 할까.

에필로그 2
Your Taste

경원은 아주 어린 시절부터 남들과는 다른 독보적인 성장 과정을 보였다. 유아 서적에 쓰인 연령별 특징도 그에게만은 아무런 의미가 없었다. 사춘기를 자기중심적 사고와 반항으로 표현한다면, 그는 그 과정을 만 3세경에 겪었다. 또래 친구들이 원목 장난감으로 삐뚤빼뚤한 탑을 쌓을 때 경원은 어디든 삐딱하게 기대어 시키는 모든 재롱을 거부했다. 재미도 없고 무의미한 행동을 반복하기엔 지나치게 취향이 까다로운 아기였다.

「애가 수줍음이 많아 그런가? 이상하네. 우리 집엔 그런 사람 없는데 누굴 닮았을까?」
「사내놈이 저게 뭐야. 무슨 주먹만 한 애가 저렇게 우중충해.」

보통의 부모라면 아들의 유별난 성장 과정을 더 빨리 발견했겠지만 경원의 부모는 달랐다. 워낙에 풍족하기도 했지만 안타깝게도 두 사람 모두 아이의 일에 서툴렀다. 그들은 입술을 삐죽 내밀고 고개만 팩 돌리는 어린 경원을 남자아이치고 부끄럼이 많은 거라 성급히 단정했다. 물론 자식이다 보니 한 번씩은 걱정스레 경원을 살필 때가 있었는데 그때에도 그는 성질이 급했다. 부모가 채 알기도 전에 이른 사춘기를 건너뛰고 또 다음 시기로 넘어가 있었다.

「괜한 걱정 했잖아! 저렇게 똑똑한 애를 놔두고.」
「똑똑하긴 한 거 같은데…… 뭔가 좀…….」

다섯 살 무렵, 경원은 또래의 열 배 정도 영악해졌다. 중2병을 그때쯤 겪었다고 보면 비슷했다. 그는 귀찮기만 하던 어른들의 시선을 보다 유리한 방향으로 이용해먹는 법을 터득했다. 새까만 눈망울로 눈웃음을 지어가며 가지고 싶은 것을 모두 가졌고, 엉엉 울다가도 한순간에 뚝 그치고 주먹만 한 사탕을 오도독 깨물었다. 지금의 무한한 장난기도 그 무렵에 기초가 탄탄해져 자신이 어떤 행동을 하면 그 효과가 큰지 머릿속에 차곡차곡 쌓아올렸다.

「우리 아들, 너네 반에는 좀 예쁜 애 없어?」
「그래. 경원이 너도 사내놈이니 한창 그럴 때지. 말이나 한번 해보지 그러냐.」

듣기로 남자애들은 고만고만한 문제를 일으킬 때라, 고1 무렵 다시 부모님의 때늦은 관심이 그를 향했다. 다른 집 아이들은 이성에 대해 솟아오르는 혈기를 대놓고 뿜어낸다는데 보통 아이도 아니고 경원이 공부만 하고 있다는 것이 못내 불안했다. 성질 더럽기로 유명한 진호마저 허심탄회한 척 아들의 방문을 조심스레 열었지만 경원은 정말로 문제집을 뒤적이고 있었다. 멍하게 입을 벌리고 보는 부모님에게 그가 싱긋 웃으며 던진 한마디는 곧 외아들에 대한 체념으로 이어졌다.

「아버지도 참. 좀 예쁜 애를 찾아봤자 제가 뭘 하겠어요?」
「뭐?」
「끝내주면 몰라도.」

그 무렵의 경원은 벌써 특정 분야에서 치밀하고 비상한 두뇌 회전을 보였다. 그저 그런 여자로는 성에도 안 차는 자신을 파악했고, 세상이 무조건 돈으로 다 되는 것도 아니라는 사실을 깨달았다. 끝내주는 여자를 만나려면 제 자신이 먼저 끝내주는 남자가 되어야 했고, 이 말인즉슨 자신은 더 넓은 세상으로 나가야 했다. 그렇다고 천하의 김경원이 재미없게 모범생이 될 리는 만무했고 그저 머리 좋은 악마에 불과했다.

「하아, 재를 어쩌면 좋을까.」
「……잘못 키웠어. 저놈을 정말.」

어렸을 때에도 부모 손에 잡힌 적이 없었으니 커서는 더 말한다는 자체가 무의미했다. 어머니가 한숨을 쉬든, 아버지가 골프채를 들든 간에 경원은 나른한 윙크와 나비 같은 몸놀림으로 대응했다.

그렇게 그는 스무 살이 되기 전에 권태기를 포함하여 보통의 인간이 가지는 성장 과정을 몰아 겪었다. 순서나 시기도 없이 뒤죽

박죽, 보는 사람마다 그에게 두 손을 들었다.

하지만 김경원 본인만큼은 이제 자신은 세상사 다양한 감정을 초월했다며 만족해했다. 신선이라도 된 양 으스대며 웃었다.

"……경원 씨, 있지, 내가 이런 말 안 하려고 했는데."

"응. 왜?"

더는 어느 한 가지에 미련스레 욕심을 부릴 일도, 여자 하나에 빠져 세상이 뒤집힐 일도, 그 여자를 곁에 두고도 이렇게 밤낮으로 목이 마를 일도 있을 줄은 상상도 못 했다.

"말해봐."

미리 알았더라면 얼마나 좋았을까, 그가 제나를 향해 손을 내밀며 자상한 남편 흉내를 내었다. 이게 보기보다 꽤 재미가 있다.

"괜찮으니까 얼른."

"……그런 눈으로 좀 안 보면 안 돼?"

"내가 뭘?"

"경원 씨는 양심도 없어? 우리 방금 했어. 방금!"

팔짱을 낀 제나가 단호하게 침대에서 물러섰다. 그가 한숨도 쉬어보고, 밤하늘같이 새까만 눈을 깜빡여도 보고, 앓는 듯 어깨를 축 내려보아도 소용이 없었다.

"나 오늘 중요한 일 있다고 말했잖아! 어젯밤에도 하고 오늘 아침에도 하고, 기억 안 나? 그런데 왜 또 그런 눈으로 보는 거냐고!"

"아아, 그랬지."

신혼 6개월 차.

감정이란 만인에게 공평한 법, 경원은 그의 오만함이 미처 빼먹고 지나쳤던 사춘기 열병에 빠져 있었다. 이성에 대한 온갖 혼란스러운 감정과 육체적인 본능, 거기에 더해 짐승과도 다름없는 욕구가 시도 때도 없이 그를 들쑤셔놓았다.

오직 이제나라는 여자 한정으로.

"하지만 새벽엔 못 했잖아. 참았거든. 네가 피곤해하니까."

"……."

"그러니 상을 줘야지?"

이토록 노골적이고 음란하며 간교한 사춘기가 있을 리 만무하다.

환한 미소로 그녀를 눕히고 웃옷을 뜯어내는 지금, 바야흐로 발정기였다.

아주 특수한 남자들만 겪고 지나가는 시기를 경원은 유독 호되게 앓고 있었다. 다른 남자들이 평생을 두고 여러 여자에게 나누어 가지는 감정을 그는 배짱 좋게도 죄다 한 여자에게 집중했으니 어찌 보면 당연한 결과였다.

"흐으읏. 그, 그만."

무한한 체력과 들끓는 열정, 거기에 섹시하고 시크한 아내까지 있으니 모든 조건은 충분했다.

둘만 남은 공간에서 할 일이라곤 말해봤자 입이 아플 뿐.

"……이제 막 시작하는 사람한테 그만두라면."

"하아아."

"내가 그 말을 들을까, 안 들을까."

뒤로 몸을 겹친 그의 한숨이 제나의 귓가를 스쳐 목선 아래로 떨어졌다. 딴 생각 말라는 경원의 강한 의지가 제나의 가슴부터 움켜쥐고, 늘어진 그녀의 목덜미 사이로 고개를 파묻었다. 아래를 흘깃 내려다보는 검은 눈에 부풀어 오를 듯 꽉 찬 가슴이 비치자 흥분은 더해졌다.

"하아, 경원 씨. 아아아."

그때까지 부드럽게 허리를 놀리던 그가 강하게 치받기 시작했다. 빠져나갈 틈도 없이 남은 한 팔이 그녀의 다리 사이로 향했다. 열기에 들떠 눈을 감고 있던 제나가 몸을 움찔했지만 그의 손가락은 주저 없이 틈새를 갈랐다.

"흐으읍."

그녀가 신음을 삼켜보려 입술을 깨물었다. 질근대는 귓가와 터질 듯 움켜쥔 가슴까지는 참아보았지만 아래를 파고든 그의 손이 가장 예민한 곳을 희롱하자 더는 버티지 못하고 무너졌다. 나긋한 웃음과 함께 경원이 그녀를 타일렀다.

"그러길래 왜 참아? 그 좋은 소리를."

"아아. 그만. 응?"

청개구리 같은 남자라 그만두라고 해서 순순히 그럴 거라곤 예상도 안 했다. 마지막 수로 반응을 감춰 어떻게든 멈춰보려 했건만 언제나처럼 그것도 실패였다. 온몸 구석구석 그에게 사로잡혀 시간이 갈수록 그 안에서 늘어졌다. 아래 깊숙이 들고나는 그의 페니스가 불덩이처럼 화끈거려 간신히 생기는 이성도 녹여버렸다. 바로 이어질 출근이라든가, 또 다음 날 출장이라든가, 언뜻 굉장히 중요하게 생각했던 모든 것들이 그 열탕 안에서 사그라졌다. 이 남자는 그래서 위험했다. 그녀가 다루는 시시한 마약과는 비할 수도 없다.

"이제나, 나라고 왜 신음을 참고 있겠어. 네가 이렇게 조이는데."

"……흐윽."

"겨우겨우 참는 거야."

"으으응."

"아직 할 게 많으니까."

엉덩이가 얼얼할 정도로 부딪쳐대는 순간순간이 찰나인 동시에 영원이었다. 그가 일부러 더 안쪽을 자극하자 모로 누운 그녀가 허를 찔린 듯 고개를 흔들었다. 사락대는 하얀 시트를 배경으로 나신의 그녀가 자신을 홀기는 모습이 최음제나 다름이 없다. 가뜩이나 무절제한 그의 힘에 기름을 붓는 격이다.

"입술 깨물지 마."

"이거라도 안 깨물면…… 하아, 욕이라도 할까?"

"아, 그것도 좋은데."

"……."

"취향이 될지도."

네가 하는 거라면 뭐든.

처음엔 시트 위로 흩어진 그녀의 머리칼에 시선을 두던 경원이 그녀의 바르르 떠는 턱을 눈에 담았다. 턱을 감싸 가능한 곳까지 제나의 고개를 틀어 잇새에 짓눌린 붉은 입술을 혀로 쓸었다. 언제나 그렇듯 보는 것보단 맛보는 것이 훨씬 더 달고 뜨거웠다. 이제는 신음조차 그의 입안에 갇혔으니 그녀가 느끼고 표현할 수 있는 수단은 한층 더 커진 그의 페니스를 조여대는 것 외엔 없었다.

완벽하게 그가 원하는 것이다.

"그래, 그렇게…… 반응을 하라고."

"나, 나…… 흐읏, 출근해야……."

"아직도 그 생각이 나?"

"그게 아니라…… 나 오늘."

"더 노력해야겠어. 네 머릿속을 나로 채우려면."

경원이 가볍게 입을 맞추고 곧 몸을 일으켜 그녀를 뒤로 눌렀다. 돌아볼 힘도 없이 지쳐 쓰러진 그녀의 하얀 어깨 위에 참으로 쓸데없고 무모한 노력을 불태웠다. 사각의 침대 위에서 할 수 있는 체위란 체위는 모두 등장했다.

"하아, 이제 좀 살 거 같네."

"……."

"나도 한 가정의 가장이니 슬슬 출근이나 해볼까? ……어, 자네? 우리 제나 졸렸었구나."

산뜻하게 휘파람을 부는 그때까지만 해도 그 노력이 어떠한 참극을 불러일으킬지 상상도 하지 못했다. 영원히 모르는 편이 좋았을지도.

"이제나, 무단결근!"

벤치에 앉은 제나가 고개를 가눌 힘도 없이 축 늘어트리고 있었다. 경원도 경원이지만 이 인간 역시 피하고 싶다고 해서 피할 수 있는 상대가 아니었다.

만면에 화색이 가득한 현미가 정확히 그녀의 눈앞에서 '무단결근'에 힘을 주며 손바닥을 탕탕 내리쳤다.

"야, 제나 너 소문 짜하더라? 양심적으로 표창장 반납해야 하는 거 아냐?"

"……결근은 아니거든?"

"쳇, 너네 팀장이 사람 좋아서 믿어줬지. 오후 4시에 출근을 해 놓고 결근이 아니라고?"

"……제사였어."

"웃기고 있네. FM 이제나도 그런 말 할 줄 아냐?"

현미가 배를 잡고 키득거리자 제나도 모든 것을 체념했다. 안 믿을 줄 알고 한 소리지만 현미가 이러한 반응이라면 팀원들 역시 믿었을 것 같지는 않다. 앞으로 어떻게 얼굴을 들고 다녀야 할지. 차라리 이 뜨거운 태양 아래 일사병으로 쓰러지는 편이 나았다.

"야아, 새색시가 얼굴이 반쪽이 돼서! 속일 사람을 속여야지!"

"그게 표시가 나?"

"딱 보면 모르냐? 내가 다른 건 몰라도 그 방면으로는 책을 써도 모자란 사람이야! 너 이거 나니까 넘어가는 거지, 다른 여자들 봤으면 신종 잘난 척이라 생각할걸? 부럽다, 이 기집애야!"

잘난 척은 무슨. 생명 걸고 잘난 척하는 여자도 있나.

현미가 팔을 꼬집으며 호들갑을 떨었지만 무표정의 그녀는 감각조차 없었다. 눈을 뜨니 해가 중천이라, 그나마 출근이라는 자체를 한 것도 기적이었다.

"하아…… 죽을 거 같아."

"어머머머머! 이 언니 좀 봐! 부럽다, 콜!"

"말을 말자."

생각해보면 경원과는 연애 기간도 짧았고 그마저도 사건이 많았다. 밤을 지새우고 달려들 때도 있었지만 당시에는 그녀 자신도 간절했다. 언젠가 이 남자를 놓칠지 모른다는 불안감에 힘들다는 생각도 하지 못했다.

하지만 무단결근이라니.

사람이 돼서 그 시간에 일어나다니.

이건 잠이 든 게 아니라 쓰러진 거였다. 언젠가 극심한 피로로 쓰러졌을 때처럼 마지막 기억이 하얗게 아찔했다. 사장님 명이라며 느지막이 출근한 아주머니가 아니었다면 아마 이 시간까지도 눈을 뜨지 못했을 것이다.

"근데 제나야, 있잖아, 나 애 낳고 가슴이 아주 빵빵하게……."

위이잉.

두 눈 멀쩡히 뜨고 있는데도 정신은 반만 남아 서서히 현실 세계에서 멀어졌다. 현미가 뭐라 팔을 휘두르며 수다를 떨어도 귀가 멍했다. 아직도 아래는 걷기만 해도 화끈거렸고 귓가를 스치는 여름 바람의 열기에도 그 누군가가 떠올라 흠칫 어깨가 좁아들었다.

……나 이대로 죽는 건 아니겠지?

신혼이라 그렇겠지 하기엔 이제 도를 넘었다. 남편이 된 경원은 현재 모든 감각이 한쪽으로 특화되어 있었다. 이런 걸 뭐라고 부르면 좋을지 몰라 남들에게 고민이라 말할 수도 없다.

'이제나.'

처음엔 착각인가 했다. 커피를 마시다가도, 이를 닦다가도 무심코 눈을 들면 항상 턱을 괸 경원이 있었다. 그 후엔 늘 같은 과정이었다. 자연스레 다가와 그녀를 꼭 안고 입을 떼려 치면 그의 고개가 먼저 내려와 입술을 막았다. 간신히 입 밖으로 무슨 소리를 낼 여유가 생겼다면 그건 숨이 끝까지 달아오른 신음 소리가 다였다. 자신을 먼저 절정으로 끌어놓고 감상하듯 즐기는 그의 눈빛이 대낮 경찰청 앞마당에서 이글거렸다.

"아아."

이제는 내가 환각까지 보는구나, 그녀가 뺨을 톡톡 두드리며 주의를 상기시켰다.

"현미야, 신혼은 언제쯤 끝나지?"

"그러니까 너 내 말…… 응? 신혼?"

"응, 신혼."

일단은 이게 좀 끝나봐야 했다. 몸으로 하는 대화라면 제나 역시 일가견이 있었지만 그와 그녀는 기본 체력부터가 달랐다. 평생을 같이 살아야 하는데, 이 남자와는 도무지 안정기라는 게 없다. 자신은 경원과 오래오래 행복하게 살고 싶을 뿐인데, 그게 또 무리한 소망이었을까.

"신혼이야 금방 끝나지. 생일 초보다 빨리 타는 게 신혼이라고."

"정말?"

"남자도 다 한계가 있는 법이야. 죽으나 사나 그것만 떠오르는 것도 나이가 받쳐줘야 한다구. 무슨 중고등학생들 자다가 벌떡 하는 사춘기도 아니고 서른 넘은 남자가 뭘 얼마나 거기에만 빠져 있겠냐? 뭐 정 아니다 싶음 신혼 초에 길을 잘 들여야지. 너 때늦으면 방법도 없다?"

"아아, 그런 거야?"

"그치. 그래도 설마하니 그럴 일이 있겠냐?"

이제는 아이 엄마가 되어 가슴을 두드리는 현미의 말은 묘한 설득력이 있었다. 그 방면으로 현미는 여자 김경원이나 다를 바 없었으니 과연 믿어볼 만했다.

모처럼 제나가 자신의 말에 집중하자 현미가 어깨동무를 하며 엄지를 세웠다.

"무슨 발정 난 짐승이 아니고서야."

"어때, 끝내주지?"

퇴근에 맞춰 그녀를 데리러 온 경원이 뿌듯한 표정으로 차 문을 열어주었다. 어제까지 없던 차가 생겼다면 그건 물어볼 것도 없이 새 차를 구입했다는 뜻이다.

경찰청 앞에 세워두기에는 요란한 차라 그녀가 군말 없이 옆자리에 올랐다.

"음, 말 안 하고 사서 화났어? 서프라이즌데."

"아냐, 자기 능력으로 사겠다는데 뭘."

역시 쿨한 부인이라니까, 미리 보아둔 한적한 교외 도로로 접어든 그가 빙긋 웃으며 한쪽 팔을 올렸다. 속도를 줄이며 제나의 어깨를 감싸려는 순간 그녀가 몸을 틀어 그의 손을 피했다. 착각인가 돌아보려다 운전 똑바로 하라는 제나의 말에 다시 양손이 조신하게 핸들 위로 놓였다.

"하하…… 우리 제나 오늘 기분이 별론가 보네."

"응."

"어, 왜?"

"무단결근을 했거든. 눈총이랑 욕도 먹고."

"아아……."

"경원 씬 내 남편이니 아마도 알겠지만 난 공무원인데, 정말 끝내주는 하루였어. 이 차처럼."

경원이 당혹스럽다는 얼굴로 자신의 입술을 문질렀다. 방금 전까지만 해도 눈에 넣어도 그립던 제나의 얼굴을 어쩐지 마주 볼 용기가 없어졌다.

그냥 자는 줄 알았는데, 아니, 자는 거 아니었나? 왜 못 갔지?

김 비서에게 사전 답사를 시켰던 인적 없는 풀밭 위에 그의 스포츠카가 멈췄다. 원래의 계획이라면 이제쯤 트렁크에서 미리 준비한 와인을 꺼내 올 차례였다.

입에 칼을 문 제나가 아찔하게 웃고 있지 않았더라면 틀림없이 그리하고 있었을 것이다.

"난…… 이제나 자는 얼굴이 너무 예뻐서."

"정말 고마워. 그런데 자는 게 아니라 쓰러졌더라고."

"아니, 뭘…… 그래, 한 번쯤은 다 잊고 깊은 잠을 자는 것도."

"깊이 쓰러졌더라고."

"……하하, 그런데 제나야. 사실 내가 하고 많은 차 중에서 이 차를 골라 온 건."

"그것도 내가 한번 맞혀볼까?"

억지로 말을 돌려보려던 그가 드디어 눈을 마주치고 입꼬리를 올리는 그녀에게 사로잡혔다. 고분하고 나긋하면서도 콕콕 찌르는 그녀의 말이 그물처럼 한 줄 한 줄 그를 포위했다. 다행히 아직까지는 웃을 여유가 있어 어디 한번 해보라 머리를 받쳤다.

"이렇게 뚜껑을 열면 어디, 한번 보자, 좀 있으면 별빛이 머리 위로 쏟아지겠네? 카섹스 하기에 이만한 차도 없을 거야."

"어, 뭐. 하하."

"아마 내가 앉은 조수석도 180도 뒤로 넘어가겠지? 이런, 벌써 한번 넘겨본 모양이네?"

그녀가 의자 옆 반쯤 뜯긴 비닐을 마저 벗겨내더니 도르르 말아 그의 손에 쥐여주었다. 원래 같으면 제나의 가슴을 터지도록 움켜쥐었어야 할 손이 부스럭대는 비닐을 받고 망연자실해 있었다.

"역시 이제나는…… 유능한 형사라."

"아니, 이건 인간이라서 아는 거야. 학습 효과라는 게 있거든."

당신이란 남자가 뭘 사든 꼭 이런 식으로 결론은 정해져 있었으니까.

돌아보면 그는 빵 하나를 사더라도 그냥 사는 법이 없었다. 입가에 크림이 묻으면 자신의 손보다 먼저 다가와 천천히 혀로 핥았다.

「내가 닦아줘야겠네. 근데…… 닦아줄 데가 여기 말고는 없을까?」

그녀의 키보다 높은 선반을 달아놓을 때에도 기대에 찬 얼굴이 이어졌다. 투덜대며 팔을 높이 뻗은 그녀의 뒤로 다가와 옷 안을 파고들었다.

「그렇게 손을 뻗으니 배꼽이 다 보이잖아. 조금 더 높이 달걸…… 가슴이 다 보이게.」

그 외에도 낯 뜨거운 상품 체험기는 하나하나 설명하기에도 벅찼다. 대표적인 몇 가지 이야기에도 경원은 쑥스러운 듯 체면을 차렸다.

"아, 그러고 보니 그런 날이 있었던가."

그런 날이라. 잠깐 이마와 손등에 힘줄이 선 그녀가 손목을 털기 시작했다. 그사이, 돌아가신 경원의 어머니가 보았다면 다시 두 눈을 감고 싶을 정도로 그의 개인기는 끝도 없이 쏟아졌다. 제나가 슬쩍 웃음을 터트리거나 못내 넘어가줄 거라 생각했는지 경원이 고개를 갸웃하며 눈웃음을 지었다.

"김경원 씨."

"……응?"

"의자 세우고 똑바로 앉아."

이거 진짜가 보네.

이제나의 말은 듣고 보는 게 진리, 그에게도 있는 학습 효과라 저도 모르게 허리를 바짝 세웠다. 며칠 전만 해도 자신의 것을 물고 핥아주던 저 예쁜 입술에서 새어나오는 말에 경원이 서서히 절망에 빠졌다.

"살다 보면 또 그런 날도 올 거야. 내가 무단결근 몇 번에 경찰 잘리고 연금도 못 받고 죽을 때까지 당신을 원망하는 날이. 어때, 생각만 해도 재미있겠지?"

"……."

"이제 난 비정상적이고 무절제한 섹스는 거부하겠어."

"취, 취향일 뿐인데."

"취향 바꿔."

사장실에 앉은 그는 무척이나 포악하고 사나웠다. 손톱만 드러내지 않았을 뿐이지 그르렁대는 울림에 불만과 허기가 가득했다. 쌓여 있는 서류는 단 한 장도 줄지 않았고 커피는 가져다둔 그대로 식어 있었다.

「내가 보기에 경원 씨는 지금 문제가 있어. 그냥 사춘기도 아니고 한쪽으로 강력하게 특화된 사춘기란 말야. 당신을 위해서라도 난 더 받아줄 수 없어.」
「하지만…… 그런 걸 당신이 어떻게. 그건 우리 아버지 어머니도 눈치도 못 채고 지났던 건데.」
「그거야, 이런 말은 좀 그렇지만.」

작정한 듯 단호하기만 하던 그녀가 처음으로 애틋하게 자신의 손등을 토닥였다.

「내가 그분들보다 당신을 더 사랑하니까. 그래서 아는 거야.」

그 말이 문제였다. 그는 어느 순간에나 제나에게서 사랑을 받고 싶었다. 머리 위로 보려 했던 별빛이 그녀의 눈 안에서 보이자 절정인 듯 짜릿하고 달콤했다. 미리 계획한 180도 시트를 젖히고 야외에서 하는 카섹스 이상으로.
"아무리 그래도."
그렇게 쉽게 넘어가는 게 아니었는데.

그가 거칠게 머리를 쓸어 넘겼다. 그녀가 말을 하니 못내 수긍하는 척했지만 사실은 전혀 이해하지 못하고 있었다. 좋으니까, 사랑하니까, 마음이 가는 이상으로 몸이 끌렸다. 남들은 결혼을 하면 조금은 시들해진다 들었는데 자신에게는 그것도 예외였다.

말 그대로 판을 깔아줬는데.

그는 아직도 그녀에게 해보고픈 것이 무한했다. 가끔씩 제나가 지쳐 한다는 것은 알았지만 모르고 싶기도 했다. 34세의 경원은 자기가 모르고 싶은 것은 크게 개의치 않는 발정기 특유의 증상을 앓고 있었다.

"사장님. 서 사장님 오셨습니다."

"응. 오지 말라고 해."

"하지만 벌써 오셨는데."

"김경원, 죽고 싶지?"

더 기다릴 것도 없이 강재가 김 비서를 제치고 당당하게 들어섰다. 사람이 와도 의자에 푹 파묻혀 쳐다도 보지 않는 경원을 노려보다가 다시 눈빛이 달라졌다. 김경원 특유의 장난기나 느긋함은 모두 증발했고 공허함만 남아 의자를 삐걱대고 있었다.

"아직 신혼일 텐데."

"……끝났대, 이제나가."

"……."

"신혼이 어떻게 끝날 수가 있지?"

세상이 끝난 표정의 경원이 소파로 자리를 옮기자 강재도 더 이상은 캐묻지 않았다. 같은 남자였고 특히나 김경원이란 남자를 너무 잘 알다 보니 무슨 일일지 대충은 짐작이 갔다. 상종해봤자 머리만 아프겠지, 기계적으로 은서가 부탁한 각종 서류를 넘겨가며 경원에게 하나씩 밀어놓았다.

"하아, 천천히 볼게. 어쨌든 오랜만에 봤는데 술이나 한잔하자."

"안 돼. 약속 있어."

"또 무슨 약속?"

"은서 학회에 따라가야 돼."

은서의 학회라는 말에 경원이 미련 없이 멀리 손을 내저었다. 한때 클럽을 운영하던 그였으니 그런 곳은 생각만 해도 머리가 어질했다. 저놈도 어쩌다 저런 결혼을 했을까, 나름대로 딱하다는 듯 강재를 살폈지만 자신처럼 어두운 기색은 전혀 없었다.

"강재 너도 맨날 바쁘다면서 용케 그런 델 다 따라다니네 했지. 내일도 일 있다며."

"은서가 좋아하니까."

"……."

"그런 데 가면 좋아해. 잘 웃고."

강재가 무덤덤히 꺼내는 말에 경원이 다시 자리에 앉았다. 자신이 아는 사람 중 가장 감정에 휩쓸리지 않는 강재였으니 그 모습이 낯설면서도 신기했다. 반면 강재 역시 곰곰이 생각이라는 걸 하는 경원을 흥미로운 눈길로 돌아보았다.

"김경원, 넌 아직도 네가 즐거운 게 제일 중요해?"

……그런가?

경원이 재킷의 단추를 유독 천천히 채워나갔다. 자신은 여전히 하고 싶은 게 많고 즐거운 일이 넘쳐나길 바랐다. 삶의 모토였으니 쉽게 변할 리 없다. 저녁 무렵 제나를 옆에 두고 사소한 농담으로 눈가가 접힐 때면 끝내준다는 게 달리 있지 않았다.

"나야 좋지. 웃을 일이 많으면."

"그럼 제나 씨가 웃으면?"

"그건…… 행복하지."

마지막 단추를 다 채우고도 그의 손이 동그란 단추의 곡선에서 벗어나지 못했다. 행복하다는 건 혼자서 어찌 되는 게 아니었다. 제아무리 호화로운 곳에서 발에 걸리는 모든 것들을 치워내고 살았지만 행복한 것과는 달랐다. 지금만 해도 자신을 향해 웃는 그녀의 모습을 생각하니 가슴이 뻐근해졌다. 살짝 흘기는 그 도도한 눈매에 아래도 같이 뻐근해지는 게 문제라면 문제일까.

"……서강재."

"또 왜?"

웃게 해주고 싶었다. 그럴 자신이 있었고 그래온 줄 알았다. 하지만 문득 그게 언제였는지 가물거렸다. 사랑하는 제나의 얼굴을 떠올렸을 때, 환하게 웃는 모습보다 침대 위에서 입술을 깨물고 있는 모습이 먼저 떠오르는 건 확실히 문제가 있었다. 그걸 지금에야 깨달은 경원이 마른침을 삼켰다.

"설마 그깟 무단결근 한 번 했다고 해서 경찰총장 못 되는 건 아니겠지?"

조심스레 뺨에 다가오는 손길에 그녀가 눈을 살짝 찡그렸다. 어제 통 잠을 이루지 못하다가 겨우 눈을 붙인 참이다. 그러나 익숙하게 간질이는 손길이 누구인지 아는 터라 마음 놓고 다시 잠을 청하지도 못했다.

"……으음, 경원 씨 왔어?"

"응. 더 자."

"아, 잠들었나 봐."

"베개는 제대로 베지. 이게 뭐야. 새로 갖다줄게."

"아냐, 난 이게 편해."

결혼 전부터 베고 자던 곰돌이 쿠션을 빼내려 하자 엎드린 제나가 두 팔로 사수했다. 심히 의심스럽다. 보통 먼저 자고 있는 자신을 볼 때면 경원은 겨드랑이에 손부터 집어넣어 몸을 일으켜 앉혔다. 가끔씩은 옷부터 먼저 벗길 때도 있었지만 그야말로 무의미한 순서의 차이였다.

"……나 그냥 자라고?"

"응. 푹 자."

저 따스하고 나긋한 목소리도 수상쩍었다. 자라는 소리에 오히려 잠이 달아날 판이다. 그래도 한 번 엄하게 선전 포고를 했으니 그 탓인가 싶어 쿠션에 얼굴을 폭 파묻었다. 정말로 편히 자려면 저 손길도 뿌리쳐야 옳겠지만 그것까지는 차마 그럴 수 없다. 애초에 이 모든 사달이 경원을 뿌리치지 못해서 일어난 일이었지만 진심으로 그러길 원한 적은 없었다.

우스운 생각이지만 이 남자가 원하는 건 가능한 한 모두 들어주고 싶었고, 그게 도를 지나쳐 일상에 무리를 준 것이 문제였다. 귀한 아이라고 마냥 오냐오냐 해서 키울 수는 없는 법이다.

"그래. 경원 씨도 얼른…… 으음."

잠에 빠지는 그녀의 말끝이 봄볕 아지랑이처럼 희미해졌다. 옆자리에 엎드린 경원이 그 모습을 지켜보고 또 지켜보았다. 지금에야 안 것이지만 얼굴이 많이 야위었다. 보통은 저 하반신에 쏠려 있던 기력이 점차 뇌로 돌아오자 그녀가 먹는 양이 줄었다거나, 또 유독 잠을 설치던 것이 기억났다. 그 역시 제나에 대해서는 그녀 이상으로 알고 있다 자부했는데 이런 반성을 하게 될 줄은 몰랐다.

"제나야. 난 정말."

널 위해 참아보겠다고, 이 시기를 잘 넘겨보겠다고, 그런 다짐을 하려 했다. 그는 열의와 체력이 넘치는 남자였기에 그만한 다짐이 쉬운 일은 아니었다. 그래도 한 톤 어두워진 그녀의 눈가나 까칠한 입술을 만지고 있자니…….

"넣고 싶어. 난 하고 싶다고."

"……."

쌔근대는 그녀의 숨소리가 잠깐 규칙을 잃었다. 하지만 이미 온몸을 바늘로 찌르는 형벌 중인 그는 홀로 애절했다. 눈앞에 진수성찬을 두고 절절한 심정으로 사랑을 고백했다. 딱 김경원다운 방식으로.

"아아, 나한테는 섹스도 사랑인데."

아니, 그래서 사랑인 건데.

"왜 이제나는 그걸 모를까."

내 그럴 줄 알았지.

어째 생각보다 잘 참는다 했다. 그날따라 하도 닿는 손길이 조심스러워 저도 모르게 잠이 달아났다. 경원이 속삭이듯 이름을 부를 때만 해도 어찌나 애틋하게 들리는지 마음이 찌르르했다. 자칫 저도 모르게 그의 목을 끌어당기고 똑같이 그의 이름을 속삭일 뻔했으니 그러면 버릇을 고치기도 전에 끝이 났을 것이다. 제나가 식탁 위 턱시도를 입고 있는 그의 사진을 보고 괜히 눈을 흘겼다.

"악어의 눈물 같으니라고."

느긋하게 커피 잔을 내려놓은 그녀가 책장을 넘겼다. 오후에 이런 여유를 가진 것이 얼마 만인지, 혀끝이 쌉싸름한 커피의 맛이라는 것도 이렇게 기억이 났다. 그만큼 살 만한 나날이었다.

"어, 경원 씨?"

문이 열리는 소리가 나자마자 그녀가 보고 있던 책을 감췄다. 급한 대로 커피도 싱크대 위로 놓아두곤 얼른 경원을 맞으러 갔다. 복도로 향하는 그 와중에도 기운을 빼고 깔끔하게 묶은 머리도 풀어버렸다. 조금은 지쳐 보이려 한 노력이었지만 막상 경원을 보자 그런 노력도 무의미했다.

경원이야말로 열흘은 굶은 사자마냥 세련미를 내팽개친 모습이었다.

"……우리 제나 집에 있었네. 요즘 그렇게 바쁘다면서."

"응? 아아…… 바쁘지. 요새 우리 한창 성수기잖아."

"근데 집에서 뭐 했어?"

"그냥, 머리가 어질해서 좀 누워 있었지."

누워 있었다는 대답에 경원이 바로 가방을 내려놓고 그녀의 양 뺨을 감쌌다. 자기 모르게 어디가 아팠던 건지 샅샅이 훑는 걱정스러운 눈빛에 웬만해선 굽히는 법 없던 그녀가 먼저 눈을 피해버렸다. 자신이 커피도 마시고 모처럼 독서도 하는 사이 경원은 나

날이 거칠어졌다. 눈이건 입가건 생기가 하나도 없어 거친 남자의 향이 물씬 풍겼다.

"……여기에 머리카락이."

위험하다, 위험해.

정리를 못 한 머리카락 한 가닥이 그녀의 뺨에 붙어 있었다. 이미 두 볼을 감싸고 있었으니 그에게는 그 한 줄기 머리칼이야말로 하늘에서 내려온 동아줄이었다.

검디검은 눈을 내리깔고 서서히 그의 고개가 다가왔다. 매일 밤 그녀를 두고 아무 짓도 못 하는 날들이 반복되니 잠 한숨 깊이 자 본 적 없었고 밥을 먹어도 이게 쌀인지 밀인지 입안이 까슬했다. 믿음직하고 절제력 강한 남편의 모습을 보여주고픈 의지도 이제 벼랑 끝에 매달려 손끝을 놓기 직전이었다.

"이번은 정상적인 상황 맞지?"

"어어."

"난 6일 열세 시간 동안 너한테 손도 못 댔으니 무절제한 것도 아닐 테고."

"아, 그건 그런데. 잠시만. 전화가."

때맞춰 울리는 휴대전화 소리가 그녀를 살렸다. 바로 그를 밀어내고 혹시나 전화가 끊길까 급히 달렸다.

"어, 어어…… 그래그래. 알았어, 형식아. 걱정 말고. 응, 금방 갈게."

"왜? 무슨 일인데?"

"큰 거 하나 터졌나 봐. 나 얼른 나갔다 올게. 어쩔 수 없네."

"하아, 나가자. 데려다줄게."

“아냐아냐, 그럴 시간이 없어. 집에서 좀 쉬어.”

제나가 그대로 지갑만 들고 달려 나갔다. 더없이 탐스러운 먹잇감에 입까지 벌리고 있던 경원이 망연자실 현관에 누워버렸다.

“어, 누님, 이 시간에 왜 오셨어요? 깜짝 놀랐네.”

“좀 비켜봐.”

“아니, 팀장님이 요새 같은 비수기 또 있겠냐고 내일까지 쉬랬잖아요. 그냥 줄자 어디 뒀는지 그것만 알려달랬더니 왜 이 시간에.”

그야 아직까지는 이 휴가를 즐기고 싶으니까.

제나가 달라붙는 형식을 뒤로하고 복도 끝 간이 숙직실의 문을 열었다. 여자가 드문 직장이고 임시로 만든 곳이라 한동안 비어 있었던 티가 여기저기 묻어났다. 형식은 방부터 닦겠다고 했지만 제나는 그것도 밀어내고 옆에 세워진 대형 박스를 펼쳤다.

“형식아. 저기 라면 박스도 좀 가져와서 여기 깔아봐. 나 좀 눕자.”

“누님! 집 나오셨어요?”

“휴가라니까. 나 휴가 중이니 너도 그만하고 나가봐.”

남자의 호들갑에는 이력이 난 제나가 등을 돌려 박스 위로 누웠다. 형식이 이불이라도 가져오겠다 나갔지만 한창 급할 땐 이보다 열악한 상황에서 노숙도 여러 번 해보았다. 지금 그녀에게 위험한 건 그 궁전 같은 빌라를 지하 감옥으로 만드는 경원의 어두운 아우라였다. 예상컨대, 그리고 경험하건대 저렇게 며칠을 참다 달려들면 이번엔 결근이 문제가 아니라 언제 세상 빛을 볼지도 모르는 상황이었다. 이제 조금 살 만한데 그렇게 어이없이 무너질 순 없다. 최소한 주말까진 느긋하게 체력을 회복하고 그의 버릇을 고쳐 놓아야 했다.

"아, 뭐야. 너 또 왔어?"

"누님."

"나 이불 필요 없다니까. 나 좀 자게 놔둬. 살아야 할 거 아냐."

"그게 아니라 집에서."

"아, 참, 깜빡했네. 전화 꺼놨으니까 혹시나 집에서 너한테 연락 오면 무조건 나 출동 나가서 급하다고 좀……."

"……."

"경원 씨?"

돌아온 형식에게 미리 일러두려던 제나가 몸을 일으키다 말고 숨을 크게 들이마셨다. 털썩, 경원이 들고 있던 도시락 봉투가 떨어진 것도 그쯤이었다. 두 눈이 시퍼렇다 못해 가장자리가 바짝 타오른 모습이 지옥의 파수꾼처럼 무시무시했다.

"이 경위님, 좋아 보이네?"

실망과 절망, 황폐의 과정을 거친 경원은 그 말미에 드디어 광포해졌다. 딱히 뭘 참으려는 노력도 없었고 손에 걸리고 눈에 거슬리는 모든 사람을 잡아 세웠다. 실로 그를 아는 사람이라면 그가 나쁜 마음을 먹었을 때 세상이 어찌 변할 수 있는지를 경험하고 있었다.

"살다 살다 예전의 사장님을 그리워하게 될 줄 누가 알았겠습니까."

“우와, 숨 쉬는 것도 눈치가 보입니다, 사모님.”

“죄송하지만 제가 할 수 있는 게…… 딱히 없는 것 같습니다.”

살려달라 애걸복걸하는 리조트의 간부진들을 돌려보내며 제나가 묵묵히 고개를 저었다. 벌써 이런 악성 민원인들의 항의 방문이 한두 차례가 아니었다. 그나마 이렇게 말하는 이들은 양반이었다. 오전에 들른 은우는 등장부터 눈물바람으로 제나를 보자마자 그 발치에 엎어졌다.

「언니, 경찰 언니! 언니는 어차피 버린 인생이잖아요. 사장 아저씨랑 결혼을 할 때 벌써 각오하셨을 거 아니에요. 이제 와서 왜 애…… 아아.」

「은우 씨, 나한테 이래봤자.」

「언니! 예수님이랑 부처님만 남을 위해 희생하는 게 아니잖아요! 경찰이라면서 이래도 돼요?」

어떻게 달래본다고 해서 될 게 아니었다. 신혼 초에 길 좀 들여보려 했던 것이 이렇게 큰일이 될 줄은 그녀도 몰랐다. 거기다 그녀가 어찌할 수 없는 가장 큰 이유는 적어도 경원이 그녀에게만큼은 정중한 데에 있었다.

“경원 씨, 지금이 몇 신 줄 알아? 늦는다 말도 없이. 겨우겨우 이틀 쉬는데 얼굴도 안 보여.”

“……나 기다렸어?”

“그럼 기다리지 안 기다려? 나 야근이라 이제 또 나가봐야 한댔잖아.”

"몰랐어, 나 같은 놈 기다릴지."

경원은 이틀 사이에 흑화했다. 보이는 미소나 행동거지는 신사나 다를 바 없었지만 분위기가 묘해졌다. 처음 그를 보았을 때처럼 세상 다 산 아슬아슬함도 아니었고 특수 효과마냥 머리 위로 흑구름을 짊어지고 다녔다.

중2병도 이런 병이 없었다.

"어제도 새벽 다 돼서 오더니. 차라리 화를 내."

"내가 어떻게…… 이제나한테 화를 내?"

"그럼 다른 사람들한텐 왜 그랬어?"

"집에 와서는 착한 척하려고."

입구에서 안으로 들어서려던 경원이 답답한 얼굴의 그녀를 보고 쓰게 웃었다. 이렇게 가까이 서니 그날 같은 기시감에 뺨을 쓰다듬으려던 손이 허공에서 멎었다.

"내가 너랑 어떻게 결혼했는데, 그깟 일로 화를 낼까."

"……왜 늦었는진 말 안 할 거야?"

"그냥 좀."

"반항하는 거야?"

"그런 게 아냐. 난 그냥……."

이제는 그 눈웃음마저 울적했다. 훑어보니 머리도 조금 흐트러졌고 바짓단에도 먼지가 묻어 있었다. 끝까지 모른 체하려던 제나도 뭔가 울컥해버렸다.

"당신 정말 애야! 오늘 손님이 몇이나 왔다 간 줄 알아?"

"호오, 누가 당신 혼자 있는 집에 왔는데?"

말하면 바로 이름이라도 받아 적을 태세였다. 그 모습을 빤히 노려보던 제나가 경원이 어찌할 새도 없이 휙 하니 차 열쇠를 들고 나왔다. 사실 그녀도 다정한 성격이 아니다 보니 누군가를 달래기엔, 특히 다 큰 남편을 달래는 데에는 미숙했다. 늘 경원이 알아서 각종 애교와 재롱으로 그녀를 웃게 했으니 그녀가 먼저 무언가를 할 새도 없었다.

이건 너무 답답하잖아.

경찰청에 가는 길에도 막힌 신호마다 속이 더부룩하게 쌓였다. 이딴 것도 고민이 될 수 있다니, 일주일 전 침대에서 쓰러져 무단결근을 할 때보다 더 어이가 없었다. 한 번씩 형식이 TV를 틀어놓고 낄낄대는 고민 프로그램 사연도 지금 생각해보니 짜고 치는 게 아니었다. 이런 때에는 몸이라도 써야 풀리지, 그녀가 사무실 문을 열자마자 서랍 속 가죽장갑을 챙겨들었다.

"제나, 이제 왔냐?"

"네, 팀장님. 이제 바로 출동하면 돼요? 차 타러 내려가요?"

"세관서 전화 왔는데 비행기 늦게 떴다고 두 시간만 늦춰달래. 먼저 갔다가 눈치 채면 쫑이야. 너도 저기 휴게실 가서 한잠 자다 와."

"그래요, 누님, 거기 가서 편하게 자고 오세요."

"뭘 언제부터 그런 데서 잤다고……."

"에이, 그래도 여기보단 낫죠."

문밖으로 떠미는 형식이 슬금슬금 웃음을 흘렸다. 어차피 지금 나갈 거 아니면 사람들과 함께 있어봤자 심란해질 뿐이다. 안 그래도 그들의 신혼 생활에 지대한 관심을 가지고 히죽대는 사람들이 넘쳐났으니 어디든 혼자이고 싶었다. 비록 그곳이 먼지구덩이의 보잘것없는 휴게실일지라도.

"……이게 뭐야?"

"하하, 누님도 참. 보면 모르십니까?"

제나가 눈을 한 번 문지르고 문밖으로 고개를 내밀었다. 저 허름한 명패는 분명 휴게실이 맞는데 문 안쪽은 여느 특급 호텔 뺨치는 호화로운 침실이었다. 그것도 눈에 아주 많이 익은.

"이게 다."

"우와, 여자 휴게실이 더 죽이는구만! 이런 데선 백 시간도 자겠다. 형식아, 너 남자 휴게실 가봤어? 게임방이야, 게임방! 없는 게 없어! 내일부턴 샤워실도 새로 만든대!"

제나가 영문을 파악하기도 전에 시끌벅적한 남자 팀원들이 들이닥쳤다. 곤란할 때의 버릇대로 머리를 긁적이던 형식이 팀원들을 몰아내고서야 슬그머니 제나의 눈치를 봤다.

"이런 데서는 누님 1분도 못 재우신다고."

"……."

"어제 오늘 난리도 아니었습니다. 커튼부터 벽지랑 여기 바닥까지 새로 했다구요. 이거 뭐냐, 베개도 이거 베야 그나마 눈이라도 붙이신다고."

무거운 걸음을 옮긴 그녀가 처음부터 눈을 두고 있던 곰돌이 쿠션을 집어 들었다. 넌 또 언제 여기 왔니, 제나가 눈을 감고 웃었다. 익숙한 향기에 환하게 웃는 얼굴이 그 사람을 닮았다. 그 공허한 얼굴로 뭘 하고 다니나 했더니, 입꼬리가 다 내려오기도 전에 제나가 안 하던 생각을 해보았다.

그 사람도, 그 제멋대로에 뒷공작 능한 남자도 자신이 지금 무슨 생각을 하는지 알게 되면 꽤 재미있지 않을까.

"하아, 형식아. 저번 주에 우리 술집 털었던 압수품들 아직 안 태웠지?"

흑화 3일째, 경원은 다행히 주변인에게 하던 화풀이는 그만두었다. 자발적인 반성이라기보단 나랏일에 충실한 제나의 체면을 생각해서다. 어차피 그의 인생은 이제나를 제외한다면 크게 남을 것이 없었다.

나는 네게 이런데.

네가 내 모든 감정을 앞서 있는데.

경원이 고민 어린 미간을 꾹 눌렀다. 화가 나고 서운한 모든 감정도 제나를 생각하는 마음을 넘어서지는 못했다. 그녀가 자신을 피해 도망갔다는 사실이 아무리 서운할지언정 그녀가 지친 몸을 맘껏 눕히지도 못한다는 분노에 닿지는 못한다. 따지고 보면 멀쩡한 집 침대에서도 자신으로 인해 잠을 못 이루긴 마찬가지였지만 원래 제 잘못보다 남의 잘못만 보이는 것이 발정기의 주증상 중 하나였다.

"후우우……."

들어서는 순간부터 그녀가 없는 집은 표시가 났다. 희미한 커피 향이라든가 은은한 독서등이 비치는 침실이라든가. 하지만 무의미한 발걸음을 옮겨 안방 문을 여는 순간 이전의 그 모든 잔상을 깨트리는 충격적인 무언가가 그를 반겼다.

"안녕?"

세일러복을 입고 침대에 엎드려 손짓하는 그녀가.

"서프라이즈."

"……잠깐만. 나 꿈꾸나."

"꿈 아냐."

"그래. 꿈이면 안 되지."

뭐가 뭔지 몰라도 굳이 알고 싶지도 않았다. 앞뒤 상황의 인과를 살피지 않는 것, 그거야말로 경원이 세상 편하게 사는 방법이었고 부모를 빼다박은 유일한 점이었다. 내가 로또를 산 적 없어도 당첨되면 그만인 거다.

그제까지 축 늘어져 있던 발걸음이 한 걸음씩 옮길 때마다 자취를 남겼다. 재킷에 넥타이, 그리고 침대 위에 무릎을 올렸을 땐 단추가 반만 남은 셔츠가 펄럭이며 위로 벗겨져나갔다.

"경원 씨, 처음부터 너무 성급하네?"

"어, 나 지금 좀 급해."

"의심도 안 해?"

"왜 해. 전생에 착했겠지."

"몰래카메라 아니냐 할 줄 알았더니."

"그것도 좋지. 너 없을 때 틀어놓고 혼자 하게."

자신의 남편은 단추를 푸는 것을 좋아한다. 그래서 그 기쁨을 남겨둔 그녀가 그의 실오라기 하나 없는 상반신을 아래부터 더듬어 올라갔다. 단단한 가슴 근육에서 그가 목울음을 넘기자 제나가 그를 밀어 아래에 눕혔다. 딱 이런 자세로 입원한 경원을 놀려댄 적이 있었다. 하지만 그때와 달리 지금의 그는 더없이 건강하고 난폭하며 거칠 것이 없었다.

"하아, 좀 천천히."

"천천히 못 해."

그의 성격에 한 바퀴 두르거나 돌아가는 건 어림도 없다. 바로 짧은 치마 안으로 손을 넣다가 아무것도 걸리는 게 없는 생생한 감촉에 눈동자가 커졌다. 그는 단추를 푸는 것도 좋아했지만 팬티가 없는 편을 더 선호했다.

"……가만. 나 생일인가?"

"아니. 경원 씨 생일은 정확히 두 달 하고도 13일 남았어."

이마저도 경원이 즐겨 하는 셈법이었다. 순간적으로 무서워진 그가 마른 입술을 축이며 그녀의 얼굴을 올려다보았다.

"새, 생일이 아니고서야."

"내가 간만에 기분이 좀 좋아서 그래."

"……왜?"

그녀가 하나로 묶고 있던 머리를 풀었다. 살짝 흔들어 머리를 흐트러뜨려 내리는 모습까지 완벽한 그의 취향이었다.

"드디어 경찰청에 제대로 된 휴게실이 생겼거든. 거기서 푹 잤더니 컨디션이 좋아졌어. 형식이 말론 익명의 기부자가 나타났대. 신기하지?"

"아아."

"어찌나 통이 크신지 남자 휴게실까지 싹 손을 봤더라고."

"여자 휴게실만 손대면 괜한 뒷말이 나올까봐…… 라고 생각한 거 아닐까?"

시치미를 떼겠다면야, 그녀가 가늘어지는 그의 눈을 보고 코웃음을 쳤다. 현미는 버릇을 초장에 잡아야 한다 했지만 경원은 애초에 그런 범주에 속하는 인간이 아니었다. 알고 선택했다. 알았지만 좋았다. 다시 돌아간대도 자신의 선택은 김경원이었다.

"뭐 그래서 우리 제나는 그 사람이 싫어?"

"싫은 건 아니고, 고쳐보려고 했지. 성장 과정 자체가 뒤엉킨 남자거든. 뒤늦게라도 잘 풀어줘야 보통 사람처럼 살 거라 생각했어."

"그런데? 포기한 거야?"

"아니. 늦게 안 거지. 엇나가지 않게 그냥 내 한 몸 바쳐 끝까지 살펴주면 된다는 걸."

어차피 나만 보고 나만 알 남잔데. 그리고 그 사람은 이미 내게 그래오고 있다는 걸.

"그래서 말이야, 말로 안 되는 남자는."

유혹적인 웃음을 흘린 제나가 몸을 낮춰 그의 어깨를 양팔로 짚었다. 교과서를 벗어난 남자는 해결책도 그 안에 없는 것이 당연했다. 사근사근한 머리끝이 가슴을 살랑이자 경원의 눈가가 작게 떨렸다.

"몸으로 타일러보면 듣지 않을까 싶네. 대신 제발 좀 적당히. 경원 씨 생각은 어때?"

"……한 번씩은 이런 방식으로?"

"말 잘 들으면."

"글쎄…… 무척 고맙게 생각할 거야."

그 익명의 기부자가.

곰곰이 재보는 척하던 경원도 다시 손을 뻗었다. 천하의 보물에 손대는 양 그녀의 단추가 줄어드는 것을 아까워했다. 이제 걸릴 만한 것은 모두 제거했으니 말 그대로 본능만이 남았다. 한 손 가득 가슴을 움켜쥐다가 바로 몸을 세워 손가락 새로 빠져나온 빨간 열매를 집어삼켰다.

"흐으읍."

"나 울 뻔했어."

"으음, 뭐야, 그게."

"웃지 마. 난 하늘이 노랬다고."

생각하니 다시 아찔한지 경원이 아플 만큼 가슴을 빨아들였다. 결혼 후 일주일은커녕 하루도 참아본 적이 없었다. 혀와 손에 닿는 그녀의 감촉이 처음인 듯 황홀하다. 가슴이 이러면 여긴 또 어떨까, 경원이 그녀의 허리를 살짝 들어올려 페니스의 위치를 조정했다. 벌써 입술 새 신음을 가둬둔 그녀가 내려앉자 그가 목울음과 함께 그대로 넘어갔다.

"하아, 하아. 경원 씨."

"이번엔 내 잘못 아니었어. 너한테만 서는데…… 하, 이게 왜 내 잘못이야."

"으으응. 당신은 이런 게 좋아?"

"이런 거 입은 이제나가 좋은 거지."

쉴 새 없이 허리를 쳐올리면서도 경원은 치맛자락에서 손을 떼지 못했다. 농담 삼아, 물론 본인은 농담이 아니었겠지만, 경원은 생일 선물로 온갖 제복과 유니폼을 속삭였다. 하도 어이가 없어 대충 알았다고 말았다. 올해는 유독 더위가 심하더니 이렇게 생일도 빨리 와버렸다.

"제나야, 다음에 타이를 땐 전에 말했던 그걸로 부탁할게."

"흐음, 하여튼…… 당신 말은, 아."

"죽을 때 후회하기 싫어서 그런 거야."

사람이니 언젠가 깊이 눈을 감는 날이 오겠지만 경원은 그전에 가능한 한 많은 이제나를 보고 싶었다. 볼 수 있는 많은 모습을, 그중에서도 평소엔 보기 힘든 모습을 원했을 뿐이다. 그는 철저하게 자신 위주로 억울해했다.

"흐으읍, 좀 천천히. 너무, 너무 빠르잖아."

"이제나도 잘 생각해봐."

"……뭘?"

빨라지는 속도에 제나가 쉽사리 적응을 못 하고 허리를 젖히자 누워 있는 그에게도 자극이 전해졌다. 최대한 오래 즐기고픈 경원이 그녀의 허리를 치받는 대신 앞뒤로 천천히 그녀를 움직였다. 그녀에겐 이 편도 자극이 만만치 않은지 물고 있는 입술에 색이 한층 진해졌다.

"아앗."

"당신도 취향이 있을 거 아냐. 난 뭐든 맞춰줄 수 있다고."

"흐으읍, 그런 게 있을 리가……."

있겠지, 이제나도 사람인데.

조금씩 여유를 찾기 시작한 그가 여자라면 누구나 혹할 만한 눈웃음과 함께 턱을 들었다.

"자아, 말해봐. 뭐든."

"하아, 아아."

"제복? 아, 그건 나고. 또 뭐가 있지? 우주에서? 아니다, 온천? 야외? 음, 연하. 누나, 누님?"

"……."

“혹시, 누님?”

지나치게 확연한 반응이었다. 이걸 몰라볼 리가.

다른 곳도 아닌 남자의 몸 가장 민감하고 예민한 곳이 어느 한 단어와 함께 숨이 멈출 만큼 강하게 조임을 당했다. 한쪽 팔을 들어 눈을 가린 제나가 아니라며 고개를 흔들었지만 경원을 속일 순 없었다. 상대의 모든 것과 모든 곳에 넋과 몸을 빼앗겨 아주 조그만 반응에도 달아오르는 불치병, 그것이야말로 발정기의 마지막 특징이었다.

“아하.”

“아하는 무슨. 흐으윽. 이제 좀.”

이대로 놓아줄 리 없다. 상대의 약점을 캐낸 그 간교함과 목줄 풀린 본능이 만났으니 치맛자락을 잡은 경원의 속삭임이 끝도 없이 음란해졌다.

“그럼 누님, 이제 치마 좀 들춰봐도 될까요?”

– fin.

작가 후기

안녕하세요. 뜨거운 여름에 다시 인사드려서 반갑습니다.

이제까지 4권의 책을 내면서 끝도 없는 교정이나 수정이 가장 어렵다 생각했는데, 역시 마지막에 후기가 가장 어렵네요.^^ 굉장히 할 말이 많다가도, 또 막상 하려면 그냥 웃음만 나거든요.

아시다시피 '취향의 문제'는 전작 '당신의 자리' 후속편입니다. 처음에야 당연히 후속편을 쓰게 될 거라 생각하지 못했고, 뒷부분에 경원의 등장이 늘어날수록 '아, 이런 놈(?)을 주인공 해보는 것도 재미있겠구나.' 하고 구상했어요. 꼭 멋지고 성실한 남자 주인공만 등장할 필요는 없으니까요.

그래도 쓰면서 많이 즐거웠고, 또 여러 분들의 호응으로 쉬지 않고 달렸습니다. 아직도 '경원이' 하면 머리를 절래 절래 흔드시던 몇몇 독자님들이 생각납니다.^^

덕분에 처음으로 카카오페이지 웹소설로 연재도 하고, 만화화, 드라마화 계약도 하고…… 이래저래 의미가 깊은 작품입니다.

제나는 마음속에 상처가 있지만 강하고 무덤덤한 성격으로 잘 자란 '괜찮은 아가씨'입니다. 그런 아가씨가 경원이 같은 남자를 만났으니 얼마나 속이 터졌을지……. 저는 그저 짐작만 하렵니다.

또 '당신의 자리' 주인공인 은우와 은서가 많이 등장하는데, 이건 전작에서 이어지는 부분이 있다 보니 자연스럽게 그리 되었습니다. 다른 주인공들은 몰라도 '은우'는 제가 좋아하는 캐릭터라 아마 다음 작에서도 지나가는 '억울한 역할'로 등장을 할 예정입니다.

카카오페이지에서 연재할 때 마무리가 뭔가 오픈결말 느낌이라며 '이럴 순 없다!'는 독자님들이 많았습니다. 어차피 제나나 경원이나 서로 아니면 누가 감당하고 살겠어요. 그래서 에필로그는 완전히 두 사람에 집중해서 써보았습니다. 은우와 형식이 계획대로 '픽미픽미' 틀어놓고 청혼했으면…….재미있을 뻔했을 텐데요. 남의 청혼이라고 그러면 안 되겠지요.

참, 표지 역시 이제까지는 출판사에서 정해주시는 대로 골랐는데. 이번에는 저의 의견이 반영이 되었습니다.^^(뿌듯) 이왕 경원이 같은 남자가 주인공인데 이때라도 내 취향대로 해보자, 그래서 몇 번의 밀당 과정 끝에 지금의 표지가 나왔습니다. 이후로는 다시 얌전한 표지가 되겠지만 그래서 더 기억에 남을 책이 될 거 같아요.

언제나 불가능을 가능케 하시는 도서출판 가하의 이승진 차장님, 감사드립니다. 그리고 취향이 한결 같으신 열혈 김은솔 대리님을 포함한 가하 식구분들, 꼭 인사 전하고 싶어요.

부족한 글 읽어주시는 독자님들께도 미리 감사드립니다. 더위 잘 이겨내시고 가을에 뵙도록 하겠습니다.

여러분, **끝내주는** 여름 보내세요!

2016년, 여름.

최수현.